YOU JIANG ZHI SHENG

YOUJIANG SHUILI GONGSI 2022NIAN XINWEN ZUOPINXUAN

# 右江之声

## ——右江水利公司 2022 年新闻作品选

广西右江水利开发有限责任公司◎编

黄河水利出版社

·郑州·

**图书在版编目（CIP）数据**

右江之声：右江水利公司2022年新闻作品选/广西右江水利开发有限责任公司编．—郑州：黄河水利出版社，2023.5
ISBN 978-7-5509-3572-3

Ⅰ．①右… Ⅱ．①广… Ⅲ．①新闻－作品集－中国－当代 Ⅳ．①I253.3

中国国家版本馆CIP数据核字(2023)第093875号

| | | | |
|---|---|---|---|
| 责任编辑 | 王　璇 | 责任校对 | 王单飞 |
| 封面设计 | 李思璇 | 责任监制 | 常红昕 |
| 出版发行 | 黄河水利出版社 | | |
| | 地址：河南省郑州市顺河路49号　邮政编码：450003 | | |
| | 网址：www.yrcp.com　E-mail: hhslcbs@126.com | | |
| | 发行部电话：0371-66020550 | | |
| 承印单位 | 河南博之雅印务有限公司 | | |
| 开　　本 | 787 mm×1 092 mm　1/16 | | |
| 印　　张 | 20.25 | | |
| 字　　数 | 370千字 | 印　　数 | 1—1 000 |
| 版次印次 | 2023年5月第1版 | | 2023年5月第1次印刷 |

定　　价　120.00元

# 《右江之声——右江水利公司 2022 年新闻作品选》编委会

李　喆　广西清源电力股份有限公司总经理

吴晓华　楚雄季连发电有限公司总经理

陈　奕　富源县块泽河发电有限责任公司总经理

**主要编写人员**　张铭一　吴晓华　岳　源

**参与编写人员**　闭　洁　焦爱玲　黄燕晓　卢兰静

李　俊　张议予　陈　佳　李　莹

黄艳菊　卢学良　甘　雨　杨　堃

杨佳兰　翟艳军　何广钊　柳　滔

周振波　黄振强　唐　力　黎景宇

杜兆龙　梁文滔　陆开裕　罗　丹

杨　帆　陈喆莎　邓权谋　李冬悦

陆晓晴　莫凤严　陈　艳　何文飞

严　芳

# 前 言

在中国共产党第二十次全国代表大会胜利召开之际，恰逢广西百色水利枢纽工程连续安全运行突破6000天的重要节点。百色水利枢纽工程的建设和运行是具有划时代意义的，它不仅是广西的民生工程，更是国家推动西部大开发战略实施的标志性工程、治理开发郁江的关键项目和珠江流域的防洪骨干工程。它的建设和运行管理，为我国水利水电事业作出了巨大贡献，也积累了许多宝贵的经验。

百色水利枢纽工程位于革命老区广西百色市上游22千米处，2002年10月工程截流，2005年8月下闸蓄水，2006年4月20日右江水利公司接管工程投入运行，2006年7月首台机组并网发电，2016年12月，工程通过水利部、云南和广西两省（自治区）人民政府共同组织的竣工验收。工程建设运行得到了党和国家领导人的高度重视和关心。2010年5月，习近平同志视察百色水利枢纽工程时指出，“百色水利枢纽是这些年来特别是西部大开发战略实施以来，广西发展变化的一个缩影”，充分肯定了工程建设和运行管理所取得的成绩。2002年4月、2008年2月，胡锦涛同志两次视察百色水利枢纽工程，分别提出“建设右江河谷明珠”的明确要求和“安全生产纪录要保持下去”的殷切期望。经过21年的建设和16年的运行管理，工程发挥了巨大的综合效益，为西部省（区）发展强基础、补短板、调结构、扬优势，同全国其他省（区）一道进入全面小康社会提供了安澜环境和不懈动力，成为广西深入实施西部大开发战略的成功典范。累计防洪经济效益超75亿元，有力确保了下游地区，特别是南宁市的防洪安全。截至2022年9月23日，工程连续安全运行突破6000天，累计发电超224亿千瓦·时。右江水力发电厂作为南方电网的主要调峰电厂，在2008年抗击南方冰冻雨雪灾害、北京召开奥运会、2021年全国大面积遭遇“电荒”等关键时期，有力保障了广西电网的安全运行，支撑了区域经济社会高质量发展。同时，百色水利枢纽工程持续高效发挥以防洪为主，兼顾发电、灌溉、航运、供水等综合利用功能，为推动珠江流域经济社会高质量发展发挥了巨大的社会效益、生态效益和经济效益。

百色水利枢纽安全运行16年余，这样一座屹立在右江之上的民生工程、大国重器，值得我们用心用情去书写，去宣扬。我们以百色水利枢纽工程连续安全运行突破6000天为契机，组织开展“百色水利枢纽连续安全运行6000天”大型媒体采访活动，来自中国新闻网、中国发展网、《中国水利报》等主流媒体的16名记者，深入广西百色老区和百色水利枢纽，用笔墨和镜头记录西部大开发战略发展蓝图，先后发布《山映初心　福泽右江》等通讯文章及《护一江春水　守一方安澜——百色水利枢纽安全运行水量调度纪实》《【奋进新征程　建功新时代】提速攻坚兴水利　谱写新时代壮美广西建设治水华章》等后续深度报道，《中国水利报》刊发《六千天忠诚守护　十六载润泽民生——百色水利枢纽实现连续安全运行6000天》、中国发展网发布《心怀“国之大者”　守护“流域安澜”——走访广西百色水利枢纽纪实》等专版文章，全面展示工程安全管理成就和社会责任担当，有效彰显工程作为大国重器在西部大开发战略中的典范作用及对区域经济社会高质量发展的推动促进作用。

百色水利枢纽连续安全运行6000天采访活动，是右江水利公司和新闻媒体认真贯彻落实党中央关于做好新形势下宣传工作决策部署的具体实践和行动体现。媒体记者以采访活动为契机，以“统筹发展和安全，推进新阶段右江水利高质量发展”的主题为抓手，在采访和写作过程中，积极践行“节水优先、空间均衡、系统治理、两手发力”治水思路，紧扣水利部提出的推动新阶段水利高质量发展的四种能力和六条实施路径，大力宣扬工程在安全生产管理、水旱灾害防御、水资源优化配置、完善流域防洪工程体系、实施国家重大水网工程、复苏河湖生态环境、推进智慧水利建设中发挥的重要作用，向社会展现了一座“流域防洪重要保障、西部大开发战略实施重要保障、区域电力安全重要支撑、国家战略实施重要水源保障”的民生工程，展现了右江水利公司全新的大宣传格局。

本新闻作品选是继2021年百色水利枢纽工程开工建设20周年暨安全运行15周年采访活动新闻作品选之后的第二部，紧紧围绕二十大和学习、宣传、贯彻党的二十大精神这条主线，精心遴选了关于百色水利枢纽连续安全运行6000天的新闻媒体报道作品及2022年右江水利公司党的建设、全面从严治党、强化水旱灾害防御、安全生产、节水、我为群众办实事、抗疫等方面优秀报道近260篇，全面展现了右江水利公司运行管理和高质量发展的实干担当。这些作品，既有消息，也有通讯、特写、侧记，更有诸多深度报道，不论是思想内涵还是写作方法技巧，都是各位作者深入一线、深入实际的真实反映，均可经得起时间检验。这些作品的作者，既有主流媒体的“大手笔”，也有省级、部级新闻媒体的领军人物，还有很多后起之秀。他们以慧眼辨识右江水利公司及百色水利枢纽工程的新闻线索，抒发对水利事业的热忱之心，担当对水利宣传的使命职责，为我们留下来一批宝贵的宣传佳作，也为右江水利公司宣传工作积累了可借鉴经验。

作为本书编辑出版的承办单位，黄河水利出版社给予了全力支持与积极配合，他们在原有的新闻作品基础上，组织骨干编辑力量，反复与原创作者和右江水利公司沟通联络，对作品的真实性和涉及的专业性知识逐一核实确认，体现了对水利宣传工作和右江水利公司宣传工作的高度重视和认真负责。

值此《右江之声——右江水利公司2022年新闻作品选》出版之际，谨向收录本书的作品作者及所有为本书编辑出版工作付出辛勤劳动的领导和同志表示衷心的感谢！

**编　者**

2023年3月

# 目 录
CONTENTS

## 主流媒体

【中国经济导报、中国发展网】万物皆安　春色在望　右江水利公司全力推进复工复产……3
【广西日报】右江水利人铆足"虎"劲复工复产……5
【中国水利】广西右江水利公司组织开展系列安全生产检查"护航保平安"……6
【中国水利】右江水利公司召开 2022 年工作会议……8
【中国水利】抗旱补水压咸　做好流域水安全保障
——百色水利枢纽累计向下游补水 5.3 亿立方米……9
【中国水利】右江水利公司切实抓好 2022 年防洪度汛工作……10
【广西日报】赞！支撑广西"保供电"　右江电厂荣获"南方电网 2021 年发电先进集体"荣誉称号……12
【中国经济导报、中国发展网】广西右江水利公司右江电厂荣获"南方电网 2021 年发电先进集体"荣誉称号……13
【中国水利】百色水利枢纽全力腾库　确保今年安全度汛……14
【百色广播电视台】周密组织　打好水利防汛"准备仗"……14
【中国水利】16 年来首次！百色水利枢纽开启中孔闸门泄洪……16

【广西日报】运行16年以来首次百色水利枢纽工程开启中孔闸门泄洪 …… 17
【广西新闻频道】百色水利枢纽工程运行16年以来首次开启中孔闸门泄洪 …… 18
【中国发展网】认真履行安全生产职责　牢牢守住安全生产底线…… 20
【光影百色　我们一起走过】【撤地建市二十周年】百色：匠心独具　建幸福之江 …… 24
【中国水利报】六千天忠诚守护　十六载润泽民生
——百色水利枢纽实现连续安全运行6000天 …… 26
【中国日报】百色水利枢纽实现连续安全运行6000天 …… 32
【黄河网】西部大开发标志性工程
——百色水利枢纽实现连续安全运行6000天 …… 33
【广西网络广播电视台综合广播】西部大开发标志性工程
——百色水利枢纽实现连续安全运行6000天 …… 35
【广西日报】百色水利枢纽实现连续安全运行6000天　防洪发电灌溉效益"多丰收" …… 37
【广西日报】百色水利枢纽实现连续安全运行6000天 …… 38
【中国水利报】百色水利枢纽安全运行6000天 …… 39
【当代广西网】百色水利枢纽实现连续安全运行6000天 …… 39
【广西画报】山映初心　福泽右江…… 40
【中国发展网】西部大开发标志性工程
——百色水利枢纽实现连续安全运行6000天 …… 42
【中国城市建设网】守住安全底线　提升发展上限
——百色水利枢纽实现连续安全运行6000天 …… 44
【广西新闻联播】【奋进新征程　建功新时代】提速攻坚兴水利　谱写新时代壮美广西建设治水华章…… 46
【中国新闻网】探访百色水利枢纽安全运行秘笈：用GNSS监测系统观测边坡和副坝位移…… 47
【南国早报】右江：水清岸绿风光美，通江达海航运兴　探访城市母亲河… 49

【视听文山】文山州委州政府与广西右江水利开发有限责任公司工作座谈会举行 …… 51
【百色广播电视台】市政府与广西右江水利开发有限责任公司签署百色右江抽水蓄能电站战略合作协议　葛国科　肖卫国出席 …… 53
【中国发展网】心怀“国之大者”　守护“流域安澜”
——走访广西百色水利枢纽纪实 …… 54
【黄河网】护一江春水　守一方安澜
——百色水利枢纽安全运行水量调度纪实 …… 61
【黄河网】一库右江水　润泽民生情
——百色水利枢纽库区管理纪实 …… 64

## 微信推文

严把选人用人“廉政关”　系好履责“第一颗扣子”
——右江水利公司实行干部选拔“凡提必考” …… 71
右江情怀：红色初心暖人心
——右江水利公司“我为群众办实事”纪实 …… 71
右江水利公司党委召开党史学习教育专题民主生活会 …… 72
右江水利公司召开党史学习教育总结会议 …… 74
崇廉拒腐辞旧岁　廉洁修身迎新春
——右江水利公司党委加强节前廉政教育 …… 75
疫情就是命令，防控就是责任！右江水利公司全力“战疫”！ …… 79
一文了解！右江水利公司 2022 年重点工作 …… 84
【电厂检修系列报道】春暖花开日　电厂检修时 …… 89
右江水利公司召开 2022 年防汛工作会议 …… 90
春风催新绿　植树正当时 …… 92
未雨绸缪
——右江水利公司开展 2022 年汛前防汛安全大检查 …… 93

【电厂检修系列报道】爱岗敬业比奉献　齐心协力战检修…………………… 95
讲政治　保供电
——右江电厂荣获"南方电网2021年发电先进集体"荣誉称号 ……… 96
增强红线意识　夯实作风建设
——右江水利公司印发《右江水利公司外派人员选派及作风纪律
管理办法》………………………………………………………… 98
右江水利公司召开2022年党建和党风廉政建设工作会议 ……………… 99
右江水利公司启动内部政治巡察……………………………………………… 100
【我为群众办实事】平凡小事显初心，一枝一叶总关情…………………… 101
提高政治站位，履行防汛天职
——百色水利枢纽全力腾库　确保今年安全度汛……………………… 103
【电厂检修系列报道】奋斗好年华　最美检修人……………………………… 104
聚云端　共合作　创典范
——右江水利公司与江苏水源公司召开项目合作云洽谈……………… 105
百色水利枢纽顺利完成中孔泄洪闸门全行程启闭试验……………………… 107
百色市委书记黄汝生到百色水利枢纽检查指导防汛工作并开展巡河工作…… 108
右江水利公司启动百色水利枢纽防汛Ⅳ级应急响应…………………………… 110
右江水利公司纪委首次组织开展干部任前廉政知识考试…………………… 110
百色水利枢纽拦洪削峰　成功避免右江发生超警洪水……………………… 111
防汛工作关口前移　百色水库预泄腾库……………………………………… 112
右江水利公司贯彻落实王勇国务委员在广西检查指导防汛救灾工作时讲话精神
抓紧再检查再部署再落实水库安全度汛工作………………………………… 112
举旗帜、聚人心、展形象
——右江水利公司召开2022年宣传工作会议 ……………………………… 114
分析研判当前防汛形势　会商部署百色水库防汛调度工作………………… 116
右江水利公司迅速贯彻落实李国英部长在广西指挥调度防汛工作讲话精神
充分发挥百色水库拦洪错峰作用　全力减轻下游防洪压力………………… 117

“规范用水行为，节水全民行动”
——右江水利公司开展节水宣传活动…………………………………………… 118
水利部检查组到百色水利枢纽开展安全检查问题整改和汛限水位执行情况
监督检查………………………………………………………………………… 119
右江水利公司联合右江区水利局开展库区入校宣传活动……………………… 120
右江水利公司各水电站上半年累计发电量创历史同期新高纪录……………… 121
“职工关爱” 右江水利公司职工子女暑期托管班开班……………………… 123
南水北调东线江苏水源公司总经理袁连冲一行到右江水利公司开展战略合作调研
……………………………………………………………………………………… 123
右江水利公司党委举行专题党课报告会
——贯彻习近平经济思想推动公司高质量发展，以优异成绩迎接党的
二十大胜利召开……………………………………………………………… 125
右江水利公司开展“关爱山川河流·守护国之重器”志愿服务活动………… 126
奋进新征程 喜迎二十大……………………………………………………… 126
中共广西右江水利开发有限责任公司委员会“八一”慰问信………………… 128
右江水利公司召开 2022 年度股东会暨第五届董事会、监事会一次会议 …… 128
右江水利公司肖卫国率检查组深入百色水利枢纽开展汛中防汛专项检查
……………………………………………………………………………………… 130
右江水利公司 2022—2023 年度全员安全教育培训拉开序幕 ……………… 131
右江水利公司拜访曲靖市人民政府……………………………………………… 132
右江水利公司调研不管河引水工程建设情况…………………………………… 133
全力迎战防汛关键期
——右江水利公司完成汛中防汛专项检查……………………………………… 134
右江水利公司党委中心组专题学习总体国家安全观…………………………… 134
中国安能一局董事长卢明安一行到右江水利公司调研………………………… 135
右江水利公司举办《百色水利枢纽工程建设管理》《百色水利枢纽工程
运行管理》两本专著编写培训会……………………………………………… 136

暑期爱心托管班
——“托”起职工子女快乐暑假…… 137
右江水利公司与广西水利电力职业技术学院签订人才培养合作框架协议…… 138
右江水利公司赴中国能建广西院开展战略合作项目调研…… 139
右江水利公司党委中心组专题学习研讨习近平经济思想…… 140
右江水利公司副总经理马建新带队开展中秋节假期安全生产专项检查…… 141
右江水利公司组织开展 2022 年新闻宣传培训 …… 142
促进深度合作　实现双方共赢
——右江水利公司与中国安能一局签订战略合作框架协议…… 142
西部大开发标志性工程
——百色水利枢纽实现连续安全运行 6000 天 …… 143
右江水利公司部署下一阶段网信工作…… 145
右江水利公司举办 2022 年青年干部思想信念培训班 …… 146
右江水利公司党委完成首轮政治巡察…… 147
抢抓发展机遇　助推乡村振兴
——右江水利公司与广西田林县就推进“政府＋企业”发展模式达成共识…… 148
右江水利公司党委书记、董事长肖卫国深入定点帮扶村开展乡村振兴帮扶工作调研…… 149
右江水利公司组织开展 2022 年生产安全事故综合应急预案演练 …… 150
传承红色家史　展现右江“家风” …… 151
“数”说公司这十年…… 152
右江水利公司党委组织集中收看党的二十大开幕会…… 155
右江水利公司青年理论学习小组百色二组集中学习研讨党的二十大报告…… 156
坚定不移听党话、跟党走
——右江水利公司广大青年职工认真学习党的二十大精神…… 157
抢抓建设新型能源体系机遇　共同谋划抽水蓄能电站开发
——右江水利公司与百色市人民政府签订战略合作框架协议…… 160

百色市市长葛国科到右江水利公司调研…………………………………… 161
认真研究，细化措施，扎实推动整改清单制订
——右江水利公司党委召开第二次巡察整改工作专题会…………………… 163
右江水利公司荣获珠江委 2022 年“科研杯”职工篮球赛广西赛区冠军 …… 163
天职：检修一线掠影…………………………………………………………… 164
右江水利公司举办学习贯彻党的二十大精神辅导讲座……………………… 169
右江水利公司和大藤峡公司开展“学习贯彻党的二十大精神”联学共建活动
……………………………………………………………………………… 169
右江水利公司持续“深入学习研讨习近平总书记‘节水优先、空间均衡、
系统治理、两手发力’治水思路” …………………………………………… 171

## 内部报道

右江水利公司档案工作获通报嘉奖…………………………………………… 175
右江水利公司举办水库水情智能测报与智慧调度一体化关键技术专题讲座
……………………………………………………………………………… 175
不管河四级站安全运行 3456 天　累计发电量 1695.93 万千瓦·时 ………… 176
邓勋发总工程师到百色水利枢纽库区开展安全生产检查…………………… 177
右江水利公司组织开展群众私占主坝区土地整治行动……………………… 178
马建新副总经理到综合服务中心检查安全生产工作………………………… 178
右江水利公司召开 2021 年度安全生产工作总结会暨 2022 年第一季度
安全生产工作会议…………………………………………………………… 179
右江水利公司召开 2022 年第一季度网络安全值班会议 …………………… 180
【综合服务中心我为群众办实事】系列报道之一：多举措提升食堂服务质量，
切实做好餐饮保障…………………………………………………………… 181
右江水利公司到六居村开展春节前走访慰问活动…………………………… 182
王伟副总经理深入百色一线看望慰问春节期间值班人员…………………… 182
右江水利公司工会主席刘春检查指导江河资产公司疫情防控工作………… 183

【综合服务中心我为群众办实事】系列报道之二：加强文化阵地建设，打造
职工美好精神家园…………………………………………………………… 184
科学防疫　暖心保障
——江河资产公司积极部署防疫工作……………………………………… 186
驰援抗疫一线　携手共克时艰
——清源电力公司紧急援助右江区大楞乡抗疫物资………………… 187
右江水利公司召开 2022 年疫情防控工作第二次部署会议 ……………… 187
右江水利公司领导到定点帮扶村指导工作……………………………… 188
马建新副总经理部署落实百色水利枢纽疫情防控和安全生产工作…… 189
【综合服务中心我为群众办实事】系列报道之三：全力做好后勤保障，
众志成城抗击疫情…………………………………………………………… 190
右江电厂党支部开展“永葆廉洁本色，牢记入党誓词”主题党日活动
…………………………………………………………………………………… 192
右江水利公司召开百色水利枢纽水情遥测站网升级改造推进会……… 193
数字赋能　提高合同结算信息化水平……………………………………… 194
纪委书记汤进为带队到块泽河公司和季连公司调研检查……………… 194
警钟长鸣
——江河资产公司召开财务风险防范专题工作会……………………… 195
需求牵引　以 GNSS 监测手段助力智慧百色水利枢纽建设 …………… 196
未雨绸缪抓防汛　厉兵秣马谋检修
——清源电力公司召开 2022 年防汛启动会议 ………………………… 197
汛期将至，公司防汛办全力做好防汛物资储备工作…………………… 198
右江水利公司启动 2022 年防汛 24 小时值班…………………………… 198
树牢拒腐防变防线　强化廉洁实干担当
——右江水利公司 4 名同志参加水利部新晋升司局级干部集体廉政谈话会
…………………………………………………………………………………… 199
江河资产公司召开 2022 年工作会议 ……………………………………… 200
百尺竿头，更进一步
——那比水力发电厂连续安全生产天数突破 4000 天 ………………… 201

右江水利公司召开子公司所属水电工程运行管理规范化建设工作推进会…… 202
右江水利公司党委中心组召开2022年度第三次集中学习（扩大）会议 …… 203
右江水利公司召开百色水利枢纽坝区开发建设协调推进会议………………… 203
强化“四预”措施　赋能工程安全运行管理…………………………………… 204
右江水利公司组织开展2022年防汛值班培训 ……………………………… 206
右江水利公司组织召开水利工程标准化管理建设视频工作会………………… 207
右江水利公司防汛办组织召开百色水利枢纽防汛相关预案研讨会…………… 208
右江水利公司组织开展“壮族三月三”和清明节期间安全专项飞检………… 209
防汛保平安、合力促发展
——清源电力公司开展2022年防汛联合应急演练活动 …………………… 210
右江水利公司顺利通过水利安全生产标准化一级单位延期换证……………… 210
政治引领　提升能力　全力推进工程运行管理高质量发展…………………… 211
右江水利公司参加珠江委直管工程风险隐患排查整治视频工作会…………… 213
右江水利公司深入学习贯彻习近平总书记“3・14”重要讲话精神 ………… 214
右江水利公司党政负责同志深入百色水利枢纽开展安全生产检查…………… 215
江河资产公司召开2022年第二季度安全生产工作会议 …………………… 216
办公室党支部开展主题党日活动　再学习、再领会、再贯彻、再落实习近平
总书记“3・14”重要讲话精神 ……………………………………………… 217
右江水利公司举办企业讲解员礼仪培训……………………………………… 218
完整准确全面理解，深入学习贯彻落实
——枢纽管理中心党支部开展深入学习贯彻落实习近平总书记“3・14”
重要讲话精神主题党日活动…………………………………………………… 219
右江水利公司工会第五届三次职工代表暨会员代表大会顺利召开…………… 220
展新时代青年风采　促水利航运新发展……………………………………… 222
百色水利枢纽开展2022年反恐、水上救援演练 …………………………… 223
右江水利公司党委第一巡察组向清源电力公司反馈巡察情况……………… 224
右江水利公司再部署　再强调公司疫情防控工作…………………………… 225
右江水利公司召开2022年度信息化工作暨数字孪生工程建设推进会议 …… 226

右江水利公司积极参加水利安全生产管理提升暨标准化建设实务培训……… 227
右江水利公司组织收看庆祝中国共产主义青年团成立100周年大会直播…… 228
珠江委安全检查组组长覃锡武一行到那比水电站开展安全生产大检查……… 229
青春心向党　建功新时代
——右江水利公司青年理论学习小组百色二组开展学习研讨活动……… 229
右江水利公司党委中心组学习习近平总书记关于网络强国的重要思想……… 231
聚焦四个“好”、两个“服务”目标任务　全面贯彻落实珠江委2022年档案
工作座谈会议精神………………………………………………………………… 232
压实疫情防控“两个责任”　筑牢疫情防控纪律屏障 ……………………… 233
右江电厂1[#]机组大修项目提前完工 ……………………………………… 234
南宁青年理论学习小组学习贯彻习近平总书记在庆祝中国共产主义青年团
成立100周年大会上的重要讲话精神…………………………………………… 235
右江水利公司党委第二巡察组向块泽河公司反馈巡察情况………………… 236
右江水利公司组织开展百色市汪甸防护堤管涌应急抢险演练……………… 237
右江水利公司开展库区移民安置点周边安全检查工作……………………… 237
右江水利公司组织召开巡察组工作座谈会…………………………………… 238
右江水利公司部署开展2022年“安全生产月”活动 ……………………… 239
右江水利公司终止百色水利枢纽防汛Ⅳ级应急响应………………………… 240
珠江委副主任李春贤带队到右江水利公司开展安全运行飞检……………… 240
右江水利公司党委委员、总工程师邓勋发在清源电力公司讲专题党课……… 241
抢抓数字经济新机遇　推进水利行业新基建
——右江水利公司党委副书记、总经理袁文传讲专题党课 ………………… 242
袁文传与分管部门联系支部开展集体谈心谈话……………………………… 243
右江水利公司2022年职工乒乓球比赛圆满结束 …………………………… 244
珠江委专项检查组到右江水利公司开展档案安全专项检查………………… 245
右江水利公司开展安全生产月宣传咨询日活动……………………………… 245
右江水利公司纪委安排部署近期重点工作…………………………………… 246
清源电力公司开展“一把手谈安全”活动…………………………………… 247

百色市市长葛国科检查百色水利枢纽防汛工作…………………………………… 248
枢纽管理中心（防汛办）组织开展防汛抢险知识技能培训……………………… 248
右江水利公司召开第二季度安全生产领导小组会议　部署工作压实责任…… 249
新疆塔里木河流域管理局雷俊荣一行到右江水利公司考察调研……………… 250
右江水利公司党委副书记、总经理袁文传到百色水利枢纽检查工程安全
度汛情况………………………………………………………………………… 251
右江水利公司青年职工开展“喜迎二十大　奋进新征程　青春建功行”活动
……………………………………………………………………………………… 251
右江水利公司举办安全生产管理知识取证培训及考试………………………… 252
强化风险意识　树牢底线思维
——枢纽管理中心（防汛办）开展“一把手谈安全”“大家谈”“班组会”
等系列活动………………………………………………………………… 252
珠江委到右江水利公司指导推进库区立法及法治宣传工作…………………… 253
右江水利公司组织召开子公司水电站工程标准化管理评价指标及标准审查会
……………………………………………………………………………………… 254
右江水利公司在南宁开展防患于“未燃”消防应急实战演练 ………………… 255
右江水利公司开展安全宣传进校园活动………………………………………… 255
水利部三峡工程管理司司长罗元华一行到右江水利公司调研………………… 256
落实安全责任，创建安全企业
——块泽河公司开展“一把手谈安全”活动……………………………… 257
块泽河电厂上半年发电量创历史新高…………………………………………… 258
右江水利公司“双重预防机制建设”专题培训引发热烈反响………………… 258
水利部监督司司长王松春在右江水利公司调研时强调：要以时时放心不下的
态度对待安全生产………………………………………………………… 259
右江水利公司纪委加强纪检监督　助推防汛责任制落实……………………… 260
右江水利公司与剥隘镇人民政府召开滑坡治理工程运行管理工作推进会…… 261
右江水利公司 2022 年第三届职工男子三人篮球比赛圆满落幕 ……………… 262

季连公司党支部开展“严明政治纪律，赓续优良家风家教”主题党日活动暨2022年纪律教育学习月动员会 ······ 263
右江水利公司党委中心组学习贯彻习近平总书记重要讲话精神 ······ 263
田林县县长韦建明一行到那比水电站开展汛中安全检查 ······ 264
右江水利公司开展“关爱山川河流·守护国之重器”志愿服务活动 ······ 265
右江水利公司纪委书记汤进为率检查组深入那比水电站开展汛中防汛专项检查 ······ 266
“注重细节　降本增效”
——记块泽河公司低压无功补偿设备成功投运 ······ 267
右江水利公司青年理论学习小组百色一组开展学习研讨活动 ······ 267
珠江委监督处党支部与季连公司党支部开展“党建＋安全生产”联学联做活动 ······ 268
右江水利公司副总经理王伟率检查组到块泽河电站开展2022年汛中安全大检查 ······ 269
右江水利公司开展“饮水思源”支部联学活动 ······ 270
招商交科总经理杨国峰一行到右江水利公司调研 ······ 271
南方电网调峰调频公司南宁蓄能业主项目部总经理朱泽宽一行到百色水利枢纽考察 ······ 271
右江水利公司与中国能建广西院共同开展百色水利枢纽抽水蓄能项目实地调研 ······ 272
右江水利公司党委学习贯彻中央《关于加强巡视整改和成果运用的意见》 ······ 273
“泳”往直前
——右江水利公司成功举办第二届职工游泳比赛 ······ 274
扎实练好十八般本领，助力公司高质量发展
——右江水利公司党委委员、副总经理王伟讲专题党课暨谈心谈话 ······ 275
工行南宁民族支行到右江水利公司调研 ······ 276
右江水利公司水利档案工作规范化管理二级单位顺利通过复查 ······ 276
右江水利公司总经理袁文传带队赴清源电力公司调研及督导检查 ······ 277

右江水利公司召开数字孪生百色水利工程建设方案及数据中心建设设计方案
推进协调会…………………………………………………………………………… 278
右江水利公司举办“健康中国　广西在行动”职业健康知识专题讲座 …… 278
右江水利公司党委第三巡察组向季连公司反馈巡察情况……………………… 279
右江水利公司组织员工参加消防设施操作培训………………………………… 280
防风险　保稳定　右江水利公司迅速贯彻落实水利部、珠江委安全生产
工作部署………………………………………………………………………… 280
迟到的活动，不迟到的快乐
——右江水利公司组织女职工开展妇女节活动……………………………… 281
珠江委检查组到块泽河水电站开展水库安全运行大检查……………………… 281
块泽河公司认真贯彻水利部安全生产专题会议精神　严密部署近期安全
生产工作………………………………………………………………………… 282
心怀国之大者，走好第一方阵，以实际行动迎接党的二十大召开
——右江水利公司副总经理马建新讲党课…………………………………… 283
牢记使命艰苦奋斗十六载　不忘初心砥砺前行新征程
——右江水利公司召开百色水利枢纽连续安全运行6000天专题座谈会
……………………………………………………………………………………… 284
块泽河电厂年度发电量突破一亿千瓦·时……………………………………… 285
右江水利公司党委首轮巡察工作圆满收官……………………………………… 286
水利人的风采，运动中的青春
——右江水利公司举办第四届企业文化展示会暨大众体育运动会……… 287
喜迎二十大　奋进新征程
——右江水利公司举办2022年职工健步走活动 …………………………… 288
右江电厂党支部开展“缅怀革命先烈，赓续红色血脉”主题党日活动……… 289
右江水利公司组织开展管涌险情应急抢险实战演练…………………………… 289
右江水利公司检查百色水利枢纽防护工程运行管理工作……………………… 290
右江水利公司党委迅速启动珠江委党组巡察反馈意见整改工作…………… 291
右江水利公司党委召开巡察整改动员部署会…………………………………… 291

右江水利公司党委中心组深入学习宣传贯彻党的二十大精神…………………293
公司领导深入右江水力发电厂调研检查工作………………………………………294
强化思想政治引领　提升入党积极分子教育培养实效……………………………295
右江水利公司青年理论学习小组百色一组集中学习研讨党的二十大报告……295
右江水利公司经营发展学习研究小组开展集中学习研讨活动…………………296
右江水利公司组织开展消防器材使用专项培训……………………………………297
块泽河公司顺利完成大坝自主安全监测……………………………………………298
右江水利公司迅速组织开展2022年“全国消防宣传月”活动 ……………………299
互学互鉴　推动巡察整改走深走实
——右江水利公司赴大藤峡公司交流调研巡察整改工作…………………300
右江水利公司开展项目预算管理制度执行情况调研检查…………………………300

# 主流媒体

◎【中国经济导报、中国发展网】

◎【中国城市建设网】

◎【中国水利】

◎【黄河网】

◎【广西日报】

◎【广西网络广播电视台】

◎【百色广播电视台】

……

右江水利
官方微信公众号

【中国经济导报、中国发展网】

# 万物皆安　春色在望
# 右江水利公司全力推进复工复产

吴晓华

2月4日，广西壮族自治区百色市发现首例新冠病毒确诊者。7日零点，百色市宣布“封城”。面对严峻的疫情防控形势，广西右江水利开发有限责任公司（简称右江水利公司）快速抉择，主动作为、严密防范，织牢织密疫情防控网，千方百计采取各项得力措施，春节假期留守一线生产干部职工一直坚守岗位，确保疫情防控和安全生产两不误。

2月15日，百色市解除新冠疫情“封城”令，有序恢复人民群众正常生产生活秩序，保障社会接续正常运转。连日来，右江水利公司在做好疫情防控、安全生产等各项保障的基础上，全力推进各部门、各子公司复工复产。

## 一、吹响复工复产集结号

疫情形势好转后，右江水利公司在慎终如始抓好疫情防控各项工作的基础上，落实安全责任，再动员再组织再推动，坚持稳字当头、稳中求进，对重点工作重新部署、快速开展，最大限度地减少疫情带来的不利影响，加强措施全力做好复工复产。要求各部门、各子公司结合当前疫情防控形势及生产工作需要，尽快、有序、错峰安排未返回工作驻地的职工返岗工作。

同时，右江水利公司在百色召开专题会议，对持续做好疫情防控和安全生产工作进行再部署再强化。要求切实做好防汛、发电、机组大修、安全监测升级改造等工作，各生产一线部门要加强与合作单位的沟通协调，在严格落实属地防疫要求的基础上，有序保障外来人员的工作和生活，做好汛前各项准备工作，确保运行安全。

## 二、保证电厂安全生产

2月21日，右江水力发电厂1#机组A级检修动员会如期召开，右江水利公司相关领导在动员会上强调，要恢复状态、提振士气，防疫和生产双腕发力，认真谋划推动1#机组A级检修工作，从制度、操作、人员方面统筹安排，做到应修必修、修必修好，确保特殊时期安全生产管理力度不减、标准不降。持续加强设备监视、分析、诊断等工作，及时发现设备运行缺陷，保证电厂设备安全可靠运行，做好物资保障，为百色水利枢纽工程安全度汛打好坚实基础，力促公司当前各项重点工作迅速开展。23日，电厂统筹疫情防控和复工复产这一重大任务，层层压实责任，调度生产，从机械等方面展开全方位检修。电厂负责人介绍，目前电厂已全员到位，快速复工。

## 三、确保枢纽安全稳定运行

疫情期间，百色地区持续降雨。百色水利枢纽管理中心切实加强工程的运行管理和维修维护，认真落实“四预”措施，严格值班值守，积极开展安全检查，确保防汛责任不挂空挡、防汛信息传递到位。百色市疫情解除后，枢纽管理中心全员迅速到位，深入主坝、地下厂房、银屯副坝和香屯副坝，逐项检查防洪调度、汛限水位、泄洪设施、物资储备及日常管护等情况。全面排查薄弱环节，对发现的问题及时整改，做到举一反三，深化整改问题的延伸拓展，持续提升安全管理水平，确保百色水利枢纽安全稳定运行。

## 四、开展库区安全巡察

百色水利枢纽库区管理中心坚持疫情防控和复工复产两手抓，紧紧围绕年度工作目标，细化分解重点工作任务，加强内外沟通对接，认真做好库区内岛屿基础信息的收集整理，加紧推进外委已完合同的验收及结算流程。组织人员做好复工复产后库区安全隐患排查，尤其是库区重点区域和敏感点的安全巡察，及时掌握库区运行状况及水事动态，针对库区发现的涉嫌水事违法行为，利用现有沟通协调机制，按程序及时报告地方河长部门并跟踪处置。

## 五、筑牢网络安全屏障

全国“两会”召开在即，技术管理中心认真落实水利部、珠江委（珠江水利委员会的简称，下同）关于网络安全工作部署，多措并举，层层压实网络安全责任，加强网络安全监督检查和信息通报，提升网络安全防护能力。在做好疫情防护工作的前提下，坚持24小时网络安全值班制度，加强风险排查，提升重点防护，全面开展安全自查，以保障公司网络健康稳定运转，充分利用智能化监控手段，做到网络安全全覆盖。

## 六、推进“平安档案”建设

疫情当前，如何减少人员聚集、降低感染风险是企业复工后面临的一个不小的挑战，办公室通过积极推进数字档案室建设、加强电子档案在线利用、坚持每天巡察档案室等方法夯实档案信息安全，增加电子档案的便捷查阅，有效减少人员流动和档案实体流动，助力疫情防控措施的落实，为公司有序复工复产提供有力支撑。

## 七、落实后勤安保工作

右江水利公司为确保安全生产稳步运行，时刻绷紧疫情防控“高压线”，按照“内紧外松”的原则，服务中心进一步从严公司内部防控管理，积极、主动地开展各项后勤安保工作，对食堂、卫生间、电梯等公共区域采取通风消杀措施，有力降低感染和传播风险；狠抓办公场所等重点部位的管理，加强流动人员轨迹监督；加强坝区安全巡检，为公司复工复产保驾护航。认真贯彻关于疫情防控和复工复产的部署要求，把好事办好，把实事办实。

春色渐浓，一片生机，受新冠肺炎疫情影响的右江水利公司，在春天的召唤下，在众人的期盼下，积极复工复产，不负这大好春日。

【广西日报】

# 右江水利人铆足“虎”劲复工复产

欧阳新华　吴晓华

万物皆安，春色在望。疫情过后，西部大开发标志性工程——百色水利枢纽铆足“虎”劲开新局，全力推进复工复产。

百色市疫情发生以来，百色水利枢纽生产运行受到一定程度影响。面对严峻的疫情防控形势，右江水利公司快速抉择，主动作为、严密防范，织牢织密疫情防控网，千方百计采取各项得力措施，确保百色水利枢纽疫情防控和安全生产两不误。

枢纽管理中心对银屯副坝安全监测设备进行检查维护，积极开展安全检查，确保安全度汛。

百色市“解封”后，右江水利公司在慎终如始抓好疫情防控各项工作的基础上，落实安全责任，再动员再组织再推动，坚持稳字当头、稳中求进，对重点工作重新部署、快速开展，最大限度地减少疫情带来的不利影响，加强措施全力做好复工复产。

2月21日，右江水利公司召开右江水力发电厂1#机组A级检修工作动员大会，统筹疫情防控和复工复产这一重大任务，从机械等方面展开全方位检修，为保障重要水利工程设施安全和企业高质量发展奠定坚实基础。

百色水利枢纽工程是一座以防洪为主，兼有发电、灌溉、航运、供水等综合利用效益的大型水利枢纽，是我国西部大开发重要的标志性工程之一，是珠江流域综合规划确定的郁江治理和开发的关键性工程。2001年10月开工建设，2016年工程完成竣工验收。

百色水利枢纽工程建成投入运行以来，为深入推动西部大开发战略绿色发展提供了重要支撑，为广西凝心聚力打赢脱贫攻坚战奠定了坚实基础，初步形成面向东盟的西南国际大通道。工程建成后，对下游两岸防洪起到巨大作用，保障了百色、南宁等地区的人民生命和财产安全，为南方电网提供了优质的绿色能源，助推广西经济发展。通过实施流域水资源调度，改善郁江中下游生产、生活和农田灌溉用水条件，增加枯水期流量，缓解郁江中下游旱情，保障郁江流域生态稳定，提高整体航道航运标准，实施压咸补淡用水超40亿立方米，保障了我国澳门、珠海及珠江三角洲地区的供水安全。

【中国水利】

# 广西右江水利公司组织开展系列安全生产检查“护航保平安”

赵松鹏　卢学良

春节前后，广西右江水利公司部署各生产部门、子公司开展安全生产自查，并由公司领导班子成员带队，组织开展了系列安全生产检查，取得了明显成效。

右江水力发电厂员工为1#机组A级检修做准备工作。

自1月6日起至2月16日，

**枢纽管理中心对银屯副坝安全监测设备进行检查维护，积极开展安全检查，确保安全度汛。**

右江水利公司成立了检查组，由公司领导带队，以“四不两直”方式，先后6次分别到百色水利枢纽主副坝、电厂、汪甸防护堤、库区岸线及办公楼进行深入检查。检查组根据安全生产专项整治三年行动、岁末年初安全生产检查、水电站等水利设施风险隐患排查整治、春节保供电、冬春火灾防控和疫情防控等要求，重点排查了工程运行、值班值守、网络安全及防火防盗等方面存在的隐患。每到一处，检查组都深入现场，详细了解设备设施运行、人员值班值守和现场安全管理等方面情况，指出问题，明确责任，责令整改。

公司党委书记、董事长肖卫国强调，2022年是不平凡的一年，各部门、子公司要坚决落实水利部、珠江委有关工作部署，进一步提高政治站位，统筹发展和安全，层层压实安全责任，强化安全风险分级管控和隐患排查治理，靠前指挥，加强一线，切实做好各项安全防范工作，确保工程运行、安全保卫、交通出行、网络安全、后勤保障安全，为2022年安全生产工作开好头起好步。

2月4日，在百色市出现新冠肺炎确诊病例并迅速增加的严峻时刻，公司迅速果断应对，公司党委书记、董事长肖卫国，各生产部门主要负责人立即结束休假，奔赴现场，守在一线，克服人员不足的困难，每天安排党员干部到生产现场带班，对主要设备设施和重大危险源等加强巡视检查，确保万无一失。至2月15日百色“解封”，右江水利公司职工无一人感染，工程正常生产运行，夺取了疫情防控和安全生产“双胜利”。

右江水利公司系列安全生产检查覆盖广、力度大，排查深入、整改彻底，目前，排查出的34项安全隐患均已整改完毕，同时，举一反三，加强长效机制建设，着手修订危险源清单和重大隐患清单等，为保障重要水利工程设施安全和企业高质量发展奠定坚实基础。

【中国水利】

# 右江水利公司召开 2022 年工作会议

吴晓华

2 月 28 日，右江水利公司召开 2022 年工作会议，全面落实 2022 年全国水利工作会议和珠江委 2022 年工作会议要求，总结公司 2021 年工作，分析发展形势任务，研究部署 2022 年工作。公司党委书记、董事长肖卫国作题为《踔厉奋发 笃行不怠 持续推进公司高质量发展》的工作报告。公司党委副书记、总经理袁文传主持会议并作会议总结。公司领导邓勋发、马建新、汤进为、王伟出席会议。

会议指出，一年来，右江水利公司深入贯彻落实习近平总书记“节水优先、空间均衡、系统治理、两手发力”治水思路，在水利部、珠江委的坚强领导下，心怀“国之大者”，完整、准确、全面贯彻新发展理念。公司全体干部职工勇于担当、主动作为、克难奋进，解决了困扰公司多年想解决而没有解决的疑难问题，圆满完成了安全生产、防洪度汛、运行管理、库区保护管理、信息化建设、从严治党等各项重点工作，在债务结构再优化、上网电价上调、云南库区用地确权等方面取得重大成果，在水库调度汛末蓄水、电力调频辅助交易等方面卓有成效，百色水利枢纽荣获第十八届中国土木工程詹天佑奖，各项工作成效显著，实现了“十四五”良好开局。

肖卫国全面分析了 2022 年公司高质量发展面临的形势和任务。他指出，要认真贯彻落实中央经济工作会议“稳字当头、稳中求进”的工作总基调，按照水利部、珠江委 2022 年工作会议要求和部署，立足新发展阶段、贯彻新发展理念、构建新发展格局，守住发展底线、提升发展上限，坚持稳中求进、行稳致远，持续推进高质量发展。公司要准确把握高质量发展、统筹发展和安全、补短板强弱项对公司工作提出的新要求，深入研究“四个统一”的深刻内涵，以实际行动支撑“四个统一”要求在珠江流域落实落地。

肖卫国强调，要坚持以习近平新时代中国特色社会主义思想为指导，坚定贯彻落实水利部党组、珠江委党组决策部署，围绕“工程不出问题、效益正常发挥”，在工程安全、防洪安全、财务安全、生产安全、党风廉政安全等方面全力保“稳”，在工程效益、经济效益、干部人才队伍、职工幸福感获得感、政治生态等方面努力求“进”，以优异成绩迎接党的二十大胜利召开。一要坚持“两个一以贯之”，坚定不移推进全面从严治党。学习宣传党的二十大精神，持续巩固党史学习教育成果。

深化基层党组织建设，落实“两个责任”，落实意识形态责任，加强精神文明建设。二要抓好安全生产。加强安全生产责任体系建设，健全双重预防机制，提升应急管理能力，加强现场安全管理。三要抓好防洪度汛。做好防汛准备，加强预报预警，优化水库调度，严肃防汛工作纪律。四要抓好工程运管能力提升。精心维护确保设备运行良好，做好水管单位年度考核工作，大力推进工程运行标准化建设，利用信息化技术提升工程运管能力。五要全面加强库区管理。持续推进全库区用地确权工作，加大土地管控和规范化管理，加快提升库区管理水平。六要加快智慧百色枢纽工程建设。加快推进公司信息一体化管理，加强网络安全等信息基础设施建设，开展百色水利枢纽数字孪生工程建设。七要全面抓好公司经营管理。确保资金保障和安全，拓宽融资渠道，加强政策研究，加强子公司管理指导。八要全面抓好公司自身建设。持续抓好作风建设，抓好干部人才队伍建设，稳妥推进坝区及百色基地综合规划实施，慎终如始做好疫情防控，做好各项基础保障工作。

袁文传对全面系统深入学习 2022 年全国水利工作会议精神、珠江委工作会议精神和贯彻落实本次会议精神进行了部署。他要求，一是要守住安全底线。坚持统筹发展和安全，聚焦主责主业，守住安全底线，提升发展上限，拓展发展的高度和宽度。二是要坚持问题导向。深入排查各区域、各电站安全隐患并整改。下大力气解决群众急难愁盼问题，不断增强人民群众的获得感幸福感安全感。三是要持续担当作为。加强学习，练好内功，增强担当责任意识，强化对督办事项和重点工作量化考核。四是要从严管党治党。要加强党的全面领导，长期坚持严的主基调。巩固拓展党史学习教育成果，将其转化成为推动公司新阶段高质量发展的强化动力。

会议宣读了 2021 年度表彰情况，相关部门作会议交流发言。

会议严格落实疫情防控要求，以视频形式召开，工会主席、副总工程师，各部门、各子公司主要负责人及全体员工分别在主会场和分会场参加会议。

【中国水利】

## 抗旱补水压咸　做好流域水安全保障

## ——百色水利枢纽累计向下游补水 5.3 亿立方米

吴晓华

2 月 19 日，珠江流域春节期间“压咸补淡”应急补水调度圆满完成，有效压制了“冬春连旱、旱上加咸”的强咸潮影响，保障了珠江三角洲城乡居民生活用水安全。自2021年12月以来，在水利部、珠江委统一调度下，百色水利枢纽共向下游补水5.3亿立方米，全力保障了我国香港、澳门和珠江三角洲地区供水安全，将咸潮可能造成的损失和影响降到最低。

2021年开春以来，珠江流域降雨持续偏少，2021年进入主汛期后，百色水利枢纽库区降雨来水明显偏少，7月底库水位远低于常年同期水位，水库蓄水不足，2022年春，右江来水持续偏枯。同时，受珠江流域整体冬春旱情因素影响，珠江三角洲河口地区咸潮上溯，我国香港、澳门和珠江三角洲地区供水安全受到威胁，百色水利枢纽在枯水期汛末蓄水压力较大情形下，依然坚守珠江流域西江中上游远地供水保障的第三道防线。

为抓好汛末蓄水，正常发挥枢纽工程在珠江流域枯水期“压咸补淡”作用，做好流域水安全保障工作，根据珠江委2021—2022年珠江枯水期水量调度实施方案，右江水利公司提前部署，统筹协调，紧盯流域雨情水情工情，全过程跟踪滚动分析出入库流量，按照“前蓄后补”措施，加强与气象水文部门、广西电网公司沟通协调，全力减发蓄水，确保百色水库在2021年10月底前尽可能多蓄水，储备水源。

2022年元旦和春节期间，珠江委按照水利部部署，多次下达调度指令，实施流域水量综合调度，百色水利枢纽积极响应开展向下游集中补水、压咸工作，严格按照月均不小于100立方米每秒控制出库流量的要求，累计向下游补水5.3亿立方米，月均出库流量达208立方米每秒，与其他水利工程一道有效抑制珠江河口咸潮上溯，有效发挥了珠澳供水保障的第三道防线作用，为全力保障粤港澳大湾区供水安全作出了积极贡献。

【中国水利】

## 右江水利公司切实抓好2022年防洪度汛工作

吴晓华　岳　源

近日，右江水利公司召开2022年防洪度汛工作会议，全面部署防洪度汛工作。根据会议要求成立4个专项检查小组，深入备汛一线现场排查和整治防汛安全隐患，认真贯彻落实水利部水旱灾害防御工作部署，夯实防汛基础，确保人民群众生命财产安全，确保百色水利枢纽工程和子公司电站水库防洪安全万无一失。

金牌机组。

右江水利公司2022年防洪度汛工作会议强调，水旱灾害防御事关人民群众生命安全，事关党和国家工作大局，公司全体职工要提高政治站位，锚定“人员不伤亡、水库不垮坝、重要堤防不决口、重要基础设施不受冲击”目标，高度重视，履行天职，扛起政治责任，落实党政同责、一岗双责。要坚持“防住为王”、“预”字当先、“实”字托底，落实“四预”措施，贯通“四情”防御，立足防大汛、抗大洪、抢大险，抓紧抓实补齐防汛管理短板、堵住风险隐患漏洞、强化防汛实战弱项，克服麻痹思想，主动担当作为，突出做好超标洪水情况下应急处置准备，切实抓好2022年防洪度汛各项工作落实。

根据会议精神要求，3月9日至13日，右江水利公司成立4个专项检查小组，深入百色水利枢纽工程和子公司电站备汛一线现场开展汛前检查。检查组在检查过程中强调，一要高度重视水旱灾害防御工作的重要性，坚持人民至上、生命至上。确保险情发生时电力、通信畅通，统筹做好后勤保障、人员转移迅速响应。二要牢记百色水利枢纽防汛职责使命，确保工程安全运行。狠抓防汛工作责任落实，加强雨水情实时监测和信息动态分析研判；及时组织防汛物资、设备设施和应急队伍建设情况监督检查；严格水库运行规范化调度，执行水库汛限水位监督管理相关规定和上级主管部门调度指令；加强工程运行安全监测，加强闸门、机电、金结、电气维修维护，做好超标洪水情况下应急处置准备，严格防汛值班值守和工作纪律。三要加强与地方应急部门的沟通协调和地方政府防汛工作联系以及与上下游水电站的防汛联防联动，做好区域强降雨洪水科学调度，形成防汛合力，切实把握防汛主动权，打好防汛主动仗。四要切实增强忧患意识、风险意识和责任意识，做好因持续降雨或局部强降雨引发泥石流、滑坡、超标洪水等自然灾害导致设备设施出现险情的各项准备和应急应对工作。

3月17日，全国入汛，珠江委同步启动防汛24小时应急值守。右江水利公司迅速响应，要求公司各部门、各子公司认真贯彻落实水利部水旱灾害防御工作会议精神，进一步提高政治站位，坚持人民至上、生命至上，紧紧围绕“工程不出问题、效益正常发挥”的要求，自上而下坚守底线思维，严明政治纪律和政治规矩，强化风险意识和责任意识，用洪水防御工作的实际行动做到“两个维护”，如履薄冰地做好 2022 年度防汛度汛工作。

【广西日报】

## 赞！支撑广西“保供电”　右江电厂荣获“南方电网2021 年发电先进集体”荣誉称号

欧阳新华　吴晓华

近日，广西右江水利公司右江电厂（右江水力发电厂的简称）被授予“南方电网 2021 年发电先进集体”荣誉称号。这是该电厂继 $4^{\#}$ 机组荣获 2020 年南方电网“金牌机组”荣誉称号以来，又一次获得南方电网表彰和肯定。

右江水力发电厂投产发电十五周年合影。

2021 年，广西遭遇“电荒”。在电力供应紧缺的严峻形势下，右江水利公司克服自身来水严重偏枯的不利影响，认真贯彻落实党中央、国务院关于能源保供的决策部署，主动作为、勇于担当，严格执行调度纪律，坚持长时间低水头高负荷运行，精心检修维护，全年设备运行良好，为广西电网“保供电”提供有力支撑，为南方五省（区）电力有序供应发挥了重要作用。同时，右江电厂充分发挥机组性

发电先进集体。

能良好的优势，为南方电网提供调频辅助服务支撑，综合效益显著。

据悉，右江电厂是此次南方电网表彰的2021年为保障南方五省（区）有序电力供应发挥重要作用的16家发电先进集体之一。百色水利枢纽工程是国家“十五”重点项目、西部大开发标志性工程，工程效益以防洪为主，兼有发电、灌溉、航运、供水等综合利用。右江电厂作为广西电网的主力调峰电厂，承担广西电网的调峰、调频和事故备用等重要任务，枯水期调峰电量占全年调峰电量的70%。电厂自2006年投产发电以来，已累计发电量超213亿千瓦·时，安全生产天数突破5800天，有力保障了广西电网的安全运行。

【中国经济导报、中国发展网】

# 广西右江水利公司右江电厂荣获“南方电网2021年发电先进集体”荣誉称号

吴晓华

近日，记者从南方电网获悉，由于在力保2021年南方电网电力有序供应和支撑广西“保供电”工作中成绩突出，广西右江水利公司右江电厂被授予“南方电网2021年发电先进集体”荣誉称号。这是该电厂继4#机组荣获2020年南方电网“金牌机组”荣誉称号以来，又一次获得南方电网表彰和肯定。

2021年，广西壮族自治区遭遇“电荒”。在电力供应紧缺的严峻形势下，右江水利公司克服自身来水严重偏枯的不利影响，认真贯彻落实党中央、国务院关于能源保供的决策部署，主动作为、勇于担当，严格执行调度纪律，坚持长时间低水头高负荷运行，精心检修维护，全年设备运行良好，为广西电网“保供电”提供有力支撑，为南方五省（区）电力有序供应发挥了重要作用。同时，右江电厂充分发挥机组性能良好的优势，为南方电网提供调频辅助服务支撑，综合效益显著。

据悉，右江电厂是此次南方电网表彰的2021年为保障南方五省（区）有序电力供应发挥重要作用的16家发电先进集体之一。百色水利枢纽工程是国家“十五”重点项目、西部大开发标志性工程，工程效益以防洪为主，兼有发电、灌溉、航运、供水等综合利用。右江电厂作为广西电网的主力调峰电厂，承担广西电网的调峰、调频和事故备用等重要任务，枯水期调峰电量占全年调峰电量的70%。电厂自2006年投产发电以来，已累计发电量超213亿千瓦·时，安全生产天数突破5800天，有力保障了广西电网的安全运行。

【中国水利】

# 百色水利枢纽全力腾库　确保今年安全度汛

吴晓华　周少良

记者日前从珠江委获悉，截至4月17日8时，广西百色水库已腾空15亿立方米库容迎汛备汛，水库降水位工作取得阶段性进展。目前，右江水利公司正进一步加强与广西电网公司的沟通协调，增加右江水力发电厂发电负荷，缓解水库汛前腾库压力，确保库水位按计划降至汛限水位以下。

百色水利枢纽工程是珠江流域防洪体系中的骨干工程，承担百色市、南宁市防洪重任。2022年1月1日至今，百色水库入库流量比运行以来多年平均偏多1倍，汛前降水位压力极大。为确保防汛安全，右江水利公司深入贯彻习近平总书记重要讲话指示批示精神和李克强总理关于防汛抗旱工作的批示要求，认真落实全国防汛抗旱工作电视电话会议精神，按照水利部、珠江委工作部署要求，积极布置2022年防汛目标任务、防汛责任，开展监督检查等重点工作，提高政治站位，履行防汛天职，落实“四预”措施，贯通“四情”防御，抓紧补短板、堵漏洞、强弱项，做好预案准备、队伍准备、物资准备、技术准备、组织准备，明确有关人员履职要求，层层压实工作责任，确保百色水利枢纽工程和子公司电站水库防洪安全万无一失。

针对当前百色水库库容现状以及上游降雨来水情况，右江水利公司正积极加强与气象、水文、电网等部门的沟通联系，不断细化实化防汛调度方案，尽早腾库到位，确保安全度汛。

【百色广播电视台】

# 周密组织　打好水利防汛“准备仗”

欧阳新华

当前，百色市已进入主汛期，降雨量明显增多。为全力筑牢安全防线，确保人民群众生命财产安全，百色市重点抓好压实防汛责任、强化监测预警、加强汛期值班值守与强化水库安全度汛等工作，全力打好水利防汛“准备仗”。

作为防汛备汛的第一道防线，百色水利枢纽防汛安全责任重大，承担着百色市、南宁市的防洪重任。在百色水利枢纽大坝上，枢纽管理中心的工作人员正在巡检主坝，对大坝、各层廊道、电厂内的排水廊道进行检查。工作人员告诉记者，进入汛期后，他们的工作除了巡视和检查枢纽内的水工建筑物、检修维护安全监测设备和运行维护视频系统，还需要对仓库储存的防汛物资开展汛前检查、维护及保养，确保防汛基础设备设施完好、运行正常。

检视大坝是水利防汛工作的“眼睛”，枢纽管理中心（防汛办）则是确保安全度汛的“中枢”。百色水利枢纽防汛办监测到，2022年以来，百色水利枢纽库区降雨量较往年偏多，特别是进入5月以来，郁江流域连续出现降雨过程，降水位工作压力增大。因此，在枢纽管理中心办公区内，防汛办值班人员严格执行24小时三级防汛值班制度，时刻紧盯气象趋势，加强滚动预报，及时发布预警信息。在有效获取水库运行调度情况的同时，加强与上下游水电站的沟通协调和信息共享，与上级防汛部门和地方各级政府的沟通，掌握各类社会防汛信息和资源，通过联动机制形成防汛合力。

截至5月23日8时，广西百色水库库区水位已降至

汛限水位以下 2.3 米，水库降水位工作取得阶段性进展。

除紧抓百色水利枢纽防汛工作外，百色市水利部门多点发力，通过强化监测预警、完善防汛预案修订、加强汛期值班值守等工作推进全市水旱灾害防御各项工作落实。在压实防汛责任方面，百色市采用逐级落实并公告水库（水电站）、堤防等防汛有关责任人的方式，目前已落实全市 313 座水库、235 座水电站的“三个责任人”，落实全市 2179 个山洪灾害防治危险区的防御责任人。当前，这些责任人的重要工作之一便是要确保水库安全度汛。

【中国水利】

## 16 年来首次！百色水利枢纽开启中孔闸门泄洪

翟艳军　陆　勤

5 月 31 日，按照广西壮族自治区水利厅调度指令，右江水利公司于 12 时开启百色水利枢纽水库中孔闸门，逐步加大泄洪流量。这是百色水利枢纽工程运行 16 年以来首次开启中孔闸门泄洪。

近期，受前期连续强降雨及上游电站开闸泄洪影响，百色水利枢纽水库水位持续上涨，不断接近水库汛限水位 214 米。在确保百色水利枢纽工程防洪安全运行的情况下，右江水利公司于 5 月 29 日 18 时开闸泄洪，4 个表孔闸门全开至敞泄状态，出库流量达 1500 立方米每秒（含发电流量）。因上游水库泄洪流量和连续降雨量不断增大，5 月 31 日 12 时起，右江水利公司按照上级调度指令开启中孔闸门，加大泄洪流量，与 4 个表孔闸门开启泄洪联合调度，15 时以后总出库流量控制在1800立方米每秒以内（含发电流量），让水库水位逐步回落到汛限水位214米以下，以迎接即将再次到来的强降雨。

据了解，右江水利公司已于2022年4月21日组织开展2022年度百色水利枢纽水库中孔闸门全行程无水启闭试验，确保安全度汛。此次表孔和中孔联合泄洪调度，采用了备用应急电源启动表孔闸门动水试验，积累了动水情况下开启闸门运行的技术数据和应急经验。本次泄洪之前，右江水利公司积极做好泄洪防范应对工作及泄洪流量预警，提前通知下游受影响相关单位和群众做好安全防范和转移。

下一步，右江水利公司将持续加强与上级行政主管部门及气象水文部门沟通联系，密切关注气象和水文变化情况，及时收集掌握流域水雨情，做好预测分析、汛情研判和后续防洪调度相关工作，确保工程安全度汛、安全运行和泄洪影响区域人民群众生命财产安全。

【广西日报】

# 运行16年以来首次<br>百色水利枢纽工程开启中孔闸门泄洪

周　映

5月31日，记者从水利部珠江委获悉，为应对本轮强降雨，按照自治区水利厅调度指令，当天12时，右江水利公司开启百色水利枢纽水库中孔闸门逐步加大泄洪流量。这是百色水利枢纽工程运行16年以来首次开启中孔闸门泄洪。

近期，受前期连续强降雨及上游电站开闸泄洪影响，百色水利枢纽水库水位持续上涨，不断接近水库汛限水位214米，防洪形势严峻。

右江水利公司为充分发挥百色水利枢纽工程对区域经济社会水安全支撑作用，坚持人民至上、生命至上，彰显国企责任担当，在确保百色水利枢纽工程防洪安全运行情况下，按照自治区水利厅的调度指令，于29日18时开闸泄洪，4个表孔闸门全开至敞泄状态，出库流量达1500立方米每秒（含发电流量）。因百色水利枢纽上游水库泄洪流量和连续降雨量不断增大，31日12时起，右江水利公司按照上级调度指令开启中孔闸门，加大泄洪流量，与4个表孔闸门开启泄洪联合调度，15时以后总出库流量控制在1800立方米每秒以内（含发电流量），让百色水利枢纽水库水位逐步回落到汛限水位214米以下，以迎接即将再次到来的强降雨。

据了解，为确保百色水利枢纽工程安全度汛，右江水利公司已于4月21日组织开展2022年度百色水利枢纽水库中孔闸门全行程无水启闭试验，提前做好防洪度汛准备。此次表孔和中孔联合泄洪调度，采用了备用应急电源启动表孔闸门动水试验，积累了动水情况下开启闸门运行的技术数据和应急经验。

同时，本次泄洪之前，右江水利公司积极做好泄洪防范应对工作，规范操作，科学调度，做好泄洪流量预警，按规定提前通知下游受影响的相关单位和群众，及时做好安全防范和转移，为保障下游人民群众生命财产安全发挥了重要作用。

针对此次泄洪，右江水利公司高度履行防洪保安全天职，坚决贯彻落实水利部、珠江委和自治区的防洪度汛工作部署要求，锚定防汛目标，落实防汛责任，不断强化“四预”措施，贯通“四情”防御，严格按照操作规程规范，逐步加大泄洪流量，确保工程安全运行和泄洪影响区域人民正常生产生活秩序。

右江水利公司负责人表示，将持续加强与上级行政主管部门及气象水文部门沟通联系，密切关注气象和水文变化情况，及时收集掌握流域水雨情，积极做好预测分析、汛情研判和后续防洪调度相关工作，不断优化泄洪方案，履职尽责，做好值班值守，确保工程安全度汛、安全运行和泄洪影响区域人民生命财产安全。

【广西新闻频道】

## 百色水利枢纽工程运行16年以来首次开启中孔闸门泄洪

翟艳军　陆　勤

5月31日，记者从珠江委获悉，按照广西壮族自治区水利厅调度指令，右江水利公司于12时开启百色水利枢纽水库中孔闸门，逐步加大泄洪流量。这是百色水利枢纽工程运行16年以来首次开启中孔闸门泄洪。

近期，受前期连续强降雨及上游电站开闸泄洪影响，百色水利枢纽水库水位持续上涨，不断接近水库汛限水位214米。右江水利公司为充分发挥百色水利枢纽工程对区域经济社会水安全支撑作用，坚持人民至上、生命至上，彰显国企责任担当，在确保百色水利枢纽工程防洪安全运行情况下，按照广西壮族自治区水利厅的调度指令，于5月29日18时开闸泄洪，4个表孔闸门全开至敞泄状态，出库流量达1500立方米每秒（含发电流量）。因百色水利枢纽上游水库泄洪流量和连续降雨量不断增大，5月31日12时起，右江水利公司按照上级调度指令开启中孔闸门，加大泄洪流量，与4个表孔闸门开启泄洪联合调度，15时以后总出库流量控制在1800立方米每秒以内（含发电流量），让百色水利枢纽水库水位逐步回落到汛限水位214米以下，以迎接即将再次到来的强降雨。

据了解，为确保百色水利枢纽工程安全度汛，右江水利公司已于2022年4月21日组织开展2022年度百色水利枢纽水库中孔闸门全行程无水启闭试验，提前做好防洪度汛准备。此次表孔和中孔联合泄洪调度，采用了备用应急电源启动表孔闸门动水试验，积累了动水情况下开启闸门运行的技术数据和应急经验。同时，本次泄洪之前，右江水利公司积极做好泄洪防范应对工作，规范操作，科学调度，做好泄洪流量预警，按规定提前通知下游受影响相关单位和群众，及时做好安全防范和转移，为保障下游人民群众生命财产安全发挥了重要作用。

针对此次泄洪，右江水利公司高度履行防洪保安全天职，坚决贯彻落实水利部、珠江委和广西壮族自治区的防洪度汛工作部署要求，锚定防汛目标，落实防汛责任，不断强化“四预”措施，贯通“四情”防御，严格按照操作规程规范，逐步加大泄洪流量，确保工程安全运行和泄洪影响区域人民正常生产生活秩序。

右江水利公司负责人表示，右江水利公司将持续加强与上级行政主管部门及气象水文部门沟通联系，密切关注气象和水文变化情况，及时收集掌握流域水雨情，积极做好预测分析、汛情研判和后续防洪调度相关工作，不断优化泄洪方案，履职尽责，做好值班值守，确保工程安全度汛、安全运行和泄洪影响区域人民生命财产安全。

【中国发展网】

## 认真履行安全生产职责　牢牢守住安全生产底线

肖卫国

今年是党的二十大召开之年，这是党和国家政治生活的一件大事，提高政治站位，守住安全底线，确保百色水利枢纽及各子公司安全稳定运行，具有特殊的重要意义。

百色水利枢纽工程是西部大开发十大标志性工程之一，是治理和开发郁江的关键项目，工程以防洪为主，兼有发电、灌溉、航运、供水等综合利用效益。工程在建设和运行期间，得到了党和国家领导人的深切关怀。

右江水利公司是水利部直属国有企业，负责百色水利枢纽工程建设和运行管理，由水利部珠江委代水利部管理。工程自2016年12月通过竣工验收投入运行以来，始终保持安全、稳定、高效运行，安全生产天数已突破 5900 天。迄今，工程抵御四次超强台风，年均防洪效益约 4.58 亿元，向下游补充生产生活用水 42.85 亿立方米，保障郁江流域城镇乡村人民生命财产安全；累计发电超 216 亿千瓦·时，位居广西电网调峰能力和调峰电量前列，为“碳达峰、碳中和”作出突出的清洁能源贡献；配合做好规范库区和岸线水事活动，确保库区水生态健康、水环境安全，连续十余年开展库区水质监测，水质总体优于地表水Ⅲ类标准，成为优质供水水源地，工程持续发挥社会、生态和经济等综合效益。

百色水利枢纽工程的安全运行，关乎上下游乃至流域社会稳定和人民群众的切身利益。工程安全生产区域涉及面广，作业风险高、工作任务重、安全责任大，尤其在防洪保安、电力生产、库区管理等方面均面临重大安全风险考验。千里之堤，溃于蚁穴，必须提高政治站位，深入贯彻落实习近平总书记关于安全生产的重要指示批示精神，坚持“人民至上、生命至上”，统筹发展和安全，树牢底线思维、极限思维，全面履行安全生产第一责任人责任，不断完善安全生产制度体系，深入辨识化解安全生产风险，查找整改隐患和短板弱项，全面改进和强化安全生产工作，坚决防范遏制事故，以平稳的安全生产形势确保中心工作的稳步发展，以实际行动迎接党的二十大胜利召开。

## 一、切实提高政治站位，树牢安全发展理念

习近平总书记多次对安全生产工作作出重要指示，深刻指出：生命重于泰山，决不能只重发展不顾安全，切实把确保人民生命安全放在第一位落到实处。各级领导干部要切实承担起“促一方发展，保一方平安”的政治责任，强调要落实和完善“党政同责、一岗双责、齐抓共管、失职追责”和“三管三必须”的安全生产责任体系。2022 年入汛以来，珠江流域降水显著偏多，防汛压力大。右江水利公司深入学习贯彻习近平总书记关于防灾救灾和防汛工作的重要指示批示精神，全面落实水利部、珠江委、地方政府防汛抗旱工作会议精神，积极践行“两个坚持、三个转变”防灾减灾救灾理念，坚持人民至上、生命至上，始终把保障人民群众生命财产安全放在第一位，按照水利部、珠江委工作部署要求，积极布置和开展2022年防汛目标任务、防汛责任和监督检查等重点工作，提高政治站位，履行防汛职责，落实“四预”措施，贯通“四情”防御，锚定“工程不出问题，效益正常发挥”目标，抓紧补短板、堵漏洞、强弱项，扎实做好预案准备、队伍准备、物资准备、技术准备、组织准备，明确有关人员履职要求，层层压实工作

责任，确保百色水利枢纽工程和子公司电站水库防洪安全万无一失。目前，百色水利枢纽连续迎战珠江流域西江 1 号、2 号、3 号、4 号洪水，积极利用 16.4 亿立方米的防洪库容对流域防洪进行科学调度。目前，共拦蓄洪量 2.6 亿立方米，腾库 1 亿立方米，削峰率 34%，有效错开黔江洪峰，为西江干流平稳度汛发挥了骨干工程的重要防洪作用。

百色水利枢纽作为珠江流域防洪控制性骨干工程，始终把思想和行动统一到总书记关于安全生产的重要指示精神上来，贯彻落实“安全生产十五条硬措施”，坚持目标导向、问题导向和结果导向，深刻领会“遵守安全生产法，当好第一责任人”的政治责任，突出责任落实、源头治理，切实履行好安全生产主体责任，有效防范化解重大风险，着力破解安全发展难题，杜绝生产安全事故发生，全力维护公司安全生产形势稳定。

## 二、贯彻落实新安全生产法，筑牢安全生产防线

2021 年 9 月 1 日开始实施的《安全生产法》将习近平总书记关于安全生产工作一系列重要指示批示精神和党中央、国务院有关安全生产决策部署转化为法律规定，是促进实现安全生产治理体系和治理能力现代化的重要举措，也是防范化解重大安全生产风险，推进高质量发展的有力保障。国无法不治，民无法不立，《安全生产法》作为我国安全生产领域的基础性、综合性法律，是我们强化安全生产工作的法治根基。要做好安全生产工作，筑牢安全生产防线，就要求我们必须做到学法、知法、守法、用法。只有全员的安全生产法治意识加强了，才能依法治安，依法“致”安。一要加大普法宣传，充分利用新修订的《安全生产法》，以各种喜闻乐见的形式加大安全生产法治宣传，让《安全生产法》更加深入人心，切实提高公司员工的安全生产法治素养和法治意识，在公司内营造学法知法守法用法的浓厚氛围。二要加强贯彻实施，按照新修订的《安全生产法》的要求，完善公司配套安全管理具体制度，尤其是全员责任落实、安全生产投入、违章违法处罚等方面，加大执行力度，切实将《安全生产法》落到实处。

## 三、持续强化工作举措，全力做好安全生产工作

压紧压实责任，落实全员安全生产责任制。责任是安全生产工作的“灵魂”，责任制在安全生产工作中起着决定性、主导性作用。要按照全国安全生产电视电话会议“理直气壮、从严从实，责任到人、标本兼治，如履薄冰、守住底线”的工作要求，压紧压实安全生产责任，全面落实全员安全生产责任制。需要把全体

员工的积极性和创造性调动起来，形成人人懂安全、人人抓安全的良好局面，全面提升公司的整体安全生产水平。一要责任分解到位，分解要科学合理，切合实际，主体责任、综合监管责任、专业监管责任都要全面科学分解，既要消除责任盲点，也要有效衔接，让每个部门每个人负他该负的责，负他应负的责；二要责任宣贯到位，全员安全生产责任制不能只是写在纸上、挂在墙上、说在嘴上，要以各种形式加大宣贯力度，只有让每个员工都对自己的安全生产责任了然于心，才能进一步把安全生产责任抓在手上、扛在肩上、落在行动上；三要责任落实到位，强化监督检查，严肃考核奖惩，该奖的奖，该罚的罚，对责任落实不到位的、流于形式的，要敢于动真格，加大责任追究力度；四要发挥好引领作用，各部门负责人和安全管理人员，尤其是主要负责人，要以身作则，做好榜样，经常深入现场监督检查，督促全员提高落实安全生产责任制的自觉性。

强化双重预防机制，从源头上防范化解风险。要进一步健全完善安全风险分级管控和隐患排查治理双重预防机制，牢固构筑防范生产安全事故的两道防火墙。第一道是控风险，要以安全风险辨识和管控为基础，从源头上系统全面辨识风险、有效分级管控风险，坚决把各类风险控制在可接受范围内，杜绝和减少事故隐患；第二道是治隐患，以隐患排查和治理为手段，全面排查治理风险管控过程中出现的缺失、漏洞和风险控制失效环节，坚决把隐患消灭在事故发生之前，切实做到纵深防御、关口前移、源头治理。要将风险管控和隐患排查作为一个有机整体进行考虑，实施闭环管理、动态管理。风险识别评估的“危险源”应为隐患排查的“排查点”，同时，隐患排查可能发现新的危险源，是对通过风险辨识发现危险源方法的补充和完善。

加强应急管理工作，全面提升应急处突能力。牢固树立未雨绸缪、预防为主的思想，以落实和完善应急预案体系为基础，以提高预防和处置各类突发事件能力为重点，构建统一指挥、快速反应、协调有序、运转高效的应急管理机制，提升处置突发事件的能力和水平。一要强化应急演练，演练形式可以桌面演练，可以实战演练，也可以综合两种形式，重点是要贴近实战，符合实际，达到练组织、练指挥、练程序、练协同、练处置的目的；二要加强值班值守，要严格执行领导干部带班、关键岗位 24 小时值班制度和事故信息报告制度，发生事故或遇有重要紧急情况，要立即报告并启动预案，及时采取有效措施妥善应对和科学处置；三要完善应急准备，应急设备和物资储备、预案完善、宣传教育等方面工作都要结合实际不断完善。

强化安全教育培训，提升全员安全素质。员工是企业宝贵的财富，也是企业保障安全生产的主力军，要做好安全生产工作，必须要提高员工的安全意识和安全素质。应坚持强化安全文化建设和安全教育培训工作，积极创新思路举措和方式方法，结合工作实际，举办形式多样、内容丰富的安全生产宣传教育系列活动，如“安全生产月”活动、专家现场授课、网络答题、警示教育和特种作业取证培训等形式，进一步增强全体员工的安全意识和专业技能，使安全生产意识真正“入心入脑”，安全生产技能知识全面提升，切实把学习成果转化为推动安全发展的工作实效。

安全生产责任重于泰山，只有起点，没有终点。右江水利公司坚决扛起安全生产的政治责任，毫不松懈地打好安全生产主动仗，不断健全完善安全风险查找、研判、预警、防范、处置、责任“六项机制”，依法全面履责，扎实做好安全生产工作，坚决守住安全生产底线红线，切实保障重大水利工程设施安全，为右江水利公司高质量发展保驾护航，以优异的成绩迎接党的二十大的胜利召开。

【光影百色　我们一起走过】

## 【撤地建市二十周年】百色：匠心独具　建幸福之江

何　静

百色水利枢纽开河泄洪。

在漫长岁月中，右江就像温柔的母亲孕育右江河谷一带，撤地建市初期，

广西右江百色水利枢杻水电站工程开工典礼。

右江上多了一道利民工程——右江百色水利枢纽工程。近20年来，右江百色水利枢纽充分发挥水库拦洪、削峰、错峰“缓冲”作用，不断减轻百色市区及右江沿岸的防汛压力，有效保障了南宁市及下游的防洪安全。根据国家发展改革委对工程的评价报告估算，右江百色水利枢纽年均防洪效

百色水利枢纽工程于2001年10月主体工程开工，2002年大江截流，2005年10月第一台机组发电，2006年全部机组建成投入使用。

百色水利枢纽的兴建，加快了西部大开发的进程，让生活在右江河畔的人民可以安居乐业，让下游人民不再受到洪水灾害，城乡可以繁荣发展。

作为国家“十五”重点项目和西部大开发十大标志性工程之一，走近百色水利枢纽，可以看到大坝外形呈大“V”形，这是复杂的地质构造成就的。

20年来，右江百色水利枢纽工程在防洪、发电、灌溉、航运、供水、水资源配置等方面长期发挥着巨大的综合效益。步入“十四五”，百色水利枢纽将继续为右江流域巩固拓展脱贫攻坚成果、助力乡村振兴、建设壮美广西作出更大贡献，为新时代推进西部大开发国家战略新格局提供有力支撑，成为造福右江两岸人民的“幸福河”。

【中国水利报】

# 六千天忠诚守护　十六载润泽民生

## ——百色水利枢纽实现连续安全运行6000天

段玲玲　张铭一　欧阳新华

2022年9月23日，距广西壮族自治区百色市上游22千米处的右江峡谷，一个令人振奋的数字跃上右江水力发电厂的中控大屏：6000天。百色水利枢纽连续安全运行6000天!

六千天忠诚守护，十六载润泽民生，广西右江水利开发有限责任公司全体职工用汗水、智慧和担当创下这个珍贵的纪录。

百色水利枢纽工程是西部大开发标志性工程、治理和开发郁江的关键项目和珠江流域防洪骨干工程，2001年10月开工建设，2006年4月20日由右江水利公司接管并投入运行。工程在防洪、发电、灌溉、航运、供水等方面发挥了巨大的综合效益，为西部省区发展强基础、补短板、调结构、扬优势，同全国其他省份一道进入全面小康社会提供了安澜环境和不懈动力。在新时代推进西部大开发形成新格局的当下，作为西部大开发的十大标志性工程之一，百色水利枢纽拿出安全运行6000天的成绩，向党的二十大深情献礼。

## 一、心怀“国之大者”，护卫工程安全

百色水利枢纽工程建设运行得到党和国家领导人的高度重视和关心。2010年5月，习近平同志视察百色水利枢纽时指出，“百色水利枢纽是这些年来特别是西部大开发战略实施以来，广西发展变化的一个缩影”，充分肯定了工程建设和运行管理所取得的成绩。2002年4月、2008年2月，胡锦涛同志两次视察百色水利枢纽工程，分别提出“建设右江河谷明珠”的明确要求和“安全生产纪录要保持下去”的殷切期望。

点亮万家灯火，守护一方平安。16年来，作为百色水利枢纽工程建设、运行和管理单位，右江水利公司始终牢记党和国家领导人的殷切嘱托，按照水利部党组、广西壮族自治区党委、珠江委党组要求，坚守初心保安澜，安全第一促发展，勇做西部大开发战略的践行者、水利水电精品工程的建设者、履行国有企业社会责任的先锋队、珠江流域水生态环境的守护者、贯彻高质量发展理念的排头兵，统筹发展与安全，守住安全底线，提升发展上限，锚定“工程不出问题，效益正常发挥”的目标，守正创新、勇毅前行，确保工程可持续良性运行。

党的十九届五中全会明确要求，要维护水利重要基础设施安全。右江水利公司领导班子深入学习领会水利部党组“抓好隐患排查整治，确保重要基础设施不受冲击”要求，认为确保百色水利枢纽安全就是我们这个部属企业的“国之大者”。“这项工作责任重大、使命光荣，我们要把忧国忧民的家国情怀、勇于负责的担当精神、未雨绸缪的底线思维、顺应时代的创新精神投入到具体工作实践中，确保百色水利枢纽工程安全稳定高效运行，充分发挥综合效益，为建设幸福珠江提供有力支撑。”右江水利公司党委书记、董事长肖卫国说。

## 二、守住安全底线，夯实发展基础

安全生产事关人民福祉，事关经济社会发展大局，责任重于泰山，须臾不可放松。六千个日日夜夜，十六载寒暑春秋，右江水利公司坚定落实管行业必须管安全、管业务必须管安全、管生产经营必须管安全，干部职工以“时时放心不下”的高度责任感，如临深渊、如履薄冰的高度警觉性，不断强化安全管理措施，健全安全管理机制，提升安全管理水平，牢牢守住安全底线，夯实高质量发展基础。

早在开工建设伊始，百色水利枢纽工程就始终贯彻“百年大计，质量第一”的方针，攻克地质条件复杂、技术难度大等难题，创下了大型水利工程当年开工、当年截流的光辉业绩。右江水利公司职工充分认识到，枢纽工程设备设施建设质量的可靠性和管理人员的专业素质是安全生产的基础所在。右江水利公司领导和各部门人员下沉一线，驻守工地，紧盯设备设施建设质量，从设计、制造、安装、调试等方面牢牢把关，百色水利枢纽主坝、水电站、副坝等9768个单元工程质量合格率达到100%，优良率达到89.3%，为安全运行奠定了坚实的设备基础和人才基础。

大坝安全监测。

工程投入运行以来，右江水利公司按照运行需要组建枢纽管理中心、右江水力发电厂、库区管理中心等二级机构，明确各部门安全生产责任，以创建国家级水管单位和水利安全生产标准化单位为抓手，优化运行管理体制机制，改善工程运行管理环境，优化水库运行调度，加强精神文明建设，健全安全生产标准化体系，构建双重预防机制，规范生产现场管理，强化应急能力建设，持续提升运行管理现代化水平。2016年，公司获得“水利安全生产标准化一级单位”称号，2019年，通过国家级水管单位考核验收。

近几年，右江水利公司总结多年管理实践经验教训，形成了较为完备的安全生产责任体系、技术标准体系、管理体系和制度体系，强化风险管理手段，以危险源辨识、风险评价和管控、隐患排查治理、事故应急管理为抓手，健全了全员安全生产责任制和双重预防机制，完善了应急预案体系并开展实战演练。按照国务院和行业安全生产大检查的要求，开展了横向到边、纵向到底、不留死角的检查，对发现的问题隐患全部整改到位。在水利部印发《构建水利安全生产风险管控“六项机制”的实施意见》时，右江水利公司基本建成了安全风险查找、研判、预警、防范、处置、责任全链条机制，以15方面任务34条举措，认真贯彻“十五条硬措施”的要求和水利部相关部署要求。

当前，右江水利公司加快工程智能化改造，大力推进数字孪生百色水利枢纽建设，汇聚防洪度汛、电力生产、运行管理等方面风险感知数据，建设智能安全风险监测预警信息管理系统。对重点场景关键设备重要时段的安全生产要素加强监管，构建基于“互联网+”的安全感知、评估、监测、预警与处置体系，大力提升安全生产信息化水平。

## 三、锚定目标任务，确保稳定运行

2016年12月，百色水利枢纽工程通过竣工验收之际，水利部领导提出“以一流的标准、一流的技术、一流的管理、一流的面貌、一流的效益，运行管理好百色水利枢纽工程”的要求。右江水利公司认真落实水利部领导要求，持续推进运行管理标准化建设，以将百色水利枢纽工程打造为“安全可靠、绿色智能、调度科学、蓄泄有序”的流域重要防洪工程和国家水网关键“结”点为目标，不断提升工程运行管理规范化、标准化、智慧化水平。

在枢纽调度运行方面，重点围绕防洪保安全，做好水旱灾害防御，汛期突出做好水情雨情监测预警、防汛会商研判、水库精细化调度、重点部位巡查、值班值守、应急救援演练等工作，枢纽工程安全度汛保证率达100%，有效保障了工程安全和下游人民群众生命财产安全。同时，汛末科学谋划及时蓄水，确保防洪度汛与水资源调配两不误。

在枢纽工程管理方面，大力推进百色水利枢纽数据中心、闸门及启闭机在线监测系统、洪水预报系统等自动化信息化平台建设，加强水工建筑物日常养护和大坝安全监测，持续提升工程运行管理水平，确保枢纽公益性功能和综合效益正常发挥。近年来，百色水利枢纽工程荣获我国土木工程界面向工程项目的科技创新最高荣誉奖——第十八届中国土木工程詹天佑奖及中国水利工程优质（大禹）奖、中国大坝工程学会科技进步一等奖等多项荣誉、奖项。

在库区管理保护方面，右江水利公司认真贯彻落实“绿水青山就是金山银山”的发展理念，围绕管好“盛水的盆”和“盆中的水”，当好“百色水库的代言人”，加强库区管理、水质监测，协调推进地方政府开展库区水面网箱清理整治、岸线私搭乱建拆除等“清四乱”（清理乱占、乱采、乱堆、乱建）工作，确保库区水生态、水环境安全，维护河流健康生命，百色水库库区水生态水环境持续向好，水质长年优于国家地表水Ⅲ类标准，有力支撑了区域经济社会发展。

在电厂管理方面，严格遵照水利安全标准化、电力行业安全标准化及南方电网涉网设备运行安全要求，持续建立健全现代化电厂安全管理制度、工作标准和操作技术标准体系，持续提升应急处置能力，落实双重预防机制，及时完成主要设备技术改造更新和运行维护，电厂主设备完好率、主设备消缺率、自动开停机成功率、自动装置及继电保护投入和动作正确率均为 100%，连续保持无重大人为或设备事故记录。2020 年，电厂 4# 机组获得南方电网“金牌机组”荣誉称号；2021 年，电厂获“南方电网发电先进集体”称号。

## 四、护一方安澜，助高质量发展

投入运行以来，百色水利枢纽工程持续保持安全、稳定、高效运行，防洪、发电、灌溉、航运、供水等效益充分发挥，为推动区域经济社会高质量发展作出积极贡献。

百色水利枢纽工程建成后，充分发挥拦洪、削峰、错峰作用，成功防御“黑格比”“威马逊”“海鸥”“天鸽”等强台风带来的洪水，基本免除百色、田阳、田东、隆安等右江中下游沿岸市（县、区）50 年一遇以下的洪水灾害。与老口水库联合调度，结合堤防工程可将南宁市防洪能力由 50 年一遇提高到 200 年一遇，工程年均防洪效益达 4.58 亿元。

今年 5 月，珠江流域遭遇近 15 年来最强“龙舟水”，暴雨过程密集、编号洪水多、洪水量级大，百色水利枢纽库区共遭遇 6 次强降雨过程。面对严峻的防汛形势，右江水利公司坚持人民至上、生命至上，锚定“四不”目标，坚决执行珠江委和广西水利厅调度指令，一个流量、一立方米库容、一厘米水位地精细调度，开启 4 个表孔闸门泄洪，运行 16 年以来，首次开启中孔闸门增加泄洪量。在配合珠江流域成功应对西江 4 次编号洪水期间，百色水利枢纽共拦蓄洪水 3.45

**百色水利枢纽全景。**　　《当代广西》杂志社　张友豪　摄

亿立方米，削峰率达34%，极大减轻了西江下游防洪压力，充分发挥工程防洪功能。

右江水力发电厂是广西电网唯一可直接调度的龙头控制性水电站，具有良好的调峰、事故备用和电力补偿性能，投运以来累计发电量超 224 亿千瓦·时，每年调峰电量占全年发电量的 90%，枯水期调峰电量占全年调峰电量的 70%，有效缓解了广西电网峰谷差矛盾和电力供需矛盾，支撑了区域经济社会高质量发展。右江水力发电厂是广西电网的重要电源支撑点，在电网系统发生故障时，可通过机组黑启动逐步带动广西电网系统的恢复，在 2008 年抗击南方冰冻雨雪灾害、北京召开奥运会、2021 年全国大面积遭遇“电荒”等关键时期，充分发挥主力电厂支撑电网安全的作用。2022 年上半年，通过科学精细调度、机组优化运行，右江水力发电厂累计发电量 11.36 亿千瓦·时，创历史同期新高。

百色水库灌区项目保灌面积 58.4 万亩（1 亩 =1/15 公顷，下同），是国家 172 项节水供水重大水利工程项目之一，其取水口设置于百色水库。通过百色水利枢纽调节，增加枯水期右江河道流量，辅助提水灌溉工程措施，可扩大和改善右江盆地的灌溉面积。规划中的广西北部湾水资源配置工程将百色水利枢纽列为关键的水源水库。

百色水利枢纽工程建成后，通过径流调节增加枯季流量，实现了南宁千吨级船舶常年通达百色的航运需求。正在建设中的百色水利枢纽通航工程，利用库区超 100 千米深水航道，实现云南通江达海的梦想。百色水利枢纽工程还将为西部陆海新通道骨干工程——平陆运河提供水源支持，进一步助力珠江—西江流域连接北部湾港的水运交通大动脉，推动西南地区高质量发展。

百色水库是珠江流域枯水期水量调度、百色市城市供水重要水源水库，为百色革命老区、珠江流域和粤港澳大湾区的经济社会发展提供有力的水安全支撑。百色水库径流调节和应急补水，保障了下游河道枯季生态流量，多次在应对突发环境安全事件中发挥重要作用。

新征程上，右江水利公司全力落实新阶段水利高质量发展六条实施路径，聚焦主责主业，补短板、强弱项、防风险，运行好、管理好、维护好百色水利枢纽，持续提升工程运行管理科学化、规范化、标准化、智能化水平，持续确保工程安全稳定高效运行，为把珠江建设成为造福人民的幸福河作出贡献，为新时代推进西部大开发形成新格局提供支撑，为实现中华民族伟大复兴的中国梦奋勇前进。

【中国日报】

# 百色水利枢纽实现连续安全运行6000天

中国日报广西记者站

9月23日，记者从水利部珠江委获悉，在2022年防御珠江流域15年来最强“龙舟水”发挥重要作用的百色水利枢纽工程，顺利实现连续安全运行6000天。

百色水利枢纽工程是西部大开发标志性工程、治理和开发郁江的关键项目和珠江流域防洪骨干工程。作为工程运行管理单位，广西右江水利开发有限责任公司牢固树立“人民至上、生命至上”理念，把“保障人民群众生命财产安全”放在第一位，贯彻落实水利部党组、广西壮族自治区党委、珠江委党组决策部署，坚守底线思维和红线意识，确保工程防洪等综合效益充分发挥。

据悉，百色水利枢纽工程于2001年10月开工建设，2006年12月正式投入运行。16年来，广西右江水利开发有限责任公司坚守初心保安澜，安全第一促发展，勇做西部大开发战略的践行者、水利水电精品工程的建设者、履行国有企业社会责任的先锋队、珠江流域水生态环境的守护者、贯彻高质量发展理念的排头兵，统筹发展与安全，守住安全底线，提升发展上限，锚定“工程不出问题，效益正常发挥”的目标，守正创新、勇毅前行，确保工程可持续良性运行。

百色水利枢纽运行至今，在防洪、发电、灌溉、供水、航运、生态等方面发挥了巨大的综合效益。通过枢纽拦洪、削峰、错峰作用，基本免除了百色、田阳、田东、隆安等右江中下游沿岸市（县、区）50年一遇以下洪水灾害；与老口水库联合调度，结合堤防工程可将南宁市防洪能力由50年一遇提高到200年一遇，工程年均防洪效益可达4.58亿元。右江水力发电厂承担着广西电网的调峰、调频和事故备用等重要任务，目前累计发电超224亿千瓦·时，其中枯水期调峰电量占70%以上。百色水库灌区项目保灌面积58.4万亩，是国家“172项”节水供水重大水利工程项目之一，其取水口设置于百色水库；规划中的广西北部湾水资源配置工程将百色水利枢纽列为关键的水源水库。百色水库是珠江流域枯水期水量调度、百色市城市供水重要水源水库，为珠江流域、百色革命老区和粤港澳大湾区的经济社会发展提供有力的水安全支撑。百色水利枢纽工程建成后，通过径流调节增加枯季流量，实现了南宁千吨级船舶常年通达百色的航运需求；正在建设中的百色水利枢纽通航工程，利用库区超100千米深水航道，实现云南通江达海的梦想；百色水利枢纽工程将为西部陆海新通道骨干工程——平陆运河运行提供水源支持。百色库区水生态水环境持续向好，水库水质常年优于国家地表水Ⅲ类标准，通过水库径流调节和应急补水，保障了下游河道枯季生态流量，多次在应对突发环境安全事件中发挥重要作用。

下一步，广西右江水利开发有限责任公司将坚持贯彻落实水利部党组、广西壮族自治区党委、珠江委党组的决策部署，不断提高政治判断力、政治领悟力、政治执行力，完整、准确、全面贯彻落实新发展理念，落实新阶段水利高质量发展六条实施路径，聚焦主责主业，补短板、强弱项、防风险，运行好、管理好、维护好百色水利枢纽，持续提升工程运行管理科学化、规范化、标准化、智能化水平，确保工程安全稳定高效运行，努力把百色水利枢纽工程打造成为安全可靠、绿色智能、调度科学、蓄泄有序的流域重要防洪工程和国家水网关键“结”点，为建设造福郁江两岸人民的“幸福河”作出贡献。

【黄河网】

## 西部大开发标志性工程

### ——百色水利枢纽实现连续安全运行6000天

张铭一

2022年9月23日，记者从水利部珠江委获悉，在2022年防御珠江流域15年来最强“龙舟水”发挥重要作用的百色水利枢纽工程，顺利实现连续安全运行6000天。

百色水利枢纽工程是西部大开发标志性工程、治理和开发郁江的关键项目和珠江流域防洪骨干工程。作为工程运行管理单位，广西右江水利开发有限责任公司积极践行习近平总书记“节水优先、空间均衡、系统治理、两手发力”治水思路和防灾减灾救灾重要论述，牢固树立“人民至上、生命至上”理念，把“保障人民群众生命财产安全”放在第一位，贯彻落实水利部党组、广西壮族自治区党委、珠江委党组决策部署，坚守底线思维和红线意识，确保工程防洪等综合效益充分发挥。

百色水利枢纽工程于2001年10月开工建设，2006年4月正式投入运行，工程建设运行得到党和国家领导人的高度重视和关心。16年来，广西右江水利开发有限责任公司始终牢记党和国家领导人的殷切嘱托，按照水利部党组、广西壮族自治区党委、珠江委党组要求，坚守初心保安澜，安全第一促发展，勇做西部大开发战略的践行者、水利水电精品工程的建设者、履行国有企业社会责任的先锋队、珠江流域水生态环境的守护者、贯彻高质量发展理念的排头兵，统筹发展与安全，守住安全底线，提升发展上限，锚定“工程不出问题，效益正常发挥”的目标，守正创新、勇毅前行，确保工程可持续良性运行。近年来，百色水利枢纽工程荣获我国土木工程界面向工程项目的科技创新最高荣誉奖——第十八届中国土木工程詹天佑奖、中国水利工程优质（大禹）奖、中国大坝工程学会科技进步一等奖等多项荣誉、奖项。

百色水利枢纽运行至今，在防洪、发电、灌溉、供水、航运、生态等方面发挥了巨大的综合效益，为西部省区发展强基础、补短板、调结构、扬优势，同全国其他省（区）一道进入全面小康社会提供了安澜环境和不懈动力。通过枢纽拦洪、削峰、错峰作用，基本免除了百色、田阳、田东、隆安等右江中下游沿岸市（县、区）50年一遇以下洪水灾害；与老口水库联合调度，结合堤防工程可将南宁市防洪能力由50年一遇提高到200年一遇，工程年均防洪效益可达4.58亿元。右江水力发电厂承担着广西电网的调峰、调频和事故备用等重要任务，目前累计发电超224亿千瓦·时，其中枯水期调峰电量占70%以上。百色水库灌区项目保灌面积3.9万公顷（1公顷=10000平方米），是国家“172项”节水供水重大水利工程项目之一，其取水口设置于百色水库；规划中的广西北部湾水资源配置工程将百色水利枢纽列为关键的水源水库。百色水库是珠江流域枯水期水量调度、百色市城市供水重要水源水库，为珠江流域、百色革命老区和粤港澳大湾区的经济社会发展提供有力的水安全支撑。百色水利枢纽工程建成后，通过径流调节增加枯季流量，实现了南宁千吨级船舶常年通达百色的航运需求；正在建设中的百色水利枢纽通航工程，利用库区超 100 千米深水航道，实现云南通江达海的梦想；百色水利枢纽工程将为西部陆海新通道骨干工程——平陆运河运行提供水源支持。百色库区水生态水环境持续向好，水库水质常年优于国家地表水Ⅲ类标准，通过水库径流调节和应急补水，保障了下游河道枯季生态流量，多次在应对突发环境安全事件中发挥重要作用。

新征程上，广西右江水利开发有限责任公司坚持以习近平新时代中国特色社会主义思想为指导，深刻领悟“两个确立”的决定性意义，增强“四个意识”，坚定“四个自信”，做到“两个维护”，胸怀“国之大者”，贯彻落实水利部党组、广西壮族自治区党委、珠江委党组的决策部署，不断提高政治判断力、政治领悟力、政治执行力。完整、准确、全面贯彻落实新发展理念，落实新阶段水利高质量发展六条实施路径，聚焦主责主业，补短板、强弱项、防风险，运行好、管理好、维护好百色水利枢纽，持续提升工程运行管理科学化、规范化、标准化、智能化水平，确保工程安全稳定高效运行。努力把百色水利枢纽工程打造成为安全可靠、绿色智能、调度科学、蓄泄有序的流域重要防洪工程和国家水网关键“结”点，为建设造福郁江两岸人民的“幸福河”作出贡献，推进公司做强、做优、做精，实现高质量发展，为新时代推进西部大开发国家战略形成新格局提供支撑，为实现中华民族伟大复兴的中国梦奋勇前进！

【广西网络广播电视台综合广播】

# 西部大开发标志性工程

## ——百色水利枢纽实现连续安全运行 6000 天

2022 年 9 月 23 日，记者从水利部珠江委获悉，在 2022 年防御珠江流域 15 年来最强“龙舟水”发挥重要作用的百色水利枢纽工程，顺利实现连续安全运行 6000 天。

百色水利枢纽工程于 2001 年 10 月开工建设，2006 年 4 月正式投入运行，工程建设运行得到党和国家领导人的高度重视和关心。2010 年 5 月，习近平同志视察百色水利枢纽工程时指出，“百色水利枢纽是这些年来特别是西部大开发战略实施以来，广西发展变化的一个缩影”，充分肯定了工程建设和运行管理所取得的成绩。

16 年来，广西右江水利开发有限责任公司始终牢记总书记的殷切嘱托，坚守初心保安澜，安全第一促发展，勇做西部大开发战略的践行者、水利水电精品工程的建设者、履行国有企业社会责任的先锋队、珠江流域水生态环境的守护者、贯彻高质量发展理念的排头兵，统筹发展与安全，守住安全底线，提升发展上限，锚定“工程不出问题，效益正常发挥”的目标，守正创新、勇毅前行，确保工程可持续良性运行。近年来，百色水利枢纽工程荣获我国土木工程界面向工程项目的科技创新最高荣誉奖——第十八届中国土木工程詹天佑奖、中国水利工程优质（大禹）奖、中国大坝工程学会科技进步一等奖等多项荣誉、奖项。

百色水利枢纽运行至今，在防洪、发电、灌溉、供水、航运、生态等方面发挥了巨大的综合效益，为西部省区发展强基础、补短板、调结构、扬优势，同全国其他省（区）一道进入全面小康社会提供了安澜环境和不懈动力。通过枢纽拦洪、削峰、错峰作用，基本免除了百色、田阳、田东、隆安等右江中下游沿岸市（县、区）50年一遇以下洪水灾害；与老口水库联合调度，结合堤防工程可将南宁市防洪能力由50年一遇提高到200年一遇，工程年均防洪效益可达4.58亿元。右江水力发电厂承担着广西电网的调峰、调频和事故备用等重要任务，目前累计发电超224亿千瓦·时，其中枯水期调峰电量占70%以上，在2008年抗击南方冰冻雨雪灾害、北京召开奥运会、2021年全国大面积遭遇“电荒”等关键时期，充分发挥主力电厂支撑电网安全的作用。百色水库灌区项目保灌面积58.4万亩，是国家“172项”节水供水重大水利工程项目之一，其取水口设置于百色水库；规划中的广西北部湾水资源配置工程将百色水利枢纽列为关键的水源水库。百色水库是珠江流域枯水期水量调度、百色市城市供水重要水源水库，为珠江流域、百色革命老区和粤港澳大湾区的经济社会发展提供有力的水安全支撑。百色水利枢纽工程建成后，通过径流调节增加枯季流量，实现了南宁千吨级船舶常年通达百色的航运需求；正在建设中的百色水利枢纽通航工程，利用库区超100千米深水航道，实现云南通江达海的梦想；百色水利枢纽工程将为西部陆海新通道骨干工程——平陆运河运行提供水源支持。百色库区水生态水环境持续向好，水库水质常年优于国家地表水Ⅲ类标准，通过水库径流调节和应急补水，保障了下游河道枯季生态流量，多次在应对突发环境安全事件中发挥重要作用。

新征程上，广西右江水利开发有限责任公司将落实新阶段水利高质量发展六条实施路径，聚焦主责主业，补短板、强弱项、防风险，运行好、管理好、维护好百色水利枢纽，持续提升工程运行管理科学化、规范化、标准化、智能化水平，确保工程安全稳定高效运行，努力把百色水利枢纽工程打造成为安全可靠、绿色智能、调度科学、蓄泄有序的流域重要防洪工程和国家水网关键“结”点，为建设造福郁江两岸人民的“幸福河”作出贡献。

【广西日报】

# 百色水利枢纽实现连续安全运行6000天 防洪发电灌溉效益“多丰收”

张铭一　欧阳新华

9月23日，记者从水利部珠江委获悉，在2022年防御珠江流域15年来最强“龙舟水”发挥重要作用的百色水利枢纽工程，顺利实现连续安全运行6000天。

百色水利枢纽工程是西部大开发标志性工程、治理和开发郁江的关键项目和珠江流域防洪骨干工程。工程于2001年10月开工建设，2006年4月正式投入运行。作为工程运行管理单位，16年来，广西右江水利开发有限责任公司始终牢记党和国家领导人的殷切嘱托，按照水利部党组、自治区党委、珠江委党组要求，坚守初心保安澜，安全第一促发展，勇做西部大开发战略的践行者、水利水电精品工程的建设者、履行国有企业社会责任的先锋队、珠江流域水生态环境的守护者、贯彻高质量发展理念的排头兵，统筹发展与安全，守住安全底线，提升发展上限，锚定“工程不出问题，效益正常发挥”的目标，守正创新、勇毅前行，确保工程可持续良性运行。

近年来，百色水利枢纽工程荣获我国土木工程界面向工程项目的科技创新最高荣誉奖——第十八届中国土木工程詹天佑奖、中国水利工程优质（大禹）奖、中国大坝工程学会科技进步一等奖等多项荣誉、奖项。

百色水利枢纽运行至今，在防洪、发电、灌溉、供水、航运、生态等方面发挥了巨大的综合效益，为西部省区发展强基础、补短板、调结构、扬优势，同全国其他省（区）一道进入全面小康社会提供了安澜环境和不懈动力。通过枢纽拦洪、削峰、错峰作用，基本免除了百色、田阳、田东、隆安等右江中下游沿岸市（县、区）50年一遇以下洪水灾害；与老口水库联合调度，结合堤防工程可将南宁市防洪能力由50年一遇提高到200年一遇，工程年均防洪效益可达4.58亿元。

右江水力发电厂承担着广西电网的调峰、调频和事故备用等重要任务，目前累计发电超224亿千瓦·时，其中枯水期调峰电量占70%以上，在2008年抗击南方冰冻雨雪灾害、北京召开奥运会及2021年全国部分地区遭遇“电荒”等关键时期，充分发挥主力电厂支撑电网安全的作用。

百色水库灌区项目保灌面积58.4万亩，是国家“172项”节水供水重大水利工程项目之一，其取水口设置于百色水库；规划中的广西北部湾水资源配置工程将百色水利枢纽列为关键的水源水库。百色水库是珠江流域枯水期水量调度、百色市城市供水重要水源水库，为珠江流域、百色革命老区和粤港澳大湾区的经济社会发展提供有力的水安全支撑。

百色水利枢纽工程建成后，通过径流调节增加枯季流量，实现了南宁千吨级船舶常年通达百色的航运需求；正在建设中的百色水利枢纽通航工程，利用库区超100千米深水航道，实现云南通江达海的梦想；百色水利枢纽工程将为西部陆海新通道骨干工程——平陆运河运行提供水源支持。百色库区水生态水环境持续向好，水库水质常年优于国家地表水Ⅲ类标准，通过水库径流调节和应急补水，保障了下游河道枯季生态流量，多次在应对突发环境安全事件中发挥重要作用。

【广西日报】

# 百色水利枢纽实现连续安全运行6000天

欧阳新华　张铭一

9月23日，在今年防御珠江流域15年来最强“龙舟水”发挥重要作用的百色水利枢纽工程，顺利实现连续安全运行6000天，安全生产工作再次迎来新的里程碑。

百色水利枢纽工程于2006年4月正式投入运行，在防洪、发电、灌溉、供水、航运、生态等方面发挥了巨大的综合效益。百色水库灌区项目保灌面积58.4万亩，是国家“172项”节水供水重大水利工程项目之一，其取水口设置于百色水库；规划中的广西北部湾水资源配置工程将百色水利枢纽列为关键的水源水库。正在建设中的百色水利枢纽通航工程，利用库区超100千米深水航道，实现云南通江达海的梦想；百色水利枢纽工程将为西部陆海新通道骨干工程——平陆运河运行提供水源支持。

【中国水利报】

# 百色水利枢纽安全运行6000天

张铭一

9月23日，西部大开发标志性工程——百色水利枢纽工程，实现连续安全运行6000天，在防洪、发电、灌溉、航运、供水等方面发挥巨大的综合效益。

百色水利枢纽工程是治理开发郁江的关键项目和珠江流域防洪骨干工程，在今年防御珠江流域15年来最强“龙舟水”过程中发挥重要作用。工程于2001年10月开工建设，2006年4月20日由广西右江水利开发有限责任公司接管并投入运行。工程安全运行6000天以来，为西部省区发展强基础、补短板、调结构、扬优势，提供了重要支撑。工程通过拦洪、削峰、错峰，基本免除百色、田阳、田东、隆安等右江中下游沿岸市（县、区）50年一遇以下洪水灾害；与老口水库联合调度，结合堤防工程可将南宁市防洪能力由50年一遇提高到200年一遇，工程年均防洪效益可达4.58亿元。

百色水利枢纽工程先后获得第十八届中国土木工程詹天佑奖以及中国水利工程优质（大禹）奖、中国大坝工程学会科技进步一等奖等多项荣誉、奖项。作为百色水利枢纽工程建设、运行和管理单位，广西右江水利开发有限责任公司统筹发展与安全，锚定“工程不出问题，效益正常发挥”的目标，落实管行业必须管安全、管业务必须管安全、管生产经营必须管安全的要求，不断强化安全管理措施，健全安全管理机制，提升安全管理水平，牢牢守住安全底线，确保工程可持续良性运行，夯实高质量发展基础。

【当代广西网】

# 百色水利枢纽实现连续安全运行6000天

欧阳新华　张铭一

9月23日，记者从水利部珠江委获悉，在2022年防御珠江流域15年来最强“龙舟水”发挥重要作用的百色水利枢纽工程，顺利实现连续安全运行6000天。

百色水利枢纽工程是西部大开发标志性工程、治理和开发郁江的关键项目和珠江流域防洪骨干工程。工程于2001年10月开工建设,2006年4月正式投入运行,在防洪、发电、灌溉、供水、航运、生态等方面发挥了巨大的综合效益,为西部省区发展强基础、补短板、调结构、扬优势,同全国其他省(区)一道进入全面小康社会提供了安澜环境和不懈动力。通过枢纽拦洪、削峰、错峰作用,基本免除了百色、田阳、田东、隆安等右江中下游沿岸市(县、区)50年一遇以下洪水灾害;与老口水库联合调度,结合堤防工程可将南宁市防洪能力由50年一遇提高到200年一遇,工程年均防洪效益可达4.58亿元。右江水力发电厂承担着广西电网的调峰、调频和事故备用等重要任务,目前累计发电超224亿千瓦·时。百色水库是珠江流域枯水期水量调度、百色市城市供水的重要水源水库,为珠江流域、百色革命老区和粤港澳大湾区的经济社会发展提供有力的水安全支撑。百色水利枢纽工程建成后,通过径流调节增加枯季流量,实现了南宁千吨级船舶常年通达百色的航运需求;正在建设中的百色水利枢纽通航工程,利用库区超100千米深水航道,实现云南通江达海的梦想;百色水利枢纽工程将为西部陆海新通道骨干工程——平陆运河运行提供水源支持。百色库区水生态水环境持续向好,水库水质常年优于国家地表水Ⅲ类标准,通过水库径流调节和应急补水,保障了下游河道枯季生态流量,多次在应对突发环境安全事件中发挥重要作用。

近年来,百色水利枢纽工程荣获我国土木工程界面向工程项目的科技创新最高荣誉奖——第十八届中国土木工程詹天佑奖、中国水利工程优质(大禹)奖、中国大坝工程学会科技进步一等奖等多项荣誉、奖项。

【广西画报】

# 山映初心　福泽右江

张铭一

9月23日,记者从水利部珠江委获悉,在2022年防御珠江流域15年来最强“龙舟水”发挥重要作用的百色水利枢纽工程,顺利实现连续安全运行6000天。

百色水利枢纽工程是西部大开发标志性工程、治理和开发郁江的关键项目和珠江流域防洪骨干工程,工程于2001年10月开工建设,2006年4月正式投入运行。作为工程运行管理单位，16年来，广西右江水利开发有限责任公司始终牢记党和国家领导人的殷切嘱托，按照水利部党组、自治区党委、珠江委党组要求，坚守初心保安澜，安全第一促发展，勇做西部大开发战略的践行者、水利水电精品工程的建设者、履行国有企业社会责任的先锋队、珠江流域水生态环境的守护者、贯彻高质量发展理念的排头兵，统筹发展与安全，守住安全底线，提升发展上限，锚定“工程不出问题，效益正常发挥”的目标，守正创新、勇毅前行，确保工程可持续良性运行。

近年来，百色水利枢纽工程荣获我国土木工程界面向工程项目的科技创新最高荣誉奖——第十八届中国土木工程詹天佑奖、中国水利工程优质（大禹）奖、中国大坝工程学会科技进步一等奖等多项荣誉、奖项。

百色水利枢纽运行至今，在防洪、发电、灌溉、供水、航运、生态等方面发挥了巨大的综合效益，为西部省区发展强基础、补短板、调结构、扬优势，同全国其他省（区）一道进入全面小康社会提供了安澜环境和不懈动力。通过枢纽拦洪、削峰、错峰作用，基本免除了百色、田阳、田东、隆安等右江中下游沿岸市（县、区）50年一遇以下洪水灾害；与老口水库联合调度，结合堤防工程可将南宁市防洪能力由50年一遇提高到200年一遇，工程年均防洪效益可达4.58亿元。

右江水力发电厂承担着广西电网的调峰、调频和事故备用等重要任务，目前累计发电超224亿千瓦·时，其中枯水期调峰电量占70%以上，在2008年抗击南方冰冻雨雪灾害、北京举办奥运会及2021年全国部分地区遭遇“电荒”等关键时期，充分发挥主力电厂支撑电网安全的作用。

百色水库灌区项目保灌面积58.4万亩，是国家“172项”节水供水重大水利工程项目之一，其取水口设置于百色水库；规划中的广西北部湾水资源配置工程将百色水利枢纽列为关键的水源水库。百色水库是珠江流域枯水期水量调度、百色市城市供水重要水源水库，为珠江流域、百色革命老区和粤港澳大湾区的经济社会发展提供有力的水安全支撑。

百色水利枢纽工程建成后，通过径流调节增加枯季流量，实现了南宁千吨级船舶常年通达百色的航运需求；正在建设中的百色水利枢纽通航工程，利用库区超100千米深水航道，实现云南通江达海的梦想；百色水利枢纽工程将为西部陆海新通道骨干工程——平陆运河运行提供水源支持。百色库区水生态水环境持续向好，水库水质常年优于国家地表水Ⅲ类标准，通过水库径流调节和应急补水，保障了下游河道枯季生态流量，多次在应对突发环境安全事件中发挥重要作用。

【中国发展网】

# 西部大开发标志性工程

## ——百色水利枢纽实现连续安全运行6000天

张铭一

2022年9月23日，记者从水利部珠江委获悉，在2022年防御珠江流域15年来最强“龙舟水”发挥重要作用的百色水利枢纽工程，顺利实现连续安全运行6000天。百色水利枢纽工程是西部大开发标志性工程、治理和开发郁江的关键项目和珠江流域防洪骨干工程。作为工程运行管理单位，广西右江水利开发有限责任公司积极践行习近平总书记“节水优先、空间均衡、系统治理、两手发力”治水思路和关于防灾减灾救灾工作的重要论述，牢固树立“人民至上、生命至上”理念，把“保障人民群众生命财产安全”放在第一位，贯彻落实水利部党组、广西壮族自治区党委、珠江委党组决策部署，坚守底线思维和红线意识，确保工程防洪等综合效益充分发挥。

16年来，广西右江水利开发有限责任公司始终牢记党和国家领导人的殷切嘱托，按照水利部党组、广西壮族自治区党委、珠江委党组要求，坚守初心保安澜，安全第一促发展，勇做西部大开发战略的践行者、水利水电精品工程的建设者、履行国有企业社会责任的先锋队、珠江流域水生态环境的守护者、贯彻高质量发展理念的排头兵，统筹发展与安全，守住安全底线，提升发展上限，锚定“工程不出问题，效益正常发挥”的目标，守正创新、勇毅前行，确保工程可持续良性运行。

近年来，百色水利枢纽工程荣获我国土木工程界面向工程项目的科技创新最高荣誉奖——第十八届中国土木工程詹天佑奖、中国水利工程优质（大禹）奖、中国大坝工程学会科技进步一等奖等多项荣誉、奖项。

百色水利枢纽运行至今，在防洪、发电、灌溉、供水、航运、生态等方面发挥了巨大的综合效益，为西部省区发展强基础、补短板、调结构、扬优势，同全国其他省（区）一道进入全面小康社会提供了安澜环境和不懈动力。通过枢纽拦洪、削峰、错峰作用，基本免除了百色、田阳、田东、隆安等右江中下游沿岸市（县、区）50年一遇以下洪水灾害；与老口水库联合调度，结合堤防工程可将南宁市防洪能力由50年一遇提高到200年一遇，工程年均防洪效益可达4.58亿元。右江水力发电厂承担着广西电网的调峰、调频和事故备用等重要任务，目前累计发电超224亿千瓦·时，其中枯水期调峰电量占70%以上，在2008年抗击南方冰冻雨雪灾害、北京奥运会保供电、2021年全国大面积遭遇“电荒”等关键时间节点，充分发挥主力电厂支撑电网安全的作用。百色水库灌区项目保灌面积58.4万亩，是国家“172项”节水供水重大水利工程项目之一，其取水口设置于百色水库；规划中的广西北部湾水资源配置工程将百色水利枢纽列为关键的水源水库。百色水库是珠江流域枯水期水量调度、百色市城市供水重要水源水库，为珠江流域、百色革命老区和粤港澳大湾区的经济社会发展提供有力的水安全支撑。百色水利枢纽工程建成后，通过径流调节增加枯季流量，实现了南宁千吨级船舶常年通达百色的航运需求；正在建设中的百色水利枢纽通航工程，利用库区超100千米深水航道，实现云南通江达海的梦想；百色水利枢纽工程将为西部陆海新通道骨干工程——平陆运河运行提供水源支持。百色库区水生态水环境持续向好，水库水质常年优于国家地表水Ⅲ类标准，通过水库径流调节和应急补水，保障了下游河道枯季生态流量，多次在应对突发环境安全事件中发挥重要作用。

新征程上，广西右江水利开发有限责任公司坚持以习近平新时代中国特色社会主义思想为指导，深刻领悟“两个确立”的决定性意义，增强“四个意识”，坚定“四个自信”，做到“两个维护”，胸怀“国之大者”，贯彻落实水利部党组、广西壮族自治区党委、珠江委党组的决策部署，不断提高政治判断力、政治领悟力、政治执行力。完整、准确、全面贯彻落实新发展理念，落实新阶段水利高质量发展六条实施路径，聚焦主责主业，补短板、强弱项、防风险，运行好、管理好、维护好百色水利枢纽，持续提升工程运行管理科学化、规范化、标准化、智能化水平，确保工程安全稳定高效运行。努力把百色水利枢纽工程打造成为安全可靠、绿色智能、调度科学、蓄泄有序的流域重要防洪工程和国家水网关键“结”点，为建设造福郁江两岸人民的“幸福河”作出贡献，推进公司做强、做优、做精，实现高质量发展，为新时代推进西部大开发国家战略形成新格局提供支撑，为实现中华民族伟大复兴的中国梦奋勇前进！

【中国城市建设网】

# 守住安全底线　提升发展上限
## ——百色水利枢纽实现连续安全运行6000天

张铭一

9月23日，记者从水利部珠江委获悉，在今年防御珠江流域15年来最强“龙舟水”发挥重要作用的百色水利枢纽工程，顺利实现连续安全运行6000天。

百色水利枢纽工程是西部大开发标志性工程、治理和开发郁江的关键项目和珠江流域防洪骨干工程。作为工程运行管理单位，广西右江水利开发有限责任公司积极践行习近平总书记“节水优先、空间均衡、系统治理、两手发力”治水思路和防灾减灾救灾重要论述，牢固树立“人民至上、生命至上”理念，把“保障人民群众生命财产安全”放在第一位，贯彻落实水利部党组、广西壮族自治区党委、珠江委党组决策部署，坚守底线思维和红线意识，确保工程防洪等综合效益充分发挥。

百色水利枢纽工程于2001年10月开工建设，2006年4月正式投入运行，工程建设运行得到党和国家领导人的高度重视和关心。2010年5月，习近平同志视察百色水利枢纽工程时指出，“百色水利枢纽是这些年来特别是西部大开发战略实施以来，广西发展变化的一个缩影”，充分肯定了工程建设和运行管理所取得的成绩。2002年4月、2008年2月，胡锦涛同志两次视察百色水利枢纽工程，分别提出“建设右江河谷明珠”的明确要求和“安全生产纪录要保持下去”的殷切期望。

16年来，广西右江水利开发有限责任公司始终牢记党和国家领导人的殷切嘱托，按照水利部党组、广西壮族自治区党委、珠江委党组要求，坚守初心保安澜，安全第一促发展，勇做西部大开发战略的践行者、水利水电精品工程的建设者、履行国有企业社会责任的先锋队、珠江流域水生态环境的守护者、贯彻高质量发展理念的排头兵，统筹发展与安全，守住安全底线，提升发展上限，锚定“工程不出问题，效益正常发挥”的目标，守正创新、勇毅前行，确保工程可持续良性运行。近年来，百色水利枢纽工程荣获我国土木工程界面向工程项目的科技创新最高荣誉奖——第十八届中国土木工程詹天佑奖、中国水利工程优质（大禹）奖、中国大坝工程学会科技进步一等奖等多项荣誉、奖项。

百色水利枢纽运行至今，在防洪、发电、灌溉、供水、航运、生态等方面发挥了巨大的综合效益，为西部省区发展强基础、补短板、调结构、扬优势，同全国其他省（区）一道进入全面小康社会提供了安澜环境和不懈动力。通过枢纽拦洪、削峰、错峰作用，基本免除了百色、田阳、田东、隆安等右江中下游沿岸市（县、区）50 年一遇以下洪水灾害；与老口水库联合调度，结合堤防工程可将南宁市防洪能力由50年一遇提高到200年一遇，工程年均防洪效益可达4.58亿元。右江水力发电厂承担着广西电网的调峰、调频和事故备用等重要任务，目前累计发电超 224 亿千瓦·时，其中枯水期调峰电量约占 70%，在 2008 年抗击南方冰冻雨雪灾害、北京奥运会保供电、2021 年全国大面积遭遇“电荒”等关键节点，充分发挥主力电厂支撑电网安全的作用。

百色水库灌区项目是国家“172 项”节水供水重大水利工程项目之一，保灌面积 58.4 万亩；规划中的广西北部湾水资源配置工程将百色水利枢纽列为关键的水源水库。百色水库是珠江流域枯水期水量调度、百色市城市供水重要水源水库，为珠江流域、百色革命老区和粤港澳大湾区的经济社会发展提供有力的水安全支撑。百色水利枢纽工程建成后，通过径流调节增加枯季流量，实现了南宁千吨级船舶常年通达百色的航运需求；正在建设中的百色水利枢纽通航工程，利用库区超 100 千米深水航道，实现云南通江达海的梦想；百色水利枢纽工程将为西部陆海新通道骨干工程——平陆运河运行提供水源支持。百色库区水生态水环境持续向好，水库水质常年优于国家地表水Ⅲ类标准，通过水库径流调节和应急补水，保障了下游河道枯季生态流量，多次在应对突发环境安全事件中发挥重要作用。

新征程上，广西右江水利开发有限责任公司坚持以习近平新时代中国特色社会主义思想为指导，深刻领悟“两个确立”的决定性意义，增强“四个意识”，坚定“四个自信”，做到“两个维护”，胸怀“国之大者”，贯彻落实水利部党组、广西壮族自治区党委、珠江委党组的决策部署，不断提高政治判断力、政治领悟力、政治执行力，完整、准确、全面贯彻落实新发展理念，落实新阶段水利高质量发展六条实施路径，聚焦主责主业，补短板、强弱项、防风险，运行好、管理好、维护好百色水利枢纽，持续提升工程运行管理科学化、规范化、标准化、智能化水平，确保工程安全稳定高效运行，努力把百色水利枢纽工程打造成为安全可靠、绿色智能、调度科学、蓄泄有序的流域重要防洪工程和国家水网关键“结”点，为建设造福郁江两岸人民的“幸福河”作出贡献，推进公司做强、做优、做精，实现高质量发展，为新时代推进西部大开发国家战略形成新格局提供支撑，为实现中华民族伟大复兴的“中国梦”奋勇前进！

【广西新闻联播】

# 【奋进新征程　建功新时代】提速攻坚兴水利 谱写新时代壮美广西建设治水华章

卢明发　欧阳新华　张铭一

水利工程建设与人民的幸福安康息息相关。广西水利部门积极开展攻坚行动，全面实行清单管理，强化项目建设全过程监管，在保证质量和安全的前提下，切实加快推进水利工程建设进度，以实际行动迎接党的二十大胜利召开。

眼下，百色水利枢纽已进入秋冬季的蓄水期，广西右江水利开发有限责任公司枢纽管理中心水调室副主任柳文兵每天紧盯入库流量。他告诉记者，受到下游江河来水量较历年同期偏少的影响，蓄水工作尤为重要。

“预判到2022年后期的来水有可能会从优峰转为枯或极枯，我们决定在确保防汛安全的形势下，要尽全力蓄水，要保证枢纽工程在枯水期供水，保航运、保流域水资源配置这些功能的正常发挥。”柳文兵说。

除了保供水，百色水利枢纽还充分发挥拦洪、削峰、错峰作用，成功防御了强台风带来的洪水影响，基本免除百色、田阳、田东等右江中下游沿岸市（县、区）50年一遇以下的洪水灾害。百色水利枢纽管理中心（防汛办）主任王洋介绍：“工程运行16年以来，据我们统计，累计拦蓄了11场洪峰超过3000立方米每秒的洪水。我们百色水利枢纽建成以后，与下游的老口航运枢纽联合调度，提高了南宁市的防洪能力。”

一项项水利工程建设投用，发挥效益。大藤峡水利枢纽工程面对珠江流域60年来最严重旱情，连续3次实施应急补水，有力保障下游人民群众用水安全；落久水利枢纽工程建成并发挥防洪功能，已参与4次防洪调度，累计拦蓄洪量超过3.27亿立方米。桂中治旱乐滩水库引水灌区工程通水后可解决121万人口的饮水问题。

广西壮族自治区水利厅党组成员、副厅长甘幸介绍：“十年来，我们共落实水利投资大约1796亿元，其中中央的投资是808亿元，自治区本级的投资是379亿元，市县的投资是225亿元。同时，我们还落实金融贷款384亿元用于水利建设。”

饮水安全是最大的民生工程。连日来，在南宁市兴宁区三塘镇的东山水厂农村供水管网延伸工程项目建设工地，工人们正抢抓工期赶进度。南宁市泽邕水利建设有限公司副总经理于忠成介绍，项目建成后，可解决沿线12万居民的用水问题。

“这个项目本身会连接到两个水库，一个是我们当前的东山水库及石楞水库，这两个水库连片以后，管网会驳接到我们老虎岭水库的主管网，也就相当于有四个水库已经通过管道连通了。”于忠成说。

十年来，全区共完成农村饮水安全（农村供水）工程建设总投资198.13亿元，供水受益人口2712万，按现行标准全面解决了农村人口饮水安全问题。在推进“十四五”农村供水保障工程建设中，广西因地制宜推进规模化供水工程建设，2021年以来，已开工建设了103个农村规模化供水工程和城乡供水一体化工程，受益人口达537万。

广西壮族自治区水利厅党组成员、副厅长甘幸表示：“四季度是我们水利施工的黄金季节，我们要抓住这个机遇，以高度的政治担当，强烈的责任意识，务实的工作作风，强化目标导向和激励导向，压实地方责任，全力以赴抓项目、抓投资、抓完成，切实加快水利项目建设，以优异成绩迎接党的二十大胜利召开。”

【中国新闻网】

## 探访百色水利枢纽安全运行秘笈：用GNSS监测系统观测边坡和副坝位移

蒋雪林　张铭一

“我们在主坝边坡及副坝等部位安装以北斗卫星信号为主的GNSS（全球卫星导航系统）监测系统，全天候观测边坡和副坝的水平位移和垂直位移。”广西右江水利开发有限责任公司技术人员向记者介绍。

近日，记者实地探访百色水利枢纽，了解它安全运行的秘笈。

据介绍，为保障百色水利枢纽大坝安全运行，右江水利开发有限责任公司在百色水利枢纽主坝中段布置正垂线及光学读数仪，用来观测大坝水平位移；在大坝的坝顶及廊道内，安装了静力水准装置，观测大坝的垂直位移；在大坝内部安

观测水平位移。　　蒋雪林　摄

装埋设了渗压计、测缝计、应力应变及温度计等各类安全监测传感器800余支，自动采集大坝的各项运行参数，实现对大坝运行工况的全方位智能感知。

右江水利开发有限责任公司党委书记、董事长肖卫国表示，百色水利枢纽工程于2001年10月开工建设，2006年4月20日，右江水利开发有限责任公司接管工程投入运行。百色水利枢纽运行至今，在防洪、发电、灌溉、供水、航运、生态等方面发挥了巨大的综合效益。通过枢纽拦洪、削峰、错峰作用，基本免除了百色、田阳、田东、隆安等右江中下游沿岸市（县、区）50年一遇以下洪水灾害；与老口水库联合调度，结合堤防工程，可将南宁市防洪能力由50年一遇提高到200年一遇，工程年均防洪效益可达4.58亿元。

肖卫国表示，工程投运以来，公司以创建国家级水管单位和水利安全生产标准化一级单位为抓手，扎实推进安全生产标准化建设。强化发电设备管护和安全运行，按要求按计划精心开展运行、维护、试验和检修工作；加强泄洪闸门、主坝副坝等设备设施安全监测和动态管理；建立枢纽工程安全监测系统、主坝闸门在线安全监测系统。投产至今，枢纽主设备完好率始终保持在100%。

肖卫国介绍，按照智慧百色水利枢纽建设要求，右江水利开发有限责任公司加快工程智能化改造，大力推进数字孪生百色水利枢纽建设，汇聚防洪度汛、电力生产、运行管理等方面风险感知数据，建设智能安全风险监测预警信息管理系统。加强对重点场景、关键设备重要时段的安全生产要素监管，构建基于“互

联网 +”的安全感知、评估、监测、预警与处置体系，大力提升安全生产信息化水平。

肖卫国表示，将以数字孪生百色水利枢纽建设为突破口，加快智慧百色水利枢纽建设步伐，利用网络化、自动化、数字化、智能化等先进技术，加快智慧化更新改造，提升自动化监测、预报、信息采集能力，强化数据资源储存、挖掘、分析手段，提高机电设备健康状态透彻感知水平，实现工程安全运行管理“四预”，提高设备现代化和可靠性水平。

据悉，9 月 23 日，在 2022 年防御珠江流域 15 年来最强“龙舟水”发挥重要作用的百色水利枢纽工程，顺利实现连续安全运行 6000 天。

【南国早报】

## 右江：水清岸绿风光美，通江达海航运兴
## 探访城市母亲河

王国雅　欧阳新华

右江，是百色人的“母亲河”。近几年，百色市完善对右江流域的保护和治理，水环境质量持续向好，河水变清，风景更美。如今的右江，不仅是广西西江黄金水道的主力军，更成为展现百色文明和谐自然之美的名片，增强着百色人民的获得感和幸福感。

### 一、保护水质：水清岸绿，风景靓丽

与右江打了 30 余年交道，百色市摄影家协会主席李乃松对右江水质的变化颇有感触。20 世纪 90 年代起，李乃松便开始在右江源头进行拍摄创作。

“前几年，由于上游洪水、网箱养殖和岸边船只及排档污水直排的影响，右江河水发黄变浑，每逢下大雨时就有成片的水葫芦漂下来，钓上来的鱼吃起来都有异味，后来经过治理，右江河水更清了，拍出的图片非常清新亮丽。”他自豪地说。

初秋的右江，波光粼粼、鱼翔浅底。“现在的右江水质越来越好了，风景越来越美，我们下水游泳都很放心。”在百色右江区东坪冬泳园，多名泳友水中畅游，纷纷对右江水质保护成效点赞。

近年来，百色市不断加大“三江”（鹅江、澄碧河、右江）沿岸景观的美化

亮化，成效显现。如今，一处处江滨风情景观，已成为红城百色独特的风景。亮丽的风景，不仅提升了百色的城市品位，也丰富了市民的休闲娱乐生活。

为做好右江水资源利用和保护，2017 年，百色市出台全面推行河长制工作方案；2020 年，百色市制定出台《百色市右江流域水环境保护条例》，以严密法律为右江水质保驾护航。

“我们集中力量整治涉河涉水各类问题，加大污水处理设施建设力度，营造水清岸绿景美的良好生态环境。”百色市河长制办公室工作人员介绍，2021 年，百色市的国家地表水考核断面水质综合评分在全国 337 个地级市中位列第 6 名，达到近年来最好水平。

## 二、综合利用：防洪发电，造福人民

地处百色市上游的百色水利枢纽工程，是西部大开发标志性工程、治理和开发郁江的关键项目和珠江流域防洪骨干工程。工程于 2001 年 10 月开工建设，2006 年 4 月 20 日由广西右江水利开发有限责任公司接管并投入运行。2022 年 9 月 23 日，百色水利枢纽工程实现连续安全运行 6000 天，在防洪、发电、灌溉、供水、旅游等方面发挥巨大的综合效益。

“历史上，右江下游市县长期遭受洪涝灾害之苦。”9 月 27 日，广西右江水利开发有限责任公司相关人员向《南国早报》记者介绍，百色水利枢纽工程的建成，改善了右江沿岸防洪安全状况。工程通过拦洪、削峰、错峰，基本免除百色、田阳、田东、隆安等右江中下游沿岸市（县、区）50 年一遇以下洪水灾害；与老口水库联合调度，结合堤防工程可将南宁市防洪能力由 50 年一遇提高到 200 年一遇。

2022 年 5 月，珠江流域遭遇近 15 年来最强“龙舟水”，暴雨过程密集、编号洪水多、洪水量级大，百色水利枢纽库区共遭遇 6 次强降雨过程。右江水利开发有限责任公司开启 4 个表孔闸门泄洪，运行 16 年以来首次开启中孔闸门增加泄洪量。在配合珠江流域成功应对西江 4 次编号洪水期间，百色水利枢纽共拦蓄洪水 3.45 亿立方米，削峰率达 34%，极大减轻了西江下游防洪压力。

## 三、发展航运：黄金水道，直通江海

绵延 700 多千米的右江干线，作为珠江水系主要支流之一，一直是连接滇黔桂粤四省（区）的重要纽带和货物集散地，曾经商船如织、一派繁华。近年来，右江黄金水道建设动作频频，“黄金水道”逐渐产出“黄金”效益。

2015 年 12 月，那吉库区开展航道试运行巡航检查活动，标志着右江 1000 吨级航道正式开通。

2017 年，南宁老口航运枢纽船闸建成通航，百色到南宁航道由原来的Ⅵ级标准提升到Ⅲ级标准，1000 吨级船舶可以从百色直通广州、我国香港，实现江海直通运输，构成西南货物出海南线黄金水道。

2020 年 12 月，右江航道整治工程开工建设。该项目建设对改善右江上游通航条件，打通广西连接云南的“最后一千米”水路，充分发挥右江水运效益具有重要意义。

2021 年 6 月，百色水利枢纽通航设施工程正式开工建设，标志着联通云南、广西水运通道的关键工程取得历史性突破。

据介绍，随着右江黄金水道加快建设，右江航道将提高到Ⅱ级航道标准，1000 吨级船舶将可从云南省富宁港经广西直达珠江三角洲地区，实现全线通航千吨级船舶（队），与西江一起形成西南水运出海主通道。

【视听文山】

# 文山州委州政府与广西右江水利开发有限责任公司工作座谈会举行

州委、州政府与广西右江水利开发有限责任公司工作座谈会在文山举行，政

企双方就百色水利枢纽富宁库区相关工作进行了对接交流。

州委书记陈明，广西右江水利开发有限责任公司党委书记、董事长肖卫国，党委副书记、总经理袁文传出席并讲话。李先祥、蒋俊、周家宝、李英杰等出席。

陈明对肖卫国一行的到来表示欢迎，向广西右江水利开发有限责任公司长期以来给予文山的支持和帮助表示感谢，并希望广西右江水利开发有限责任公司能进一步加大对文山水利基础设施建设、水生态环境保护等重点工作的支持力度，到文山投资兴业，成立公司或办事处，文山州委、州政府一定全力支持企业做大做强；按照“依法依规、合法合规、相互支持”的原则，共同解决好富宁库区相关问题；采取项目化、公益性的方式对富宁库区群众给予扶持。

陈明建议，政企双方建立常态化联席会议机制和工作协调机制，及时处理遇到的困难问题，共同推动百色水利枢纽流域治理。

肖卫国向文山州委、州政府和富宁县对广西右江水利开发有限责任公司的支持表达谢意，并表示将进一步发挥公司优势，根据文山州委、州政府的需求，积极参与地方建设发展，全力支持好文山的经济发展和水利基础设施项目建设，实现政企共赢。

据了解，广西右江水利开发有限责任公司是水利部直属国有企业，主要负责百色水利枢纽工程建设和运行管理。百色水利枢纽工程是西部大开发十大标志性工程之一，总库容56.6亿立方米，坝址在广西百色市，为Ⅰ等大（1）型工程，主要以防洪为主，兼有发电、灌溉、航运、供水等综合利用效益。

【百色广播电视台】

# 市政府与广西右江水利开发有限责任公司签署百色右江抽水蓄能电站战略合作协议 葛国科 肖卫国出席

吴通尉 潘 恺

视频截图

10月21日，市政府与广西右江水利开发有限责任公司在百色签署百色右江抽水蓄能电站战略合作协议。市长葛国科，广西右江水利开发有限责任公司党委书记、董事长肖卫国出席签约仪式并讲话。市委常委、副市长孙睿君，广西右江水利开发有限责任公司总经理袁文传代表双方进行签约。

【中国发展网】

# 心怀“国之大者” 守护“流域安澜”

## ——走访广西百色水利枢纽纪实

欧阳新华 张铭一

金秋十月，广西百色水利枢纽库区，水面倒映着蓝天白云，两岸群山绵延不绝，灵巧的白鹭半空直下、点水而起，绿水青山宛若仙境，令人心驰神往，流连忘返。

截至 9 月 23 日，西部大开发标志性工程、治理和开发郁江的关键项目和珠江流域防洪骨干工程——百色水利枢纽连续安全运行 6000 天，为党的二十大盛大召开献上了一份厚礼。

十几年来，百色水利枢纽的运行和管理，坚决贯彻落实习近平总书记“节水优先、空间均衡、系统治理、两手发力”治水思路和关于安全生产的重要论述，心怀“国之大者”，统筹发展和安全，牢固树立“人民至上、生命至上”的理念，把“保障人民群众生命财产安全”放在第一位，贯彻落实水利部党组、广西壮族自治区党委、珠江委党组决策部署，坚守底线思维和红线意识，在守护工程安全运行的基础上，充分发挥了工程防洪、发电等综合效益。

### 一、6000 天的如履薄冰，换来 16 载安全运行

2001 年开工建设、2006 年开始投入运行的百色水利枢纽工程坐镇百色市区右江之上，守护一方安澜。

百色水利枢纽库容 56.6 亿立方米。作为珠江流域防洪骨干工程，如何做到每个细节处的安全运行和管理，是百色水利枢纽运行管理单位右江水利公司十几年来“时时放心不下”的重中之重。

百色水利枢纽开工建设伊始，右江水利公司就充分认识到设备设施建设质量和管理人员的专业素质是安全生产的基础所在，紧盯设备设施建设质量，从设计、制造、安装、调试等各方面牢牢把住设备设施的质量关，百色水利枢纽的 9768 个单元工程，合格率 100%，优良率 89.3%。工程投运以来，狠抓综合治理，全面消除各类事故隐患，深入分析共性问题和突出隐患，系统总结经验做法，从源头上防范遏制生产安全事故的发生。

记者在右江水力发电厂一间不算大的办公室里，看到来往职工正忙忙碌碌，

办公桌前的ON-CALL（值班）值长正在有条不紊地办理工作票、操作票。“每项工作开始前，工作负责人都要到电厂办票室办理工作票；每项操作任务开始前，都要办理操作票，确保安全措施到位。同时，当班的ON-CALL值长也会根据工作票检查工作情况。”右江水力发电厂总工程师卢寅伟如是说，“我们定期巡检电厂设备，在每个设备巡检登记点，除纸质登记册外，还张贴了巡检条形码，巡检职工用手机一扫，需要检查的各类项目一览无余。”

目前，右江水力发电厂已基本完成主要设备技术改造更新，主设备完好率、主设备消缺率、自动开停机成功率、自动装置及继电保护投入和动作正确率均长期保持100%，连续保持无重大人为或设备事故记录，持续保持安全、稳定、高效运行。

据右江水利公司党委委员、副总经理马建新介绍，右江水利公司深入贯彻落实水利部关于建设安全生产风险管控“六项机制”部署要求，逐步建立了较为完善的风险查找、研判、预警、防范、处置、责任长效机制。

安全监督部赵松鹏详细介绍说，一是科学全面开展危险源辨识和风险评价工作。组织各级安全管理人员和专业技术人员对百色水利枢纽所有危险源进行全面系统辨识，科学准确评价风险等级。目前，百色水利枢纽工程共辨识危险源173项，其中重大危险源28项，一般危险源145项，所有危险源均制定了管控措施，并于每个季度动态开展危险源辨识与风险评价工作，对超出阈值的进行预警，从源头上防范、化解重大安全风险。

二是严格隐患排查治理。通过邀请外部专家、内部交叉互检、参照水利工程运行管理监督检查办法等多种富有成效的方式，开展“四不两直”安全专项飞检。扎实组织开展岁末年初、汛期、“两会”及春节前等重要时段防洪度汛、工程运行管理、危险化学品等重要设施设备专项，以及车辆交通、消防安全等重点领域等各类安全大检查，2022年已累计开展运行安全专项飞检4次，安全检查12次，截至8月底，累计发现安全隐患258项，并均明确了整改措施、责任人、期限等。

三是全面提升应急处突能力。完善预案体系，健全完善公司由综合预案、专项预案和现场处置方案构成的三级应急预案体系。制订“公司应急管理能力建设三年行动实施方案”，按方案要求全面有序组织开展各项预案的演练、总结和评估等工作；强化应急培训和准备，按规范要求储备应急设备和物资、定期开展应急宣传教育，强化应急值班值守等。

四是建立完善全员安全生产责任制。按照“一岗双责”的要求，全面落实全员安全生产责任制，特别是把风险查找、研判、预警、防范、处置各环节的责任落实到岗到人。制定安全生产考核标准，严肃开展安全生产考核奖惩。

右江水利公司追求“一流的标准、一流的技术、一流的管理、一流的面貌、一流的效益”目标，持续推进运行管理标准化建设，以逐步将百色水利枢纽工程打造为“安全可靠、绿色智能、调度科学、蓄泄有序”的流域重要防洪工程和国家水网关键“结”点为己任，不断提升枢纽工程运行管理规范化、标准化、智慧化水平。

百色水利枢纽工程投入运行以来，右江水利公司正是以“时时放心不下”的态度切实履行国企担当，持续保障百色水利枢纽安全、稳定、高效运行，工程防洪、发电、灌溉、航运、供水等效益充分发挥，为推动区域经济社会高质量发展作出积极贡献。

## 二、一个流量、一立方米库容、一厘米水位地精细调度，换来16载的人水安澜

曾经的右江并非这般温顺，滩多水急、暴涨暴落的特性给两岸百姓带来了诸多不便。直到百色水利枢纽的建成运行，彻底驯服了它的“顽皮”，让其成为了一条造福百姓的“幸福河”。

16年来，百色水利枢纽严格落实珠江委和广西水利厅调度要求，同时不断提升水情预报能力和运行管理水平，进一步服务好水资源调度工作，促使枢纽效益得到最大水平的发挥，为保护沿岸人民生命财产安全、促进区域经济社会发展起到了十分重要的作用。

右江水利公司重点围绕防洪保安全，做好水旱灾害防御，汛期突出做好水情雨情监测预警、防汛分析会商研判、水库精细化调度、重点部位巡查、防汛值班值守、应急救援演练等工作，枢纽工程安全度汛保证率达100%，有效保障了工程安全和下游人民群众生命财产安全。同时，汛末科学谋划及时蓄水，确保防洪度汛与水资源调配两不误。

2022年5月，珠江流域遭遇近15年来最强“龙舟水”，暴雨过程密集、编号洪水多、洪水量级大，百色水利枢纽库区共遭遇6次强降雨过程，出现将近2500立方米每秒的入库流量。面对严峻的防汛形势，右江水利公司坚持人民至上、生命至上，锚定“四不”目标，坚决执行珠江委和广西水利厅调度指令，一个流量、一立方米库容、一厘米水位地精细调度，开启4个表孔闸门泄洪，运行16年以来首次开启中孔闸门增加泄洪量。在配合珠江流域成功应对西江4次编号洪水期间，共拦蓄洪水3.45亿立方米，削峰率达34%，成功阻截了下游可能发生的洪水，极大减轻了西江下游防洪压力，有效保护了右江下游地区，特别是南宁市的防洪

安全，对西江流域防洪安全起到了十分重要的作用，为珠江流域防汛作出了十分重要的贡献。

自投入运行以来，百色水利枢纽充分发挥拦洪、削峰和错峰等作用。16 年来，已成功拦蓄流量超 3000 立方米每秒的洪水 11 次。其中，2007 年的“9・9”洪水，入库流量达到 4881 立方米每秒，下泄流量控制在 655 立方米每秒，削峰率高达 86.6%，创造了枢纽入库流量和削峰率的双纪录。

2022 年夏季以来，南方地区持续出现大面积高温干旱，刚刚在 5 月下旬经历洪水的右江，迅速进入枯水期。

“2022 年 7 月，百色库区的降水就已经由丰转枯，在汛期防汛不放松的前提下，枢纽将工作重点由洪水调度转为蓄水。”右江水利公司枢纽管理中心（防汛办）主任说，“在蓄水的同时，保证百色以下沿岸城乡人民的生产生活用水，并按照流域调度需要，积极保证澳门供水、航运用水、生态流量用水、珠三角压咸补淡用水等用水需要。”通过合理调度，旱情期间右江及下游两岸的生产生活生态用水得到了充分保障。目前，百色水利枢纽 2022 年调节水量已达到 4.6 亿立方米，曾经枯水期用水困难的情况得到了有效解决，也为抑制珠江口咸水上涌起到了重要作用。

“每年汛期，我们都会组织广西、珠江委的水文气象部门以及南方电网的有关人员进行会商，预测研判下阶段气象和水文情况，科学进行水量调度和水位控制。”王洋说。

为做到精准调度，右江水利公司积极协调珠江委水文局、百色市水文局等单位共享雨水情遥测数据。通过资源整合共享，目前，库区可用水文站、雨量站已由原来的 48 个增加为 100 个，分布更加合理。针对百色水利枢纽库区下垫面条件复杂、中小型水电站众多、水情预测预报难度较大的情况，为摸清当地水情，让水资源调度更加有迹可循，工作人员对枢纽运行历史资料、库区产汇流规律进行了深入分析和研究，针对百色水库不完全多年调节的特点，提出了适用的中长期水情预测预报方法。随着水情预报研究的不断深入，百色水利枢纽水情预测预报准确率得到稳步提升。

每年汛前，百色水利枢纽还会邀请防汛、气象、水文、电力等部门组织召开水库调度研讨会和水情分析会，根据气象水文部门对全年降雨来水形势的初步判断，及时分析水雨情形势，制订和优化详细的汛前水位控制和调度运行方案，确保防汛安全，为年度防汛工作打下良好的基础，同时也为汛末蓄水调度工作早作部署。联合会商机制的形成，不仅能为百色水利枢纽水库调度工作出谋划策，同时也为防汛及水库调度工作提供了沟通、交流、协调的平台。

近年来，百色水利枢纽每年都会委托相关单位开展汛末蓄水方案研究，分析预测水雨情发展趋势，提出合理的逐级蓄水优化调度方案，统筹考虑防汛安全与兴利需求，在确保工程安全及下游防洪安全的前提下充分发挥枢纽工程综合效益。

右江水利公司党委副书记、总经理袁文传介绍说："百色水利枢纽工程建成后，在安全运行管理的基础上，充分发挥拦洪、削峰、错峰作用，成功防御了黑格比、威马逊、海鸥、天鸽等强台风带来的洪水影响，基本免除百色、田阳、田东、隆安等右江中下游沿岸市（县、区）50年一遇洪水灾害。与老口航运枢纽联合调度，结合堤防工程建设情况，可将南宁市防洪能力由50年一遇提高到200年一遇。枢纽工程年均防洪效益达4.58亿元。"

## 三、一库优于地表水Ⅲ类标准的盆中水，换来大江上下美丽画卷

站在百色水库大坝远眺，由右江河道拦蓄而成的百色库区水面烟波浩渺、群山叠翠，水天一色的右江美景一览无余。

百色水利枢纽工程库区淹没涉及云南、广西两省（区）的3个县（区），水库面积136平方千米，干流回水长108千米，库区岸线长1087.3千米。

为管理维护好库区这"盆"水，右江水利公司始终坚守安全生产底线，积极践行"绿水青山就是金山银山"的理念，不断创新管理机制，协同解决库区存在的有关问题，有力维护库周社会和谐稳定，全力确保水生态水环境水资源安全，促进工程综合效益充分发挥，切实保障上下游人民群众生命财产安全。

"我们水库的水质特别好，沿大坝走一路，看不到一点垃圾、杂物。看，那些是栖息在这里的白鹭。"右江水利公司党委委员、副总经理王伟指着远处的一排小白点，向我们介绍百色水库的近况。

在库区管理中心职工的带领下，记者乘坐巡逻艇对库区日常巡查进行采访。据库区管理中心职工介绍，整个库区的管理工作人员却只有8名，可想而知，库区的巡查难度有多大。

"生怕管不好这库水，更怕水质出现一丁点问题，毕竟库区范围涉及太大，岸线太长，水域面积广。我们的工作可以说是如履薄冰，倍加小心。"巡查职工告诉记者。

正因为库区岸线长，涉及云南、广西两省（区），所以库区管理协调难度非常大，库岸侵占、倾倒垃圾、围网养殖等违法违规水事事件时有发生。百色水利

枢纽工程建成投运前期，右江水利公司加强沟通联系地方政府及有关部门，积极协调解决工程征地移民遗留问题，确保工程安全度汛。工程竣工验收后，右江水利公司积极落实水利部党组提出的“五个一流”总体建设目标的指示精神，按照公司党委研究决定的有关要求，在原环境移民部的基础上组建库区管理中心，主要负责库区岸线管理、水环境管理、消落区管理等工作。围绕管好“盛水的盆”，护好“盆中的水”这一目标，全面加强库区管理与保护工作。

据库区管理中心主任陈启壮介绍，右江水利公司坚持以“珠江委 + 流域片省级河长办”协作机制为支撑，探索与地方政府及有关部门建立常态化沟通协调机制，密切配合和推动解决责任水域出现的侵占库区、无序网箱养殖、弃渣倾倒库区等各类问题。依托地方执法机构和流域水政监察总队百色支队共同打击“四乱”涉水违法行为，结合水库属地管理基础，紧密联系工作实际，加强与地方职能部门的沟通协调等。

针对水资源管理的新形势和新变化，右江水利公司库区管理中心克服各种困难和问题，组织编制完成“百色水利枢纽工程库区管理与保护规划”，破解难题，守住底线，对逐步提升库区安全稳定运行水平和综合治理能力起到了良好的指导作用。

陈启壮告诉记者，为明确库区管理范围和职责，右江水利公司积极落实《水法》、《防洪法》、《河道管理条例》、《水库大坝安全管理条例》等法律法规规定，推动完成百色水利枢纽工程管理与保护范围划定，为依法开展安全监管，保障工程运行安全和效益发挥奠定了基础。此外，同步推进完成坝区 234.81 公顷和云南库区 3319.27 公顷建设用地的确权工作，进一步将管理职责从纸面落到了实处。

为达到库区有效监管，右江水利公司完善巡查车船配备，综合运用卫星遥感、无人机航拍等先进技术，全面掌握库区水域岸线动态，不断加强库区常态化安全监管，及时发现库区苗头性、倾向性、敏感性问题。特别是库区强降雨后，密切关注库区干流及各支流周边降雨及来水情况，结合库区周边地质灾害点，认真分析研判可能存在库岸失稳的敏感区域，持续推动将人身安全和环境安全等各类安全隐患消除在萌芽状态。同时持续开展水质监测工作，及时掌握库区水体状况，通过积累数据和分析评价，为确保水质安全提供依据，目前库区水质常年优于Ⅲ类标准。

岸线长，一些人为的水事事件难以避免。近些年，库区管理中心坚持以河长制、环保督察为抓手，探索与地方政府及有关部门建立常态化沟通协调机制，密切配合和推动解决责任水域出现的侵占库区、无序网箱养殖、弃渣倾倒库区等各类问题。

记者乘坐的巡逻艇一路驶过库区广西境内，没有再发现违规网箱养鱼现象。工作人员介绍，为加强库区网箱专项、岸线乱占、倾倒弃渣等清理整治，右江水利公司联合地方政府和行政部门，成功开展库区网箱专项清理整治、汪甸建房乱占事件清理整治、瓦村电站下游倾倒弃渣事件清理整治、库中坝清理防汛保安专项执法行动等，极大程度地维护了库区正常水事秩序，保障了防洪库容不被侵占，确保了工程防洪功能的正常发挥及库区水生态水环境安全。

在做好库区水质监测、渔业增殖放流工作的基础上，右江水利公司开展多种形式进行库区安全及水法宣传，通过支部主题党日活动、联合外单位活动等多种方式，深入库区及周边学校开展安全及水法宣传教育，不断提升库区群众对于清理整治违建、无序网箱等行为的认可度，人人从小事做起，从身边事做起，降低库区溺水、人为污染环境事件的发生率，库周群众涉水安全和环保意识得到显著提升，增强了保护库区水环境的自觉性，有力促进了库区社会稳定和生态和谐的良好局面。

清水透亮，碧水荡漾。这库水对广西未来的可持续发展到底又有何重大意义？记者在采访期间从有关方面了解到，2018 年 12 月，总投资 42 亿余元的百色水库灌区工程开工建设，这项国家 172 项节水供水重大水利工程项目之一将以百色水库为龙头，通过自流和提水方式，灌溉 59.2 万亩耕地、果园，同时改善下游 10 多万农村人口饮水条件。

2022 年 8 月，部省重点水运通航工程——百色水利枢纽通航设施主体工程全面动工建设。

2022 年 8 月，承载着广西各族人民的百年梦想，新时代的“国字号”工程——平陆运河开始建设。

这些重大工程的建设，都和百色水利枢纽库区密切相关。“所以说，百色库区这盆水，关系到广西的发展，中国西南的发展，百色库区作为水源地将为各行各业提供源源不断的动力！”“始终坚持安全发展理念，在确保库区安全稳定运行的前提下，不断提升库区综合治理效能是广西乃至西南地区可持续发展的前提保障。”王伟告诉记者，管好“盛水的盆”、护好“盆里的水”，持续提升百色水库生态保护治理能力，不仅是百色库区自身的需要，更是新时期赋予百色水库的重任。

在不懈的努力下，近年来百色库区水生态水环境持续向好，水质常年优于国家地表水Ⅲ类标准，通过水库径流调节和应急补水，保障了下游河道枯季生态流量，多次在应对突发环境安全事件中发挥了重要作用。库区水体和岸线的清理整治等工作成效卓著，极大程度上维护了库区正常水事秩序，保障了防洪库容不被侵占，确保了工程防洪功能的正常发挥及库区水生态水环境安全。

“就水利而言，过去，人们对水的需求主要集中在防洪、饮水、灌溉；现阶段，人们对优质水资源、健康水生态、宜居水环境的需求更加迫切。”右江水利公司党委书记、董事长肖卫国向记者介绍右江水利公司未来的发展重点，他说，新阶段水利工作的主题为推动高质量发展，要坚持习近平总书记“节水优先、空间均衡、系统治理、两手发力”治水思路，围绕全面提升国家水安全保障能力这一总体目标，贯彻落实新阶段水利高质量发展实施目标路径，全面提升水旱灾害防御能力、水资源集约节约利用能力、水资源优化配置能力、大江大河大湖生态保护治理能力，为全面建设社会主义现代化国家提供有力的水安全保障。

【黄河网】

# 护一江春水　守一方安澜

## ——百色水利枢纽安全运行水量调度纪实

张铭一

2022 年 9 月 23 日，百色水利枢纽连续安全运行 6000 天，这是一个弥足珍贵的记录，更是一份来之不易的荣誉。作为一座以防洪为主要功能的水利工程，这一记录的创造与延续，不仅圆满践行了“工程不出问题、效益正常发挥”的承诺，更成为了一道守护珠江流域安全的坚实屏障。

16 年来，作为工程建设运行管理单位的右江水利公司，严格落实珠江委和广西壮族自治区水利厅调度要求，同时不断提升水情预报能力和工程运行管理水平，进一步服务好水资源调度工作，保障工程效益最大水平的发挥，为保护沿岸人民生命财产安全、促进区域经济社会发展起到积极作用。

### 一、精准调度，山川从此安澜

从百色市区沿右江而上，江水在喀斯特峰林间蜿蜒，一座座村庄临水而建，构成一幅人水和谐的山水田园画卷。然而，曾经的右江却并非这般温顺，滩多水急、暴涨暴落的特性给两岸百姓带来了诸多不便。直到百色水利枢纽的建成运行，彻底驯服了它的“顽皮”，让其成为了一条造福百姓的“幸福河”。

2022年5月底，珠江流域遭遇近15年来最强“龙舟水”，暴雨过程密集、编号洪水多、洪水量级大。右江水利公司认真贯彻落实水利部、珠江委、广西壮族自治区水利厅防汛工作部署要求，树牢底线思维、极限思维，立足于防大汛、抗大险、救大灾，履职尽责，积极应对，在尽力减轻库区淹没损失和保障工程自身运行安全的前提下，实施一个流量、一立方米库容、一厘米水位的精细调度，充分发挥百色水利枢纽洪水拦蓄、削峰、错峰调控功能，开启4个表孔闸门泄洪，运行16年以来首次开启中孔闸门增加泄洪量。在配合珠江流域成功应对西江4次编号洪水期间，共拦蓄洪水3.45亿立方米，极大减轻了西江下游防洪压力，为成功应对珠江流域洪水灾害、坚决打好打赢防汛救灾这场硬仗贡献力量。

作为珠江流域防洪骨干工程，百色水利枢纽自投入运行以来，已成功拦蓄流量超3000立方米每秒的洪水11次。其中，2007年的“9・9”洪水，入库流量达到4881立方米每秒，下泄流量控制在655立方米每秒，削峰率高达86.6%，创造了枢纽入库流量和削峰率的双纪录。

暴涨暴落的右江，时而丰盈，时而也会为缺水而烦恼。作为珠江流域枯水期水量调度、百色市城市供水重要水源水库，百色水利枢纽也为珠江流域、百色革命老区和粤港澳大湾区的经济社会发展提供了有力的水安全支撑。

2022年6月以来，南方地区持续出现大面积高温干旱，地处西南门户的广西同样未能幸免。刚刚在5月下旬经历洪水的右江，迅速进入枯水期。

“2022年7月，百色库区的降水就已经由丰转枯，在汛期防汛工作不放松的前提下，公司将工作重点由洪水调度转为蓄水。”右江水利公司枢纽管理中心主任王洋说，“在蓄水的同时，保证下游沿岸城乡人民的生产生活用水，并按照流域调度需要，切实保证澳门供水、航运用水、生态流量用水、珠三角压咸补淡用水等用水需要。”

## 二、水情预报，未雨必先绸缪

“在汛期的防洪调度，我们都会组织广西、珠江委的水文气象部门以及南方电网有关人员进行会商，预测研判下阶段气象和水文情况，科学进行水量调度和水位控制。”王洋说。

然而，会商需要数据的支持，数据的取得离不开水情预报。水情预报犹如枢纽运行的“眼睛”，为枢纽优化调度、效益最大化创造了条件。

自百色水利枢纽建成以来，存在着库区站网密度不达标、站点故障多、运行维护烦琐、运行成本高等问题，严重影响库区水文预报工作质量。为解决这一问题，右江水利公司积极协调珠江委水文局、百色市水文局等单位共享雨水情遥测数据。通过整合库区水雨情遥测站网资源，目前，库区可用水文站、雨量站已由原来的 48 个增加为 100 个，分布更加合理。

硬件提升的同时，枢纽水情预报的软实力也在不断增强。百色水利枢纽库区下垫面条件复杂，中小型水电站众多，水情预测预报难度较大。为摸清当地水情，让水资源调度更加有章可循，右江水利公司对枢纽运行历史资料、库区产汇流规律进行了深入分析和研究，针对百色水库不完全多年调节的特点，提出了适用的中长期水情预测预报方法。随着水情预报研究的不断深入，百色水利枢纽水情预测预报准确率得到稳步提升。

每年汛前，右江水利公司还会邀请防汛、气象、水文、电力等部门组织召开水库调度研讨会和水情分析会，根据气象水文部门对全年降雨来水形势的初步判断，及时分析水雨情形势，制订和优化详细的汛前水位控制和调度运行方案，确保防汛安全，为年度防汛工作打下良好基础，同时也为汛末蓄水调度工作早作部署。联合会商机制的形成，不仅能为百色水利枢纽水库调度工作出谋划策，同时也为防汛及水库调度工作提供了沟通、交流、协调的平台。

近年来，右江水利公司每年都会委托相关单位开展汛末蓄水方案研究，分析预测水雨情发展趋势，提出合理的逐级蓄水优化调度方案，统筹考虑防汛安全与兴利需求，在确保工程安全及下游防洪安全的前提下充分发挥枢纽工程综合效益。

## 三、运行管理，细节决定成败

水库调度执行得好不好，水工运行是最直接也是最关键的一步。可以说，运行管理直接影响着水库调度的成败。右江水利公司注重工程运行管理的每一处细节，为每一个环节建章立制，确保运行安全，提高运行效率。

走进百色水利枢纽主坝监控室，“工程不出问题，效益正常发挥”几个大字格外引人注目。大字下面，“百色水利枢纽主坝值班管理制度”和“百色水利枢纽主坝及水电站日常巡视检查工作管理规定”的标牌同样醒目。在这上面，值班和检查工作的各项要求与责任清晰明了，具有很强的可操作性。而在生产区域，总能见到“现场应急处置卡”和“重大危险源风险公告栏”一类的醒目标牌，上面都清晰标明了风险点、事故诱因、可能导致后果和详细的处置措施及步骤，通俗易懂的文字就算是非专业人员也可以轻松理解。

这些只是百色水利枢纽运行管理工作的一个缩影，而正是这一点一滴的守护，换来了巍巍巨坝的岿然，换来了每一方水的精细调度，换来了右江下游的安澜与幸福。

多年来，右江水利公司制订和完善了一系列涉及水工建筑物巡检、维修养护及金属结构操作、安全监测的相关规章制度和操作规程，确立了“以制度管人，按规程规范操作”的工作理念，做到凡事有章可循、有据可依，有效规范工程运行管理和操作运行。每一处细节都有相应的制度指导与保障，百色水利枢纽的运行管理水平在一点一滴中不断迈向新的高度，有力支撑了枢纽防洪等功能发挥。

在运行实践中，右江水利公司不断总结经验，积极创新技术，完成主坝消防供水系统及部分管路技术改造、主坝表孔检修便道技术改造，实现闸门在线监测，发明了主坝表孔闸门水封润滑水喷淋装置并获得实用新型专利证书。创造性地提出采用建筑信息模型（Building Information Modeling，BIM）进行监测数据管理，引入全球导航卫星系统（Global Navigation Satellite System，GNSS）监测技术赋能工程建筑物变形监测，创新全浏览器/服务器（Browser/Server，B/S）模式的安全监测信息管理系统等，极大地提高了大坝安全监测技术水平。

踏上新征程，右江水利公司将对标新阶段水利高质量发展六条实施路径，聚焦主责主业，补短板、强弱项、防风险，运行好、管理好、维护好百色水利枢纽，持续提升工程运行管理科学化、规范化、标准化、智慧化水平，持续确保工程安全稳定高效运行，

任风雨婆娑，或蝉喘雷干，百色水利枢纽都巍然屹立于青山峡谷之间，用自己博大的胸怀接纳着一条条善变任性的川流，用最温柔的方式将其释放，蜿蜒向东，守卫右江安澜，润泽八桂大地。

**【黄河网】**

# 一库右江水　润泽民生情
## ——百色水利枢纽库区管理纪实

张铭一

金秋十月，站在百色水利枢纽大坝远眺，由右江河道拦蓄而成的百色库区水面浩渺、群山叠翠，水天一色的右江美景一览无余。

右江发源于珠江水系西江支流郁江，分跨云南、广西两省（区），沿岸既是少数民族聚居区，也是革命老区，经济发展相对落后。以往汛期来临，洪水肆虐，

沿岸百姓苦不堪言。

兴修水利、防治水害历来是中华民族治国安邦的大计。为彻底免除洪灾之苦，开发利用西部优质清洁能源，逐步缩小广西壮族自治区与其他地区的发展差距，乘着国家西部大开发战略的东风，2001 年 10 月，作为西部大开发标志性工程、治理和开发郁江的关键项目的百色水利枢纽工程正式开工。

2006 年，百色水利枢纽工程正式运行，自此坐镇右江之上，抵御肆虐洪水，输送清洁能源，提供优质水源。16 年来，累计拦蓄 11 场洪峰流量超 3000 立方米每秒的洪水，工程年均防洪效益 4.58 亿元，发电总量超 224 亿千瓦·时。2009 年 1 月至 2011 年 12 月，为缓解右江中下游流域的旱情，百色水利枢纽在上游来水偏少的情况下，充分利用水库可调库容，持续向下游补水 42.85 亿立方米，充分保障下游沿岸城乡居民的饮水安全和农业生产用水，缓解了右江中下游的旱情，取得了良好的社会效益。

## 一、守正创新，守好一库清水

百色水利枢纽工程库区淹没涉及云南、广西两省（区）的 3 个县（区），水库面积 136 平方千米，干流回水长 108 千米，库区岸线长 1087.3 千米。

右江水利公司始终积极践行“绿水青山就是金山银山”理念，不断创新库区管理机制，有力维护库周社会和谐稳定，全力确保水生态水环境水资源安全，促进工程综合效益充分发挥，切实保障右江沿岸人民群众生命财产安全。

“我们水库的水质特别好，沿大坝走一路，都看不到一点垃圾、杂物。看，那些是栖息在这里的白鹭。”右江水利公司党委委员、副总经理王伟指着远处的一排小白点，向我们介绍百色水库的近况。

在右江水利公司库区管理中心职工的带领下，记者乘坐巡逻艇感受库区日常巡查工作。据介绍，8 名库区管理人员负责整个库区 1087.3 千米的岸线巡查，可想而知，工作难度很大。

巡逻艇上没有遮蔽物，虽已是秋天，但位于我国西南的广西依旧太阳高照，直射的阳光照得皮肤滚烫难忍。“生怕管不好这库水，更怕水质出现一丁点问题，毕竟库区范围涉及太大，岸线太长，水域面积广。我们的工作可以说是如履薄冰，倍加小心。”工作人员告诉记者。

正因为库区岸线长，涉及云南、广西两省（区），所以库区管理协调难度非常大，库岸侵占、倾倒垃圾、网箱养殖等违法违规事件时有发生。百色水利枢纽工程建成投运前期，右江水利公司加强沟通联系地方政府及有关部门，积极协调解决工程征地移民遗留问题。工程竣工验收后，右江水利公司积极落实水利部党组提出的“五个一流”总体目标要求，围绕管好“盛水的盆”和“盆中的水”，当好“百色水库的代言人”，加强库区管理、水质监测，确保库区水生态、水环境安全，维护河流健康生命。

右江水利公司并没有水事执法权，库区管理人员较少，为守护好这库清水，该公司守正创新，加强库区管理与保护机制的重点建设。针对库区管理的新形势和新变化，组织编制完成“百色水利枢纽工程库区管理与保护规划”，破解难题，守住底线，对逐步提升库区安全稳定运行水平和综合治理能力起到了良好的指导作用。

为明确库区管理范围和职责，右江水利公司积极落实《水法》、《防洪法》、《河道管理条例》、《水库大坝安全管理条例》等法律法规规定，推动完成百色水利枢纽工程管理与保护范围划定，为依法开展安全监管、保障工程运行安全和效益发挥奠定了基础。此外，同步推进完成坝区 234.81 公顷和云南库区 3319.27 公顷建设用地的确权工作，进一步将管理职责从纸面落到了实处。

为实现库区有效监管，右江水利公司完善巡查车船配备，综合运用卫星遥感、无人机航拍等先进技术，全面掌握库区水域岸线动态，不断加强库区安全监管常态化，及时发现库区苗头性、倾向性、敏感性问题。特别是库区强降雨后，密切关注库区干流及各支流周边降雨、来水情况，结合库区周边地质灾害点，认真分析研判可能存在库岸失稳的敏感区域，持续推动将人身安全和环境安全等各类安全隐患消除在萌芽状态。同时持续开展水质监测工作，及时掌握库区水体状况，通过积累数据和分析评价，为确保水质安全提供依据。

## 二、沟通协调，配合推动水事秩序

“岸线长，一些人为的水事事件难以避免。”近些年，右江水利公司坚持以河长制、环保督察为抓手，探索与地方政府及有关部门建立常态化沟通协调机制，密切配合和推动解决责任水域出现的各类问题。

记者乘坐的巡逻艇一路驶过广西境内库区，没有再发现违规网箱养鱼现象。工作人员介绍，为加强库区网箱专项、岸线乱占、倾倒弃渣等清理整治，右江水利公司联合地方政府和行政部门，成功开展库区网箱专项清理整治、库中坝清理、防汛保安专项执法行动等，极大程度地维护了库区正常水事秩序，保障了防洪库容不被侵占，确保了工程防洪功能的正常发挥以及库区水生态水环境安全。

一方面依靠地方河长制；另一方面主动开展，积极宣传引导。右江水利公司在做好库区水质监测、渔业增殖放流工作基础上，多种形式开展库区安全及水法宣传，通过支部主题党日活动、联合外单位活动等多种方式，深入库区及周边学校开展安全及水法宣传教育，不断提升库区群众对于清理整治违建、无序网箱等行为的认可度，人人从小事做起，从身边事做起，降低库区溺水、人为污染环境事件的发生率，库周群众涉水安全和环保意识得到显著提升，增强了保护库区水环境的自觉性，形成了库区周边社会稳定和生态和谐的良好局面。

清水透亮，碧水荡漾。这库水凝聚着右江水利公司，地方水利、生态环境等部门的心血。在加强库区管理与保护机制建设的基础上，右江水利公司有效汇集了监管和执法力量，各司其职，增强工作实效，多方努力做好库区管理和保护工作。

## 三、生态优先，全面提升库区水安全保障能力

2018 年 12 月，总投资 42 亿余元的百色水库灌区工程开工建设，这项国家 172 项节水供水重大水利工程之一以百色水库为龙头，通过自流和提水方式，灌溉 3.95 万公顷耕地、果园，同时改善了下游 10 多万农村人口的饮水条件。

2022 年 8 月，部省重点水运通航工程——百色水利枢纽通航设施主体工程全面动工建设；同年 8 月，承载着广西各族人民的百年梦想，新时代的“国字号”工程——平陆运河开始建设。

这些重大工程的建设，都和百色水利枢纽库区密切相关。因此，百色库区这盆水，关系广西的发展、中国西南的发展，百色库区作为重要水源地将为各项工程提供源源不断的水源支持！

为提升库区综合治理效能，右江水利公司一是加强工程水土资源边界管理，通过采取切实有效的边界措施和监管手段，严格控制越界开发利用行为，依法维护公司合法权益；二是推进库区数字化赋能，积极推进卫星遥感技术在库区管理中的应用，不断提升库区动态感知水平，针对水华、库岸塌陷、农业面源污染等环境影响以及乱建乱占等人为因素，由事后管理向主动预知转变；三是继续加强沟通联系地方政府及有关部门，探索库区管理与保护的新举措，确保库区存在问题得到妥善有效处置，共同助力区域经济社会发展和生态环境和谐。

管好“盛水的盆”、护好“盆里的水”，持续提升百色水库生态保护治理能力，不仅是百色库区自身的需要，更是新时代百色水利枢纽的新使命。

在右江水利公司的不懈努力下，百色库区水生态水环境持续向好，水质常年

优于国家地表水Ⅲ类标准，通过水库径流调节和应急补水，保障了下游河道枯季生态流量，多次在应对突发环境安全事件中发挥重要作用，库区“四乱”清理整治等工作成效卓著，极大程度地维护了库区正常水事秩序，保障了防洪库容不被侵占，确保了工程防洪功能的正常发挥以及库区水生态水环境安全。

“就水利而言，过去，人们对水的需求主要集中在防洪、饮水、灌溉；现阶段，人们对优质水资源、健康水生态、宜居水环境的需求更加迫切。”右江水利公司党委书记、董事长肖卫国向记者介绍右江水利公司未来的发展重点，他说，新阶段水利工作的主题为推动高质量发展，要坚持习近平总书记“节水优先、空间均衡、系统治理、两手发力”治水思路，围绕全面提升国家水安全保障能力这一总体目标，贯彻落实新阶段水利高质量发展实施目标途径，全面提升水旱灾害防御能力、水资源集约节约利用能力、水资源优化配置能力、大江大河大湖生态保护治理能力，为全面建设社会主义现代化国家提供有力的水安全保障。

# 微信推文

◎右江水利公司党委召开党史学习教育专题民主生活会

◎右江水利公司召开 2022 年防汛工作会

◎未雨绸缪——右江水利公司开展 2022 年汛前防汛安全大检查

◎右江水利公司启动内部政治巡察

……

右江水利
官方微信公众号

# 严把选人用人“廉政关”　系好履责“第一颗扣子”
## ——右江水利公司实行干部选拔“凡提必考”

为进一步加强对党员领导干部的党风廉政教育，强化法律意识、规矩意识和廉洁自律意识，增强拒腐防变的自觉性和主动性，右江水利公司党委纪委经研究，决定建立干部“凡提必考”机制，对新提拔包括专业技术评聘岗在内的副科级及以上干部进行任前廉政知识考试。右江水利公司党委近日专题审议通过了任前廉政考试方案，将从2022年1月1日开始实施。

右江水利公司纪委建立考试题库，围绕习近平新时代中国特色社会主义思想、党的十九大及历次全会精神、十九届中央纪委历次全会精神及《公职人员政务处分法》《中国共产党章程》《中国共产党纪律处分条例》《中国共产党问责条例》等，以及水利部、广西壮族自治区、珠江委党风廉政建设相关制度，结合公司实际精心选题入库，充分突出政治性、思想性、时代性和实用性。每次考试前从题库中随机抽取50道题生成考卷，以集中、闭卷的方式，由纪检监察审计部、人力资源部和党群部抽调专人监考，在90分钟内对拟任干部进行考试，主要检验党员干部对应知应会的法纪基础知识的掌握情况。

任前廉政知识考试本着学考结合、以考促学、以考促廉的原则，与干部任前公示同步进行，既是一次理论测试，也是一次深刻的廉政教育，是严把干部任前“廉洁关”，打好任前“预防针”的一个有力举措。旨在通过考试倒逼党员领导干部先学一步、学深一层，促进更好地掌握各项纪律规矩，增强红线意识，做到警示规范约束在先，全面夯实党风廉政建设思想基础，推动全面从严治党向纵深发展。

# 右江情怀：红色初心暖人心
## ——右江水利公司“我为群众办实事”纪实

碧水右江，红色初心。党中央部署党史学习教育以来，广西右江水利开发有限责任公司党委在水利部党组、广西壮族自治区党委和珠江委党组的指导下，坚持以人民为中心的发展思想，践行党的初心使命，强化公仆意识和为民情怀，围绕群众“急难愁盼”问题，扎实开展“我为群众办实事”实践活动，切实将党史学习教育观照现实，用心用情用力解决群众的困难事、烦心事，不断增强人民群众的获得感、幸福感、安全感，在实践实干中如期高质量完成水利部党组、珠江

委党组部署的工作任务，赢得了民心民意。

## 右江水利公司党委召开党史学习教育专题民主生活会

1月23日，右江水利公司党委召开党史学习教育专题民主生活会，紧扣“大力弘扬伟大建党精神，坚持和发展党的百年奋斗历史经验，坚定历史自信，践行时代使命，厚植为民情怀，勇于担当作为，团结带领人民群众走好新的赶考之路”主题，紧密联系公司实际，深入查摆检视问题，严肃认真开展批评和自我批评，明确努力方向和整改措施。右江水利公司党委书记、董事长肖卫国主持会议，珠江委党组成员、副主任、第四督导组组长李春贤到会指导点评，委人事处和委纪检组有关同志到会指导。

认真做好会前准备。右江水利公司党委高度重视本次专题民主生活会，会前认真研究制订工作方案，开展集中学习，进一步深化认识，统一思想；以调研座谈、书面征求，设置意见箱、电子邮箱等方式广泛征求干部职工意见建议，认真梳理归纳，原汁原味反馈。肖卫国带领班子同志深入开展谈心谈话，认真撰写班子和个人对照检查材料，并审阅把关班子成员个人发言提纲。

严肃开展批评与自我批评。会议通报了2020年度民主生活会整改落实情况

和本次专题民主生活会征求意见建议情况，肖卫国代表公司党委作对照检查，带头开展自我批评。随后，公司班子成员逐一作个人检视剖析。大家紧扣主题，自我批评揭短亮丑，相互批评开诚布公。既对标对表查问题、找根源，又敞开思想提意见、谈建议，达到了统一思想、凝聚共识、增进团结、共同提高的目的。

李春贤充分肯定此次专题民主生活会，认为会前准备充分，对照检查深刻，批评坦诚相见，达到了“团结—批评—团结”的目的。

李春贤指出，要认真落实青年理论学习小组、领导班子基层党支部联系点制度，加强与基层一线职工群众联系，倾听他们的诉求和心声，充分发挥基层干部职工的主人翁意识，不断激发其干事创业的内生动力。

要坚持真抓实干，为官一任、造福一方，认真履职尽责，为推动公司高质量发展尽心尽力。

李春贤强调，要坚持党的全面领导，牢固树立“一盘棋”思想，认真贯彻执行民主集中制，团结一致，不断增强班子的凝聚力和战斗力。

要聚焦主责主业，运行维护管理好百色水利枢纽工程，加强对子公司的监管，不断提升经济发展水平。

要科学统筹安全与发展，牢固树立底线思维，不断提高忧患意识，认真做好安全生产工作，不断提高职工群众的获得感幸福感安全感。

公司全体党委委员参加会议，办公室、人力资源部、党群部、纪检监察审计部主要负责人列席会议。

# 右江水利公司召开党史学习教育总结会议

1 月 25 日，右江水利公司召开党史学习教育总结会议，深入学习贯彻习近平总书记关于党史学习教育的重要指示精神，认真落实水利部、珠江委党史学习教育总结会议要求，总结公司党史学习教育工作，对巩固拓展党史学习教育成果作出部署。右江水利公司党委书记、董事长肖卫国出席会议并作总结讲话，党委副书记、总经理袁文传主持会议。

会议指出，在全党开展党史学习教育，是以习近平同志为核心的党中央立足百年党史新起点、着眼开创事业发展新局面作出的重大战略决策。公司党委以高度的政治自觉、思想自觉和行动自觉，认真落实“学史明理、学史增信、学史崇

德、学史力行”要求，精心组织，有序推进，扎扎实实学党史、对表对标悟思想、用心用情办实事、开创工作新局面。公司广大党员干部职工受到了一次全面深刻的政治教育、思想淬炼、精神洗礼，政治意识、理论武装、宗旨意识和担当精神得到了进一步提升，达到了学党史、悟思想、办实事、开新局的目的，为公司高质量发展加了油、鼓了劲、添了力。

会议强调，要大力弘扬伟大建党精神，持续巩固拓展党史学习教育成果，切实把学习宣传贯彻党的十九届六中全会精神不断引向深入，以优异的成绩迎接党的二十大胜利召开。

会议要求，一要坚定不移坚持党的全面领导，坚定捍卫“两个确立”，坚决做到“两个维护”。要持续深入学习习近平总书记对党史学习教育的重要论述，不断坚定历史自信、增强政治自信，坚持党的领导，充分发挥公司党委把方向、管大局、促落实的作用。二要坚定不移持续强化党的创新理论武装，建立常态化、长效化学习机制。聚焦党的十九届六中全会精神、中央纪委六次全会精神，学懂弄通做实习近平新时代中国特色社会主义思想的“国企篇章”，不断深化拓展党史学习教育成果。三要坚定不移推进自我革命，推动全面从严治党向基层延伸。坚持围绕中心抓党建、抓好党建促发展，坚持严的主基调，夯实基层党组织建设，推动全面从严治党向纵深发展。四要坚定不移、踔厉奋发、笃行不怠，开创公司高质量发展新局面。坚持从党的百年奋斗重大成就、历史经验中汲取智慧和力量，对表对标新阶段水利高质量发展六条实施路径和强化流域治理管理的“四个统一”要求，如虎添翼促发展，推动公司“十四五”发展规划开花结果。

会上，3 名党支部书记作交流发言。公司党委委员邓勋发、马建新、汤进为、王伟、梁锋出席会议。公司各党支部书记、中层干部、各子公司主要负责人及全体党员分别在南宁、百色、云南等地通过视频参加会议。

# 崇廉拒腐辞旧岁　廉洁修身迎新春
## ——右江水利公司党委加强节前廉政教育

2022 年新年伊始，右江水利公司各党支部紧密结合实际，开展廉洁主题党日活动，加强节前廉洁教育，不断提高党员干部廉洁过节意识，确保过一个廉洁、祥和、安全的春节。

### 廉洁教育敲警钟，风清气正迎新春
### ——办公室党支部

1 月 24 日，办公室党支部开展“廉洁教育敲警钟，风清气正迎新春”主题党日活动。要求支部全体党员切实发挥示范带头作用，绷紧纪律之弦，筑牢自律之堤，带头贯彻落实中央八项规定及其实施细则精神，遵守疫情防控规定，确保廉洁安全过春节。

## 以史为鉴，正风肃纪，促进党员干部干净担当
### ——行政管理党支部

1月20日，行政管理党支部开展“以史为鉴，正风肃纪，促进党员干部干净担当”主题党日活动。支部党员同志纷纷表示要以史为鉴，以案为鉴，守纪律、讲规矩，不断强化自身业务能力和水平，敢于负责、勇于担当，干出无愧于党和人民的新业绩。

## 以案促改，正风肃纪
### ——生产管理党支部

1月25日，生产管理党支部开展“以案促改，正风肃纪”主题党日活动。大家一致认为，要以案示警、以案释纪、以案促改，要深刻吸取教训，进一步巩固拓展落实中央八项规定精神成果，严防“四风”问题反弹回潮，严格遵守常态化疫情防控要求，确保春节期间风清气正、欢乐祥和。

## 强化流域治理管理
### ——枢纽管理中心党支部

1月13日，枢纽管理中心党支部开展“强化流域治理管理”主题党日活动。持续加强廉洁教育和纪律教育，进一步提高党员干部政治站位，强化纪律规矩意识，做到遵规守纪、廉洁自律，过一个风清气正的春节。

## 关键节点党风廉政警示教育
## ——右江水力发电厂党支部

1 月 13 日，右江水力发电厂（简称右江电厂）党支部开展“关键节点党风廉政警示教育”主题党日活动。要求支部全体党员干部严守党风廉政建设的“红线”和“底线”，筑牢反腐倡廉、防腐拒变的防线，强化廉洁过节意识，确保过一个廉洁、祥和、安全的春节。

## 全面从严治党
## ——江河资产公司党支部

1 月 21 日，江河资产公司党支部开展“全面从严治党”主题党日活动。集体学习了相关文件精神，观看了廉政教育警示片，以案为鉴、以案示警。通过此次节前廉洁教育，进一步提高了党员干部廉洁过节意识，筑牢了思想防线。

## 树清正廉洁家风，过欢乐祥和春节
## ——清源电力公司党支部

1 月 21 日，清源电力公司党支部在百色、那比通过视频方式开展“树清正廉洁家风，过欢乐祥和春节”廉政教育主题党日活动，进一步增强了支部党员的党性意识、责任意识和宗旨意识。大家一致表示，将以健康的心态自觉净化自我，完善自我，时刻自重、自省、自警、自励，不断推动公司廉政建设的深入开展。

## 履职尽责保安全，风清气正迎新春
——季连公司党支部

1月25日，季连公司党支部开展“履职尽责保安全，风清气正迎新春”主题党日活动。认真学习驻水利部纪检监察组、右江水利公司党委关于风清气正过春节的相关要求，通报了行业内部2021年查处违纪违法问题的情况。通过正、反两方面的教育，全体党员深刻地认识到，只有风清气正才能过个欢乐祥和的春节。

## 迎春节，保安全
——块泽河公司党支部

1月17日，块泽河公司党支部开展“迎春节，保安全”主题党日活动。大家一致认为，要牢固树立“红线”和“底线”意识，自觉把廉洁自律各项规定和作风建设的有关要求落到实处，坚持“严”字当头，严格节假日期间纪律监督管理，带动亲友清廉过节、文明过节。

# 疫情就是命令，防控就是责任！右江水利公司全力“战疫”！

疫情就是命令，防控就是责任！2月初疫情发生以来，面对百色突如其来的“疫情”大考，右江水利公司党委高度重视，迅速落实广西壮族自治区、珠江委和百色市疫情防控工作部署要求，疫情防控和安全生产两手抓、同推进，精准有

序组织应对、主动作为硬核战“疫”。公司党员干部职工闻令而动，将“休假模式”转为“战时模式”，坚守岗位，万众“疫”心，以更高的政治意识、更强的责任担当、更严的防控举措、更扎实的工作作风助力打赢红城疫情防控阻击战歼灭战，充分彰显国有企业的政治担当和社会责任。

## 一、周密部署，靠前指挥

2月8日，右江水利公司党委书记、董事长、公司疫情防控工作领导小组组长肖卫国主持召开视频会议，周密部署公司疫情防控工作。

## 二、深入一线，检查指导

公司工会主席刘春同志在百色深入生产一线检查指导疫情防控工作并主持召

开右江水利江河资产公司疫情防控工作会议。

## 三、安全生产，保障供电

右江水力发电厂积极响应，职工主动放弃休息，坚守一线，加强设备巡检维护，保证发电机组“开得起、顶得上”，安全稳定运行，以实际行动为打赢红城疫情防控阻击战歼灭战提供可靠电力保障。

## 四、加强巡检，工程安全

枢纽管理中心加强百色水利枢纽工程巡检及现场管理，确保工程安全、高效运行。

## 五、严格细致，后勤保障

办公室担负公司疫情防控领导小组办公室职责，全面做好协调落实工作，及时发布疫情防控信息，抓实做好公司人员报备排查、居家隔离人员管理，发放防疫物资，严格按照百色市疫情防控要求办理通行证等，为公司安全生产工作顺利开展提供保障。

综合服务中心严格落实进入公司公共区域“两码一测”等措施，加强对人员的管理和有关场所的消杀工作，做好各项后勤保障工作。

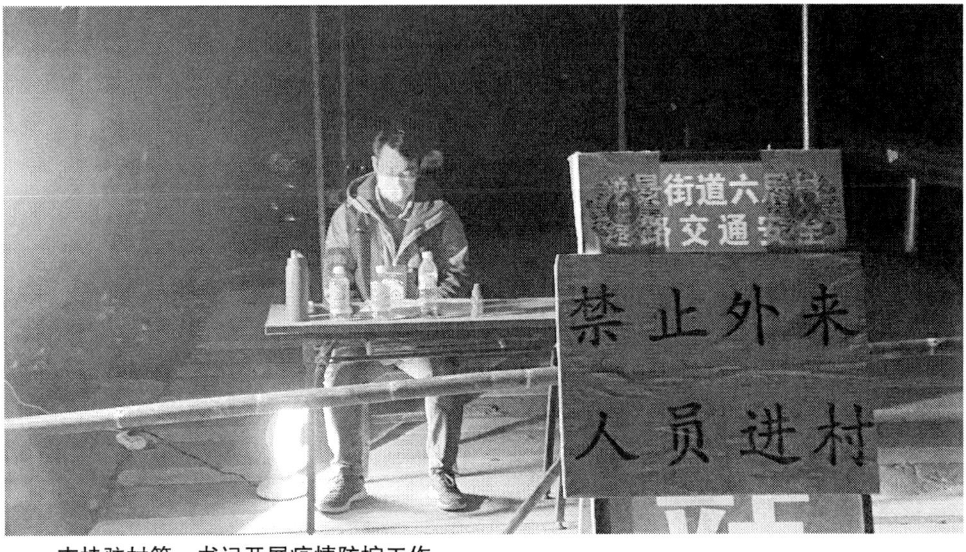


支持驻村第一书记开展疫情防控工作。

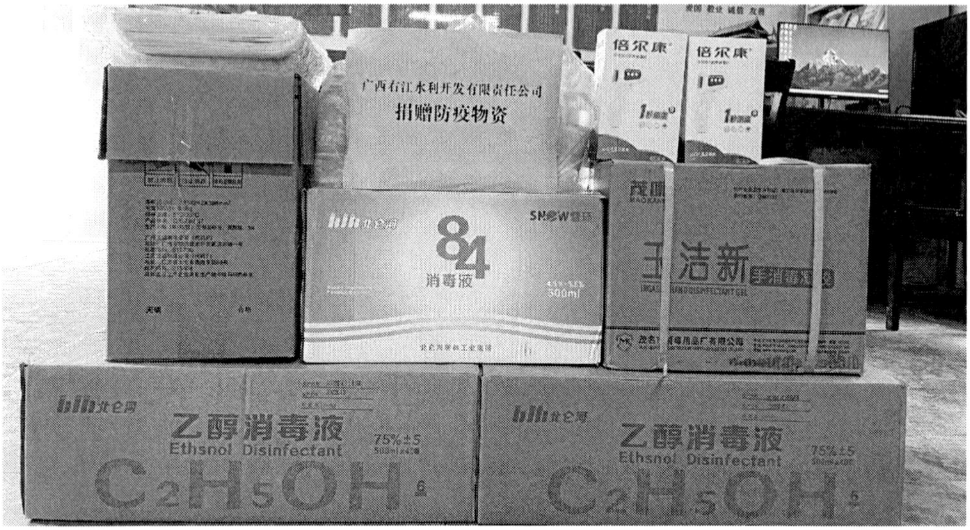


右江水利公司向右江区六居村捐赠的防疫物资。

## 六、清源电力公司强抓疫情防控，严保生产安全

清源电力公司认真贯彻落实右江水利公司党委有关疫情防控工作的部署要求，慎终如始坚持抓好疫情防控和安全生产工作。

## 七、助力百色战疫，彰显国企担当

为公司百色定点帮扶村——百色市大楞乡捐赠防疫、抗疫物资，全力支持百色市抗疫工作。

## 八、志愿者“抗疫”活动

右江水利公司积极响应百色市疫情防控指挥部的倡议，在全力保障生产工作的同时，组织公司居家办公的职工组成志愿者服务队，积极投入百色市战“疫”一线。

公司志愿者小分队参加核酸检测志愿服务活动。

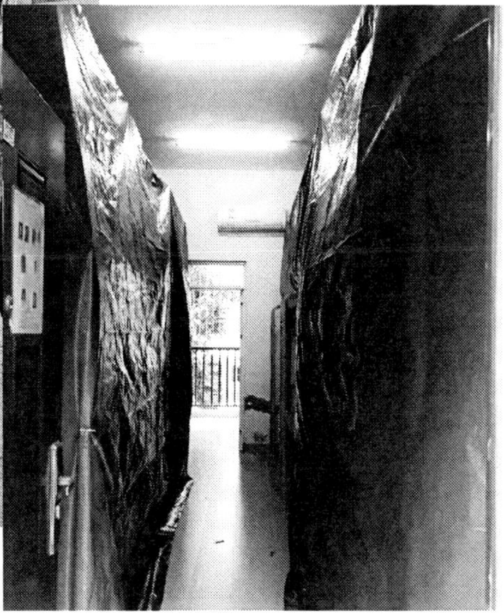

公司志愿者参加百色学院隔离房布置。

# 一文了解！右江水利公司 2022 年重点工作

2022 年将召开党的二十大，这是党和国家政治生活中的一件大事。右江水利公司将坚持以习近平新时代中国特色社会主义思想为指导，积极践行“节水优先、空间均衡、系统治理、两手发力”治水思路，弘扬伟大建党精神，落实水利部党组、珠江委党组决策部署，围绕“工程不出问题、效益正常发挥”，在工程安全、防洪安全、财务安全、生产安全、党风廉政安全等方面全力保“稳”，在工程效益、经济效益、干部人才队伍、职工幸福感获得感、政治生态等方面努力求“进”，以优异成绩迎接党的二十大胜利召开。

## 一、坚持“两个一以贯之”，坚定不移推进全面从严治党

（一）加强政治建设

深入学习贯彻习近平新时代中国特色社会主义思想、习近平总书记“节水优先、空间均衡、系统治理、两手发力”治水思路和关于治水重要讲话指示批示精神，学习宣传党的二十大精神，持续巩固党史学习教育成果，落实意识形态责任制，严明政治纪律和政治规矩，严肃党内政治生活。

（二）深化基层党组织建设

持续巩固支部建设“先进”成果，争创“水利先锋党支部”，深化党建品牌创建活动，培育与公司生产经营深度融合的、特色鲜明的党建品牌。开展廉政警示教育，巩固风清气正政治生态。

（三）落实“两个责任”

制订并落实年度全面从严治党主体任务清单和监督清单，开展政治巡察，力争在党的二十大召开前对 4 个子公司实行巡察全覆盖。抓好“关键少数”，切实加强对“一把手”和领导班子的监督，加大党员干部“八小时以外”教育管理监督。

（四）落实意识形态责任

坚持正确舆论方向，持续加强正面宣传报道。充分发挥工会、群团组织联系服务群众的桥梁纽带作用。统筹推进思想政治和舆论宣传工作，凝聚公司高质量发展强大力量。

（五）加强精神文明建设

加强与珠江委、自治区国资委、百色文明办等上级有关部门的沟通，严格对照全国水利文明单位测评体系，推进公司三年创建工作规划实施。

## 二、统筹发展与安全，落细落实各项业务工作

（一）抓好生产

牢固树立“人民至上、生命至上”理念，切实把安全生产重大政治责任扛在肩上、抓在手上，持续推进安全生产标准化建设，从严从实从细落实各项任务。

（1）继续加强安全生产责任体系建设。完善衡量、监督、评价、考核的有效机制，压实安全生产责任。各部门（子公司）要切实履行好安全生产主体责任，主要负责人要担负起安全生产工作第一责任人责任，建立安全生产“层层负责、人人有责、各负其责”的工作体系。

（2）健全双重预防机制。继续推进安全生产专项整治三年行动，以水利工程运行安全、危险化学品安全整治为重点，开展危险源辨识和风险评价动态管理，建立风险查找、预警、处置等全链条管控机制。完善并落实隐患排查治理制度，推动安全检查专项化和隐患排查分级化管理，对排查出的事故隐患明确责任、挂牌督办，直至整改销号，重大隐患按照事故对待，建立追责问责机制。各子公司高边坡、压力钢管、地下洞室等风险较高位置，要按照“一单位一清单”，持续加强监测。

（3）提升应急管理能力。健全完善公司由综合预案、专项预案和现场处置方案构成的三级应急预案体系，优化事故应对处置工作机制，确保一旦出现险情能及时有效应对。开展应急演练，加强主坝区、副坝区的通信保障水平，提高断路、断电、断网等极端情况下的应急保障能力。强化应急培训和准备，有效增强抵御自然灾害和处置突发事件的能力。

（4）加强现场安全管理。重点加强高处作业、起重作业、水上作业、有限空间作业、临时用电及其他危险作业的安全管理。规范生产现场安全警示标识、安全防护用品和设备标牌标识等。从明确责任、资质审核、教育培训、现场检查等方面，完善外委施工项目安全管理机制。高度重视子公司高边坡、压力钢管、地下洞室风险较高区域。

（二）抓好防洪度汛

防汛是公司管理工程的首要工作，防洪安全是公司的首要任务。公司全体人员都要高度重视，必须树牢安全红线意识、底线意识、忧患意识，主动担当作为，落实“四预”措施，主动找问题、查隐患、补短板、堵漏洞、强弱项，做好迎战严重洪水灾害的各项准备。

（1）做好防汛准备。部署年度防汛工作任务，做好防汛组织建设、应急预

案修订及演练、防汛物资储备等各方面工作。针对防汛薄弱环节，组织开展汛前全面检查，对发现的问题建立台账，限期整改。汛前不能整改完成的，要采取临时安全度汛措施。

（2）加强预报预警。加强实时雨水情监测，加强与电网、气象、水文等部门的联系，适时开展水雨情会商，提高预报精度、延长预见期。建立完善水库自动预报调度一体化系统。

（3）优化水库调度。加强水库安全运行水位和调度运用日常管理，严格执行水库汛期调度运用计划，确保汛前腾库到位。合理控制水库运行水位，在确保防洪安全前提下，充分利用水能资源。及时组织汛末蓄水方案编制，提高水库蓄满率和综合利用效益。

（4）严肃防汛工作纪律。严格执行调度指令，加强值班值守，按要求及时报送信息。加强对防汛工作中各项纪律执行情况的监督检查，对安全防范措施不到位、应急值守制度未落实、瞒报漏报信息等行为要依纪从严从快处理。

（三）抓好工程运管能力提升

以工程长期良性运行为目标，以水管单位考核为抓手，持续全面提升工程运管能力水平。

（1）精心维护确保设备运行良好。深入开展同行对标管理，强化设备动态管理，实施水工和机电设施运行维护和更新改造。有序开展4台机组检修，按期保质完成1#机组A级检修，遥测地震台网修复、库区遥测站网优化升级改造，提升设备精细化管理水平。

（2）落实做好水管单位年度考核。持续推进工程标准化管理、规范化操作、精细化养护，进一步提升水管单位考核评分，争取达到950分以上，进入全国水管单位优秀行列。

（3）大力推进工程运行标准化建设。加强汪甸防护堤运行管理，加大对竣工验收遗留问题整改，尽快明确工程管理和保护范围。加强对控股子公司水利水电工程运行监管，制订规范化运行管理评价体系，开展年度考核工作。加快百色水利枢纽建设管理和运行管理两部专著出版。

（4）利用信息化技术提升工程运管能力。完善水情预报预警和水库调度一体化系统，推进机电设备健康状态感知系统建设。继续实施好机组绝对效率检测，复核修正机组效率曲线，搭建水库及机组经济运行辅助决策系统。

（四）全面加强库区管理

运用好河长制湖长制，管好“盆中的水”和“盛水的盆”，促进库区内“人的错误行为”得到有效管控，保护好库区的水生态水环境。

（1）持续推进全库区用地确权工作。在取得建设用地不动产权证书的基础上，继续推动广西境内库区建设用地产权证书办理工作。

（2）加大土地管控和规范化管理。推进主坝区、副坝区、汪甸防护区等围栏（界桩）设置工作，强化坝区和部分库区土地利用日常监督力度，解决违规占地问题。妥善解决百色通航公司、百色水库灌区工程用地补偿事宜及东笋仓库土地日常管理。继续推动百色库区水利风景区建设。

（3）加快提升库区管理水平。加快推进库区“四乱”问题协调处理，优化库区水质监测工作方式，推进库区遥感、星地一体化等项目建设，不断增强库区水域岸线动态感知能力。

（五）加快智慧百色枢纽工程建设

按照“安全、实用、经济”要求，以建设“智慧百色枢纽”为目标，促进信息化技术与公司传统业务深度融合。

（1）加快推进公司信息一体化管理。建设公司大数据中心，整合公司各信息系统数据资源，提供数据资产汇聚和管理平台。推进网络安全防御体系升级改造（第一期），完成百色水利枢纽安全监测系统升级改造项目和综合管理可视化集成系统（第二期）建设。

（2）建设网络安全等信息基础设施。加强枢纽运行管理信息监测采集，强化卫星遥感技术和视频监控等应用，开展视频会议云平台右江水利节点建设，制订百色水利枢纽永久中心机房建设方案。

（3）开展百色水利枢纽数字孪生工程建设。结合公司工程运行管理实际，加强顶层设计，编制百色水利枢纽数字孪生工程实施方案，推进百色水利枢纽数字孪生工程建设。

（六）全面抓好公司经营管理

按照国有企业改革发展要求，努力提升经济效益，实现国有资产保值增值，不断增强公司抗风险力。

（1）确保资金保障和安全。强化财务监管和现金风险管控力度，严格审计整改落实。加强公司资产管理，精准核清公司固定资产底数，完善财务预算管理，有效控制运营成本。

（2）拓宽融资渠道。搭建公司融资平台，通过企业债券、项目收益债券、水利项目基础设施不动产投资信托基金（REITs，Real Estate Investment Trust）等多种方式，降低融资成本，同时为公司下一步发展打通筹集资金通道。

（3）加强政策研究。加强通航建筑物（一期）已建工程、土地等资产移交政策研究，开展枢纽工程水价形成研究，做好供水水价协商准备，加强对电力交易和辅助服务交易研究，全力配合珠江委开展《珠江流域跨省水库库区管理办法》等部门规章立法工作，在坝区水土保持、库区水生态保护方面争取地方政府政策支持。

（4）加强子公司管理指导。落实好国有资产监督管理有关要求，指导子公司加快人才培养，加强内部管理，确保安全生产，不断提升投资效益，严防投资风险。

（七）全面抓好公司自身建设

健全完善公司内部体制机制，转变工作作风，不断推动公司治理体系和治理能力现代化。

（1）持续抓好作风建设。坚决反对形式主义、官僚主义，培养真抓实干、务求实效的工作作风。健全完善制度体系，加强制度培训、管理和执行监督。深入开展督办事项和重点工作量化考核，强化履职尽责压力传导，确保公司中心工作目标任务高效完成。

（2）抓好干部人才队伍建设。进一步加快年轻干部培养力度，推进轮岗交流，建立完善激励约束机制和绩效考核制度，落实干部“凡提必考”要求，把好选人用人关。制订公司中长期人才队伍建设方案，完善职工薪酬体制建设，加强工资总额政策研究，全面完成干部人事档案“全覆盖”工作。

（3）稳妥推进坝区及百色基地综合规划实施。在进一步征求广大职工意见建议的基础上，加快报批报审等前期工作，力争2022年底前有序开工建设，努力将坝区打造成办公环境优美、居住条件舒适、管理科学有序、功能丰富完备的生产生活区。

（4）慎终如始做好疫情防控。深入抓好各项常态化防控措施，不断筑牢疫情防控屏障，保护职工生命健康。

（5）做好各项基础保障工作。推进《百色水利枢纽志》编纂工作，完成公务用车改革，做好督办、新闻宣传、信访维稳、保密机要、档案、工会、共青团、后勤保障等工作。

# 【电厂检修系列报道】春暖花开日　电厂检修时

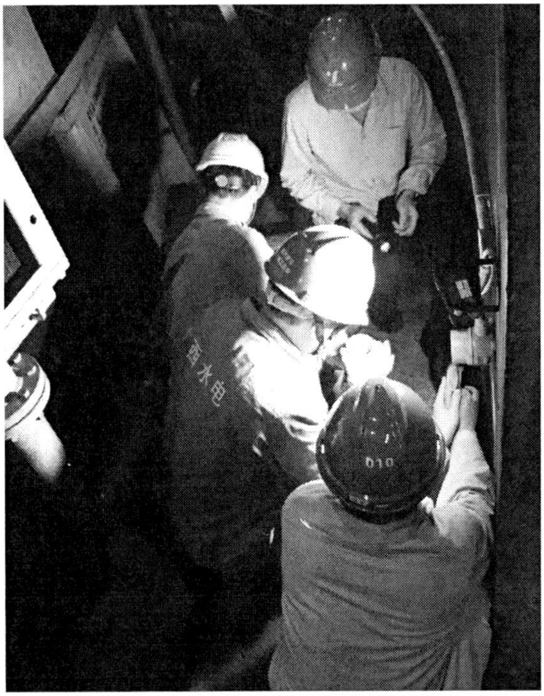

检修人员正在 1# 机组风洞内排查线路故障。

一日之计在于晨，一年之计在于春。在这春暖花开的季节，为保障电厂设备安全可靠运行，百色水利枢纽工程安全度汛，右江水利公司统筹谋划，精心组织安排对电厂 1# 机组实施标准化、规范化的全方位检修。

2 月 23 日，伴随着“当、当、当”的金属敲击声，检修正式启动。走进检修现场，我们看到的是检修人忙碌的身影，那一张张布满汗水以及灰尘的脸庞和熟练的操作手法，展现了他们“应修必修、修必修好”的决心，也让我们看到了“精、专、细”的工作态度。

本次 1# 机组检修工期共 90 天，包含 125 个项目。时间紧、任务重，为确保检修工作顺利推进，公司多次召开专题部署会和协调会，制订大检修计划，明确完成时间节点，检修人员每天迎着朝阳安排当天的检修任务，披着月光总结今日的检修成果，保证了检修有条不

3 月 3 日 1# 机组转子顺利吊出坑位。

紊地开展。

检修人员对发电机上机架、大轴、弹性油箱、推力头、下机架、水轮机等部件进行逐项拆卸解体，深入机组内部，认真清理积渣及结垢，对设备进行全覆盖养护，经过大家的不懈努力，终于在检修工作进行的第9天，顺利将发电机转子吊出坑位，并转运至安装间平稳停放，助力此次检修“开门红”。

本次检修严格按规范执行各项技术和工艺要求，同时进一步加强检修现场安全文明施工管理，确保安全、优质、高效完成各项检修任务。

## 右江水利公司召开2022年防汛工作会议

3月8日，右江水利公司召开2022年防汛工作会议，公司党委书记、董事长、防汛领导小组组长肖卫国出席会议并讲话。公司党委副书记、总经理袁文传主持会议。公司领导邓勋发、马建新、汤进为、王伟参加会议。会议全面总结公司2021年防汛工作，深入分析2022年防洪度汛形势，对2022年防汛目标任务、防汛责任和监督检查等重点工作进行了部署。会议明确了公司2022年防洪度汛组织机构，公司枢纽管理中心（防汛办）、技术管理部（总工办）、各子公司主要负责人分别就防汛安全运行、水库调度、技术支持、通信畅通、后勤保障及2022年防汛工作安排进行了交流发言。

会议指出，2021年，针对全年来水偏枯、库水位持续偏低、蓄水压力大等严峻形势，按照水利部、珠江委部署要求，公司超前筹划、提早部署，强化措施、狠抓落实，圆满完成防洪度汛各项工作，经过科学调度，汛末蓄水取得显著成效。按照气象水文部门预测，2022年右江汛期降雨基本正常，影响广西的台风有5～7个，较常年偏多，发生暴雨洪涝灾害和流域性超警洪水可能仍然存在，区域集中强降雨将时有发生，流域汛情偏重，必须予以高度重视。当前，百色水利枢纽处于运行以来同期最高水位，入库流量也处于运行以来同期最大值，上游电站运行水位均显著高于常年，结合百色水利枢纽水库蓄水量现状和区域降雨情况，汛前腾库压力较以往都大，防汛形势十分严峻，公司各有关部门要高度重视，加紧与广西电网公司沟通协调，加强水库运行调度，确保工程运行安全、防汛安全和水资源有效利用。

肖卫国强调，2022年是党的二十大召开之年，坚持人民至上，生命至上，确保流域防洪度汛安全意义特别重大。公司全体职工要提高政治站位，锚定“人员不伤亡、水库不垮坝、重要堤防不决口、重要基础设施不受冲击”目标，高度重视，履行天职；要扛起政治责任，落实党政同责、一岗双责，进一步增强底线意识、忧患意识、责任意识、担当意识；要立足防大汛、抢大灾，坚决扛起防洪保安全重担，用洪水防御工作的实际行动做到“两个维护”；要统筹发展和安全，坚持“宁可十防九空，不可失防万一”的理念，紧紧围绕“工程不出问题、效益正常发挥”的要求，确保百色水利枢纽工程和子公司电站水库防洪安全万无一失，推动公司新阶段高质量发展。

肖卫国指出，要坚持“防”住为王、“预”字当先、“实”字托底，锚定“四不”目标，落实“四预”措施，贯通“四情”防御，抓紧补短板、堵漏洞、强弱项，做好 2022 年防洪度汛各项工作。一是抓实备汛措施。扎实做好防汛预案、队伍、物资、技术、组织等准备工作，突出做好超标洪水情况下应急处置准备，督促做好防汛预案、防汛物料、防汛队伍等各项准备工作监督检查和落细落实。二是强化“四预”措施。加强水雨情滚动预报，提升预测预报水平，及时准确发布预警信息，做好防汛预案实战演练，提高预案的针对性和可操作性。三是加强沟通协调，强化流域防洪“一盘棋”思想。加强与地方政府沟通报告，加强与气象、水文、电网等部门的沟通协调，加强与上下游水电站的防洪度汛联动，坚决服从统一调度，统筹协作，顾全大局，步调一致，形成防汛合力。四是强化防汛风险隐患排查治理。要突出做好重点部位和薄弱环节的风险隐患排查治理工作，早发现、早报告、早处置，及时采取防范和应急有效处置措施，加强各类防汛安全检查培训。五是加强维修管护。做好金结机电维修养护和备用电源调试，及时组织开展汛前、汛中、汛后专项检查，突出防汛重点工作环节通畅，实现防汛基础设备设施完好、运行正常，确保汛期公司整体网络通信畅通，后勤保障服务有力有效，针对检查发现的问题，严格按照整改时限要求，明确整改责任，及时整改到位。六是加强值班值守巡查。结合防汛值班制度和防汛预案方案要求，尽快组织防汛值班培训和防汛业务培训，加强特殊雨情水情期间的应急值守和巡查排险工作，完善防汛期间请假报备制度，做好值班值守纪律监督检查，严肃防汛违规违纪责任追究。七是严格执行调度纪律。严格执行汛限水位监督管理相关规定和上级主管部门调度指令，保证水库运行调度规范化，加强工程运行安全监测和稳定分析，确保汛期工程运行安全。公司工会主席、副总工程师，各部门、各子公司主要负责人、防汛办公室成员及相关人员参加会议。

# 春风催新绿　植树正当时

“孟春之月，盛德在木”。3月11日，在植树节来临之际，右江水利公司及子公司共同开展“植树造林、美化库区环境”植树造林活动，以实际行动共筑百色库区重要生态屏障。

在百色水利枢纽工程副坝六度区，广大职工轮番挥锹铲土，挖坑栽苗，一派火热景象。在一片欢声笑语中，数百棵黄花风铃木在库区悄然迎风挺立，为百色水利枢纽增添了一抹盎然的绿意。

近年来，右江水利公司把在库区开展植树造林活动作为每年的“必修课”。公司积极践行“绿水青山就是金山银山”理念，全面贯彻习近平生态文明思想，心怀“国之大者”，强化责任担当，持之以恒在库区开展植树造林活动，持续巩固提升库区绿化质量和成效，为大力涵养水源、守护绿水青山作出新贡献。

参加植树活动职工即兴赋词一首：

**清平乐·植树**

挥锄舞锹，携手干未休。

填坑培土又浇水，热火朝天汗流。

春风轻拂新枝，春雨细润新泥。

金山银山我造，春色谱满新诗。

植树活动集体合影。

# 未雨绸缪
## ——右江水利公司开展2022年汛前防汛安全大检查

3月8日，公司党委书记、董事长、防汛工作领导小组组长肖卫国主持召开公司2022年防汛工作会。会议全面总结公司2021年防汛工作，深入分析2022年防洪度汛形势，对2022年防汛目标任务、防汛责任和监督检查等重点工作进行了部署。公司领导及部门、子公司主要负责人参加会议。

右江水利公司2022年防汛工作会。

会议强调，公司全体职工要提高政治站位，锚定“人员不伤亡、水库不垮坝、重要堤防不决口、重要基础设施不受冲击”目标，高度重视，履行天职，扛起政治责任，落实党政同责、一岗双责。要坚持“防”住为王、“预”字当先、“实”字托底，落实“四预”措施，贯通“四情”防御，立足防大汛、抗大洪、抢大险，抓紧抓实补齐防汛管理短板、堵住风险隐患漏洞、强化防汛实战弱项，克服麻痹思想，主动担当作为，突出做好超标洪水情况下应急处置准备，切实抓好2022年防洪度汛各项工作落实。

3月9日至13日，为贯彻落实公司2022年防汛工作会议精神，公司领导带领4个检查组分赴百色水利枢纽、子公司及所属电站和南宁百色办公场所的防汛备汛现场开展汛前专项检查。枢纽管理中心（防汛办）立即组织开展汛前公司全覆盖闭环专项检查，夯实防汛基础。

在南宁、百色办公楼及前方营地，检查组指出，要加强与地方应急部门的沟通协调，确保险情发生时电力、通信畅通，统筹做好后勤保障、人员转移迅速响应，落实“四预”措施，做到有效衔接。要强化办公场所短时强降雨防汛业务培训，提高办公场所职工防汛认知能力、防汛履职能力和应急抢险救援能力。

在百色水利枢纽，检查组指出，要充分认识防汛工作的重要性，牢记百色水利枢纽防汛职责使命，狠抓防汛工作责任落实，坚决做到防患于未然。要落实“四预”措施，加强雨水情实时监测和信息动态分析研判；及时组织防汛物资、设备设施和应急队伍建设情况监督检查；严格水库运行规范化调度，执行水库汛限水位监督管理相关规定和上级主管部门调度指令；加强工程运行安全监测，加强闸门、机电、金结、电气维修维护，确保工程安全运行。加强与地方政府防汛工作联系，做好超标洪水情况下应急处置准备，严格防汛值班值守和工作纪律。

在那比水电站，检查组指出，要继续发扬清源电力公司防汛“七个早”的好经验好做法，加强与上下游水电站的防汛联防联动，做好区域强降雨洪水科学调度，形成防汛合力，切实把握防汛主动权，打好防汛主动仗。

在云南，检查组指出，要切实增强忧患意识、风险意识和责任意识，做好因持续降雨或局部强降雨引发泥石流、滑坡、超标洪水等自然灾害导致设备设施出现险情的各项准备和应急应对工作。

水旱灾害防御事关人民群众生命安全，事关党和国家工作大局，在水利部党组、珠江委党组和地方党委政府的领导下，公司高度重视防汛工作，不断提高政治站位，紧紧围绕“工程不出问题、效益正常发挥”的要求，自上而下坚守底线思维，严明政治纪律和政治规矩，强化风险意识和责任意识，坚决履行天职，扛起防洪保安全的政治责任，用洪水防御工作的实际行动做到“两个维护”，从最坏处着想，向最好处努力，坚持人民至上，生命至上，超前筹划、提早部署，强化措施、狠抓落实，主动担当、值班值守，确保百色水利枢纽工程和子公司电站水库防洪安全万无一失。

# 【电厂检修系列报道】爱岗敬业比奉献 齐心协力战检修

右江水力发电厂 1# 机组大修正在如火如荼地进行，3 月 12 日，随着转轮部分顺利吊出坑位，标志着本次大修所有拆解工作已全部完成。

进入检修现场，可以看到网状交织的隔离带将整个检修场地紧紧包围，所有涉及区域地面铺满了防护底板、彩条布，安全标识牌、警示线一目了然。检修人员头戴安全帽，不时地在转轮、转子和管道空隙中来回穿梭忙碌，身着不同颜色工装的人员汇聚成这片劳动的海洋。吊机正在进行起重作业，巨大的吊臂与操作人员协同配合，拆下的转轮巍然屹立在现场，检修人员随即开展检查和清理工作，为接下来的专业探伤打下基础。水轮机导叶及其拐臂、套筒等设备零部件整齐有序地摆放到位，回头望去，发现那一个个熟悉的脸庞早已挂满了汗珠，衣服也已浸透在汗水当中。在这里，管道在延伸、电缆在铺设、部件在拆卸、阀门在清洗，闪耀的焊花映衬着明亮的灯光，足可将这片检修场地照得宛如白昼。

机械班组是本次检修的质量、安全“守门员”。虽然工作烦琐、复杂，但他们不怕苦、不怕累，克服困难、任劳任怨，处理事情有条不紊，工作零失误零返工，他们全程监督施工质量，从工艺的角度、材质的特性、安装的位置等跟施工做周密详细的交底。争时间，赶进度，每天加班加点，甚至昼夜连轴转，确保高质、高效、按时完成检修任务。

3 月 12 日转轮部分顺利吊出坑位。

检修人员在裁剪管路密封。

自动化与电气班，是自动化元器件的“拆解员”“体检师”。他们像一个“大齿轮”，强而有力地推动着周边的“小齿轮”，用他们厚重的双手和娴熟的技术，密密麻麻地记录着详细的技术难点、技术疑问和经验总结。正由于如此善于积累，使得他们如今对整个检修区域的电气系统和设备的布局、容易出现问题的部位了如指掌，对各项操作、异常分析和处理更是驾轻就熟。

为了顺利完成此次检修，右江水利公司这支钢铁队伍在检修中用锤子和扳手演奏出了一曲曲斗志昂扬的战歌。每天都可以看到大家为这首战歌默默地填词，齐心协力为检修贡献着自己的力量。

# 讲政治　保供电

## ——右江电厂荣获“南方电网2021年发电先进集体”荣誉称号

近日，南方电网召开2021年度荣誉表彰会，对16家发电单位授予“南方电网2021年发电先进集体”荣誉称号，右江水利公司右江电厂在南方电网统调的5省（区）所有电厂参与评比中脱颖而出、榜上有名，这是继4#机组荣获2020年南方电网“金牌机组”荣誉称号以来，右江电厂又一次获得南方电网表彰。

2021年，右江水利公司认真贯彻落实党中央、国务院关于能源保供的决策

# 中国南方电网电力调度控制中心文件

总调技〔2022〕2号

## 关于表彰南方电网2021年发电先进集体和个人的通知

各中调，调峰调频公司生技部：

2021年，面对电力供应紧缺的严峻形势，各发电企业主动作为、勇于担当，严格执行调度纪律，精心做好设备运维，各类型机组运行水平不断提高，为保障南方五省区电力有序供应发挥了重要作用。为表彰先进，树立榜样，经研究决定：

1、授予汇东电厂等16家发电单位“南方电网2021年发电先进集体”荣誉称号。

**2021年南方电网发电先进集体和个人名单**

**一、 发电先进集体（16个）**

汇东电厂（粤电集团）
六景电厂（国电集团）
红河电厂（大唐集团）
茶园电厂（国电投集团）
妈湾电厂（深能源集团）
阳西电厂（珠江投资集团）
昌江核电厂（中核集团）
枫树坝电厂（粤电集团）
右江电厂 （广西右江水利开发有限责任公司）
大朝山电厂（国家开发投资）
索风营电厂（华电集团）
红岭水电厂（华能集团）
构皮滩电厂（华电集团）
鼎旭光伏电站（同辉农业投资有限公司）
德著龙风电场（国家电投集团）
澜沧江集控中心（华能集团）

部署，在广西壮族自治区遭遇“电荒”，面对电力供应紧缺的严峻形势和自身来水严重偏枯的情况下，公司从讲政治的高度，主动作为、勇于担当，严格执行调度纪律，坚持长时间低水头高负荷运行，按要求按计划精心检修维护，全年设备运行情况良好，为保障广西电网“保供电”安全运行提供有力支撑，为保障南方5省（区）电力有序供应发挥重要作用。同时，右江电厂充分发挥机组性能良好的优势，为南方电网提供调频辅助服务支撑，综合效益显著。

百色水利枢纽工程是国家“十五”重点项目、西部大开发标志性工程，工程效益以防洪为主，兼有发电、灌溉、航运、供水等综合利用。右江电厂作为广西电网的主力调峰电厂，承担广西电网的调峰、调频和事故备用等重要任务，枯水期调峰电量占全年调峰电量的70%。电厂自2006年投产发电以来，已累计发电超213亿千瓦·时，安全生产天数突破5800天，有力保障广西电网的安全运行。

右江水利公司将持续加大枢纽设备设施高质量管护和升

检修人员正在进行电缆支架焊接。

级改造，锚定“工程不出问题，效益正常发挥”目标，精心做好设备运维，严格执行调度纪律，为支撑区域经济社会的高质量发展做出新的更大贡献，以实际行动迎接党的二十大胜利召开。

## 增强红线意识 夯实作风建设
### ——右江水利公司印发
### 《右江水利公司外派人员选派及作风纪律管理办法》

近日，右江水利公司依据中央八项规定及其实施细则等有关要求，制订并印发《右江水利公司外派人员选派及作风纪律管理办法》（以下简称《办法》）。旨在通过外派人员选派及作风纪律管理，加强对外派人员期间的关心关爱和日常监督管理，增强红线意识，夯实作风建设，推动公司全面从严治党向纵深发展。

《办法》共五章十二条，明确了外派人员选派的目的、适用范围、选派管理程序，明晰行前提醒、事中管理和事后报告等有关作风纪律管理流程和具体内容及要求。《办法》明确指定外派工作负责人，加强对外派人员期间的关心关爱和日常监督管理,要求外派人员要定期向外派工作负责人汇报外派工作期间的思想、工作、学习、生活及作风纪律情况。

《办法》对外派人员作风纪律提出了严格要求。一是严守政治纪律和政治规矩；二是严守组织纪律，坚决服从领导；三是严守工作纪律，不准滥用职权；四是严格执行保密制度；五是严格食宿标准、接待标准、出差规定；六是讲原则，守底线，不谋取私利。

通过《办法》实施，公司能及时掌握外派人员的工作、生活、作风等情况，做到“早发现、早提醒、早纠正”，督促外派人员履职尽责、作风正派、廉洁自律、成长成才。

# 右江水利公司召开 2022 年党建和党风廉政建设工作会议

4 月 1 日，右江水利公司召开 2022 年党建和党风廉政建设工作会议，深入学习十九届中央纪委六次全会精神，贯彻落实水利部、珠江委、自治区国资委党建和党风廉政建设工作会议要求，布置公司 2022 年党建和党风廉政建设工作。公司党委书记、董事长肖卫国出席会议并讲话，党委副书记、总经理袁文传主持会议。公司党委成员邓勋发、马建新、汤进为、王伟、梁锋参加会议。

肖卫国在讲话中强调，要纵深推进全面从严治党，以高质量党建引领保障公司高质量发展。

一要坚持把党的政治建设放在首位，坚决捍卫“两个确立”，坚决做到“两个维护”。强化思想引领，提升政治能力，加强政治监督。

二要持续强化党的创新理论武装，为公司高质量发展提供坚强的思想保障。学懂弄通做实习近平新时代中国特色社会主义思想，把学习成果转化为推动公司高质量发展的实际成效。

三要持续抓好基层党组织建设，充分发挥战斗堡垒作用。持续提升党支部建设质量，积极培育公司党建品牌，加强党员教育管理监督。

四要坚持严的主基调不动摇，持之以恒正风肃纪。加强日常教育和监督，锲而不舍治“四风”树新风，一体推进不敢腐、不能腐、不想腐。

五要坚持以史为鉴开创未来，推进党史学习教育常态化长效化。切实把党史学习教育融入日常、抓在经常，把学党史、悟思想和强党性有机结合起来，强化宗旨意识，增强履职尽责能力。

六要落实意识形态责任，加强精神文明建设，持续做好群团工作，汇聚推动公司高质量发展的磅礴力量。

七要压实管党治党责任，切实强化全面从严治党的政治担当。坚持管党治党与业务工作同谋划、同部署、同推进、同考核，加强党务干部队伍建设。

会上，公司党委委员、纪委书记汤进为对公司2021年纪检监察审计工作进行总结，对做好2022年纪检监察审计工作进行具体安排。

会议通报了公司党委党史学习教育专题民主生活会召开情况和公司2021年度干部选拔任用“一报告两评议”工作情况，集体观看了家风建设警示教育专题片。中层副职及以上领导、各党支部书记、各子公司领导班子成员，公司纪委委员、各党支部纪检委员、全体纪检联络员分别在南宁、百色、云南等地通过视频参加会议。

# 右江水利公司启动内部政治巡察

为进一步增强子公司党组织和领导班子党性意识、规矩意识，进一步改进工作作风、提升工作水平。近日，右江水利公司召开首轮巡察工作动员会，标志公司内部政治巡察全面启动。会议由公司党委副书记、总经理袁文传主持，公司党委书记、董事长肖卫国出席会议并讲话。公司党委巡察工作领导小组成员，巡察工作领导小组办公室成员，党群部、纪检监察审计部全体人员及各子公司全体人员参加了会议。

会议强调，巡察是《中国共产党章程》赋予的重要职责，是巡视监督制度向基层的延伸，是深化全面从严治党的重大举措。各子公司要深刻认识巡察的目的和意义，把思想和行动统一到中央、水利部、珠江委、公司党委的决策部署上来。

一要切实履行责任，增强接受巡察监督的自觉性和坚定性。二要端正工作态度，敢于直面问题，主动正视监督。三要全力支持配合，为巡察工作顺利开展营造良好氛围、创造有利条件、提供有力保障。四要抓好问题整改，坚持问题导向，制订整改清单，建立整改台账，压实整改责任，把整改工作贯穿于巡察的全过程，真正做到巡前即知即改、巡中立行立改、巡后全面整改，通过巡察发现和解决问题，进一步促进“两个责任”落实，传导全面从严治党主体责任压力，推动各子公司党组织和领导班子强起来、严起来。会上，巡察办解读了巡察工作方案，对首轮巡察工作的组织领导、巡察内容、时间安排、巡察方式和步骤、工作纪律和责任等相关事项进行了部署。各子公司主要负责人在表态发言中一致认为，公司党委首轮巡察是对各子公司各项工作开展情况的全面“政治体检”，表示要统一思想，提高认识，从讲政治、讲大局的高度，以严肃的政治纪律和组织纪律，全力配合巡察工作顺利开展，并主动认领问题，坚决、全面整改落实。为做好巡察工作，公司党委近期制订印发了《巡察工作实施办法》，成立了公司党委巡察工作领导小组和巡察办，加强对巡察工作的组织领导，强化管党治党主体责任，推动巡察工作扎实开展。按照巡察计划，4 月初组织开展巡察业务培训，在党的二十大召开前完成对 4 个子公司的巡察全覆盖。

# 【我为群众办实事】平凡小事显初心，一枝一叶总关情

右江水利公司认真贯彻落实党中央、水利部、珠江委关于推动党史学习教育常态化长效化的意见要求，以习近平新时代中国特色社会主义思想为指导，着眼强化宗旨意识，深入践行以人民为中心的发展思想，持续巩固“我为群众办实事”实践活动成果，走好新时代党的群众路线。综合服务中心紧紧围绕公司这一中心工作，持续开展以“提升职工满意度”为主题的系列活动，推动“我为群众办实事”实践活动出成果见实效，切实增强广大职工的获得感、幸福感、安全感。

## 一、多举措提升食堂服务质量，切实做好餐饮保障

针对食堂餐饮服务这一广大员工广泛关注的焦点，向公司全体员工发放关于食堂用餐满意度的网络调查问卷，对征集到的意见建议充分分析研判，通过一系列措施逐项予以改进完善。及时更换操作台玻璃门、消毒柜和碗碟餐具，切实保

障食品卫生安全。

新增菜单电子显示屏，更换餐具回收分类车，规范餐椅和厨余垃圾分类盘整齐摆放，持续改进用餐环境。

增设自助调料台，减少油盐用量，合理搭配菜品菜色，增加面食、西点等多种菜式，不断提升膳食水平。

南宁、百色、前方营地食堂三地工作人员定期开展交流学习，相互促进工作能力共同提高，全面改善员工用餐体验。

## 二、加强文化阵地建设，打造职工美好精神家园

为更好满足职工全面发展的客观需求，先后完成“职工之家”“职工书屋”和健身室的建设，为广大职工工作之余提供学习、锻炼和休闲场所，全力打造职工美好精神家园，促进职工文化素养全面提升。

## 三、全力做好后勤保障，众志成城抗击疫情

始终坚持以人民为中心，时刻关注疫情、舆情、社情、民情，夯实各项疫情防控措施，全面筑牢安全防线，科学谋划、全面部署、精准防控，全力以赴确保百色水利枢纽工程安全稳定运行。

第一时间给百色、南宁两地员工发放口罩等防疫物资，切实做好疫情期间员工防护措施。

百色食堂紧急储备大米、食用油、生猪、鸡和各种蔬菜等生活物资，并加强与食材配送公司沟通，确保公司广大员工吃饱吃好。

加大对疫情的防控力度，要求各个岗亭严格体温检测和三码联查，确保红码、黄码人员和体温异常的人员一律不得进入办公区和主坝区。

从严把控食品采购安全，做好食堂消毒工作，工作人员加密核酸检测力度，加大办公区、楼梯、电梯等公共场所的消毒频次。

人民群众所关心的每一件小事，就是我们心之所系，群众满意度就是最好的“试金石”，综合服务中心将以实现被动服务向主动服务转变，滞后服务向超前服务转变，单一服务向全面服务转变，一般服务向优质服务转变，传统服务向创新服务转变，常态服务向精准服务转变这“六个转变”为抓手，不断提升后勤服务保障能力水平，让广大人民群众共享改革发展成果。

# 提高政治站位，履行防汛天职

## ——百色水利枢纽全力腾库　确保今年安全度汛

全国入汛以来，右江水利公司深入贯彻习近平总书记重要讲话指示批示精神和李克强总理关于防汛抗旱工作的批示要求，认真落实全国防汛抗旱工作电视电话会议精神，按照水利部、珠江委工作部署要求，积极布置和开展2022年防汛目标任务、防汛责任和监督检查等重点工作，提高政治站位，履行防汛天职，落实“四预”措施，贯通“四情”防御，抓紧补短板、堵漏洞、强弱项，充分做好预案准备、队伍准备、物资准备、技术准备、组织准备，明确有关人员履职要求，层层压实工作责任，确保百色水利枢纽工程和子公司电站水库防洪安全万无一失。

据水文水情数据显示，2022年1月1日至今，百色水库入库流量比运行以来多年平均偏多1倍，汛前降水位压力极大。为确保防汛安全，右江水利公司积极与水文、气象、电力部门沟通，及时组织召开水库调度会商会，分析研讨水库前汛期水雨情形势及水位控制目标，达成了汛前腾库重心前移的一致意见，同时加强与广西电网公司沟通协调，增加右江水力发电厂负荷。截至4月17日8时，百色水库已腾空15亿立方米库容迎汛备汛，水库降水位工作取得阶段性进展。

百色水利枢纽工程是珠江流域防洪体系中的骨干工程，承担百色市、南宁市防洪重任。右江水利公司要求全力做好水情预测预报、水库安全运行和水资源有效利用的统筹协调工作。提前组织开展防汛值班培训和汛前专项检查，进一步严肃防汛值班工作纪律，明确了各自所肩负的职责，提高实际操作能力，确保预警信息可第一时间直达一线、直达工程管理单位、直达水库“三个责任人”，为保障汛期各类信息及防汛指令的顺畅传递奠定基础。按照“宁可备而无用，不可用而无备”要求，右江水利公司明确2022年防洪度汛组织机构，成立防汛应急抢险突击队，重点对仓库储存的防汛物资开展汛前清查、检查、维护及保养工作，补充采购防汛急需物资，对接政府应急部门掌握政府储备物资清单，并核实各类社会抢险物资的库存及调用方式等，确保各类防汛物资不仅数量齐全而且质量可靠，做到关键时刻能“调得出、赶得到、用得上”，为防汛抢险提供可靠保障。下一步，右江水利公司防汛办将进一步做好各类防汛方案预案的修订和报批，有针对性地开展防汛应急演练，检验应急处置能力。

针对当前百色水库库容现状及上游降雨来水情况，右江水利公司正积极加强与气象、水文、电网等部门的沟通联系，不断细化实化防汛调度方案，尽早腾库到位，确保安全度汛。

# 【电厂检修系列报道】奋斗好年华　最美检修人

在右江水力发电厂 1# 机组大修工作现场，有这么一群人。他们专心投入到检修工作中，细致消缺、精密铆接、预防试验。他们同心协力、不畏艰苦、全力以赴，伴随着与钢铁的碰撞，掀起了一场比进度、比质量、比敬业的检修热潮。

“我负责 220kV GIS 系统 1# 主变高压侧断路器就地控制柜（Local Control Panel,LCP）二次回路技改工作”，赖江静说，“该设备元件老化不符合电网新的技术标准和反措要求，必须对其进行技改”。大修以来，她不止一次跟同事讲，检修是一项技术活，在检修的过程中，会遇到非常多的技术难题和困难，要多看看、多学学、多试试。

同组的同事说，赖江静就是一颗牢牢铆在现场的螺丝钉。别看赖江静是位女同志，但一点也不娇气，困难面前有她，脏活累活有她。在技改过程中，她带领着小组成员一张张图纸核对，常常为了一个步骤，一蹲就是几个小时……

点石成金，滴水成河，凭着这种坚韧不拔的精神，她和工友们终于按图纸完成二次回路线的拆、接工作，回路绝缘测量、开关设备五防“解锁”和“闭锁”测试、故障模拟均达到合格标准，设备的性能和供电的可靠性提高，停电消缺率减少，经济效益提升。

张超，负责电厂主变压器及其配套油水冷却器维修。该设备自 2006 年投产运行至今已有 15 年，其中 2#、3#、4# 主变冷却器及排水总管均出现不同程度漏水或渗油现象，存在较大的安全运行隐患，急需对 13 台主变冷却器成套设备逐一进行自主更换。

“我们对原吊装方案进行了优化，将主变室内消防管进行切割再焊接，使起吊高度由原来的 4 米降至 1 米，大大降低了起吊高度以及高空作业存在的安全隐患，切实保障了主变压器的安全更换和稳定运行，用扎实措施落实安全生产责任”，张超说。

张超是这样说的，也是这样做的。主变压器及配套油水冷却器维修，面临着主变洞卷帘门高度的受限，只能通过人力将重达 1 吨的冷却器进行拆装转运。在大修现场，张超和同事们一个构件一个构件地拆装，一丝一毫地矫正，对每一台冷却器都进行清洗、耐压试验、热油循环，最后确认设备安全可靠。他对这些“细节”的重视态度，犹如和煦的春风，拂过每个检修人员的耳畔，唱响着“应修必修、修必修好”的检修主旋律。

张超正在进行冷却器部件吊装。

这是一群普通的水电站检修工，却又是我们心目中最美的右江人。他们的身影在汗水下坚韧挺拔，他们的目光在设备检修中全神贯注，头上豆大的汗珠顺着安全帽滴下。听，他们的声音铿锵有力；看，他们的劲头势不可挡。一双双浸满油渍的双手、一件件沾满汗渍的工装、一声声有力的呐喊，演绎出检修现场精彩绝伦的“视听盛宴”。他们没有豪言壮语，但他们用行动，告诉了我们什么是主人翁意识，什么是顽强拼搏的精神。任劳任怨，不辞劳苦，不计得失，他们以实际行动证实了自己的价值，一点一滴地实现着自己的青春梦想。

春光渐暖，随着各组设备的拼接和组装的顺利进行，1# 机组大修稳步推进，水轮机回装节点已基本完成。“有志者事竟成”，他们在平凡的岗位上，践行着“红色传承、敢于担当、坚韧不拔、守正创新”的企业精神，亲手描绘着右江水利公司高质量发展的宏伟蓝图。

# 聚云端　共合作　创典范

## ——右江水利公司与江苏水源公司召开项目合作云洽谈

4 月 20 日，为落实右江水利公司 2022 年工作会议精神，提升公司经营发展水平，推动前期战略框架合作协议有效落实，右江水利公司与南水北调东线江苏水源有限责任公司（简称江苏水源公司）通过“云端”视频方式就绿植资源开发、标准规范建设、技术咨询服务、专业人才培训、设备运维业务等具体业务合作进行交流。右江水利公司党委副书记、总经理袁文传，江苏水源公司党委副书记、总经理袁连冲，江苏水源公司总经理助理侯勇出席会议并讲话。南水北调中线干线工程建设管理局原党组书记、江苏水源公司外部董事刘春生特邀在北京线上出席。会议由右江水利公司党委委员、副总经理王伟主持。

会议首先由江苏水源公司介绍项目合作思路和水利工程标准化管理体系建设经验，随后双方参会人员就进一步促进合作、提升合作实效进行了深入交流和讨论。

刘春生对双方强强联合、深化合作给予厚望，认为双方在业务发展、经营管理、设备维护、市场开拓等方面优势互补，特别是在水利工程标准化规范化管理、设备运行维护、市场经营理念、生态环境保护、数字化平台建设等方面各有强项，应秉持相互扶持、合作共赢理念，共同建设水利企业创新合作高地，树立水利企业现代化管理标杆，打造水利企业高质量发展典范。

袁连冲表示，江苏水源公司一直将右江水利公司视为重要的战略合作伙伴，组织精干力量成立工作专班，全力推动双方务实合作。江苏水源公司将认真落实本次洽谈会达成的共识，以右江水利公司的实际需求为出发点，在工程标准化建设、生态绿化基地、电站机组维修等方面加强沟通，提出科学合作方案，实现双方互利共赢。

袁文传指出，右江水利公司高度重视与江苏水源公司合作，自 2021 年签订战略协议以来，经双方多次深入沟通交流，合作方式和方向进一步明确，合作项目内容已基本达成共识。下一步，双方在做好常态化疫情防控措施的前提下，继续加强现场沟通，制订翔实可行的合作方案，通过双方共同努力，合力打造“水利工程标准化规范化管理典范、国有企业高质量发展典范和水利企业体制机制创新典范”。

袁文传强调，双方要贯彻新发展理念，推动高质量发展，重点围绕机电设备运行管理技术标准体系建设、坝区苗圃基地及园林绿化市场开发、设备检修维护市场培育等方面深化合作。

一是坚持问题导向和目标导向，以《水库工程管理标准化评价标准》为指导，紧密联系右江水利公司实际，明确标准化建设合作内容，加快建立运行管理技术标准，并以此推动专业技术人才队伍培养。

二是坚持绿色生态发展，践行“绿水青山就是金山银山”理念，以枢纽工程苗圃基地和坝区绿化建设为抓手，共同探索种植、养护、销售模式，积极稳妥推进绿植市场开发。

三是坚持人才资源和技术优势有效发挥，加强抽水蓄能电站前期工作合作，同时借力双方人才优势和水电站机电金结检修技术经验，积极探索新阶段水利高质量发展中水电站泵站检修维护合作新体制、新模式，助力企业高质量发展。

# 百色水利枢纽顺利完成
# 中孔泄洪闸门全行程启闭试验

4 月 21 日，右江水利公司组织开展 2022 年度百色水利枢纽中孔泄洪闸门全行程启闭试验，顺利完成主坝 3 个中孔泄洪闸门 7 米开度全行程无水启闭试验，闸门启闭全过程平稳可靠，达到试验预计目的。右江水利公司党委副书记、总经理袁文传，党委委员、副总经理马建新、王伟，副总工程师黄承泉参加全程试验过程并在试验现场进行指导。

为确保试验顺利进行，右江水利公司依据主坝闸门运行操作规程，结合实际制订了试验方案并组织进行审查，同时成立了以党委委员、右江水力发电厂厂长梁锋为现场总负责的试验运行操作、技术保障、安全监督等 3 个工作组，有序安排试验人员、细化人员分工。在试验过程中，各组工作人员配合默契、稳定操作，所有预设流程全部较好完成。

袁文传指出，泄洪闸是水利工程防洪体系的重要组成部分，是抵御洪水的重要屏障，直接关系人民群众生命财产安全和经济社会发展大局稳定。本次试验，是认真贯彻落实全国水旱灾害防御工作视频会议精神和水利部水库安全度汛视频会议精神的具体实践和行动。通过试验，检验百色水利枢纽中孔闸门及附属设备设施的运行状况，有效积累中孔闸门启闭试验的数据和经验。试验的顺利完成为表孔和中孔联合泄洪调度提供了强有力的技术支撑，为百色水利枢纽安全度汛奠定了坚实基础。

袁文传强调，要切实按照水利部、珠江委部署要求，扎实做好各项防汛准备工作。

一要坚持人民至上、生命至上，牢固树立底线思维和风险意识，坚决克服侥幸心理和麻痹思想。

二要细化实化设施设备安全度汛管理职责，责任到人，落到实处，强化安全管理措施，按照调度指令和控制运用计划进行科学调度，严格执行设备操作规程。

三要按照工程不出问题、效益正常发挥的要求，紧盯工程安全运行的重点部位，狠抓设备设施运行薄弱环节，加强安全监测和巡视检查，及时开展维修养护，发现问题隐患及时处置，确保工程及设备设施运行安全。

四要突出强化预报、预警、预演、预案措施，把“四预”措施贯穿到防汛、发电、调度等工程运行管理全过程、各环节，建立健全工程运行管理规范化、标准化、信息化管理体系，不断完善安全运行管理标准及信息报告和应急处置机制，全面提升发现问题、处理问题、应急应对的能力，保障公司高质量发展。

右江水利公司安全监督部、技术管理部（总工办）、枢纽管理中心（防汛办）、右江水力发电厂相关人员参加。

## 百色市委书记黄汝生到百色水利枢纽检查指导防汛工作并开展巡河工作

5月12日，百色市委书记、市总河长黄汝生到百色水利枢纽检查指导防汛工作并开展巡河。黄汝生强调，当前已进入汛期，各级各部门要始终把保护人民群众生命安全摆在首要位置，强化风险意识，绷紧防汛安全这根弦，提高做好防汛工作的主动性和预见性，以更严要求、更实举措做好各项防汛备汛工作，确保安全度汛。要以落实河长制为抓手，增强依法治水能力，保持实干担当作风，更好推进水治理体系和治理能力现代化。百色市委常委、秘书长彭斌参加检查。右江水利公司党委书记、董事长肖卫国，党委副书记、总经理袁文传陪同检查。

黄汝生先后来到百色水利枢纽主坝及监控楼，左坝肩防汛、大坝安全和河长

制责任公示牌前位置，现场听取右江水利公司防汛工作汇报，详细了解当前流域降雨过程，与大家一起分析当前汛情，研究防汛备汛工作措施，并在防汛备汛工作检查表上签名。随后，黄汝生从百色水利枢纽水库大坝前乘船出发开展库区河道巡河，重点查看库区水质、水面环境和岸线管理保护情况，听取右江水利公司关于库区管理与保护工作汇报。

受全球气候变化加剧影响和据气象水文部门预测，2022 年全国汛情可能呈现“两头重、中间轻”的态势，珠江流域汛情可能偏重，西江可能发生较大洪水，百色水利枢纽可能遭遇区域性较大洪水。为做好 2022 年防汛工作，右江水利公司深入贯彻落实党中央、国务院和水利部党组关于防汛工作决策部署，坚持人民至上、生命至上，始终把人民群众生命财产安全放在第一位。压实责任落实，强化“四预”措施，贯通“四情”防御，锚定“工程不出问题，效益正常发挥”目标，组织开展防汛风险隐患排查，备足配齐防汛抢险物料物资，修订完善各类险情抢护方案、洪水防御预案、防汛应急预案等，完善信息共享机制，加强与上级主管单位及有关部门沟通联动，强化值班值守和日常巡查，全面提高防汛指挥决策和应急应对处置的能力水平，确保防汛安全。肖卫国表示，右江水利公司将进一步强化政治责任，坚持以人民为中心，持续做好防汛备汛工作，配合河长办抓好水库库区管理，为区域经济社会高质量发展提供强有力的水安全支撑。百色市应急局、水利局、生态环境局、交通运输管理局、百色水库灌区管理中心，右江水利公司办公室（董事办）、枢纽管理中心（防汛办）、库区管理中心、综合服务中心负责同志和有关人员参加检查。

## 右江水利公司启动百色水利枢纽防汛Ⅳ级应急响应

5月28日上午，右江水利公司防洪度汛领导小组组织开展防汛会商，决定于5月28日12时起启动百色水利枢纽防汛Ⅳ级应急响应。

受前期连续强降雨及上游电站开闸泄洪影响，百色水利枢纽入库流量持续增加、库水位持续上涨，不断逼近汛限水位214米。根据气象部门预测，受季风低压和切变线共同影响，未来3天，百色水利枢纽库区仍将面临一次中到大雨的降雨过程，百色水利枢纽即将开闸泄洪。

会商强调，公司各部门按防洪抢险应急预案中的职责分工落实好各项防御工作，确保防汛安全。要强化“四预”措施，贯通“四情”防御，密切监视雨情、水情、汛情发展变化，滚动预测预报，不断优化泄洪方案，及时通报下游沿岸受影响区地方防汛部门和相关单位。要严格执行调度指令，提前做好表孔闸门开启各项准备工作，按照操作规程规范开闸泄洪。要做好泄洪警报（东笋电站以上）和交通、后勤保障，开闸泄洪后，做好下游河道辖区范围内巡查。

## 右江水利公司纪委首次组织开展<br>干部任前廉政知识考试

6月2日上午，右江水利公司纪委对3名拟提拔为部门正职的干部进行了任前廉政知识考试，严把干部“廉政关”。本次考试是公司建立干部任前廉政考试制度以来组织开展的首次考试。纪检监察审计部从题库中随机抽取50道题生成试卷，内容覆盖了党的十九大及历次全会精神、《中国共产党章程》《中国共产党纪律处分条例》《中国共产党党内监督条例》《中华人民共和国公职人员政务处分法》《国有企业领导人员廉洁从业若干规定》等，重点考察拟提拔干部如何更好地遵纪守法、履职尽责、防范廉政风险，本着学考结合、以考促学、以考促廉的目的，在检验其对履职应知应会廉政基础知识掌握情况的同时，进一步增强法纪意识和廉洁自律意识，促进坚守廉洁底线，远离法纪红线，守稳筑牢拒腐防变的思想道德防线，打造高效廉洁的领导干部队伍。考试时间90分钟，采取闭卷方式进行，由公司纪检监察审计部全程监考，参考人员严守考试纪律，认真思

考试现场。

考、独立答题，切实做到了真学真考、严学严考。考试结束后，公司纪委组织专人阅卷评分，考试成绩将作为本次干部提拔任用的重要依据。

## 百色水利枢纽拦洪削峰　成功避免右江发生超警洪水

5 月中旬以来，右江流域出现持续性大范围降雨过程。受降雨影响，右江上游水库相继开闸泄洪，百色水库坝前水位不断接近汛限水位 214 米。5 月 27 日，广西壮族自治区水利厅启动洪水防御Ⅳ级应急响应，右江水利公司提前谋划、积极应对，及时启动百色水利枢纽防汛Ⅳ级应急响应，同时向自治区水利厅申请开闸泄洪，严格执行自治区水利厅调度指令，按要求做好泄洪预警。

5 月 30 日，右江流域上游再次遭遇强降雨过程，受强降雨影响，31 日 5 时，百色水库出现 2477 立方米每秒的洪峰流量。右江水利公司严格执行珠江委和自治区水利厅调度指令，充分发挥流域骨干水库的拦洪、削峰和错峰作用，控制百色水库总出库流量在 1800 立方米每秒以内。为加大下泄流量，所有 4 个表孔敞泄，并第一次启用中孔参加泄洪，整个洪水过程削减洪峰流量 780 立方米每秒，削峰率 34%，成功避免百色城区河段超警戒水位。本次洪水过程百色水利枢纽共拦蓄洪量 2.6 亿立方米，减轻了右江下游及郁江河段防洪压力，为珠江流域成功应对西江 1 号洪水贡献了力量，充分彰显了流域防洪控制性工程作用。

据气象水文部门预测，右江上游将迎来新一轮的降雨过程。右江水利公司将按照水利部、珠江委、自治区水利厅部署要求，锚定防汛目标，落实防汛责任，继续密切监视雨情水情汛情，加强监测预报预警，滚动会商分析研判，确保右江沿岸安澜。

## 防汛工作关口前移　百色水库预泄腾库

据气象水文部门预测，6月4日至5日，珠江流域上游将出现新一轮强降雨过程，流域主要江河将出现明显涨水过程，防汛形势十分严峻。国家防总（国家防汛抗旱总指挥部的简称）、水利部及珠江委、广西壮族自治区水利厅相继启动防汛Ⅳ级应急响应和水旱灾害防御Ⅳ级应急响应，并根据气象水文形势发展变化提升至Ⅲ级应急响应。

公司认真组织学习李克强总理重要批示精神、水利部有关部署和珠江委防汛会商会议精神，通报珠江委、广西壮族自治区启动应急响应和水雨情预警情况，要求各部门密切配合、压实责任。公司领导靠前指挥，现场督战。要求继续保持5月28日启动的防汛Ⅳ级应急响应，紧盯水雨情变化，加密会商频次，优化泄洪方案，科学高效精准调度。同时，加强值班值守，强化下游河道辖区范围内巡查，及时提醒沿岸群众防汛避险。

6月3日上午，为应对本轮降雨过程，珠江委要求右江水利公司进一步降低百色水库水位至汛限水位以下1米（213米）。右江水利公司党委高度重视，主要负责人立即组织会商，要求坚决执行珠江委调度指示，绷紧防汛之弦，充分发挥百色水利枢纽防洪控制性工程作用，4道表孔闸门敞泄，尽快腾库到位。

截至6月4日20时，百色水库水位已降至212.99米，腾出汛限水位以下库容1亿立方米，为应对本轮降雨过程做好了充分准备。右江水利公司将进一步提高政治站位，坚决扛起防汛天职，坚持人民至上、生命至上，履职尽责、敢于担当，坚决守住水旱灾害防御底线。

## 右江水利公司贯彻落实王勇国务委员在广西检查指导防汛救灾工作时讲话精神　抓紧再检查再部署再落实水库安全度汛工作

6月9日至10日，国务委员、国家防总总指挥王勇在广西检查指导防汛救灾工作时强调，要深入贯彻落实习近平总书记关于加强当前防汛救灾工作的重要指示精神，坚持以防为主、防抗救相结合，进一步强化应急准备和抢险救灾，全力防御暴雨洪水，严防次生灾害事故，最大限度地保障人民群众生命财产安全。自今年5月中旬以来，右江流域出现持续性大范围降雨过程。受强降雨和上游水库水电站加大泄洪影响，5月31日5时，百色水库出现2477立方米每秒的洪峰流量，右江水利公司严格执行珠江委和广西壮族自治区水利厅调度指令，充分发挥流域骨干水库的拦洪、削峰和错峰作用，成功避免百色城区河段超警戒水位，减轻了右江下游及郁江河段防洪压力，为珠江流域成功应对西江1号洪水贡献了力量。为迎接新一轮降雨过程，百色水库库水位已降至汛限水位以下，并腾出相应库容。为全面贯彻落实王勇在广西检查指导防汛救灾工作指示的讲话精神，按照国家防总、水利部以及珠江委、自治区防汛抗旱指挥部的部署要求，结合气象部门关于右江流域上游近期将迎来新一轮降雨过程的预测，右江水利公司迅速行动，再检查再部署再落实水库安全度汛工作。按照百色市防汛抗旱指挥部关于启动百色市洪涝灾害Ⅲ级应急响应的通知，抓细抓实预测预报、水库调度、值班值守、安全运行等防汛重要环节。要求进一步强化底线思维，提高风险意识，落实各项防御措施，切实做好防范新一轮暴雨洪水各项准备工作，充分发挥百色水利枢纽防洪控制性工程作用，确保工程度汛安全和右江沿岸人民群众生命财产安全。

右江水利公司党委书记、董事长、百色水利枢纽防洪抢险指挥部副指挥长肖卫国强调，要切实绷紧防汛之弦，保持高度警觉，坚决履职担当，层层压实责任措施，坚决打好打赢防汛救灾主动仗。他要求，一是加密预测预报。进一步加强雨情汛情监测预警，紧盯水雨情变化，加密会商频次，加强与气象水文部门、上游电站沟通联系，做好水雨情滚动分析预测，不断优化水库调度方案，科学高效精准调度。二是服从统一调度。严格执行上级主管部门调度指令，按要求科学精准调度，综合运用拦分蓄滞排等措施，认真按照2022年度汛期百色水利枢纽水库调度方案和防洪抢险应急预案做好相关工作，确保工程安全和流域防洪安全。三是及时启动防汛应急响应。按要求及时向自治区水利厅申请开闸泄洪，做好与百色市防汛抗旱指挥部、百色市水利局及影响区域的上下游水库水电站等单位的沟通联系和水库泄洪信息共享。四是做好设备维护。扎实做好机组、闸门运行维护，确保运行安全。五是强化值班值守。严守值班纪律，紧盯雨情、水情、汛情、工情变化，确保调度指令和防汛信息及时上传下达。

# 举旗帜、聚人心、展形象
## ——右江水利公司召开2022年宣传工作会议

2022年6月17日，右江水利公司在南宁召开2022年宣传工作会议，深入贯彻习近平总书记“节水优先、空间均衡、系统治理、两手发力”治水思路和重要讲话指示批示精神，落实全国水利宣传工作会议以及珠江委宣传工作会议精神，总结2021年宣传工作，分析当前宣传形势，研究部署今后一个时期的宣传工作。公司党委书记、董事长肖卫国出席会议并讲话，右江水利公司党委副书记、总经理袁文传，党委委员、总工程师邓勋发，党委委员、纪委书记汤进为，党委委员、副总经理王伟参加会议，会议由公司党委委员、副总经理马建新主持。

肖卫国充分肯定一年来的宣传工作成效。他指出，2021年，右江水利公司深入贯彻落实习近平总书记关于宣传思想工作的重要论述精神，按照水利部党组对水利宣传工作的总部署和珠江委党组“抓大势、抓时效、抓时机、抓亮点、抓机制、抓平台”的总要求，开展了一系列有政治高度、传播力度、报道深度、内容厚度的新闻宣传工作。开展了以党史学习教育、“三对标、一规划”专项行动等为重点，以百色水利枢纽工程开工建设二十周年暨安全运行十五周年为节点，以百色展厅、水利部云展、百色水利枢纽工程开工建设二十周年专刊、新闻作品集、公司画册，制作专题片、微视频等为亮点的宣传工程，进行了精心组织、策划和实施，举旗帜、聚人心、展形象，进一步激发公司广大干部职工干事创业的精神动力，为推动公司高质量发展营造了良好的舆论环境。

肖卫国强调，要深刻把握新形势新任务新要求，进一步提高站位，紧扣形势，创新思路，丰富载体，形成新宣传、大宣传格局。一是提高站位，担当宣传工作新使命。把思想和认识统一到水利部党组决策部署上来，把“推动新阶段右江水利高质量发展”作为公司当前宣传工作重点抓实抓好。二是紧扣形势，把握宣传工作新基调。牢牢把握水利部、珠江委关于水利宣传工作的部署，紧紧围绕公司总体发展思路，突出报道公司党委的决策部署，各部门、各子公司落实总体思路的做法和成效。三是创新思路，力推高质量宣传产品。加强组织策划，创新宣传思路和方法，将镜头和笔触更多对准运行管理一线，从工程运行管理的安全和运行管理中发现典型人物和先进事迹，提振广大干部职工干事创业的精气神，树立出彩右江的新形象。四是丰富载体，推动宣传效果最大化。在守牢报纸、电视等传统媒体阵地的同时，更加注重新媒体的应用，努力掌握全媒体时代的话语权，拓展宣传的社会影响力。

肖卫国要求，要把贯彻习近平新时代中国特色社会主义思想作为首要政治任务，以迎接、宣传党的二十大为主线，持续落实习近平总书记“节水优先、空间均衡、系统治理、两手发力”治水思路，继续把全面从严治党引向深入，把党史总结、学习、教育、宣传引向深入，为各项工作提供坚强政治保证。一要再上一个新台阶。加强组织策划，全方位宣传右江水利公司高质量发展的战略目标和百色水利枢纽工程作为大国重器的战略地位、时代担当。二要打造一个新高地。重点推进新媒体建设，借助专业宣传机构，着力运维好公司网站和公众号，加强与主流媒体的对接联动，打造新媒体宣传新高地。三要抓实一个新举措。把宣传工作摆在全局工作的重要位置，切实补齐宣传人员不足、业务能力较弱等短板。抓组织、抓协调、抓落实，强化“大宣传”工作理念，巩固“大宣传”工作格局，努力实现工作效果最大化。四要建设一支强队伍。进一步提高宣传人员政治素养、观察分析能力、宣传主题意识，加强新闻写作知识培训，努力提高通讯员新闻写作水平，营造良好的宣传氛围，建立稳固的宣传机制。右江水利公司工会主席，副总工，各部门、各子公司主要负责人和宣传工作人员参加会议。

# 分析研判当前防汛形势
# 会商部署百色水库防汛调度工作

6月20日12时，珠江防总（珠江防讯抗旱总指挥部的简称）启动防汛Ⅱ级应急响应，鉴于目前流域的水雨情形势，右江水利公司党委副书记、总经理、百色水利枢纽防洪抢险指挥部副指挥长袁文传第一时间主持召开防汛会商会，分析研判当前防汛形势，部署落实百色水库防汛调度各项工作。公司领导邓勋发、马建新、王伟出席会商。

会商学习了李国英部长在广西大藤峡水利枢纽现场指挥调度珠江流域防汛工作时的讲话精神以及珠江委、自治区水利厅关于做好防汛工作相关文件要求，传达国家防总、水利部、珠江防总、珠江委、自治区水利厅当前防汛及水旱灾害防御应急响应启动情况，对当前防汛形势和工作进行再强调再部署再落实。

会商指出，百色水库当前坝前水位已接近汛限水位，根据气象部门对库区未来2天的降雨预报，结合当前流域防洪形势，为配合做好流域洪水调度工作，百色水库要继续维持6月19日14时启动的百色水利枢纽防汛Ⅳ级应急响应，各相关部门要按预案要求继续做好应急响应工作，以高度的政治责任和担当，全力减轻流域下游防洪压力，确保人民群众生命财产安全。

袁文传强调，要进一步强化“四预”措施、“四情”防御和风险排查治理。做好安全管理，遵守防汛纪律，做到守土有责、守土负责、守土尽责。要加强责任意识和值班值守，严格执行调度指令，确保监测准确、预报预警及时、会商研判到位、工程调度科学、信息报送准确、后勤通信保障有力有效。

袁文传要求，要加强与珠江委、自治区水利厅、自治区电网公司的协调，争取不弃水。要做好水雨情滚动分析预测，加强主坝、副坝、汪甸防护工程、剥隘滑坡治理工程的安全监测、巡视检查、现场值守。强化机组、闸门等设备设施运行维护，确保运行安全；密切关注库区水雨情情况，加强库区巡查，做好库区、近坝区及移民密集地区的监测预报预警。要加强防汛业务应用系统、视频会议、通信等系统设备运行维护，为应急指挥调度提供强力保障。要加强舆论宣传，及时准确发布权威信息，主动回应社会关切，为防汛工作营造良好舆论氛围。

右江水利公司发展经营部、技术管理部（总工办）、枢纽管理中心（防汛办）、右江水力发电厂、库区管理中心、综合服务中心负责人及相关人员参加会商。

# 右江水利公司迅速贯彻落实李国英部长在广西指挥调度防汛工作讲话精神　充分发挥百色水库拦洪错峰作用全力减轻下游防洪压力

6月10日以来，珠江流域普降大到暴雨，局地大暴雨。受降雨影响，西江干流广西梧州站12日20时水位涨至18.52米，超过警戒水位0.02米，发生西江2022年第3号洪水。受又一轮强降雨影响，6月18日，珠江流域西江中下游干流水位止落复涨，19日，西江发生2022年第4号洪水，北江发生2022年第2号洪水，珠江流域再次形成流域性较大洪水，防洪形势严峻。

在洪峰到达梧州站之前，6月19日上午，国家防总副总指挥、水利部部长李国英赶到大藤峡水库现场，和广西壮族自治区党委书记刘宁一起，组织珠江水利委员会、广西水利厅等进一步研判防汛形势。李国英、刘宁认真会商研判珠江流域汛情形势，要求各地各有关部门深入贯彻落实习近平总书记关于当前防汛抢险的重要指示要求，坚持以防为主、防抗救相结合，加强统筹协调配合，科学精准调度水利工程，综合运用拦分蓄滞排等措施，积极做好流域性大洪水防御准备，千方百计确保流域安全度汛。要密切监视天气形势，滚动开展洪水预报，及时准确分析预判重要江河、重点断面水情。要充分发挥水利工程综合调蓄作用和防洪减灾效益，科学精细实施流域水库群联合调度，调度西江上游龙滩、岩滩和郁江百色等水库群全力拦洪，柳江落久和桂江青狮潭、小溶江、川江、斧子口水库有效错峰，在建的大藤峡水库适时削峰，尽力压减梧州站洪峰流量，减轻西江下游干流防洪压力。要及时发布预警，加强重点地区、薄弱堤段巡查抢护，做好中小河流洪水、山洪灾害防御和中小水库安全度汛工作，提前转移低洼地区和危险区域人员，全力确保人民群众生命安全。

郁江是珠江流域西江水系的最大支流，百色水库作为郁江流域防洪控制性工程，16.4亿立方米的防洪库容对流域防洪调度具有突出作用。右江水利公司严格执行广西水利厅调度指令，主动加强与广西电网公司沟通联系，自6月16日20时起，日均出库流量控制在300立方米每秒以内（含发电流量），调减超一半出库流量，最大程度地减轻下游防洪压力。截至6月19日20时，库水位上涨0.67米，共拦蓄洪水0.72亿立方米，有效错开黔江洪峰，为西江干流平稳度汛做出了应有贡献。

右江水利公司党委书记、董事长、百色水利枢纽防洪抢险指挥部副指挥长肖卫国强调，要尽快分析当前防汛形势，做好会商研判，再强调再部署再落实百色水库防汛调度工作。他表示，右江水利公司将持续加强与上级行政主管部门及气象水文部门沟通联系，密切关注水雨情形势，及时掌握流域水雨情，积极做好预测分析、汛情研判和后续防洪调度相关工作，不断优化调度方案，履职尽责，做好值班值守，确保工程安全度汛、安全运行，为流域防洪保安贡献力量。

## “规范用水行为，节水全民行动”
## ——右江水利公司开展节水宣传活动

为深入贯彻落实习近平总书记“节水优先”的治水思路，树立人水和谐的节水理念，提高全社会节水意识，倡导绿色生活方式，右江水利公司组织开展以“规范用水行为，节水全民行动”为主题的节水宣传活动。

6月16日，公司节水宣传志愿者分别在南宁、百色两地活动现场，与职工和市民互动分享节约用水小妙招，增强全民节约用水意识。如洗漱间隙关闭水龙头，合理控制水量和时间；洗衣机洗少量衣物时，水位不要定得太高，小件、少量衣物提倡手洗；用容器盛水清洗食材餐具，不用长流水冲洗；浇灌绿植时，多用喷灌和滴灌等。

节水宣传志愿者改变以往仅点对点对内集中宣传方式，灵活开展宣传活动，扩大宣传面，让宣传走出去。一是在公司悬挂宣传横幅、张贴节水宣传海报；

二是在商场、公园、学校、市场派发宣传单；三是用微信公众号进行节水知识宣传等喜闻乐见的方式，营造节水护水良好氛围。他们积极向广大市民讲解国情水情，讲解节约水资源、保护水生态的重要性，号召广大市民从自身做起，把节水行为融入到日常生活中，形成节水、爱水、护水、惜水、亲水的良好风尚。

节水宣传活动面向社会、面向群众，达到了宣传效果，得到了群众的好评。

## 水利部检查组到百色水利枢纽开展安全检查问题整改和汛限水位执行情况监督检查

6月22日，水利部检查组曹纪文副司长一行到百色水利枢纽工程开展汛限水位执行和问题整改情况监督检查，右江水利公司党委委员、副总经理马建新陪同检查。右江水利公司党委副书记、总经理袁文传，党委委员、总工程师邓勋发，党委委员、副总经理王伟参加检查。

检查组到达百色水利枢纽大坝，现场查勘大坝廊道、坝体集水井泵房、坝顶监控楼、坝上汛限水位标识等场所，通过视频系统察看银屯副坝、香屯副坝、汪甸防护堤工程和坝体观测仪器运行情况，查阅汛期调度运用计划、闸门调度和操作记录、汛限水位数据，重点监督检查了汛限水位和防洪调度指令执行及2022年3月水利部监督检查发现的问题整改情况。

检查组充分肯定了百色水利枢纽工程近期配合珠江流域防洪调度工作和为减轻西江中下游洪水影响发挥的拦洪削峰作用。按照各级防洪调度指令，水库汛限水位执行到位。通过逐项核对，对检查发现的问题整改完成情况表示满意。检查组指出，近期珠江流域北江今年第2号洪水将发展成特大洪水，西江今年第4号洪水正在演进，水位继续上涨并将较长时间维持高水位运行，珠江防总已将防汛应急响应提升至Ⅰ级，防汛形势极其严峻复杂，右江水利公司要持续加强安全运行管理，落实防汛安全责任，全力发挥郁江流域防洪调度功能作用。

检查组强调，百色水利枢纽工程作为珠江流域西江水系的最大支流——郁江的防洪控制性工程，要发挥好流域防洪保安全的积极有效作用，尽力拦洪削峰，最大程度地减轻珠江、西江下游防洪压力。右江水利公司要认真落实国家防总、水利部、珠江委的防汛工作部署，深入贯彻落实李国英部长在广西指挥调度防汛工作讲话精神，强化底线思维，提高风险意识，做到守土有责、守土负责、守土尽责，密切关注和掌握水情变化，做好水雨情滚动分析预测，加强会商研判，及时启动应急响应和发布预警信息，强化风险隐患排查治理，严格执行汛限水位管理规定和上级调度指令，科学调度，精细管理，确保百色水利枢纽工程安全运行和防洪度汛安全。

右江水利公司表示，严格按照水利部检查组要求，深入贯彻落实李国英部长在广西指挥调度防汛工作讲话精神，进一步提高政治站位，细化安全责任，统筹发展与安全，锚定“四不”目标，强化“四预”措施，贯通“四情”防御，持续加强内控管理，从珠江流域全局出发，在做好百色水利枢纽工程安全运行各项工作基础上，坚决执行上级主管部门指令和汛限水位管理规定，主动担当作为，做好防洪调度，为珠江流域水旱灾害防御安全贡献力量。

右江水利公司办公室、安全监督部、枢纽管理中心（防汛办）、右江水力发电厂负责人及相关人员陪同检查。

## 右江水利公司联合右江区水利局开展库区入校宣传活动

为积极落实公司2022年“安全生产月”有关要求，强化库区安全管理知识和水法普法宣传，切实加强库区节水护水宣传和防溺水安全教育。6月29日，公司库区管理中心、安全监督部、团委联合百色市右江区水利局有关人员，前往百色市汪甸乡中学开展入校宣传活动。

活动通过发传单、挂条幅、发放纪念品等方式向在校师生普及节水护水知识，

并由公司安全宣讲员以 PPT 漫画形式，向中学生们讲解暑期进入水库游泳的危险性，并科普了防溺水安全小知识。活动现场气氛十分活跃，同学们踊跃参与。

公司已连续三年开展库区水法知识、防溺水安全管理等入校宣传活动，并以此加强了与地方河长、水政等有关单位的沟通联系，活动取得了良好的社会反响，对营造库区社会稳定和生态和谐的良好局面起到了积极的促进作用。接下来，公司将联合有关部门继续做好库区涉及乡镇的宣传活动。

# 右江水利公司各水电站上半年累计发电量创历史同期新高纪录

2021 年，右江水利公司深入贯彻落实习近平总书记“节水优先、空间均衡、系统治理、两手发力”治水思路，在水利部、珠江委的坚强领导下，心怀“国之大者”，完整、准确、全面贯彻新发展理念，真抓实干、克难奋进，完成债务结构再优化、推动上网电价上调 15.6%、取得云南库区不动产权证书，通过优化水库蓄水方案和参与电网调频辅助交易提升经济指标，荣获第十八届中国土木工程詹天佑奖等显著成绩。2022 年，公司持续踔厉奋发、笃行不怠，在公司党委带领下，在 2021 年取得成绩的基础上，统筹发展和安全，牢记百色水利枢纽防洪保安全初心使命，全力抓好安全运行管理等各项工作，截至 6 月 30 日，右江水利公司旗下各电站上半年累计发电量达 13.0566 亿千瓦·时，创历史同期最高纪录。

右江水利公司是水利部直属国有企业，负责百色水利枢纽工程建设和运行管理，先后控股建设那比、块泽河、不管河等 3 个水电项目。公司现有 4 个水电厂 11 台机组投入运行，发电机组总容量 630 兆瓦，年设计发电量 20.7020 亿千瓦·时。2022 年以来，受国内外新冠肺炎疫情影响，经济运行环境复杂，防汛形势严峻，右江水利公司积极应对各类风险挑战，加大安全生产工作力度，全力做好“六稳”工作，全面落实“六保”任务，抓住国家统筹疫情防控与经济社会发展、支持企业复工复产的阶段性政策机遇，科学精细调度，主动担当作为，对表对标，多措并举找准中心工作发力点，持续巩固提升多发电量，努力保障防汛安全和电力供应，为区域经济社会高质量发展作出了积极贡献。年初，水利部、珠江委和公司党政负责人以“四不两直”等方式对右江水利公司及各子公司开展安全生产检查，先后到百色水利枢纽主副坝、电厂、汪甸防护堤、库区岸线及各子公司电站进行深入检查，重点排查工程运行、值班值守、网络安全、机电设备设施等方面安全隐患，对发现的问题现场提出整改意见，并明确责任，责令及时整改，为年内公司各电站安全稳定运行奠定了坚实基础。

面对2022年年初百色市疫情异常严峻形势，右江水利公司统筹抓好疫情防控和安全生产两件大事，立足防大汛、抗大险、救大灾，及早做好腾库拦洪、设备设施检修和安全运行等各项准备工作，全力推进安全复工复产，充分发挥百色水库水资源科学利用功能。结合右江水力发电厂上半年集中开展外委项目多、过程接触人员范围广、活动轨迹复杂等实际，一方面持续加大对外委单位人员管控，强化对进出厂房人员管理，严格执行防疫安全码报备及核酸检测结果核查，确保不落一人，保障机组检修、日常发电、设备改造及设备维护等工作顺利有序开展。另一方面加强现场安全管理，加大与电网调度中心协调力度。在2022年库区遭遇6次强降雨过程影响、累计降雨量和来水量分别是运行以来同期的1.7倍和2.5倍的情况下，及时滚动分析研判水雨情信息，加大防汛会商力度，通过水库科学精细调度和机组经济安全运行，充分发挥百色水利枢纽工程拦洪、削峰、错峰防汛作用，最大限度地保障机组满负荷运行，确保在工程防汛和机组负荷高峰期间顶得上、带得满、发得稳。与此同时，右江水力发电厂积极参与南方电网调频辅助服务市场交易，进一步提升发电经济效益。上半年累计发电量11.3558亿千瓦·时，创历史同期新高。

清源电力公司积极应对上游连续强降雨、上游电站开闸泄洪和百色电网迎峰度夏三重考验，坚持“两手抓、两不误”，强化安全生产管理，自主开展电厂年度检修，优质高效完成2#机组进水蝶阀及其液压系统改造更换工作、1#机组大修工作，大步提升设备健康水平。加强与电网公司联系沟通，做好防洪度汛，最大限度拦蓄洪水，有效缓解下游防洪压力，累计发电量1.1266亿千瓦·时，同比去年增加171%。

季连公司采取有力措施，勤巡视，勤检查，及时处理设备缺陷，按时高质量完成四级站年度机组检修工作。自主处理完成机组导叶漏水量过大、溢洪道闸门锈蚀、明渠漏水等数十项重大缺陷。自主开展励磁盘柜、前池电缆及信号线路、主管取水位置及过滤器等设备设施技术改造。上半年，不管河四级水电站安全运行3636天，年度累计发电量0.0677亿千瓦·时，较2021年增加近六成。

块泽河公司积极抢抓2022年上半年雨水情较好时机，及早抓好机组检修、运行维护、电力销售、防洪度汛等各项工作，严控自主检修工作质量，确保机组安全稳定运行。严格落实安全生产双重预防机制，为电力生产提供可靠保障。主动加强与上游电站沟通交流，准确掌握水雨情信息，多次提前发电腾库，充分利用入库冗余流量。分析研判电力市场形势，在6月来水量超出预计水平时找准时机，提前20天开展日前电力交易，实现发电收益最大化。至6月30日，块泽河电厂累计发电量达0.5065亿千瓦·时，同比去年增长228%，创投产以来同期最高纪录。

右江水利公司将持续严格遵守上级调度指令，加强值班值守，履职尽责，按照年度中心工作任务和要求部署，不断提升公司各电站设备维护和安全运行管理水平，提高机组设备可靠性，保证工程安全、稳定运行，确保各水电站机组开得出，负荷顶得上、发得稳，以完成年度最好发电成绩迎接党的二十大胜利召开。

## “职工关爱” 右江水利公司职工子女暑期托管班开班

为减轻职工暑期带娃压力，切实为职工办实事、办好事。在公司党委的推动下，工会结合职工实际需求，分别在南宁、百色两地为广大职工子女提供暑期爱心托管服务，开辟“托管专区”，着力解决职工“急难愁盼”的子女暑期托管难、看护难的问题。

7月11日，右江水利公司职工幼儿暑期托管班正式开班。职工们牵着自己的可爱宝宝，面对全新的托管环境，不少小宝宝好奇之余，又十分兴奋。此次托管班为孩子们开展阅读、歌曲、舞蹈、手工、画画等寓教于乐、动手动脑的活动课程，让孩子们在玩中学、学中乐。目前托管班已经招生了近20名幼儿，年龄为3 ~ 8岁，不少职工更是主动参与到托管班的服务工作中。

“公司工会开展暑期爱心托管服务，真是解决了暑期令我头痛的大事。”“是呀，再也不用为孩子放暑假发愁了，终于可以安心工作了。”右江水利公司的暑期爱心托管服务受到广大职工纷纷点赞。此项举措不仅解决了职工的生活难题，使他们切实感受到公司的关怀，更激发了大家干事的热情，有效提升了职工群众的归属感、获得感、幸福感。

## 南水北调东线江苏水源公司总经理袁连冲一行到右江水利公司开展战略合作调研

7月12日至14日，南水北调东线江苏水源公司党委副书记、总经理袁连冲一行到右江水利公司开展战略合作调研。调研期间，公司党委书记、董事长

肖卫国在南宁与袁连冲一行进行会面座谈。公司党委副书记、总经理袁文传，党委委员、副总经理王伟参加调研活动。

江苏水源公司调研组先后参观了百色水利枢纽右江电厂、坝区基地及大坝，对枢纽坝区各区域的利用情况和发展规划进行详细了解，并就工程管理标准化、生态绿化基地、水利专业人才等合作项目与右江水利公司进行充分交流和深入探讨。

袁连冲指出，双方多次互动往来，彼此了解不断加深，业务需求和发展方向进一步明确，为战略合作项目落地落实奠定了坚实基础。江苏水源公司将充分发挥自身优势，竭尽所能，与右江水利公司携手共进，共同描绘双方合作的发展蓝图。

袁文传代表公司对袁连冲一行的到来表示欢迎和感谢。他指出，自双方签订战略合作协议以来，双方秉持优势互补、互惠双赢、共同发展的原则，进行多次云端座谈和多形式交流，合作项目逐渐明确、合作内容得到细化。双方要完整、准确、全面贯彻新发展理念，在精准实施、精准落实上下功夫，始终以全力打造“三个典范”为目标，紧紧围绕工程管理标准化建设、生态农业和苗圃基地开发、人才培养和技术共享等重点合作项目进一步深入研究。同时要求双方对口业务部门紧密联系，尽快形成合理可行的实施方案，促进战略合作取得实质性进展，共同推动水利企业深化互利合作，为融入新时期水利企业高质量发展新格局提供有力支撑。

右江水利公司发展经营部、枢纽管理中心（防汛办）、右江水力发电厂、库区管理中心、综合服务中心、清源电力公司主要负责人参加调研。

# 右江水利公司党委举行专题党课报告会
## ——贯彻习近平经济思想推动公司高质量发展，以优异成绩迎接党的二十大胜利召开

7 月 22 日，右江水利公司党委贯彻落实珠江委党组围绕“走好第一方阵，我为二十大作贡献”讲专题党课的要求，公司党委书记、董事长肖卫国同志以《贯彻习近平经济思想推动公司高质量发展，以优异成绩迎接党的二十大胜利召开》为题，为公司全体党员干部讲授专题党课。党委委员、纪委书记汤进为主持会议。公司党委委员参加会议。

肖卫国指出，党的十八大以来，以习近平同志为核心的党中央深刻把握中华民族伟大复兴战略全局，主动应对世界百年未有之大变局，全面总结系统运用我国经济发展的成功经验，提出一系列新理念新思想新战略，指导我国经济发展取得历史性成就、发生历史性变革，在实践中形成和发展了习近平经济思想。习近平经济思想是习近平新时代中国特色社会主义思想的重要组成部分，是新时代我国经济工作的科学行动指南，必须长期坚持、全面贯彻。要深刻认识习近平经济思想的伟大意义，深入领会习近平经济思想科学内涵。

肖卫国强调，要准确把握习近平经济思想对国有企业的实践要求，坚持党对国有企业的全面领导，始终践行以人民为中心的发展思想，坚持以高质量发展为主题，胸怀“国之大者”，以信息化建设赋能公司高质量发展，统筹发展和安全，稳中求进推进公司做强做优做精。肖卫国要求，要全面贯彻落实习近平经济思想推进公司高质量发展。一方面要推动全面从严治党不断深入：一是把党的政治建设摆在首位；二是强化理论武装；三是强化全面从严治党责任落实；四是坚定不移纠“四风”树新风；五是加强党建基础建设；六是着力加强政治监督日常化具体化；七是一体推进不敢腐、不能腐、不想腐。另一方面要抓好公司生产经营管理工作：一是确保安全生产形势平稳；二是切实保障防洪度汛安全；三是持续提升运管水平；四是全面加强库区管理保护力度；五是加快数字孪生百色水利枢纽工程建设；六是提升发展经营能力水平；七是加快推进坝区规划建设；八是加强干部人才队伍建设，持续深入推进激励干部担当作为。他强调，要当好习近平经济思想的坚定信仰者和忠实实践者，深入贯彻“节水优先、空间均衡、系统治理、两手发力”治水思路，科学研判公司发展的“时”与“势”，攻坚克难，勇毅前行，不断开创公司生产经营工作新局面，以优异成绩迎接党的二十大胜利召开。公司中层干部、各子公司领导班子及全体党员分别在南宁、百色、云南等地通过视频参加会议。

# 右江水利公司开展“关爱山川河流·守护国之重器”志愿服务活动

近日，根据水利部文明办“关爱山川河流·守护国之重器”志愿活动部署安排，右江水利公司先后开展以“右江水利人在守护”和“水法宣传进校园”为主题的志愿活动，旨在引导公司干部职工和社会公众增强关爱山川河流意识，共同维护百色水库水清岸绿水生态水环境。在“右江水利人在守护”志愿活动中，公司志愿服务队分别深入到大坝库区、副坝、厂房开展管护、巡检、监测等活动，广泛宣传库区管理保护规定。在“水法宣传进校园”志愿活动中，公司志愿服务队深入库区周边部分学校，向中小学生宣讲、发放宣传资料和用品，普及水法律法规、水生态水环境保护知识。通过以上活动，有效推动解决库岸侵占、倾倒、拦网养殖等违法违规现象，当好“百色水库代言人”，保护好库区的水生态水环境。增强广大民众“惜水、爱水、节水、护水”意识，关爱山川河流，推动形成亲水、护水、节水的良好风尚。

# 奋进新征程　喜迎二十大

2022年是进入全面建设社会主义现代化国家、向第二个百年奋斗目标进军新征程的重要一年，我们党将召开具有重大而深远意义的第二十次全国代表大会，是党和国家政治生活中的一件大事。

为迎接党的二十大胜利召开，右江水利公司党委围绕“走好第一方阵　我为二十大作贡献”组织各支部开展主题党日、举办专题党课。

参观广西革命斗争史。6月24日，右江水利公司党委组织各支部党员、青年干部职工前往南宁市《红色传奇》沉浸式党课体验中心开展党史学习教育活动，教育引导广大党员干部职工进一步坚定理想信念，砥砺革命意志，以实际行动践行初心使命，迎接党的二十大胜利召开。

参观广西革命斗争史《红色传奇》沉浸式展示。

讲授一堂专题党课。7月22日，右江水利公司党委围绕“走好第一方阵　我为二十大作贡献”举行专题党课报告会，公司党委书记、董事长肖卫国同志以《贯彻习近平经济思想推动公司高质量发展，以优异成绩迎接党的二十大胜利召开》为题，为公司全体党员干部讲授专题党课。

肖卫国强调，要准确把握习近平经济思想对国有企业的实践要求，坚持党对国有企业的全面领导，始终践行以人民为中心的发展思想，坚持以高质量发展为主题，胸怀“国之大者”，以信息化建设赋能公司高质量发展，统筹发展和安全，稳中求进推进公司做强做优做精。

肖卫国要求，要全面贯彻落实习近平经济思想推进公司高质量发展，推动全面从严治党不断深入，抓好公司生产经营管理工作。他强调，要当好习近平经济思想的坚定信仰者和忠实实践者，深入贯彻“节水优先、空间均衡、系统治理、两手发力”治水思路，科学研判公司发展的“时”与“势”，攻坚克难，勇毅前行，不断开创公司生产经营工作新局面，以优异成绩迎接党的二十大胜利召开。

# 中共广西右江水利开发有限责任公司委员会“八一”慰问信

公司转业、复员、退伍军人同志们：

值此中国人民解放军建军95周年即将到来之际，向你们致以节日的祝贺和亲切的问候！

时间在变，不变的是军魂。忆往昔，你们积极响应党和国家的号召，舍小家，顾大家，参军入伍，保家为国。转业、复员到公司后，你们转业不转志，退伍不褪色，继续发扬人民军队的优良传统，始终保持本色、不改初心，努力工作、无私奉献，为右江水利公司发展和改革付出了心血和汗水。在此，向你们表示衷心的感谢，并致以崇高的敬意！

奋进新征程，建功新时代。2022年是进入全面建设社会主义现代化国家、向第二个百年奋斗目标进军新征程的重要一年，我们党将召开具有重大而深远意义的第二十次全国代表大会，这是党和国家政治生活中的一件大事。新征程上，右江水利公司将继续贯彻落实好习近平总书记“节水优先、空间均衡、系统治理、两手发力”治水思路，把百色水利枢纽打造成为“安全可靠、绿色智能、调度科学、泄蓄自如”的流域重要防洪工程和国家水网关键“结”点，推进公司做强做优做精，为实现中华民族伟大复兴中国梦努力奋斗！

征途漫漫，惟有奋斗。让我们更加紧密地团结在以习近平同志为核心的党中央周围，坚决响应党中央伟大号召，忠诚拥护“两个确立”，坚决做到“两个维护”，汇聚起同心向党、携手奋进的磅礴力量，为推进公司高质量发展作出新的贡献，以实际行动迎接党的二十大胜利召开！

祝大家“八一”建军节快乐，身体健康，工作顺利，家庭幸福！

中共广西右江水利开发有限责任公司委员会

2022年7月28日

# 右江水利公司召开2022年度股东会暨第五届董事会、监事会一次会议

7月28日，右江水利公司召开2022年度股东会暨第五届董事会、监事会一次会议。水利部珠江委党组成员、副主任李春贤出席并讲话，珠江委国有资产监

督管理工作组到会监督指导。公司各股东代表，董事会、监事会成员出席会议。会议由公司党委书记、董事长肖卫国主持。

会议审议董事会、监事会成员名单和有关人事变动的议案，选举第五届董事会董事长、副董事长、监事会主席，审议并批准 2021 年度董事会、监事会、总经理工作报告和公司财务、人事、综合事务等方面的报告，通报和研究了公司发展经营的相关事项，经充分讨论形成相关纪要和决议。参会人员对右江水利公司 2021 年度工作显著成果给予了充分肯定和高度评价，并对今后工作提出要求。会议认为，右江水利公司经营班子以习近平新时代中国特色社会主义思想为指导，深入学习党的十九大和十九届历次全会精神，贯彻落实“节水优先、空间均衡、系统治理、两手发力”治水思路，根据 2021 年全国水利工作会议、2021 年珠江委工作会议要求部署，心怀“国之大者”，完整、准确、全面贯彻新发展理念，真抓实干、克难奋进，完成债务结构再优化、上网电价上调、云南库区土地证办理 3 项重点工作，开展汛末蓄水，积极参与电力调频辅助交易 2 项措施增加发电收益，百色水利枢纽荣获第十八届中国土木工程詹天佑奖，右江电厂荣获“南方电网 2021 年发电先进集体”荣誉称号，较好地完成公司股东会和董事会下达的各项任务，成效显著，为公司高质量发展奠定了坚实的基础。

会议指出，2022 年将召开党的二十大，这是党和国家政治生活中的一件大事，保持平稳健康的经济环境、国泰民安的社会环境、风清气正的政治环境，具有特殊重要的意义。公司要坚持以习近平新时代中国特色社会主义思想为指导，积极践行“节水优先、空间均衡、系统治理、两手发力”治水思路，全面落实水利部党组、广西壮族自治区党委、珠江委党组决策部署，统筹发展与安全，守住安全底线，提升发展上限，锚定“工程不出问题、效益正常发挥”目标，在工程安全、防洪安全、财务安全、生产安全、廉政安全等方面全力保“稳”，在工程效益、经济效益、干部人才队伍、职工幸福感获得感等方面努力求“进”，持续推进公司高质量发展。李春贤强调，要继续加强党的建设，坚持全面从严治党，对照珠江委第二巡察组巡察反馈意见进行整改，以巡促改、以巡促建，推动全面从严治党向纵深发展。公司领导班子要加强对外联系，特别是要与水利部、广西壮族自治区及地方各级政府部门深入沟通，为公司高质量发展营造良好外部条件。要统筹抓好安全和发展两件大事，持续守住安全底线，不断拓展发展的高度和宽度，在安全的前提下谋发展，在发展的基础上保安全，持续开拓创新、勇于担当作为，以实际行动迎接党的二十大胜利召开。右江水利公司领导班子成员及有关部门负责人列席会议。

# 右江水利公司肖卫国率检查组深入百色水利枢纽开展汛中防汛专项检查

7月26日至27日，右江水利公司党委书记、董事长肖卫国率检查组深入百色水利枢纽工程现场开展汛中防汛专项检查。检查组主要检查了百色水利枢纽主坝、两座副坝、汪甸防护工程、剥隘滑坡治理工程及办公区域，随机抽查了卫星电话通信状况和汪甸防护工程柴油发电机运行情况，逐一核查了汛前检查和汛中自查发现问题的整改情况、防汛重点工作完成与持续推进情况，详细查阅了防汛相关资料，针对检查中发现的问题提出了整改要求和改进意见。肖卫国强调，当前正处于“七下八上”防汛关键期，公司各部门要高度重视度汛安全，坚决树牢防汛关键期意识，保持如履薄冰、如临深渊的思想认识，保持“时时放心不下”的高度责任感，扎实做好工程防洪度汛工作，确保工程度汛安全。肖卫国要求，一是提高政治站位，要充分认识防洪度汛工作的重要性，增强责任感、使命感和紧迫感，切实履行防汛职责，将检查发现的问题和不足及时整改到位。二是落实“四预”措施，加强值班值守和预测预报，强降雨期间加大巡查排险力度，发现险情第一时间上报、处置。三是坚持问题导向，举一反三，再排查再整改，做好汛期设备运行维护和检修工作，及时消除安全隐患。右江水利公司枢纽管理中心

（防汛办）、安全监督部、右江水力发电厂、库区管理中心、综合服务中心负责人及相关人员参加检查。

# 右江水利公司 2022—2023 年度全员安全教育培训拉开序幕

为全面贯彻落实习近平总书记关于安全生产重要论述和指示批示精神，切实做好《中华人民共和国安全生产法》等法律法规的宣贯工作，巩固提升安全生产专项整治三年行动成果，全面提升公司员工安全素质，7 月 26 日，公司在南宁、百色组织开展安全教育培训，正式拉开 2022—2023 年度全员安全教育培训序幕。公司党委委员、副总经理马建新主持培训，公司党委副书记、总经理袁文传，公司党委委员、纪委书记汤进为，公司党委委员、副总经理王伟参加培训。培训邀请钟卫领和雷明进两位水利行业安全生产领域资深专家，结合公司安全生产工作的特点及实际情况，分别作了题为《水利工程运行管理生产安全重大事故隐患判定标准解读及典型事故案例分析》《安全生产管理概述》的授课，授课内容涵盖了安全生产基本概念、事故致因理论、安全生产管理原理、重大事故隐患判定标准、典型案例分析、常见事故类型及对策措施等方面安全专业知识。两位专家的讲课深入浅出，精彩生动，既有理论，又有实际，既讲法律法规，又讲形势任务，形式新颖，实用性强。通过此次培训，公司员工进一步打开了眼界，开拓了思路，增长了知识，增强了责任感，对进一步做好公司安全生产工作必将起到很好的指导和推动作用。

马建新指出，此次培训的隐患、事故管理内容，与上次培训的危险源管理一起，构成了水利安全生产技术管理的基础。他要求：一是以此次培训为引领，进一步加强全员学习；二是把学到的安全生产知识分享给同事及家人，提升宣传教育效果；三是提高安全意识，应用学到的知识，在日常工作中做到“四不伤害”；四是理论联系实际，改进本职工作，进一步明晰岗位安全生产责任，强化风险分级管控、隐患排查治理和事故应急管理，细化措施，以实际行动迎接党的二十大胜利召开；五是不断探索，持续推进建立企业安全生产管理体系和能力现代化。

公司各部门、各子公司共 200 余人次参加培训。

# 右江水利公司拜访曲靖市人民政府

8 月 11 日，右江水利公司袁文传一行拜访曲靖市人民政府，并与曲靖市人民政府党组成员、副市长普利锋、市政府副秘书长邹林等就块泽河公司防洪度汛、安全生产、经营发展进行座谈。右江水利公司党委委员、副总经理马建新、王伟参加座谈。

右江水利公司介绍块泽河公司基本情况，详细汇报块泽河电站在安全生产、防洪度汛、经营发展等方面工作情况。曲靖市水务局、能源局、应急管理局等单位分别对当前块泽河发电站周边存在的运行安全问题和推进解决存在的困难进行深入交流和探讨，并作出了积极回应。

普利锋对右江水利公司来员表示热烈欢迎，并详细介绍了曲靖市经济、社会、文化、教育发展情况。特别指出，曲靖市正全力打造“3+6+2”现代产业体系，与企业的合作前景广阔，希望部属国有企业右江水利公司能够在曲靖市产业发展中找到切入点，开展相关业务精准合作。

普利锋表示，在党的二十大召开之际，市委、市政府高度重视安全生产监督管理，落实党中央“疫情要防住、经济要稳住、发展要安全”要求，坚持守土有责、守土负责、守土尽责，市相关部门要督促跟进协调行政管辖范围内的安全生产问题，主动帮助企业安全经营发展，促进各企业之间沟通协调，共同保障生产安全，要加大安全生产监督管理及执法力度，做到公平公正公开，持续营造良好营商环境，确保在曲企业安全高效发展。

袁文传对曲靖市委、市政府长期以来关心支持块泽河公司安全发展表示感谢。他表示，右江水利公司作为水利部直属国有企业，将以迎接党的二十大为主线，统筹发展与安全，聚焦自身主责主业，抓紧抓实抓细防洪度汛、安全生产、电力保供、经营发展等各项工作，充分发挥国有企业“压舱石”作用，自觉践行国有企业政治责任、社会责任，以“时时放心不下”的责任心，始终保持如履薄冰的高度警觉，紧绷安全生产这根弦，加强块泽河电站重要设备设施安全监测，全力保障块泽河电站安全稳定运行。

袁文传希望曲靖市各级政府和相关单位进一步加强对块泽河电站周边安全发展环境监督检查、沟通协调和支持，共同努力，相互促进，确保区域人民生命财产安全和块泽河电站安全稳定、高效运行。同时，他也希望发挥地方政府资源和国有水利企业发展优势，探索在水电高效利用、售电方式转变、资源共享利用等方面的合作，携手开启政企务实合作新篇章，共同构建高质量发展新格局。

曲靖市水务局、能源局、应急管理局、供电局，右江水利公司办公室（董事办）、发展经营部、块泽河公司主要负责人及相关人员参加座谈。

## 右江水利公司调研不管河引水工程建设情况

8 月 11 日，右江水利公司党委副书记、总经理袁文传率队调研不管河引水工程建设情况，并与云南省水利厅党组成员、副厅长张新弘、高嵩、杨国柱、霍玉河会面座谈。公司党委委员、副总经理马建新、王伟参加调研。

云南省水利厅充分肯定百色水利枢纽工程建设及运行管理工作取得的显著成效，表示将在水安全保障、水资源利用、水环境治理、水生态保护和水文化建设等方面加大与右江水利公司沟通合作力度，依法依规开展水网工程规划建设，共同做好区域引调水这篇大文章，努力构建新时期水利高质量发展新格局。

袁文传向云南省水利厅及各级水利部门长期以来对右江水利公司的关心和支持表示衷心感谢。他指出，右江水利公司高度重视与云南省水利厅的沟通合作，本次调研取得了预期成果。调研了解了不管河引水工程建设前期工作情况，为右江水利公司做好后续相关配合与服务工作指明了方向。他表示，右江水利公司作为水利部直属国有企业，始终胸怀“国之大者”，对表对标水利高质量发展“六条实施路径”，全方位贯彻“四水四定”原则，愿与云南省水利厅及各级政府水利部门共同在国家水网建设、水资源开发利用等方面深入沟通合作，在今后的相关工作中找准最大公约数、画出最大同心圆，共创新思路、探索新举措、实现共赢目标，全面提升水资源集约节约利用和安全运行管理能力水平，为云南水利事业高质量发展贡献国有水利企业新力量。

云南省水利厅总工程师、水资源处、政法处、规计处，云南省设计院，云南省水电局、调水中心、水投公司，楚雄州水务局，楚雄市水务局、双柏县人民政府，右江水利公司办公室（董事办）、发展经营部、枢纽管理中心（防汛办）、季连公司主要负责人及相关人员参加座谈。

## 全力迎战防汛关键期
## ——右江水利公司完成汛中防汛专项检查

为落实公司2022年防汛工作安排，抓好管理工程“七下八上”防汛关键期风险管控和隐患排查治理等各项工作，7月26日至8月10日，由公司领导带队的4个检查组分赴百色水利枢纽、子公司所属电站和南宁百色办公场所现场开展汛中防汛专项检查。

4个检查组针对当前防洪度汛形势，结合年度防汛重点工作清单及汛前防汛安全检查排查出的问题，坚持问题导向、目标导向，落实“严、实、细”要求，采取现场检查、查阅资料、谈话问询、反馈意见等方式，深入百色水利枢纽、那比水电站、不管河四级水电站、块泽河水电站现场及南宁、百色办公场所，逐一核查汛前检查和汛中自查发现问题的整改、防汛重点工作完成与持续推进情况，聚焦防汛责任制落实、运行管理、隐患排查治理等重点领域和关键环节，对发现的问题建立清单，督促责任单位及时整改到位。右江水利公司将持续提高政治站位，紧紧围绕“工程不出问题、效益正常发挥”要求，坚守底线思维，强化风险意识和责任意识，保持“时时放心不下”的高度责任感，立足“防住为王”，锚定“四不”目标、强化“四预”措施、贯通“四情”防御，盯紧关键期，绷紧防汛防灾这根弦，做到力量到位、责任到位、措施到位，以最充分的准备、最有力的举措、最严实的作风打好防洪度汛这场硬仗，为党的二十大胜利召开营造良好社会环境。

## 右江水利公司党委中心组专题学习总体国家安全观

8月22日，右江水利公司党委中心组召开2022年第九次集中学习研讨会，深入学习贯彻总体国家安全观及《习近平谈治国理政》（第四卷）相关章节。

公司党委书记、董事长肖卫国主持会议并讲话。党委中心组全体成员参加学习，马建新、梁锋同志分别作交流发言。

会议强调，总体国家安全观是中国共产党和中国人民捍卫国家主权、安全、发展利益百年奋斗实践经验和集体智慧的结晶，是马克思主义国家安全理论中国化的最新成果，是习近平新时代中国特色社会主义思想的重要组成部分，是新时代国家安全工作的根本遵循和行动指南。要深刻领会总体国家安全观的重大意义，准确把握总体国家安全观的科学内涵，切实把思想和行动统一到习近平总书记关于总体国家安全观的重要论述上来，坚定不移走中国特色国家安全道路，勇于战胜一切风险挑战，加快推动公司高质量发展，以优异成绩迎接党的二十大胜利召开。

会议要求，要切实增强底线思维，以“时时放心不下”的高度责任感，贯彻落实总体国家安全观，统筹发展和安全，坚持政治安全、生产安全、工程安全、防洪安全、经济安全和人民安全“六个安全”，切实履行好维护国家安全的职责使命，为地方流域高质量发展提供可靠的水安全保障。会议还集中观看警示教育片《清除国企蛀虫——“靠企吃企”典型案例警示录》。

公司中层正职及以上领导，各子公司主要负责人参加学习。

## 中国安能一局董事长卢明安一行到右江水利公司调研

8月23日，中国安能集团第一工程局有限公司（简称中国安能一局）党委书记、董事长卢明安一行到右江水利公司调研。其间，与右江水利公司党委书记、董事长肖卫国会面并座谈。中国安能一局党委副书记、总经理唐洪军，党委常委、副总经理李贵平等随同调研。右江水利公司党委副书记、总经理袁文传，党委委员、副总经理王伟参加座谈。

双方各自介绍公司改革发展史和推动高质量发展愿景后，观看了右江水利公司宣传片，并就应急救援、工程建设、人员培训、技术交流、党的建设等方面合作进行了深入交流和探讨。卢明安介绍了中国安能一局的改革发展历程，中国安能一局前身是武警水电第一总队，2009年纳入国家应急救援力量体系，2018年转为非现役专业队伍，组建为国有企业。卢明安表示，右江水利公司作为水利部直属国有企业，始终胸怀“国之大者”，自觉履行国有企业政治责任、社会责任，百色水利枢纽工程投运以来，充分发挥工程防洪保安、灌溉供水等功能，为保右江沿岸安澜、区域经济社会发展作出了突出贡献。作为都在广西的两家国有企业具有良好的合作条件，应该携手共建、共赢发展。

肖卫国对卢明安一行的到来表示热烈欢迎，对中国安能一局长期对水电事业的支持表示真挚感谢。他表示，在党的二十大召开之际，右江水利公司持续统筹好发展与安全，聚焦自身主责主业，抓紧抓实抓细防洪度汛、电力保供、经营发展等各项工作，充分发挥国有企业“压舱石”作用，主动担当经济社会安全发展责任，推动公司高质量发展。他指出，中国安能一局作为一支“水电铁军”，一手抓公益，一手抓市场，出色地完成河北唐山大地震抗震救灾、四川唐家山堰塞湖抢险、长江1998年防汛救灾、郑州“7・20”洪灾抢险等百余次重大抢险救援任务，先后参加三峡工程、南水北调、西电东送、西气东输等120余项国家重点工程建设，在应急救援和工程建设两个“主战场”，敢打硬仗，战斗力强，具有独特的社会地位和先锋作用。他希望，双方进一步加强沟通交流，充分发挥中国安能一局在应急救援和工程建设等方面优势，积极探索在应急救援、工程建设、人员培训、技术交流、党的建设等方面的合作，共同构建双方企业高质量发展新格局，为推动水利事业高质量发展贡献国有企业力量。

中国安能一局市场经营部、工程管理部、南宁分公司、办公室，右江水利公司办公室（董事办）、发展经营部、安全监督部、技术管理部（总工办）主要负责人及相关人员参加座谈。

## 右江水利公司举办《百色水利枢纽工程建设管理》《百色水利枢纽工程运行管理》两本专著编写培训会

8月24日，右江水利公司在南宁、百色两地举办《百色水利枢纽工程建设管理》《百色水利枢纽工程运行管理》两本专著编写培训会。公司党委委员、副总经理马建新主持会议，黄河水利出版社副编审、编辑二室主任陶金志进行培训。

陶金志从编写体例格式、注意事项、图表要求、科学研究报告转换为学术著作的方法等方面进行详细讲解，并结合百色水利枢纽工程特点，提出编写意见和建议。马建新指出，这两本专著是对百色水利枢纽工程建设和运行管理经验的总结凝练，是促进提升公司运行管理水平的有效措施，也是加强百色水利枢纽宣传的有力手段。他要求，一是高度重视，制订编写计划，编写过程中认真总结新成果、新创造、新发现、新发明。二是严格执行编写计划，争取超前完成编写任务。三是各部门负责人要严格审核把关，对本部门编写内容质量负责。

公司两本专著各章节责任人和编写人参加培训。

# 暑期爱心托管班
## ——“托”起职工子女快乐暑假

右江水利公司暑期爱心托管班。

“孩子每天都特别想来托管班”“自从来托管班，早上起床再也不用发愁了”“公司工会开展暑期爱心托管服务，真是解决了暑期令我头痛的大事”“是呀，再也不用为孩子放暑假发愁了，终于可以安心工作了”。右江水利公司2022年夏天举办的暑期爱心托管班得到了广大干部职工及家属的纷纷点赞。一直以来，上班和带娃都是职工难以平衡的“老大难问题”。为切实帮助职工解决生活难题，平衡好工作和家庭的关系，实现“上班带娃两不误”，按照自治区总工会关于帮助职工解决生育后顾之忧的工作部署及要求，在公司党委的关心和推动下，工会结合职工实际需求，创新工作思路，拓展服务模式，大力推动“爱心托管班”建设工作，分别在南宁、百色两地开辟“托管专区”，为广大职工子女提供暑期爱心托管服务，着力解决职工“急难愁盼”的子女暑期托管难、看护难的问题。此项举措不仅解决了职工的生活难题，使大家切实感受到公司的关怀，更激发了职工干事热情，有效提升了职工归属感、获得感、幸福感。

本期暑期爱心托管班共有25名年龄段在3～8岁的职工子女参加，饮食由公司食堂提供，孩子既吃得营养美味，食品安全也有保障。公司专门聘请专业幼儿教师任教，开设有阅读、歌曲、舞蹈、手工、画画等多门活动课程，全部根据孩子年龄特点用心规划教学，确保内容丰富、益智有趣、科学合理，真正让孩子度过一个快乐有收获的暑假。下一步，公司工会将持续加大力度，在公司党委的领导下，密切联系职工群众，多做“送上门的服务”，做好“贴心人”，帮助职工解决“急难愁盼”问题，为新阶段公司高质量发展凝聚强大力量。

# 右江水利公司与广西水利电力职业技术学院签订人才培养合作框架协议

8 月 31 日，右江水利公司与广西水利电力职业技术学院在南宁签订人才培养合作框架协议，双方将在人才培养与实习基地建设、科学研究和平台合作、学术交流及成果推广应用等方面深度合作。右江水利公司党委委员、副总经理王伟，广西水利电力职业技术学院院长李林出席签约仪式并致辞。

框架协议签订。

双方各自介绍了单位基本情况及人才培养愿景，实地参观了广西水利电力职业技术学院里建校区水电站实训场、水利施工实训场、金工实训楼等，并就产教合作、人才培养、实训基地等内容进行深入交流和探讨。李林表示，双方建立的校企合作关系将全面发挥学校和企业的各自优势，有效提升教学效果、创新能力和科研水平，在实践中培养高素质、高水平技能人才，切实把科研成果转化为生产力，促进学校、企业、行业和社会共同进步。王伟代表右江水利公司对广西水利电力职业技术学院大力支持本次校企合作表示感谢。他希望，双方能以此次合作为契机，不断加强沟通交流，共谋构建校企合作、工学结合、优势互补、资源共享的合作模式，以四个“推进”实现互利双赢、共促高质量发展。一是推进供需结合式人才培养，将教学与就业更紧密地同企业需求相结合。二是推进建立校企联合基地，提升学生专业知识、操作技能和职业素质。三是推进科研合作攻关，促进产学研用有效衔接。四是推进资源共享合作，放大校企资源和人才共享优势，以学助工、以工促学。

右江水利公司人力资源部、发展经营部、江河资产公司、清源电力公司，广西水利电力职业技术学院党委办公室、教务处、招生就业处、继续教育学院、水利工程学院、电力工程学院、机电工程学院负责人和有关人员参加仪式。

## 右江水利公司赴中国能建广西院开展战略合作项目调研

9 月 1 日，右江水利公司党委书记、董事长肖卫国率队赴中国能源建设集团广西电力设计研究院有限公司（简称中国能建广西院）开展战略合作项目调研。公司党委副书记、总经理袁文传，党委委员、副总经理王伟参加调研。中国能建广西院党委书记、董事长罗广义，党委委员、副总经理田明俊出席调研座谈会。

罗广义对肖卫国一行的到来表示热烈欢迎。他指出，双方秉持优势互补、互利共赢的原则，扎实有序推进各项合作，百色水利枢纽和那比水库抽水蓄能项目规划分析论证成效显著。中国能建广西院将持续深化与右江水利公司的战略合作关系，充分发挥人才技术资源优势，进一步拓宽合作空间，尽早形成有效成果，共同构建双方多领域合作的新格局。

肖卫国对中国能建广西院取得的阶段性成果表示肯定和感谢。他指出，中国

右江水利公司赴中国能建广西院开展战略合作项目调研。

能建广西院作为广西“能源智库”，技术实力雄厚，双方开展深化合作意义重大、影响深远，是推动高质量发展的重要举措。

肖卫国强调，立足新发展阶段，完整、准确、全面理解和贯彻新发展理念，积极服务和融入新发展格局是党中央对国有企业的一贯要求。坚持走生态优先、绿色低碳的发展道路，加快推进抽水蓄能、风电、光伏等新能源项目是右江水利公司高质量发展的关键布局。双方应以当前取得的良好合作成果为契机，进一步完善百色水利枢纽和那比水库抽水蓄能项目的选址规划，加快推进项目纳规，同时全面开展相关区域水土资源勘察研究，统筹谋划百色水库风光水储一体化能源基地建设，助力实现“双碳”目标。

右江水利公司副总经济师、发展经营部，中国能建广西院办公室、水电事业部、水能水文部、水利工程部负责人及相关人员参加座谈。

# 右江水利公司党委中心组<br>专题学习研讨习近平经济思想

9 月 8 日，右江水利公司党委中心组召开 2022 年第十一次集中学习（扩大）会议，以《习近平经济思想学习纲要》《论把握新发展阶段、贯彻新发展理念、构建新发展格局》和《习近平谈治国理政》（第四卷）部分章节为权威读本，集中学习研讨习近平经济思想。公司党委书记、董事长肖卫国主持并讲话，党委副书记、总经理袁文传作重点交流发言，党委中心组成员参加学习。

会议强调，要深刻认识习近平经济思想的伟大意义。习近平经济思想是习近平新时代中国特色社会主义思想的重要组成部分，是对新中国成立以来特别是改革开放以来我国经济发展的实践成就和历史经验的全面分析和系统总结，是以习近平同志为核心的党中央治国理政实践创新和理论创新在经济领域的集中体现，是马克思主义政治经济学基本原理同改革开放新的实践相结合的产物，是中国特色社会主义政治经济学，是新时代做好经济工作的根本遵循和行动指南。

会议要求，要全面贯彻落实习近平经济思想，推进公司高质量发展，以优异成绩迎接党的二十大胜利召开。一要提高政治站位，坚持以习近平新时代中国特色社会主义思想为指导，从讲政治的高度思考和推动公司各项工作。二要加强理论武装，深入学习贯彻习近平经济思想，结合“节水优先、空间均衡、系统治理、两手发力”治水思路，做到学思用贯通、知信行统一，指导实践、推动工作。三要确保安全生产，以“时时放心不下”的责任感，全力构建“六项机制”，进一步提升安全生产风险管控能力，确保安全生产形势平稳并持续向好。四要提升运管能力，以工程长期良性运行为目标，落实“四预”措施，贯通“四情”防御，充分发挥枢纽防洪功能，加强库区管理，促进防洪、发电、供水、航运、水生态等多目标共赢。五要建设智慧水利，按照“安全、实用、经济”要求，以建设“智慧百色枢纽”为目标，加快建设百色水利枢纽数字孪生工程，促进信息技术与公司传统业务深度融合。六要谋求经营发展，在保障百色水利枢纽安全平稳高效运行的基础上，努力提升经济效益，促进公司做强、做优、做精。七要持续推进全面从严治党，把党的政治建设摆在首位，加强干部人才队伍建设，坚持严的主基调，一体推进不敢腐、不能腐、不想腐，以高质量党建引领保障公司高质量发展。发展经营部、财务资产部作交流发言。

公司中层正职及以上领导，各子公司主要负责人参加学习。

# 右江水利公司副总经理马建新带队开展中秋节假期安全生产专项检查

9 月 10 日，右江水利公司党委委员、副总经理马建新带队深入生产一线，慰问中秋节假期坚守岗位的职工，并开展节日安全生产专项检查。枢纽管理中心（防汛办）、右江水力发电厂相关人员陪同检查。检查组检查了防汛值班、生产现场值守情况，现场察看了百色水利枢纽大坝、进水塔、电厂厂房等生产区域设备设施运行状况，重点检查了电厂计算机室、通信室等重要机房设备及主坝闸门、副坝、汪甸防护工程视频监控工作状况，详细了解大坝安全监测情况并与电厂工作人员讨论研究 1# 发电机组大轴补气噪声优化问题。

马建新代表公司党委向在中秋节坚守工作岗位的职工们致以真诚的节日祝福。他指出，在这家家户户团圆的日子里，大家舍小家顾大家，默默坚守在工作岗位上，切实保障了百色水利枢纽防汛安全、工程安全、发电安全。马建新强调，要认真贯彻习近平总书记关于安全生产的重要指示精神，深入落实国务院安委会“十五条硬措施”，结合公司安全生产大检查“回头看”工作要求，不断增强风险意识和底线思维，强化风险分级管控和隐患排查治理双重预防机制，坚决防范遏制生产安全事故发生，全力为党的二十大胜利召开营造安全稳定环境。

# 右江水利公司组织开展 2022 年新闻宣传培训

9 月 14 日，右江水利公司举办 2022 年新闻宣传培训。公司党委委员、副总经理马建新出席培训作典型稿件修改讲解并讲话。特邀黄河报社融媒部主任郭旭帆和策划部副主任李晓莹授课。授课老师结合公司新闻宣传工作特点，分别围绕新媒体采编、新闻写作素材发掘、新闻消息及通讯写作方法等内容，作了深入浅出、精彩生动的讲解，并对公司新媒体宣传工作提出建议。参加培训人员针对日常写作中存在的疑问向授课老师诚恳请教并深入交流探讨。

大家纷纷表示，将进一步提高宣传意识，结合本次培训内容及日常写作实践，总结经验和优点，查摆问题和不足，真正做到学习有收获、回去有反思、工作有进步。马建新结合公司典型稿件修改范例进行细致剖析和系统讲解，并通报本年度宣传稿件发布情况。他指出，要提前规划本部门、子公司年度宣传工作，注重时效性，打好固定时间节点稿件发布提前量，严格宣传稿件审核，充分运用图片视频增加稿件吸引力，逐步提升通讯员专业水准，全面提升稿件数量及质量。

马建新要求：一是要对标公司年度宣传工作四个方面任务，结合近期“安全运行 6000 天”“党的二十大胜利召开”专题活动，加强稿件发布；二是要把握好“政治站位要找准、宣传意图要领会、报道内容要全面、写作技巧要掌握、宣传方式要丰富、学习层面要多样”六个要点，持续提升写作能力与水平。

各部门、子公司新闻宣传通讯员、文书及公司部分员工参加培训。

# 促进深度合作　实现双方共赢

## ——右江水利公司与中国安能一局签订战略合作框架协议

9 月 8 日，右江水利公司与中国安能集团第一工程局有限公司（简称中国安能一局）在南宁签订战略合作框架协议。右江水利公司党委书记、董事长肖卫国，党委副书记、总经理袁文传，党委委员、副总经理王伟，中国安能一局党委书记、董事长卢明安，党委副书记、总经理唐洪军，党委常委、副总经理王平武、李贵平出席座谈及签约仪式。

签约前，双方共同参观了中国安能一局历史馆，观看了中国安能一局企业宣传片，并就加强水利、水电、新能源项目开发合作，开展资源共享及技术支持等内容进行深入交流和探讨。

卢明安表示，本次建立的战略合作关系将有效促进双方在水资源开发、工程

签约仪式。

建设、应急救援、科技创新等领域的深度合作，充分发挥各自优势，全面实现资源共享、优势互补、互惠互利、合作共赢。

肖卫国对与中国安能一局建立战略合作关系后的广阔合作前景表示期待。他指出，中国安能一局作为一支“水电铁军”，一直以来在水利水电工程建设、应急救援、市政建设、救援培训等方面发挥了巨大的作用并得到全社会广泛赞誉。希望以签订战略合作协议为契机，进一步加强沟通交流，充分发挥中国安能一局在应急救援和工程建设等方面优势，加深在党建、项目合作开发和工程建设、应急救援、科技创新、人才交流和培养、技术升级和推广等领域的广泛合作，为推动水利事业高质量发展贡献国有企业力量。

右江水利公司办公室、发展经营部、枢纽管理中心、综合服务中心，中国安能一局市场经营部、工程管理部、应急救援事业部、投标中心主要负责人参加签约仪式及座谈。

## 西部大开发标志性工程
### ——百色水利枢纽实现连续安全运行 6000 天

2022 年 9 月 23 日，在今年防御珠江流域 15 年来最强“龙舟水”发挥重要作用的百色水利枢纽工程，顺利实现连续安全运行 6000 天。百色水利枢纽工程是西部大开发标志性工程、治理开发郁江的关键项目和珠江流域防洪骨干工程。

作为工程运行管理单位，右江水利公司积极践行习近平总书记“节水优先、空间均衡、系统治理、两手发力”治水思路和防灾减灾救灾重要论述，牢固树立“人民至上、生命至上”理念，把“保障人民群众生命财产安全”放在第一位，贯彻落实水利部党组、广西壮族自治区党委、珠江委党组决策部署，坚守底线思维和红线意识，确保工程防洪等综合效益充分发挥。百色水利枢纽工程于2001年10月开工建设，2006年4月20日由公司接管并投入运行，工程建设运行得到党和国家领导人的高度重视和关心。2010年5月，习近平同志视察百色水利枢纽工程时指出“百色水利枢纽是这些年来特别是西部大开发战略实施以来，广西发展变化的一个缩影”，充分肯定了工程建设和运行管理所取得的成绩。2002年4月、2008年2月，胡锦涛同志两次视察百色水利枢纽工程，分别提出“建设右江河谷明珠”的明确要求和“安全生产记录要保持下去”的殷切期望。16年来，公司始终牢记党和国家领导人的殷切嘱托，按照水利部党组、广西壮族自治区党委、珠江委党组要求，坚守初心保安澜，安全第一促发展，勇做西部大开发战略的践行者、水利水电精品工程的建设者、履行国有企业社会责任的先锋队、珠江流域水生态环境的守护者、贯彻高质量发展理念的排头兵，统筹发展与安全，守住安全底线，提升发展上限，锚定“工程不出问题，效益正常发挥”的目标，守正创新、勇毅前行，确保工程可持续良性运行。近年来，百色水利枢纽工程荣获我国土木工程界面向工程项目的科技创新最高荣誉奖——第十八届中国土木工程詹天佑奖、中国水利工程优质（大禹）奖、中国大坝工程学会科技进步一等奖等多项荣誉、奖项。

百色水利枢纽运行至今，在防洪、发电、灌溉、供水、航运、生态等方面发挥了巨大的综合效益，为西部省（区）发展强基础、补短板、调结构、扬优势，同全国其他省（区）一道进入全面小康社会提供了安澜环境和不懈动力。通过枢纽拦洪、削峰、错峰作用，基本免除了百色、田阳、田东、隆安等右江中下游沿岸市（县）50年一遇以下洪水灾害；与老口水库联合调度，结合堤防工程可将南宁市防洪能力由50年一遇提高到200年一遇，工程年均防洪效益可达4.58亿元。右江水力发电厂承担着广西电网的调峰、调频和事故备用等重要任务，目前累计发电超224亿千瓦·时，其中枯水期调峰电量约占70%以上，在2008年抗击南方冰冻雨雪灾害、北京召开奥运会、2021年全国大面积遭遇“电荒”等关键时期，充分发挥主力电厂支撑电网安全的作用。百色水库灌区项目保灌面积58.4万亩，是国家“172项”节水供水重大水利工程项目之一，其取水口设置于百色水库；规划中的广西北部湾水资源配置工程将百色水利枢纽列为关键的水源水库。百色水库是珠江流域枯水期水量调度、百色市城市供水重要水源水库，为珠江流域、百色革命老区和粤港澳大湾区的经济社会发展提供有力的水安全支撑。百色水利枢纽工程建成后，通过径流调节增加枯季流量，实现了南宁千吨级船舶常年通达百色的航运需求；正在建设中的百色水利枢纽通航工程，利用库区超100公里深水航道，实现云南通江达海的梦想；百色水利枢纽工程将为西部陆海新通道骨干工程平陆运河运行提供水源支持。百色库区水生态水环境持续向好，水库水质常年优于国家地表水Ⅲ类标准，通过水库径流调节和应急补水，保障了下游河道枯季生态流量，多次在应对突发环境安全事件中发挥重要作用。新征程上，右江水利公司坚持以习近平新时代中国特色社会主义思想为指导，深刻领悟“两个确立”的决定性意义，增强“四个意识”，坚定“四个自信”，做到“两个维护”，胸怀“国之大者”，贯彻落实水利部党组、广西壮族自治区党委、珠江委党组的决策部署，不断提高政治判断力、政治领悟力、政治执行力，完整、准确、全面贯彻落实新发展理念，落实新阶段水利高质量发展六条实施路径，聚焦主责主业，补短板、强弱项、防风险，运行好、管理好、维护好百色水利枢纽，持续提升工程运行管理科学化、规范化、标准化、智慧化水平，确保工程安全稳定高效运行，努力把百色水利枢纽工程打造成为安全可靠、绿色智能、调度科学、蓄泄有序的流域重要防洪工程和国家水网关键“结”点，为把珠江建设成为造福人民的“幸福河”作出贡献，推进公司做强、做优、做精，实现高质量发展，为新时代推进西部大开发国家战略新格局提供支撑，为实现中华民族伟大复兴的中国梦奋勇前进！

## 右江水利公司部署下一阶段网信工作

9月20日，右江水利公司召开网络安全和信息化工作会议，部署下一阶段网信工作。会议由公司副总经理马建新主持。公司党委书记、董事长肖卫国出席会议并讲话。公司领导袁文传、王伟出席会议。会议传达珠江委网络安全和信息化工作会议精神，回顾总结右江水利公司2021年以来网络安全和信息化工作情况，部署了下一阶段网信工作重点。

肖卫国强调：一是充分认识网络安全工作的重要意义，必须从讲政治的高度，充分认识2022年是党的二十大召开之年，是进入全面建设社会主义现代化国家、向第二个百年奋斗目标进军新征程的关键之年的特殊重要意义，必须认真贯彻落实习近平总书记关于网络安全的重要指示，务必做好防范网络安全重大风险、遏制网络安全重大事故的保障工作。二是准确把握新时代水利网信发展新要求，坚持正确定位，找准发展重心，把握难得机遇，加快推进数字孪生百色水利工程和大数据中心项目的建设，尽早建成具有预报、预警、预演、预案功能的智慧水利体系。三是全力做好二十大期间网络安全保障工作，各部门、各子公司要把保障二十大期间的网络安全和网络意识形态工作作为头等大事，公司上下必须加强组织领导，落实责任分工，做到领导到位、责任到位、机构到位、人员到位、措施到位和经费到位，公司网信办要发文明确具体措施要求，全力做好二十大期间的监测预警、值班值守和网络安全保障工作。

右江水利公司网信领导小组成员和网信办成员参加会议。

## 右江水利公司举办 2022 年青年干部思想信念培训班

2022 年 9 月 19 日、21 日，右江水利公司 2022 年青年干部思想信念培训班在南宁举办。公司党委书记、董事长肖卫国，党委委员、副总经理马建新出席，党委副书记、总经理袁文传在开班及结业式上讲话，党委委员、副总经理王伟主持并授课。培训邀请广西壮族自治区党建研究会顾问、广西壮族自治区区委党校（行政学院）智库专家委员会副主任、广西干部学院特聘教授陈林杰，广西壮族自治区委党校教授陶建平授课。

陈林杰从马克思主义唯物史观认识党的百年历程，以缜密的思考和生动的案例阐述了共产主义信仰成为中国人民的信仰、重塑民族性格的历程，引导公司青年干部增强对党的百年奋斗重大成就和历史经验的认识，激发青年干部把青春融入党和人民事业的坚强决心。陶建平通过以学习效益强化工作能力、以奋勉自励强化工作动力、以优质思维强化工作活力方面讲授了青年干部应勤修主体内功，并转化为实实在在的持久行动力，进而增强工作效力。王伟从理想信念、敢于担当、初心使命三个方面，用亲身成长经历生动引导青年干部要坚定把理想信念植入心灵、融入岗位、嵌入实践，坚持全心全意为人民服务的根本宗旨，自觉把坚定理想信念作为终身课题，发扬斗争精神，勇挑时代使命。培训要求，青年干部要对党忠诚，胸怀天下，志存高远，始终做到“心怀国之大者”，要坚持政治理论学习，不负韶华，学思践悟，在学习中思考，在学习中实践，在实践中知信行合一。要发扬斗争精神，经风雨、见世面，长才干、壮筋骨，增强斗争本领和斗争底气，勇于担当、善于作为，有效应对重大挑战、抵御重大风险、克服重大阻力、解决重大矛盾，挺起脊梁、冲锋在前、建功立业。要增强创新发展动力，把握创新发展主动，融入日常工作，成为改革创新能手。要大力弘扬企业家精神，勇于战胜风险挑战，主动担当作为，推进高质量发展。要做坚强有力的执行者，坚持原则，讲规矩、守底线，履职尽责，靠实干赢得尊重，努力成为可堪大用、能担重任的栋梁之材。

公司各部门、子公司共123名青年干部职工参加了为期2天的培训。大家普遍认为，此次培训是一次深刻的理想信念教育和思想洗礼，内容丰富、针对性强、触动心灵、引人深思，为青年干部职工筑牢信仰之基、补足精神之钙、把稳思想之舵奠定了更加坚实的基础。大家纷纷表示，将以此次培训为新起点，持续坚持以习近平新时代中国特色社会主义思想为指导，深刻领悟“两个确立”的决定性意义，增强“四个意识”，坚定“四个自信”，坚决做到“两个维护”，弘扬伟大建党精神，完整、准确、全面贯彻落实新发展理念。全面贯彻落实水利部党组、珠江委党组的决策部署，积极推动落实新阶段水利高质量发展六条实施路径。在公司党委领导下，不断提高政治判断力、政治领悟力、政治执行力和业务水平，积极投身新时代中国特色社会主义伟大实践。牢记初心使命、勇于担当作为、善于攻坚克难，自觉担负起党和人民赋予的时代重任，不断加强新时代政治理论和现代专业知识学习，持之以恒加强思想淬炼、政治历练、实践锻炼、专业训练，提高解决实际问题能力，立足本职岗位，脚踏实地，勇担使命，主动作为，开拓创新，善作善成，为公司高质量发展贡献自己的青春力量。

## 右江水利公司党委完成首轮政治巡察

9月26日，右江水利公司党委第四巡察组向江河资产公司作巡察意见反馈，标志着公司党委首轮巡察工作圆满收官，在党的二十大召开之前如期完成对4家子公司的巡察“全覆盖”。公司党委从公司党群、人事、纪检、财务部门抽调10人计22人次，组成4个巡察组，以进一步落实全面从严治党要求和加强巡视巡察上下联动的决策部署为目标，从2022年4月11日至8月24日，先后对4个子公司开展巡察。巡察坚持政治巡察定位，坚持问题导向，坚持实事求是，聚焦“四个落实”，紧盯“关键少数”，紧抓“六大纪律”，共发现问题52个，提出意见建议86条。

目前，巡察组已推动4个子公司建立健全规章制度8项，完成整改21项，需长期整改但已取得阶段性成效的27项，整改完成率92.31%，切实发挥了巡察发现问题、形成震慑、推动改革、促进发展的作用，有力促进全面从严治党向基层延伸。下一步，公司党委将同步推进巡察整改和成果运用，在督促各子公司夯实巡察整改主体责任、扎实抓好巡察反馈问题整改的同时，对巡察发现的共性问题开展专项治理，提升巡察整改质效，扎实做好巡察“后半篇文章”。

## 抢抓发展机遇　助推乡村振兴
## ——右江水利公司与广西田林县就推进“政府 + 企业”发展模式达成共识

9 月 30 日，右江水利公司党委委员、副总经理王伟一行拜访中共田林县委、田林县人民政府，与县委书记黄慧和县委常委、县人民政府副县长杨小斌等就那比抽水蓄能、生态养殖项目合作及那比水库保护管理进行深入交流，双方就推进“政府 + 企业”发展模式达成共识。

王伟代表右江水利公司党委对田林县委县政府长期以来关心支持百色水利枢纽工程、那比水电站工程建设及运行管理表示衷心感谢。他简要介绍了右江水利公司发展情况、那比水电站工程概况及水库确权工作进展，详细汇报了在那比库区开展生态养殖的总体思路与设想，重点阐述了那比抽水蓄能项目的规划背景、前期工作开展情况及产生效益。

王伟指出，“十四五”时期是加快推进社会经济高质量发展的关键时期，右江水利公司作为水利部直属国有企业，将坚定不移走绿色生态发展道路，践行国

会谈。

企担当，助力地方经济，造福老区人民。希望田林县委县政府能一如既往地支持右江水利公司工作，加快推进那比抽水蓄能电站建设、那比库区生态养殖等项目落地实施，为助力乡村全面振兴、实现“碳达峰、碳中和”目标提供强有力支撑。

黄慧对右江水利公司一行人员的到来表示热烈欢迎。他高度赞扬右江水利公司这些年来取得的优异成绩，充分肯定了百色水利枢纽工程和那比水电站工程发挥的综合效益，表示将在绿色能源高效利用、生态渔业发展、库区保护管理、资源共享利用等方面加大与右江水利公司沟通合作力度，探索推进“政府 + 企业”发展模式，帮助企业在田林县绿色生态产业发展中找到切入点，寻求新的经济增长点，通过业务精准合作，共同实现互惠互利，携手开启政企务实合作新篇章，共同构建高质量发展新格局。

会上，双方还就签订那比抽水蓄能项目战略合作框架协议达成意见。

田林县发改局、招商局、水利局主要负责人，右江水利公司发展经营部、库区管理中心、办公室、清源电力公司负责同志及有关人员参加座谈。

## 右江水利公司党委书记、董事长肖卫国深入定点帮扶村开展乡村振兴帮扶工作调研

10 月 7 日，右江水利公司党委书记、董事长肖卫国深入公司定点帮扶村——百色市右江区龙景街道六居村开展乡村振兴帮扶工作调研，看望结对帮扶户、公司派驻六居村第一书记和村两委（村党支部委员会、村民委员会）干部。肖卫国认真听取驻村第一书记关于六居村乡村振兴工作开展情况汇报，与驻村第一书记、村两委干部共同商讨推进六居村乡村振兴的实施路径和发展方向，深入六居村党群服务中心办公楼现场察看建设推进情况，看望结对帮扶户并送上慰问品。

肖卫国强调，脱贫摘帽不是终点，而是新生活、新奋斗的起点，要扎实履行建强基层党组织的职责，把办公楼建设作为当前一项重要工作来抓，迎难而上，克难攻坚，尽快建好办公楼，提高为民服务质量，切实为群众办实事、办好事，不断提升人民群众的获得感和幸福感。肖卫国表示，右江水利公司党委将继续贯彻落实上级党委关于巩固脱贫攻坚成果同乡村振兴有效衔接工作有关要求，发挥行业自身优势，一如既往地支持六居村各项工作，继续帮助六居村巩固脱贫攻坚成果，助力乡村振兴。

# 右江水利公司组织开展2022年生产安全事故综合应急预案演练

为贯彻落实《水利安全生产风险管控“六项机制”实施意见》要求，做好公司生产安全事故应急预案宣传教育和演练，切实提升应急处突能力，9月28日，右江水利公司组织开展生产安全事故综合应急预案演练，公司党委委员、副总经理马建新担任演练总指挥。

应急演练以实战演练和桌面演练相结合的方式进行。第一部分实战演练模拟右江水力发电厂高压电缆廊道起火，电厂启动《高压电缆廊道火灾事故处置方案》和坝区消防应急机制进行紧急抢险处置，公司应急救援领导小组办公室接到电厂报告后，立即核实事故情况，判断事故级别达到三级应急响应启动条件。第二部分桌面演练模拟按《公司生产安全事故综合应急预案》启动三级应急响应，应急救援指挥部和各专业小组迅速组建，按职责分工快速有序开展信息报告、响应启动、应急处置等工作。在各演练现场，参演人员全情投入、态度认真、配合紧密、井然有序、行动迅速。

实战演练：坝区消防应急队到达高压电缆廊道附近。

马建新指出，本次演练准备得当、组织有序、指挥有方，有效检验了应急预案的合理性和可操作性，公司应急救援队伍得到锻炼、应急反应能力得到加强、应急处置水平得到提升，演练达到了预期效果。

马建新强调，百色水利枢纽作为流域防洪控制性工程以及广西电网唯一直接调度的龙头水库，对安全保障能力要求极高，提升突发事件处置能力是确保百色水利枢纽安全稳定运行的关键环节。一是要提升应急能力，时刻保持备战状态，优化应急指挥，简化工作流程，推动各环节实战化、扁平化、高效化，全面提升反应速度和协调水平；二是要强化应急准备，加强应急宣传教育，完善应急物资准备，公司应急救援领导小组及各专业小组成员要进一步学习预案、熟悉预案、掌握预案；三是要加强应急演练，增加演练频次，演练要更加贴近实战，背景要更真实、场景要更多样，在实战中补齐短板、锤炼队伍，不断提升组织调度、应急处突能力。

下一步，安全监督部和右江水力发电厂将认真总结经验，加快整改演练中暴露出的问题和不足，进一步完善应急救援体系和应急预案，守住安全底线，确保百色水利枢纽安全稳定运行。

右江水利公司工会、办公室（董事办）、纪检监察审计部、财务资产部、安全监督部、技术管理部（总工办）、右江水力发电厂、综合服务中心等部门负责人及相关人员参加演练。

## 传承红色家史　展现右江“家风”

近日，由珠江委举办的“弘扬红色家风　传承红色基因”诵读活动评选结果正式揭晓，右江水利公司参赛作品《诵百色红色家史　展右江明珠风采》微视频荣获二等奖。

视频结合百色革命老区发展历史，通过“右江水利公司”这个“大家庭”的视角，以百色水利枢纽开工建设到连续安全运行6000天为时间脉络，讲述了右江水利公司职工继承革命先烈的坚强意志，勇担时代使命，传承红色家史家风，为百色水利枢纽建设与运行管理奉献热血与青春的背后故事。

“红色传承、敢于担当、坚韧不拔、守正创新”的企业精神，是对党的绝对忠诚和对事业的无私坚守，更是对革命精神与优良传统的弘扬和传承。公司全体职工将不负时代、不负韶华，不负历史赋予的光荣使命，不负党和人民的殷切期望，继续为把珠江建设成为造福人民的“幸福河”作出贡献，为实现中华民族伟大复兴的“中国梦”不懈奋斗。

# “数”说公司这十年

党的十八大以来，右江水利公司以习近平新时代中国特色社会主义思想为指导，贯彻落实水利部党组、广西壮族自治区党委、珠江委党组决策部署，守正创新、勇毅前行，以出色业绩和亮点数据谱写了公司高质量发展新篇章。

## 一、防洪保安履行社会责任

十年来，百色水利枢纽充分发挥拦蓄、错峰、削峰作用，成功防御8次强降雨带来的流域洪水，安全度汛保证率达100%。2014年，在防御超强台风“威马逊”（新中国成立后广西最强台风，15级）“海鸥”影响的洪水过程中，分别拦蓄洪水4.94亿立方米、5.34亿立方米，削峰率76%、78%；2015年“8・29”洪水，拦蓄洪水7.41亿立方米，削峰率86%；2022年5月，配合珠江流域成功应对西江4次编号洪水，拦蓄洪水3.45亿立方米。年均防洪效益达4.58亿元，有效保障了工程安全和下游人民群众生命财产安全，切实履行了国有企业社会责任。

## 二、绿色电能支撑区域发展

十年来，右江水利公司下属4个水电厂累计输送204.21亿千瓦・时清洁电能。其中，右江水力发电厂166.80亿千瓦・时、那比水电站23.24亿千瓦・时、块泽河水电站12.32亿千瓦・时、不管河四级水电站1.85亿千瓦・时。总体相当于节约标准煤约800万吨，减少二氧化碳排放约2000万吨，为国家“碳达峰、碳中和”总体目标作出积极贡献。

## 三、生态健康维护绿水青山

十年来，右江水利公司积极践行“绿水青山就是金山银山”发展理念，围绕管好“盛水的盆”和“盆中的水”，加强库区管理、水质监测，配合库区河长巡河执法、地方政府清“四乱”工作，确保库区水生态、水环境安全，维护河流健康生命，百色水库库区水生态水环境持续向好，水质常年优于国家地表水Ⅲ类标准。至2021年底，完成百色水利枢纽工程管理与保护范围划定，工程管理范围面积142.91平方千米，岸线长1087.3千米，现已取得坝区234.8公顷和库区3319.27公顷用地不动产权证书，为公司高质量发展夯实基础。

## 四、保值增值践行国企担当

十年来，右江水利公司作为水利部直属企业，坚定不移履行国有企业政治责任和社会责任。积极响应党中央脱贫攻坚及乡村振兴号召，先后派出 4 名业务骨干担任驻村第一书记，助力地方经济社会发展。全力实现国有资产增值保值，公司资产负债率由 61.9% 下降至 55.35%，累计缴纳各项税费达 8.5 亿元。累计通过发电和集中放水向下游补水约 800 亿立方米，为西部陆海新通道骨干工程平陆运河、桂西北治旱百色水库灌区工程提供水源支持，为粤港澳大湾区、珠江—西江经济带、北部湾经济区、泛珠三角区域合作等国家区域战略实施提供有力水安全支撑。

## 五、管控治理提升抗风险能力

十年来，右江水利公司不断加强管理制度建设和监督执行，强化内外管控治理。共偿还贷款本息 24.31 亿元，多次优化债务结构，2021 年取得“固化短期贷款，延长长贷年限，降低融资利率”的显著成效。加强内外管理协调，有效提升公司抗经营风险能力，于 2022 年 1 月取得上网电价上调 15.6% 的突破性进展，为公司高质量发展和工程可持续良性运行提供强力支撑。

## 六、强化管理守牢安全底线

十年来，右江水利公司形成了较为完备的安全生产责任体系、技术标准体系、运行管理体系和管理制度体系，右江水力发电厂主设备完好率、主设备消缺率、自动开停机成功率、自动装置及继电保护投入和动作正确率均长期保持 100%，连续保持无重大人为或设备事故记录。截至 2022 年 9 月 23 日，百色水利枢纽工程连续安全运行突破 6000 天，公司安全生产形势总体平稳向好。

## 七、畅通渠道优化人才结构

十年来，右江水利公司坚持党管人才原则，坚持正确的用人导向，建立多项人事管理制度，畅通技术晋升通道，加大年轻干部培养和挂职、委派、轮岗力度，不断补充新生力量，初步构建金字塔形人才干部梯队。公司业务协管级（副科级）以上干部比例由 31.01% 提升至 37.13%，中高级职称职工比例由 44.94% 提升至 52.10%，本科以上学历职工比例由 57.59% 提升至 77.84%。

## 八、追求卓越连获数项嘉奖

十年来，右江水利公司秉承着精益求精、追求卓越的精神，持续运行管理好百色水利枢纽工程，先后荣获我国土木工程界面向工程项目最高荣誉奖——第十八届中国土木工程詹天佑奖（2021），中国水利工程优质（大禹）奖（2017—2018），中国大坝工程学会科技进步一等奖（2020），水利安全生产标准化一级单位（2016），国家级水利工程管理单位（2019），水利档案工作规范化管理二级单位（2017），水利行业节水型单位（2021），珠江水利委员会科学技术二等奖（2012），南方电网公司“南方电网发电先进集体”（2022）、“金牌机组”（2020）等十余项荣誉、奖项、称号。

## 九、创新谋发展构建新格局

十年来，右江水利公司创新推动“政府+企业”“企业+企业”“高校+企业”合作发展模式，构建新阶段右江水利高质量发展的新格局。

**“政府+企业”**。对标对表流域治理管理“四个统一”要求，在水资源配置、数字孪生及智慧水利建设方面加强与珠江委合作；强化百色水利枢纽库区管理，对接云南省文山州政府，助力文山经济发展和水利基础设施项目建设；锚定安全生产目标，与云南省水利厅、曲靖市人民政府达成国家水网建设、水资源开发利用、企业安全发展、售电方式转变、资源共享利用等方面合作意向；协调广西壮族自治区发改委、广西电网公司推进电价改革、防洪保安及保供电工作；聚焦百色水利枢纽坝区开发和新能源开发项目，携手百色市人民政府、田林县人民政府共谋绿色生态发展。

**“企业+企业”**。与中国能源建设集团广西电力设计研究院有限公司开展区域水土资源勘察研究，统筹谋划百色水库风光水储一体化能源基地建设及抽水蓄能项目开发；与南水北调东线江苏水源有限责任公司开展水利基础设施实施、重大水利工程、水利水电技术服务、生态修复、生态养殖、旅游开发等方面合作；与中国安能集团第一工程局有限公司开展水资源开发、工程建设、应急救援、科技创新等方面合作。与中国水电建设集团新能源开发有限责任公司开展百色水库水面光伏、风力发电等新能源方面合作。

**“高校+企业”**。与华北水利水电大学、河海大学、广西水利电力职业技术学院建立人才培养与实习基地建设、科学研究和平台合作、学术交流及成果推广应用等方面战略合作关系；联合河海大学编制标准化书籍、水电厂培训教材。

新征程上，右江水利公司继续坚持以习近平新时代中国特色社会主义思想为指导，完整、准确、全面贯彻新发展理念，深入贯彻落实“节水优先、空间均衡、系统治理、两手发力”治水思路，全面落实新阶段水利高质量发展六条实施路径目标要求，心怀“国之大者”，锚定“工程不出问题，效益正常发挥”的目标，统筹发展与安全，努力把百色水利枢纽工程打造成为安全可靠、绿色智能、调度科学、蓄泄有序的流域重要防洪工程和国家水网关键“结”点，推进公司做强、做优、做精，实现高质量发展，为把珠江建设成为造福人民的“幸福河”作出新贡献，为新时代推进西部大开发形成新格局提供强力支撑，为实现中华民族伟大复兴的中国梦奋勇前进！

# 右江水利公司党委组织集中收看党的二十大开幕会

2022 年 10 月 16 日上午 10 时，举国关注、举世瞩目的中国共产党第二十次全国代表大会在北京人民大会堂隆重开幕。右江水利公司党委组织公司广大党员干部职工集中收看党的二十大开幕会直播。公司领导肖卫国、袁文传、汤进为、王伟，公司中层以上干部、各支部委员在南宁会场收看。

习近平总书记的报告振奋人心、催人奋进，对鼓舞和动员全党全军全国各族人民坚持和发展中国特色社会主义、全面建设社会主义现代化国家、全面推进中华民族伟大复兴具有重大意义。

公司各会场的同志们全程认真聆听，认真做笔记。大家纷纷表示，聆听了大会报告，心情澎湃、深受鼓舞，要深入学习领会党的二十大精神，把思想和行动统一到党的二十大精神上来，把力量凝聚到实现党的二十大提出的具体任务中去。要以更加饱满的热情和更加昂扬的姿态，踔厉奋发、笃行不怠，持续推进公司高质量发展，为全面建设社会主义现代化国家、全面推进中华民族伟大复兴贡献水利力量。

百色、各子公司分别设置了分会场组织收看。

**右江水利公司人力资源部，闭洁：**在新时代征程中，紧跟党的脚步，沿着大会确立的目标和方向，以赤诚之心，踔厉奋发，跬步以进，笃行不怠，奋力书写推动高质量发展新答卷。

**右江水利公司党群部，黄燕晓：**乘百舸争流之势，续中华民族之魂。我们生逢盛世，当不负盛世；生逢其时，当奋斗其时。踏上新征程，我们将以青春之姿，铸时代之梦，坚定不移跟党走，踔厉奋发向未来，践行时代担当使命，为公司的高质量发展贡献自己的青春力量！

**清源电力公司，吕盟：**党的二十大，振奋人心，催人奋进。我们将继续不忘初心、牢记使命，埋头苦干，勇毅前行。

**清源电力公司，黄维胜：**回望过往奋斗路，眺望前方奋进路，满怀信心迎盛会。撸起袖子加油干，不畏惧任何风险，不困惑任何干扰，争做新时代的奋斗者，用青春和汗水助力公司高质量发展。

**江河资产公司，陆蕾伊：**党的二十大，居安思危、未雨绸缪、砥砺奋进、壮阔前行！我们将坚持不懈从习近平总书记的重要思想、重要论述、重要指示中找思路、找启迪、找答案，学思践悟、知行合一，做习近平新时代中国特色社会主义思想的坚定信仰者。

**块泽河公司，吴晓华：**作为一名水利基层工作人员，我将以贯彻此次大会会议精神为契机，以习近平新时代中国特色社会主义思想为指导，弘扬伟大建党精神，增强斗争本领，练好内功，围绕公司中心工作，统筹发展和安全，聚焦主责主业，为确保块泽河水电站工程安全生产运行贡献积极力量。

**季连公司，李喆：**当开幕式的国歌响起，似乎身临其境，在缅怀先烈时，无限感伤，总书记第一声说出时，无限激动，充满了力量！

作为一名普通党员，我庆幸生长在这个伟大的时代，我将充分发挥共产党员模范带头作用，脚踏实地、求实创新、砥砺前行，不负党的培养，不负时代，为右江水利公司安全稳定高质量发展，为全面建设社会主义现代化作出努力！

# 右江水利公司青年理论学习小组<br>百色二组集中学习研讨党的二十大报告

为引导广大青年深入学习党的二十大精神，深化对党的二十大精神的理解和思考，切实把思想、认识和行动统一到党的二十大精神上来，根据右江水利公司党委部署，10月20日，右江水利公司青年理论学习小组百色二组以“学习二十大、奋进新征程、建功新时代”为主题，组织专题学习研讨党的二十大报告。公司党委副书记、总经理袁文传，党委委员、副总经理、青年理论学习小组百色二组导师王伟出席活动并讲话。

组员们纷纷表示，党的二十大报告内容丰富、主题鲜明、气势磅礴、催人奋进，是一篇闪耀着马克思主义真理光芒的纲领性文献，是我们党团结带领全国各族人民在新时代新征程坚持和发展中国特色社会主义的政治宣言和行动纲领。报告全面回顾了过去五年工作和新时代十年伟大变革，总结了马克思主义中国化时代化取得的重大理论创新成果，提出了新时代新征程中国共产党人的使命任务，发出了全面建成社会主义现代化强国、实现第二个百年奋斗目标、全面推进中华民族伟大复兴的动员令。

王伟要求，要把学习好、贯彻好党的二十大会议精神作为首要政治任务，切实把思想和行动统一到报告精神上来，坚决同以习近平同志为核心的党中央保持高度一致。要始终牢记百色水利枢纽工程初心使命，紧密结合公司坝区建设、抽水蓄能、广西库区办证等下一阶段核心任务，认真履职担当，踔厉奋发、勇毅前行，不断提高政治判断力、政治领悟力、政治执行力，坚决扛起新使命、奋力谱写新篇章，为把百色水利枢纽工程打造成为安全可靠、绿色智能、调度科学、蓄泄有序的流域重要防洪工程和国家水网关键“结”点贡献青春力量。

袁文传强调，广大青年干部要深入学习贯彻党的二十大精神，坚持以习近平新时代中国特色社会主义思想为指导，相互借鉴、相互促进，共同提高学习质量。要干字当头、担当进取，认真学习公司“十四五”发展规划和坝区规划等，深入实地考察调研，结合本部门和各自岗位职责，为公司高质量发展贡献青春力量。要珍惜新时代的伟大机遇，珍惜施展才干的舞台，珍惜实现梦想的前景，严格要求，坚如磐石，善作善成，依法行政，系统治理，埋头苦干、奋勇前进，传承优良传统，发扬斗争精神，在敢于斗争、善于斗争中赢得主动、赢得优势、赢得未来，争做有理想、敢担当、能吃苦、肯奋斗的新时代好青年，为全面建设社会主义现代化国家、全面推进中华民族伟大复兴而团结奋斗。

会议还集中观看了中国共产党国际形象网宣片《CPC》，右江水利公司《“数”说公司这十年》《有责任有担当，青春才会闪光》等微视频。

右江水利公司青年理论学习小组百色二组全体成员参加研讨学习活动。

## 坚定不移听党话、跟党走
## ——右江水利公司广大青年职工认真学习党的二十大精神

10月16日，中国共产党第二十次全国代表大会在北京隆重开幕，习近平同志代表第十九届中央委员会向大会作报告。16日上午，右江水利公司广大青年纷纷通过电视、网络等方式收看党的二十大开幕会盛况，聆听习近平总书记所作的报告，大家倍感振奋，备受鼓舞，反响热烈。

10月19日至21日，右江水利公司三个青年理论学习小组在公司党委的组织和指导下，分别召开会议专题学习党的二十大精神。大家纷纷表示，将牢记习总书记嘱托，坚定理想信念，听党话、跟党走，怀抱梦想，脚踏实地，立足岗位职责，苦练内功，增强斗争本领，敢想敢为，善作善成，为把百色水利枢纽工程打造成为安全可靠、绿色智能、调度科学、蓄泄有序的流域重要防洪工程和国家水网关键“结”点，推进公司做强、做优、做精，推动珠江建设成为造福人民的“幸福河”，推动西部大开发形成新格局贡献青春力量。

## 党的二十大会议精神学习心得体会

**韦仁能（右江水力发电厂检修部副部长）：**通过学习，我更加坚定了理想信念，我觉得年轻人要时刻保持青春“不褪色”，责任“不退休”，服务“不打折”，以“只争朝夕”的姿态继续奋斗，谱写出无愧于时代、无愧于青春、无愧于党和人民的壮丽华章。

**周少良（枢纽管理中心水工室副主任，团总支书记）：**习近平总书记在党的二十大会议上的报告，极大鼓舞了基层一线青年斗志，坚定了我们坚持奋战的勇气和决心。作为新时代的水利青年，我们将紧跟时代进程，以信念书写忠诚，以实干撰写青春，心怀“国之大者”，牢记使命，勤奋耕耘，以昂扬的斗志和实干的精神与时代同向同行，在新阶段水利高质量发展中奋发作为，在每个平凡而又不凡的岗位上践行“请党放心，强国有我”的庄严承诺，为全面建成社会主义现代化国家贡献青春力量。

**黄燕晓（党群部职工）：**我们生逢盛世，当不负盛世；生逢其时，当奋斗其时。踏上新征程，我们将以青春之姿，铸时代之梦，坚定不移跟党走，踔厉奋发向未来，践行时代担当使命，为公司的高质量发展贡献自己的青春和力量！

**张纲亮（枢纽管理中心职工，驻村第一书记）：**听了党的二十大报告后，我将以党的二十大精神为指引，真抓实干，巩固拓展脱贫攻坚成果，谱写乡村振兴新篇章，脚踏实地做好乡村振兴驻村帮扶工作，用心用情，多为群众办好事、办实事，真正将党的好政策送到群众家里，让群众的生活富起来、日子火起来。

**张超（右江水力发电厂职工，团总支委员、百色团支部书记）：**我们这一代人，生逢盛世，重任在身。作为右江水力发电厂检修部的一员，我深知自己肩上的责任，将牢记总书记嘱托，敢担当、肯吃苦，不逃避躲闪，不拈轻怕重，在尽职尽责中锻造担当作为青年的血性和胆气。

**覃就（发展经营部职工，团总支委员）：**党的二十大进一步指明了党和国家事业的前进方向，是中国共产党团结带领全国各族人民在新时代新征程坚持和发展中国特色社会主义的政治宣言和行动纲领。作为右江水利公司青年职工，要深入学习领悟习近平总书记重要讲话精神，立足本职工作，按照公司党委部署安排，脚踏实地，积极进取，为公司高质量发展贡献力量，不断推进公司“做强、做优、做精”。

**文虹月（纪检监察审计部职工，清源电力公司财务部负责人，团总支委员）：** 党的二十大报告中，习近平总书记总结了新时代的十年伟大变革，我深深感受到我的青春与祖国同行。在全面建设社会主义现代化国家的新征程上，我们要以党的二十大精神为指引，怀抱梦想又脚踏实地，敢想敢为又善作善成，努力成长为堪当民族复兴重任的新时代青年。

**陆蕾伊（财务资产部职工，江河资产公司财务部负责人，团总支委员）：** 生而逢盛世，青年当有为，一个国家的进步，印刻着青年的足迹；一个国家的未来，寄望于青春的力量，党的二十大为青年的发展指明了方向，在新征程上，我们要坚定理想信念，永葆“赶考”的清醒和坚定，努力提高自身本领，让青春之花绽放在平凡的工作岗位上，在实现中华民族伟大复兴的接力跑中，跑出新时代青年的精彩。

**冯东昊（技术管理部职工，南宁团支部书记）：** 通过学习党的二十大报告内容，我深刻领悟到青年一代在以中国式现代化全面推进中华民族伟大复兴新征程上的历史责任，结合在共青团的本职工作，我们要团结广大青年高举团旗跟党走，在思想和行动上紧跟党中央步伐，围绕中心、服务大局，立足岗位、奋勇争先，努力成长为堪当民族复兴重任的时代新人。

**覃悦（办公室职工，南宁团支部委员）：** 通过学习，我更加体会到做一名对国家有用的青年人的重要性。对我来说，就是不断学习、不断提高自己的业务能力，服务好部门，服务好公司，在本职岗位上锐意进取、苦干实干，把每一项平凡的工作做好，把每一项小事做好，为公司的高质量发展贡献出自己的微薄力量。

**翟艳军（枢纽管理中心职工，百色团支部委员）：** 青春心向党，奋斗正当时。我将把学习贯彻党的二十大精神作为当前和今后一个时期的重要任务，牢记初心使命，苦练自身本领，以永不懈怠、一往无前的奋斗姿态助力公司高质量发展，以时不我待、只争朝夕的拼搏精神书写属于自己的青春未来。

**罗丹（库区管理中心职工）：** 习近平总书记在党的二十大报告中对“中国式现代化”作了深刻阐释，字字珠玑、催人奋进。我将认真学习、深刻领会报告的丰富内涵和思想精髓，更加自觉地把思想和行动统一到党的二十大精神上来，将具体行动落实到工作的全过程。加强政治锤炼，发扬斗争精神，以青春之我，扎根新时代水利事业，为推动公司高质量发展作出新的更大贡献。

**李宏捷（枢纽管理中心职工）：** 党的二十大报告提到“当代中国青年生逢其

时，施展才干的舞台无比广阔，实现梦想的前景无比光明”令我倍感振奋。心中有信仰，脚下有力量，我将以党的二十大的精神来鞭策自己，立志做有理想、敢担当、能吃苦、肯奋斗的新时代好青年，在平凡的岗位上，尽心尽力做好本职工作，让青春在全面建设社会主义现代化国家的火热实践中绽放绚丽之花。

**黎景宇（右江水力发电厂检修部机械班班长）：**党的二十大报告催人奋进。我将认真学习党的二十大精神，进一步增强党性修养，把思想和行动统一到党的二十大报告精神上来，学以致用，立足本职岗位，把青春力量燃烧在基层生产一线，用党的二十大精神指导日常工作，用奋斗和汗水书写新时代青年的新底色，以党的二十大精神为引领，为推进右江水利公司高质量发展贡献力量，为水利事业的现代化发展添砖加瓦。

**刘尚霖（右江水力发电厂检修部自动化专责）：**青春孕育无限希望，青年创造美好明天。我将听从党和人民召唤，胸怀“国之大者”，担当使命任务，在新时代新天地中施展抱负、建功立业，争当伟大理想的追梦人，争做伟大事业的生力军，让青春在祖国和人民最需要的地方绽放绚丽之花。

# 抢抓建设新型能源体系机遇<br>共同谋划抽水蓄能电站开发

## ——右江水利公司与百色市人民政府<br>签订战略合作框架协议

10月21日，右江水利公司与百色市人民政府在百色签订战略合作框架协议，双方就推进百色右江抽水蓄能电站开发达成共识。百色市人民政府市长葛国科，右江水利公司党委书记、董事长肖卫国出席签约仪式并讲话。百色市委常委、市人民政府副市长孙睿君，市人民政府秘书长蒋竞辉，右江水利公司党委副书记、总经理袁文传，党委委员、副总经理马建新、王伟出席签约仪式。

葛国科对右江水利公司长期以来为百色市经济社会发展作出的积极贡献表示肯定。他指出，百色市政府高度重视与右江水利公司的战略合作，将积极支持百色右江抽水蓄能电站开发建设各项工作。希望双方以此次协议签订为开端，尽快成立工作专班，落实专人负责，加快推进项目前期工作，积极争取政策支持，高标准高质量推动项目规划建设，不断探索创新合作模式，携手共谋双赢，推动企业和地方经济社会高质量发展。肖卫国对百色市委市政府长期以来关心、支持和

帮助右江水利公司表示诚挚感谢。他指出，右江水利公司坚决按照习近平总书记提出的“国有企业是稳定经济压舱石”“要理直气壮地做强做优做大”“实现国有资产保值增值”要求，充分发挥在水电工程开发建设领域积累的人才、技术、经营、管理、资金等优势，聚焦主责主业，在全力确保百色水利枢纽安全稳定高效运行基础上，顺应国家产业政策，抢抓能源结构绿色低碳转型和抽水蓄能规模化发展难得机遇，优化调整产业结构，筹备开发百色右江抽水蓄能电站。他表示，此次战略合作将搭建起政企互惠共赢的坚实桥梁，右江水利公司将深入贯彻“三新一高”发展要求，全力推进百色右江抽水蓄能电站项目落地落实、开工建设，进一步促进公司高质量发展，为区域经济社会发展及“降碳、减污、扩绿、增长”“推进能源革命、建设新型能源体系”作出新的更大的贡献。

百色市右江区人民政府，百色市发展改革委等单位，右江水利公司相关部门负责人参加签约仪式。

## 百色市市长葛国科到右江水利公司调研

10月21日，广西壮族自治区百色市人民政府市长葛国科一行到右江水利公司调研。其间，与右江水利公司党委书记、董事长肖卫国会面并座谈。百色市委常委、市人民政府副市长孙睿君，市人民政府秘书长蒋竞辉随同调研。右江水利公司党委副书记、总经理袁文传，党委委员、副总经理马建新、王伟参加座谈。

肖卫国对百色市委市政府长期以来关心、支持和帮助右江水利公司表示诚挚感谢，并简要介绍了公司发展情况、百色水利枢纽功能特别是防洪功能发挥情况，详细汇报了公司立足百色、谋划发展的总体思路与设想，重点阐述了百色水利枢纽抽水蓄能项目及现场管理区项目情况。他指出，右江水利公司作为水利部直属国有企业，将坚定履行社会责任，立足百色、深耕百色、服务百色，坚定走绿色发展道路，聚焦主责主业，助力地方经济社会发展。一是持续提升工程运行管理水平，确保工程不出问题、效益正常发挥，为百色市高质量发展作出新的更大的贡献。二是紧抓国家能源结构绿色低碳转型和抽水蓄能规模化发展的难得机遇，充分发挥公司在水电工程开发建设领域积累的人才、技术、经营、管理、资金等优势，加强项目分析论证，进一步深化规划成果，全力推进项目落地落实、开工建设。三是持续发挥百色水利枢纽调蓄功能，支持西部陆海新通道骨干工程平陆运河及广西北部湾水资源配置工程等国家重大战略，为构建现代化广西水网、提升百色地区水资源保障水平贡献力量。四是坚持民生需求至上，继续支持桂西北治旱百色水库灌区工程、百色水利枢纽通航设施工程建设，持续保障百色市城区用水，助力发展右江河谷高效特色农业、实施乡村振兴战略、打通西南地区连接粤港澳大湾区出海通道。五是依托百色水利枢纽资产资源优势，科学谋划风光水储一体化清洁能源基地、综合型文旅项目、绿色生态渔业项目等产业发展，以实际行动助力服务建设壮美广西百色新篇章。

葛国科充分肯定了右江水利公司多年来为百色市经济社会发展作出的积极贡献。他表示，百色水利枢纽连续安全运行 16 年以来，充分发挥工程综合效益，做到保防洪安全、供电安全、供水安全，特别是 2022 年 5 月配合珠江流域成功应对西江 4 次编号洪水，切实履行了国有企业社会责任，保障了下游人民群众生命财产安全。他指出，在国家加快规划建设新型能源体系的发展趋势下，百色市政府高度重视并将积极支持百色水利枢纽抽水蓄能和现场管理区项目开展。他要求，一是深化规划成果，加强分析论证，科学确定项目规模，做到立项依据充分，方案合理可行，资源有效发挥。二是加大项目推进力度，加快前期工作步伐，抢占绿色产业发展先机。三是谋深谋细拓展政企合作领域，充分发挥百色水利枢纽资源优势，在能源、乡村振兴、文旅产业、航运等方面开展精准合作，共同构建多领域合作新格局。

百色市右江区人民政府、百色市发展改革委等单位，右江水利公司相关部门负责人参加座谈。

# 认真研究，细化措施，扎实推动整改清单制订

## ——右江水利公司党委召开第二次巡察整改工作专题会

2022 年 10 月 26 日至 27 日，右江水利公司党委召开第二次巡察整改工作专题会，专题研究制订巡察整改清单。公司党委书记、董事长肖卫国主持，公司党委领导班子成员参加会议。会议围绕珠江委党组第二巡察组巡察反馈意见，对巡察整改清单进行全面梳理。会议以责任部门为单位，采用一个部门一个部门过的方式，对巡察组提出的问题和建议，按照把整改融入日常工作、融入深化改革、融入全面从严治党、融入班子队伍建设"四个融入"的要求，对照问题清单，对各责任部门编写的整改措施逐条对照、逐一研究，明确整改要求、整改措施、整改时限，做到"责任清、方向明、措施实"，确保整改措施"可量化、可检查、可考核"。会议强调，制订巡察整改清单是做好巡察整改工作的前提和基础。要进一步强化政治担当和责任意识，严格按照巡察整改要求，制订好整改方案，扎实推动整改落实到位，切实做好巡察"后半篇文章"。公司各部门、各子公司负责人和巡察整改办公室成员分别在南宁、百色、云南等地视频参会。

# 右江水利公司荣获珠江委 2022 年"科研杯"职工篮球赛广西赛区冠军

2022 年 10 月 26 日至 28 日，在西江局举行珠江委 2022 年"科研杯"职工篮球赛广西赛区比赛。本次参赛队伍有西江局队、大藤峡公司队、右江水利公司队。参赛各队秉承"友谊第一，比赛第二"的原则，个个激情满怀、斗志昂扬。随着裁判一声哨响，整个球场立刻气氛紧张，一场场比赛激烈展开，球员们配合默契，技术熟练。三分球、挡拆、转移、突破、篮板、盖帽等出色球技和默契配合把比赛一次次推向高潮，赢得场边观众阵阵喝彩。经过三天的激烈比赛，参赛队员展现技术、打出风采、拼出精神，赛出了水平，增进了兄弟单位之间的交流和友谊。右江水利公司队获得了冠军。本次比赛不仅促进了公司文化的发展，弘扬了顽强拼搏、勇于战胜困难的奋进精神，更加激励公司职工团结协助、密切配合，以超强的凝聚力推动右江水利公司高质量发展。

# 天职：检修一线掠影

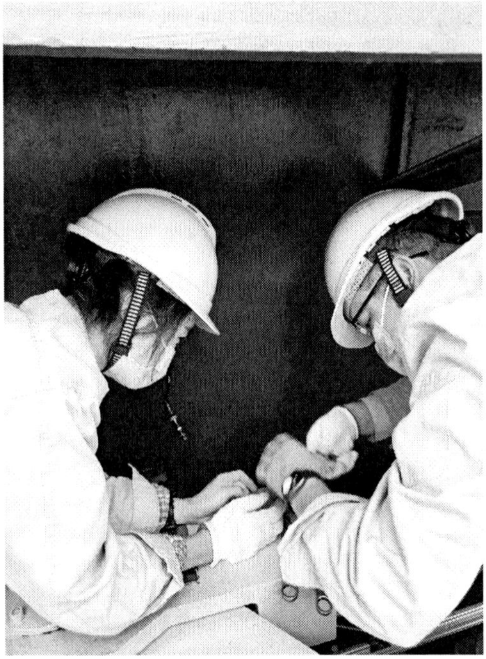

检修部李果佳、王一娟在 2# 机组水车室检查拆除剪断销。

2022 年 11 月 1 日，右江水力发电厂进行 2# 机组 C 级检修，这是继 4# 机组 C 级检修圆满完成后的又一台机组检修，此次检修计划于 2022 年 11 月 20 日完工后交付系统。本次检修为电厂计划性年度常规 C 级检修。检修主要内容是拆卸推力冷却器、空冷冷却器铜管对其检查，抽取上导瓦、推力瓦、下导瓦、水导瓦对其运行情况检查，拆卸供水减压阀上盖对其运行情况检查。

电厂 C 级检修是指根据设备的磨损、老化规律，有重点地对机组进行检查、评估、修理、清扫。C 级检修可进行少量零件的更换、设备的消缺、调整、预防性试验等作业及实施部分 A 级检修项目或定期滚动检修项目。

发电部陈晨、方贵年在 2# 机组母线洞内精心操作退出封闭母线避雷器。

检修部韦文认真观察双向门机落下检修闸门情况。

截至 2022 年 9 月底，右江水力发电厂 4 台机组安全运行 6000 天。电厂主设备完好率达 100%，辅助设备完好率达 95% 以上，机组多年平均等效可用系数达 93% 以上，连续保持无重大人为或设备事故、无违约和弃水电量、机组“零事故、零非停”记录，持续安全、稳定、高效运行。

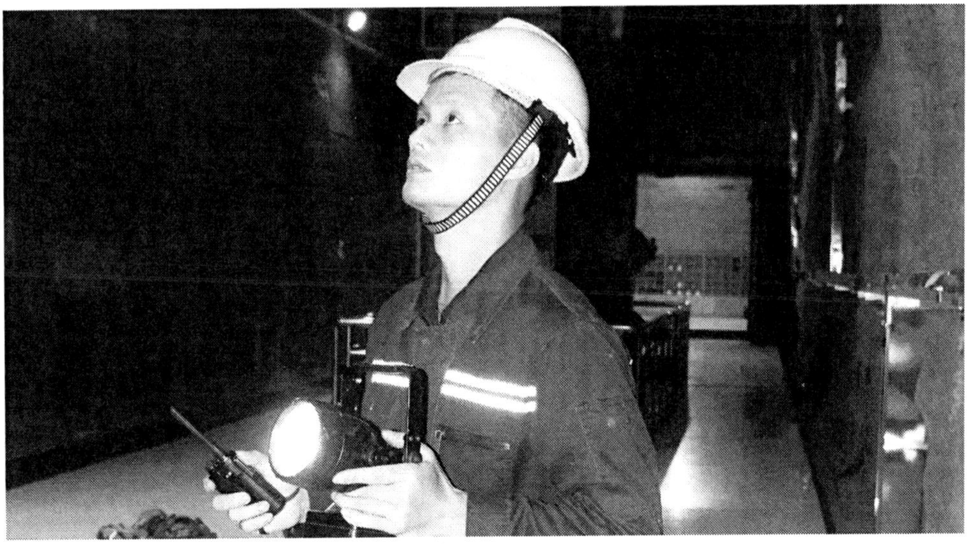

检修部唐池在认真观察尾水闸门落下情况。

检修部张超、唐绍国在 2# 机上导轴承取油样。

张兴华、林琪、韦文开展推力瓦验收，认真检查轴瓦运行情况。

检修部李果佳、王一娟在清扫紧固 2# 机组调速器 HPU 柜端子箱。

发电部梁安焕、李嘉麒、陈震卿在检查调速器油路。

检修部黎景宇在给调速器油路螺栓打标记。

检修部赖江静、刘尚霖正认真给振动传感器接线。

检修部唐池在水车室检查 2#机组水导油盆内部轴瓦。

检修部唐力正认真检测继电器。

**文图供** 欧阳新华 蒋业宁

# 右江水利公司举办学习贯彻党的二十大精神辅导讲座

11 月 15 日，右江水利公司举办学习贯彻党的二十大精神辅导讲座，邀请百色干部学院副院长、研究员刘玄启以《夺取新时代中国特色社会主义新胜利的政治宣言和行动纲领》为题作专题解读报告。公司党委成员和大藤峡公司党组成员参加学习。

讲座以党的二十大会议背景与盛况为导言，从现实起点、理论创新、使命任务、行动纲领、政治保障等五个方面，对党的二十大精神进行了全面深入的解读，系统阐述了党的二十大提出的新观点、新论断、新思想、新战略和新要求。大家一致认为，讲座内容生动、深入浅出，对党的二十大的重大意义、精神实质和丰富内涵有了更深的认识，对于学习贯彻党的二十大精神有很大帮助，深受启发和教育，受益匪浅。会议强调，学习宣传贯彻党的二十大精神是当前和今后一个时期公司的首要政治任务。广大党员干部职工要全面系统深入学习，坚持读原文、悟原理，原原本本学习党的二十大报告，同学习习近平总书记在大会期间的系列重要讲话和相关文件结合起来，联系实际学，完整、准确、全面领会党的二十大精神。要不断加强对党的二十大精神的理解和把握，更好地用党的二十大精神统一思想和行动，深化细化当前和今后一个时期的工作重点，把党的二十大精神转化为指导实践、推动工作的强大力量，确保在做实上见到实效，持续为流域和区域高质量发展提供可靠的水安全保障。讲座以“现场＋视频”的形式进行。右江水利公司和大藤峡公司中层以上干部、右江水利公司党员和入党积极分子在百色主会场参加学习，各子公司党员职工分别在五个分会场通过视频方式参加学习。

# 右江水利公司和大藤峡公司开展“学习贯彻党的二十大精神”联学共建活动

11 月 15 日，右江水利公司和大藤峡公司在百色市开展以“学习贯彻党的二十大精神”为主题的联学共建活动，推动学习贯彻党的二十大精神走深走实，双方在党建、业务等方面交流借鉴、联学共建，推动新阶段水利高质量发展。

右江水利公司党委和大藤峡公司党组加强统筹谋划，紧紧围绕学习贯彻党的二十大精神这一主线，采取听取一堂专题辅导讲座、进行一场交流座谈、开展一次沉浸式现场教学等“三个一”相结合的联动联学方式，同研共享、互相学习、共同提高，更好地用党的二十大精神统一思想和行动，把党的二十大精神转化为指导实践、推动工作的强大力量。

一堂专题辅导讲座——联学共建促研学。活动邀请了百色干部学院副院长刘玄启教授以《夺取新时代中国特色社会主义新胜利的政治宣言和行动纲领》为题作专题辅导，对党的二十大精神进行全面系统深入的解读。讲座内容生动、深入浅出、指导性强。参会党员干部纷纷表示，通过讲座专题辅导，对党的二十大的重大意义、精神实质和丰富内涵有了更深的认识，对于完整、准确、全面领会党的二十大精神有很大帮助，深受启发和教育，受益匪浅。

一场面对面的交流座谈——联学共建促沟通。活动期间，双方通过座谈交流，加深了相互了解，交流了工程建设和运行管理经验，双方就新阶段水利高质量发展方面如何加强合作、共谋发展进行了探讨。双方一致认为，百色水利枢纽工程和大藤峡水利枢纽工程作为国家水利战略重要布局工程，承担了流域防洪安全、国家水网重要节点、珠江流域水安全保障等社会责任，要坚持以人民为中心的发展思想，深入贯彻落实习近平总书记“节水优先、空间均衡、系统治理、两手发力”治水思路，以党的二十大精神为指引，踔厉奋发、勇毅前行、携手共进，全力建设好、管理好、运行好水利枢纽工程，为推进珠江水利高质量发展和流域经济社会发展作出新的更大贡献。

一次沉浸式现场教学——联学共建促活力。1929年12月，邓小平、张云逸等无产阶级革命家领导发动百色起义，创建了中国工农红军第七军和右江革命根据地，给我们留下了宝贵的红色资源。活动期间，参加联学活动的党员干部追寻百色起义的红色印记，到全国爱国主义教育基地——中国工农红军第七军军部旧址（粤东会馆）和百色起义纪念馆参观学习，以沉浸式现场教学方式，感悟“百折不挠、实事求是、依靠群众、团结奋斗”的百色起义精神，接受红色教育、感受红色力量、赓续红色基因、传承红色精神，进一步推动党史学习教育走深走实。

右江水利公司党委成员和大藤峡公司党组成员及双方相关部门负责人参加本次联学活动。

# 右江水利公司持续“深入学习研讨习近平总书记‘节水优先、空间均衡、系统治理、两手发力’治水思路”

11月16日，右江水利公司党委中心组召开2022年第十三次集中学习研讨会，以“深入学习研讨习近平总书记‘节水优先、空间均衡、系统治理、两手发力’治水思路”为主题，专题学习研讨《习近平论“三农”工作》《粤港澳大湾区水安全保障规划》《珠江—西江经济带发展规划》等。公司党委书记、董事长肖卫国主持会议。党委成员马建新、王伟作重点交流发言，党委成员袁文传、汤进为、梁锋参加学习。

会议指出，习近平总书记“节水优先、空间均衡、系统治理、两手发力”治水思路贯穿了创新、协调、绿色、开放、共享的新发展理念，集中体现了新发展理念在治水领域的精准要求，为推进新时代治水提供了科学指南和根本遵循。习近平同志关于“三农”工作的重要论述，是做好新时代“三农”工作、全面推进乡村振兴的行动纲领和根本遵循。

会议强调，要自觉把学习贯彻党的二十大精神与学习“三农”工作结合起来，与学习贯彻习近平总书记“节水优先、空间均衡、系统治理、两手发力”治水思路和关于治水重要讲话指示批示精神紧密结合起来，完整全面地理解和掌握，深入领会其精神实质、丰富内涵。要深刻认识做好“三农”工作的极端重要性和水利在“三农”工作中的特殊职责使命，坚定不移走中国特色社会主义乡村振兴道路，增强全面推进乡村振兴的责任感和紧迫感。要坚定以“节水优先、空间均衡、系统治理、两手发力”治水思路指引公司发展，做到学思用贯通、知信行统一，为推动流域经济社会高质量发展、把珠江建设成为造福人民的幸福江，为流域和区域“三农”工作提供更加坚实的水利支撑与保障。一要坚持节水优先，提高工程运管能力。统筹发展和安全，保障工程安全运行、防洪度汛安全，推进数字孪生与智慧水利工程建设，提升水库科学调度水平。二要坚持空间均衡，发挥工程综合效益。充分发挥百色水利枢纽作为国家水网关键结点的作用，为粤港澳大湾区、珠江—西江经济带、北部湾经济区、泛珠三角区域合作等国家区域战略实施提供有力水安全支撑。三要坚持系统治理，确保水生态环境持续向好。牢固树立

"绿水青山就是金山银山"理念，加强水生态保护力度，强化库区岸线管理和保护，做到守库有责、守库尽责。四要坚持两手发力，实现国有资产保值增值。统筹谋划，增强电力市场交易能力，盘活资产资源，严格控制成本，努力提升公司生产经营经济效益。

公司中层正职及以上领导，各子公司主要负责人参加学习。

# 内部报道

◎右江水利公司档案工作获通报嘉奖

◎右江水利公司举办水库水情智能测报与智慧调度一体化关键技术专题讲座

◎不管河四级站安全运行 3456 天　累计发电量 1695.93 万千瓦·时

◎邓勋发总工程师到百色水利枢纽库区开展安全生产检查

……

右江水利
官方微信公众号

# 右江水利公司档案工作获通报嘉奖

马梅勤

1月4日，广西壮族自治区档案局通报2021年度广西壮族自治区直属机关企事业单位、中直驻桂单位档案工作检查情况。右江水利公司档案工作被评为优秀等级。

一年来，右江水利公司认真学习贯彻落实习近平总书记关于档案工作重要批示精神，贯彻落实档案工作法律法规和制度规范，加强对档案工作的领导，及时解决档案工作遇到的困难和问题，建立健全档案工作各项制度，按时完成上年度文件材料归档任务，整理符合规范标准要求，档案信息化建设稳步推进，档案信息资源开发利用效果良好，档案管理水平稳步提升，成效显著。

据悉，本次检查涵盖全区直属机关企事业单位、中直驻桂单位共254家，设定评定等级分别为优秀、良好、合格、不合格。在右江水利公司党委的高度重视下，档案工作得到各部门大力支持和配合，经过档案工作人员的努力工作，公司档案工作得到了广西壮族自治区档案局的充分肯定。针对本次检查发现的问题和不足，右江水利公司将结合实际举一反三，对表对标《机关档案管理规定》《企业档案工作规范》，采取更有力措施，督促整改到位，总结经验，形成长效机制，巩固提升工作成效，推动公司档案工作迈上新台阶。

# 右江水利公司举办水库水情智能测报与智慧调度一体化关键技术专题讲座

杨　堃　冯铭瑶

1月11日，根据右江水利公司水利数字孪生专题工作会议精神，公司举办了水库水情智能测报与智慧调度一体化关键技术专题讲座。讲座由公司党委委员、总工程师邓勋发主持，武汉大学智慧水业研究所陈华副所长、周研来教授受邀进行授课。

周研来教授以百色水利枢纽为例，深入浅出地为大家介绍了基于视频图像智能识别的水情自动监测技术、基于多源数据与人工智能的洪水智能预报技术、基于智能测报产品的水库防洪智慧调度技术、智能测报与智慧调度一体化平台搭建与应用等先进技术及应用情况；陈华副所长给大家介绍了武汉大学 Aiflow 视频测流系统的功能与应用。随后，大家进行了热烈的讨论，武汉大学的专家们对大家提出的问题进行了详细的解答。通过此次讲座，加深了大家对水利科技前沿技术的了解，对数字孪生有了更深一步的认识。

邓勋发在总结中指出，水库水情智能测报与智慧调度一体化工作，是推进智慧水利、建设数字孪生流域的重要基础，对充分发挥百色水利枢纽工程综合利用效益有着重大意义。我们要以本次讲座为契机，加快智慧水利建设，提升工程运管能力，推动百色水利枢纽工程高质量发展。

右江水利公司技术管理部、枢纽管理中心全体员工及其他部门部分员工参加讲座。

# 不管河四级站安全运行 3456 天<br>累计发电量 1695.93 万千瓦·时

陈　艳

在 2021 年来水量较 2020 年偏少的情况下，不管河四级站实现发电量、发电收入双提升，均创三年新高。截至 2021 年 12 月 31 日，不管河四级站安全生产天数达 3456 天，累计发电量 1695.93 万千瓦·时。

不管河四级站位于偏僻的西舍路镇境内，距离楚雄市 182 千米，人员最少，水头最大，设备最落后。一年来，季连公司全体员工团结协作、艰苦奋斗、安全运营，年发电收入约 396 万元，较 2020 年提高 5.32%。

2021 年度，季连公司在右江水利公司党委的正确领导下，紧紧围绕《右江水利公司 2021 年度重点工作督办事项》相关要求，结合公司实际采取有力举措，扎实开展各项工作：一是以党建为引领、务实固本，扎实开展标准化支部建设，着力打造忠诚干净担当的干事创业队伍。二是发扬民主、强化沟通，形成既讲原则又互相补台的工作机制，实施岗位主责不动摇，淡化上下级分工和部门职责的方式，合理调整人员分工，相互补台，公司运转更加灵活、高效。三是持续加强安全生产管理，全面开展事故隐患排查治理和专项整治。四是扎实开展电力生产日常管理，高质量开展四级站年度机组检修工作，完成两台机组基座下沉、轴瓦碎裂、机组导叶漏水量过大等重大缺陷检修项目 7 项，常规性检修项目 113 项。五是主动研究提升设施设备可靠性，自主开展机组进水阀门、明渠放水水管、技术供水阀门、机组消防水管、生态流量监控系统等设备设施技术改造。六是加强对外沟通协调，创造良好的生产经营环境，加强与楚雄供电局调度沟通协调，未发生弃水电量；与三级站建立更加友好的合作关系，及时掌握来水，迅速优化调节机组出力；与上游三岔河水库加强联系，按照电站需要调节下泄流量。

季连公司负责人表示，2022年，将在右江水利公司党委的领导下，继续克服起点低、底子薄、人员少，电站设施设备状况，克服困难，立足现状补短板，扎实管理防风险，精心筹划求突破，以更加严格的管理、更加科学的方法、更加有力的措施，着力提高公司综合管理能力，努力实现各项事业高质量发展。

# 邓勋发总工程师到百色水利枢纽库区开展安全生产检查

罗　丹

1月6日，右江水利公司党委委员、总工程师邓勋发深入百色水利枢纽香屯、银屯等地，开展库区安全生产检查。安全监督部、人力资源部、库区管理中心等部门负责人陪同。

在香屯，邓勋发实地查看了库区水域岸线情况，详细了解库区岸线侵占事件整改落实情况，对加强库区水域岸线安全监管提出了明确要求，一是继续加强日常巡查，及时发现并上报库区“四乱”问题，力争将问题化解在萌芽状态；二是加强土地日常管理，加紧设立界桩、围栏等边界措施，有效遏制群众违法占地行为，切实维护公司利益。

在银屯百色水库灌区工程现场，邓勋发认真检查了围堰施工涉库安全情况，向建设单位负责人详细了解工程围堰抽水施工进度，要求围堰抽水必须按设计方案控制水位消落速度，确保副坝安全；同时再三叮嘱公司管理人员，要及时跟进库区内项目施工进展情况，积极督促建设单位编制落实围堰内生态鱼苗救助预案，在进水口及隧洞主体施工前，确保围堰基坑内的鱼苗能顺利转移至库区，尤其重视预防因抽水干库群众哄抢水库鱼引发安全事故，切实维护库区正常秩序，确保安全。

# 右江水利公司组织开展群众私占主坝区土地整治行动

赵　松

近日，接主坝安保人员报告，有群众在百色水利枢纽主坝区征地范围内（原辽宁局营地附近）开荒种植桉树，随即公司库区管理中心会同综合服务中心组派人员前往现场了解情况，经核实，群众无视现场界桩私自种植，该行为确已侵占公司用地约 7 亩。

为维护公司合法权益，公司立即派出工作人员与涉事责任人进行沟通协商，并在事态未扩大之前，组织开展私占土地整治行动，将近千株群众私自种植的桉树苗进行拔除，恢复了土地原状。

近年来，当地群众在百色水利枢纽坝区附近生产活动开发频繁，侵占蚕食公司土地现象时有发生。本次行动对违规侵占土地行为起到了良好的警示作用，为公司规范化管理工程管理范围的土地资源奠定了良好的基础。接下来，公司将加强日常巡逻，并组织开展用地界桩、围栏埋设工作，进一步提升百色水利枢纽工程管理范围内土地资源的管护水平。

# 马建新副总经理到综合服务中心检查安全生产工作

甘　雨

为确保春节期间的安全生产形势平稳可控，根据右江水利公司 2021 年度安全生产工作总结会暨 2022 年第一季度安全生产工作会部署安排，1 月 21 日，公司党委委员、副总经理、安全生产领导小组副组长马建新在南宁对综合服务中心开展“四不两直”安全检查，公司安全监督部和相关人员参加。

此次检查的重点是消防安全和用电用气安全，马建新先后到职工食堂、职工活动室、职工阅览室和电动车集中充电场所等处进行了深入检查，重点排查了厨房燃气设备和电器使用、消防设备设施、电动车集中充电装置等方面的安全隐患，并详细了解春节期间人员值班值守和后勤保障等情况。

本次检查不走过场、不留死角，坚持“边检查、边整改”的原则，对排查出的安全隐患立即制订整改措施，明确责任，落实到人，并要求春节前限期解决，确保公司度过一个欢乐、安全、祥和的节日。

# 右江水利公司召开 2021 年度安全生产工作总结会暨 2022 年第一季度安全生产工作会议

甘 雨

1 月 20 日，右江水利公司召开 2021 年度安全生产工作总结会暨 2022 年第一季度安全生产工作会议。公司党委书记、董事长、安全生产领导小组组长肖卫国出席会议并讲话。会议由党委委员、副总经理、安全生产领导小组副组长马建新主持，党委副书记、总经理、安全生产领导小组常务副组长袁文传，公司安全生产领导小组成员及相关人员参加会议。

会上，公司安全生产领导小组首先以视频会议方式参加了水利部安全生产领导小组全体会议暨直属单位安全生产视频会议，学习李克强总理关于安全生产的重要批示和刘鹤副总理在全国安全生产电视电话会议上的重要讲话，听取水利部安全生产领导小组办公室 2021 年水利安全生产工作情况和 2022 年工作打算，学习刘伟平副部长就贯彻落实中央领导同志批示指示和有关会议精神提出的要求。随后，会上学习了习近平总书记关于安全生产重要论述、水利工程运行管理生产安全重大事故隐患清单指南及堤防工程运行重大危险源清单，通报了公司 2021 年安全生产考核情况和安全生产经费使用情况，并对 2021 年安全生产工作进行总结，部署了 2022 年度及第一季度安全生产工作重点。

肖卫国对公司 2021 年安全生产工作给予了充分肯定，他指出，一年来广大干部职工特别是安全生产管理人员和基层一线员工迎难而上、积极作为、敢于担当，在安全监督检查、教育培训、标准化和信息化建设等方面卓有成效，推动公司安全生产态势持续平稳向好，保持了自投产发电以来连续十五年安全生产零事故的纪录。

肖卫国指出，公司的安全生产责任重大，重大危险源点多面广，仍存在设备设施老化日趋严重、安全意识还不够牢固、安全责任落实还不够到位等问题。我们必须要保持头脑清醒，充分认识新形势下做好安全生产工作的长期性、艰巨性、复杂性和极端重要性，克服麻痹思想、侥幸心理和松劲心态。

肖卫国强调，我们要牢固树立以人为本，坚持人民至上、生命至上的思想，认真贯彻落实党中央、国务院和水利部关于安全生产工作的决策部署，统筹好发展和安全，守好安全底线、夯实安全基础，为公司高质量发展保驾护航，以优异成绩迎接党的二十大胜利召开。一是要提高政治站位，坚持以习近平新时代中国特色社会主义思想为指导，牢固树立安全发展理念。二是要压紧压实责任、落实全员安全生产责任制，将责任分解到位、宣贯到位、落实到位。三是要强化双重预防机制、从源头上防范化解重大风险，切实做到纵深防御、关口前移、源头治理，牢固构筑防范生产安全事故的两道防火墙。四是要加强应急管理工作，从强化应急演练、加强值班值守和完善应急准备着手，全面提升应急处突能力。五是要加强安全监管信息化建设，结合数字孪生百色枢纽要求，推动互联网 + 安全监管建设。

## 右江水利公司召开 2022 年第一季度网络安全值班会议

冯铭瑶

1 月 24 日，右江水利公司召开第一季度网络安全值班会议。会议通报了公司网络安全值班的情况，并对南宁、百色办公值班人员进行了网络安全相关业务培训。右江水利公司党委委员、总工程师邓勋发主持会议并强调，要筑牢网络安全防线，为“幸福河”建设提供网络安全保障。

邓勋发指出，2022 年第一季度正值春节、冬奥会和全国“两会”期间，一定要认真落实水利部、珠江委关于网络安全工作部署，积极践行水利部网信发展总要求，树立底线思维，多措并举，推动公司网络安全工作取得新进展，层层压实网络安全责任，加强网络安全监督检查和信息通报，提升网络安全防护能力，加强宣传培训，增强网络安全意识。

邓勋发要求，要充分认识网络安全工作的重要性及 2022 年第一季度国家重大事件和重要节日的网络安全工作形势，解决网络安全突出风险，建立网络安全防护体系，推进关键信息基础设施和等级保护工作，消除低级隐患。

邓勋发强调，做好网络安全值班工作，一是要提高政治站位，强化底线思维。二是要提高思想认识，高度重视值班工作。三是要强化责任意识，严格值班纪律。

会议以视频形式召开，副总工程师黄承泉以及各部门的网络安全值班人员参加会议。

# 【综合服务中心我为群众办实事】系列报道之一：多举措提升食堂服务质量，切实做好餐饮保障

陆晓晴

**编者按：** 右江水利公司党委认真贯彻落实党中央、水利部、珠江委关于深入推进“我为群众办实事”实践活动的部署要求，以习近平新时代中国特色社会主义思想为指导，把学习党史同总结经验、观照现实、推动工作结合起来，推动公司“我为群众办实事”各项活动不断引向深入。综合服务中心紧紧围绕这一中心工作，聚焦部门提升后勤服务质量主责主业，持续开展以“提升群众满意度”为核心的系列活动，推动“我为群众办实事”实践活动出成果见实效，让广大人民群众共享改革发展成果。

综合服务中心以“我为群众办实事”为工作着力点，针对食堂餐饮服务这一广大员工广泛关注的焦点，于2021年12月17日向公司全体员工发放关于食堂用餐满意度的网络调查问卷，及时了解群众对食堂服务工作的实际诉求，收回有效问卷90份，共征集包括环境卫生、菜品菜式、服务态度等在内的意见建议109条。

综合服务中心坚持以问题为导向，组织相关人员对征集到的意见建议充分进行分析研判，系统梳理员工们关注度最高、反映最强烈的重点难点问题，并逐项予以改进完善。一是及时更换操作台玻璃门、消毒柜和碗碟餐具，要求服务员统一佩戴头套、口罩和手套，切实保障食品卫生安全；二是新增菜单电子显示屏，更换餐具回收分类车，规范餐椅和厨余垃圾分类盘整齐摆放，持续改进用餐环境；三是通过增设自助调料台，减少油盐用量，合理搭配菜品菜色，增加面食、西点等多种菜式，不断提升膳食水平；四是采取南宁、百色、前方营地食堂三地工作人员定期开展交流学习、相互促进，工作能力共同提高，全面改善员工用餐体验。

民以食为天。健康饮食对广大人民群众的重要性不言而喻，做好一日三餐的服务保障工作不仅是综合服务中心的职责所在，更是扎实推动党史学习教育活动往深里走、往实处走的具体举措和重要体现。综合服务中心将不断强化党建引领作用，充分发挥党员领导干部先锋模范作用，主动担当作为，以提高食堂服务能力为突破点，持续开展包括安保、保洁等后勤工作在内的提升群众满意度系列活动，不断提升服务意识和能力水平，让大家真正感受到家的温暖，切实增强员工的获得感、幸福感和安全感，以实际行动为右江水利公司高质量发展提供坚实的后勤服务保障。

# 右江水利公司到六居村开展春节前走访慰问活动

张纲亮

1月26日，右江水利公司工会主席刘春代表公司党委到定点帮扶村——百色市右江区龙景街道六居村开展春节前走访慰问活动。

在六居村村部，刘春一行慰问了驻村第一书记、驻村工作队员、村组干部、重点监测对象等，听取驻村第一书记工作汇报并实地察看了村农业休闲产业园。

刘春对村组干部、驻村干部辛勤付出表示感谢，向大家拜早年并致以新春的问候和祝福。他指出，要扎实做好春节期间疫情防控工作，特别要关注返乡人员情况，随时了解国家疫情防控情况，严格落实上级疫情防控要求；要切实做好春节期间防火安全工作，为村民营造欢乐祥和的节日氛围；要加快推进六居村党群服务中心办公楼建设，提升基层党组织组织力和为民办事服务水平，更好地服务党员群众。

刘春表示，右江水利公司将一如既往地落实上级有关部署和要求，始终坚持“脱贫不脱帮扶，减贫不减力度”，充分发挥自身优势，持续助力巩固脱贫成果，全面推进乡村振兴工作。

党群部负责人及有关人员同行。

# 王伟副总经理深入百色一线看望慰问春节期间值班人员

吴晓华

2022年是中国传统的虎年春节。1月31日至2月1日，右江水利公司党委委员、副总经理王伟率队赴百色水利枢纽看望慰问春节期间坚守岗位的值班工作人员。代表公司党委和全体员工向他们致以节日的问候和新春的祝福。

王伟一行先后来到汪甸防护堤、右江水力发电厂、枢纽主坝、枢纽副坝、百色水利枢纽管理中心等地看望慰问坚守岗位的每位职工。每到一处都详细询问了解值班人员工作、生活和家庭情况，与他们亲切交谈，感谢他们为公司发展所付出的艰辛努力和无私奉献。

在交谈过程中，王伟强调，当前境外新冠肺炎疫情持续蔓延，我国面临德尔塔和奥密克戎毒株输入疫情的双重挑战，春节期间供电保安全任务艰巨，大家要不折不扣贯彻落实党中央、国务院决策部署和广西壮族自治区委、区政府要求，按照属地和公司工作安排，深刻认识当前疫情防控的严峻复杂形势，进一步提高思想认识，坚守岗位、履职尽责，扎实做好疫情防控和安全生产各项工作。

为确保2022年春节期间百色水利枢纽工程安全稳定运行，右江水利公司党委按照党中央、国务院、水利部及广西壮族自治区关于春节期间疫情防控的有关要求，牢牢将政治责任扛在肩上，抓细抓实各项措施，安排做好节日期间公司领导带班、部门负责人24小时轮班和电厂、枢纽等一线部门运行人员值班。积极引导公司干部职工特别是外省单身职工在南宁、百色就地过年，妥善安排后勤工作，确保春节期间安全生产和疫情防控有序开展。

右江水利公司党群部、人力资源部等部门负责人及相关人员一同参加慰问。

# 右江水利公司工会主席刘春检查指导江河资产公司疫情防控工作

罗秋霞

2月7日，右江水利公司工会主席刘春深入江河资产公司检查指导疫情防控工作并主持召开疫情防控工作会议。

刘春指出，当前新冠肺炎疫情形势非常严峻，要严格按照百色市疫情防控工作领导小组指挥部及右江水利公司疫情防控工作组的有关通知要求，筑牢“外防输入，内防扩散”安全屏障，扎实做好疫情防控工作，确保防控工作平稳、规范、有序开展，保证生产、安全两不误。

刘春在检查指导疫情防控工作时要求：一是要具体安排落实好在岗和居家办公人员；二是要采取切实有效措施加强对大楼门岗、前方营地禁区岗、交通岗管理，内部人员须测量体温、亮双码、戴口罩进入；三是要谢绝一切外来人员入内，特殊情况通过禁区岗、交通岗须经右江水利公司办公室批准方可进入。

刘春强调，在疫情防控工作中，江河资产公司要加强组织领导，各司其职，保证生产安全和后勤服务到位；全体员工要讲政治、顾大局，党员干部要真正起到模范带头作用。

江河资产公司相关人员参加会议。

# 【综合服务中心我为群众办实事】系列报道之二：加强文化阵地建设，打造职工美好精神家园

李冬悦

每当夜幕降临，右江水利公司南宁办公楼九楼的“职工之家”灯火通明。“职工之家”里桌椅、沙发、茶几等设施齐全，各色绿植郁郁葱葱，四季花卉争奇斗艳，右江水利公司职工三三两两围坐一起悠然闲谈、开怀畅聊。

文化是民族的精神命脉和创造源泉。文化兴则国运兴，文化强则民族强。右江水利公司党委始终坚持以党的政治建设为统领，心系“国之大者”，高度重视企业文化建设，努力打造健康文明、昂扬向上的职工文化。为更好地满足职工全面发展的客观需求，右江水

温馨舒适的“职工之家”。

利公司综合服务中心与工会一同积极推动并先后完成“职工之家”“职工书屋”和健身室的建设，为广大职工工作之余提供学习、锻炼和休闲场所，积极推动“我为群众办实事”实践活动走深走实，持续开展以“提升群众满意度”为主题的系列活动，不断加强文化阵地建设，全力打造职工美好精神家园，促进职工文化素养全面提升。

窗明几净的“职工书屋”。

据综合服务中心负责人介绍，历时两个多月建成的“职工之家”环境优美、温馨舒适。工作之余，职工在“职工之家”里，相互交流和学习，促进友谊，沟通情感，营造出企业良好的工作生活氛围。

综合服务中心将南宁办公楼三楼闲置办公室改建成集图书室与阅览室为一体的“职工书屋”，购置了宽松舒适的阅览桌椅和种类丰富的各式书籍，不仅有党史教育学习类书籍，也有水利发展建设相关书籍和休闲类读物，为广大职工提供了读书空间、信息窗口和文化阵地，对培养职工良好的读书习惯，推动创建学习型企业起到了积极的促进作用。

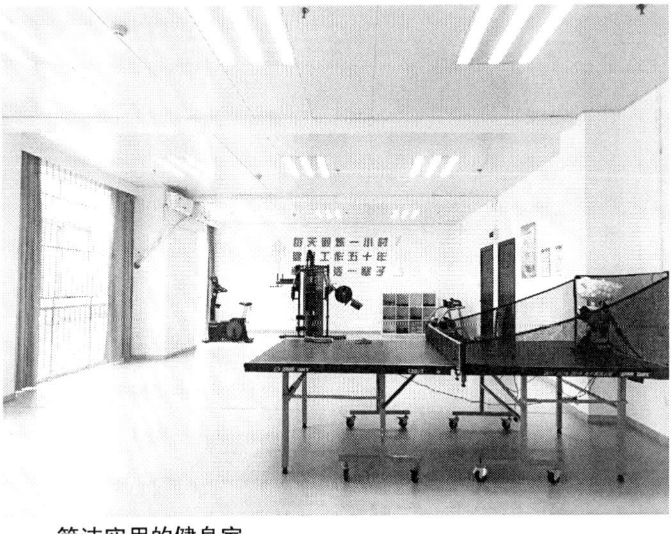
简洁实用的健身室。

健身室配备了带有自动发球机的乒乓球台、多功能运动综合训练器、动感单车和瑜伽健身垫等多种器材，使职工在工作之余能尽情挥洒汗水，有效舒缓工作压力，保持健康体魄和愉悦心情，为推动全民健身运动不断深入开展，增强全体员工体质，提高人民健康水平提供坚实保障。

这一系列职工文化活动阵地的相继建成，得到了广大职工群众的一致好评，对丰富职工群众的文化生活，满足人民群众日益增长的精神文化需求，激发全体员工新时代干事创业的热情，推动全体职工把智慧和力量凝聚到为公司发展做贡献上来起到了良好的促进作用。

综合服务中心坚持以人民为中心的发展思想，不断践行初心使命和为民情怀，以用心用情用力解决困难事、烦心事为落脚点，着力解决职工“急难愁盼”问题，以美好生活助力快乐工作，并在实际工作中砥砺干部职工政治品格，践履知行合一，不断增强职工的归属感、幸福感和安全感。

## 科学防疫　暖心保障
## ——江河资产公司积极部署防疫工作

李　俊

近期，新冠肺炎疫情形势异常严峻，江河资产公司高度重视，第一时间根据上级防疫工作要求，科学谋划、全面部署，贯彻落实疫情防控各项工作要求和措施，认真做好防疫及生活物资保障和发放工作。2 月 7 日下午，江河资产公司组织人员前往百色水利枢纽前方营地，为职工发放医用口罩、酒精消毒液及生产生活必需品，为防疫抗疫提供有力保障。

在前方营地，现场带队负责人表示，保障供应就是增强抗击疫情的战斗力，越是关键时期，越需要可靠后盾和有力保障。面对本轮疫情同时迎战奥密克戎、德尔塔的新情况新挑战，不能放过任何一个环节、任何一个风险点，要分类施策，做到疫情防控不松懈、物资供应不断档、发展生产不停顿，为疫情防控提供充分的物资保障，使生产生活井然有序，确保防疫安全。

为做好当前防疫工作，江河资产公司严格按照要求，对所有值守岗亭过往人员一律进行严查，严格做到测体温、亮双码、戴口罩，对通过禁区岗和交通岗人员严格按照右江水利公司审批程序执行。同时加强疫情防护宣传教育，积极营造安全健康的工作环境，全面构筑坚固的疫情防控堡垒。

# 驰援抗疫一线　携手共克时艰
## ——清源电力公司紧急援助右江区大楞乡抗疫物资

吕　盟

自百色市德保县成为疫情重灾区以来，百色各区（县）全面按下了“暂停键”，广大医护人员、公安干警和志愿者们全力以赴投入到疫情防控阻击战中。

2月9日，清源电力公司闻讯百色市右江区大楞乡（属封控区）作为防疫一线最前沿阵地，急缺生活物资和防疫物资。疫情就是命令、防控就是责任，公司认真贯彻落实习近平总书记关于疫情防控工作的重要指示精神，迅速作出响应，多渠道多举措联系各药店、超市等筹集到一批生活保障物资和防疫医疗物资，在百色市执行“不进不出”的防疫政策下，联系通勤车辆尽快将物资运抵防疫一线。

公司以党建为引领，慎终如始践行国企责任与担当，积极为百色市红十字会、那比乡人民政府进行了抗疫捐款，组织党员、共青团员参与志愿者服务，以实际行动助力疫情防控工作，风雨同舟，携手战疫，共同努力打赢这场没有硝烟的“战争”。

# 右江水利公司召开2022年疫情防控工作第二次部署会议

覃　悦

2月14日，右江水利公司召开2022年疫情防控工作第二次部署会议，分析当前新冠肺炎疫情防控形势，部署下一步疫情防控工作。公司党委书记、董事长、公司疫情防控工作领导小组组长肖卫国主持会议并讲话。公司领导汤进为、王伟出席会议。

会议听取公司近期疫情防控工作开展情况、疫情防控物资储备及使用情况、现场防控措施、安全生产经营工作开展情况、目前防控工作存在的困难以及意见建议等，研究部署下一步防控工作的重点环节和应对措施。

会议要求，当前疫情防控工作进入最复杂、最吃紧、最关键阶段，一是要从严落实公司疫情防控“五个到位”。公司各部门、各职工要加强沟通与配合，进一步夯实岗位职责，要毫不放松地做好重点区域、关键部位的防控。二是要严明疫情防控纪律。要将疫情防控工作作为重要政治任务来抓，严格落实疫情防控主体责任，强化责任担当，各职工要以身作则，不折不扣落实落细公司疫情防控部署要求及各项措施。

肖卫国强调：一要坚持底线思维。要做好疫情防控持久战准备，合理安排轮班轮岗，确保职工在疫情防控期间身心健康，以充分的精力、昂扬的斗志投入到生产与疫情防控工作中。二要严格遵守属地疫情防控工作规定，在防控政策范围内争取公司利益最大化。公司疫情防控工作组要及时掌握自治区及百色市发布的疫情防控文件，动态更新公司防控方案。三要继续抓好人员返岗工作。要结合当前疫情防控形势及生产工作需要，尽快、有序、错峰安排未返回工作驻地的职工返岗工作。公司疫情防控工作组与综合服务中心要相互配合，统筹做好返岗人员抵达后的居家观察工作，确保返岗人员观察期满后健康状况无异常，经批准到岗上班。四要做好疫情防控期间后勤保障工作。要确保防疫物资齐全到位，保障新鲜蔬菜、肉禽等食材的供应；保安、保洁、食堂等后勤人员要定期进行核酸检测。五要加强与生产合作单位的沟通协调。各生产部门要针对因疫情原因延后的汛前检修问题准备应对方案，争取生产合作单位的理解与支持。要坚持疫情防控和安全生产两手抓，保质保量地完成汛前各项检修工作。

会议以视频形式召开。驻百色生产一线部门负责人及疫情防控工作组有关人员参加会议。

## 右江水利公司领导到定点帮扶村指导工作

黄燕晓

2月18日，公司党委委员、副总经理马建新代表公司党委到公司定点帮扶村六居村看望驻村第一书记，并现场查看村部新址，指导有关工作。

马建新转达公司党委对驻村第一书记、工作队及村两委的问候，详细了解了六居村本次疫情防控工作、村集体经济建设和村委办公楼建设推进等情况。他指出，2021年，驻村工作队和村两委团结一致，攻坚克难，在疫情防控、推进村委办公楼建设、村集体经济建设等方面取得不错成绩。希望驻村工作队和村两委再接再厉，团结一心，谋划好2022年工作，加快推进完成村部建设，推动六居村乡村振兴工作再上新台阶，再创新局面，以优异的成绩迎接党的二十大胜利召开。

2022年2月初，广西百色市发生新冠肺炎疫情，面对突如其来的疫情“大考”，右江水利公司党委高度重视，迅速落实广西壮族自治区、珠江委和百色市疫情防控工作部署要求，疫情防控和安全生产两手抓，在确保百色水利枢纽安全稳定运行的同时，为六居村捐赠防疫物资，全力支持百色市抗疫工作，充分彰显国有企业的政治担当和社会责任。

公司工会主席、党群部负责同志参加调研。

# 马建新副总经理部署落实<br>百色水利枢纽疫情防控和安全生产工作

覃　悦

2月16日上午，右江水利公司党委委员、副总经理马建新在百色召开专题会议，对持续做好疫情防控和安全生产工作进行再部署再强化。

自2月4日发现一名阳性感染者以来，截至15日，百色市本轮疫情累计报告本土确诊病例270例，面对疫情，右江水利公司和百色水利枢纽一线员工上下迅速行动，打响疫情防控阻击战和生产保障攻坚战。

马建新转达了公司党委对一线员工的问候，他指出，公司相关部门在前期疫情防控工作中严格按照公司疫情防控工作会议部署和要求，落细落实各项工作任务，切实做到人员组织到位、应对措施到位、物资储备到位、后勤保障到位，成效显著。同志们逆向而行，舍小家为大家，忠诚坚守、无私奉献，对夺取防疫胜利、生产安全稳定发挥了重要作用。

马建新要求：一要慎终如始抓好疫情防控。当前百色市疫情防控形势整体平稳，面对百色市解除“不进不出”管控措施陆续转为常态化防控，要及时掌握地方疫情防控政策动态，全面贯彻落实疫情防控工作要求。近期，百色水利枢纽要坚持“外松内紧”原则，坚决按照2月14日公司疫情防控工作会议要求，严格做好各项防疫工作。二要确保正常生产运行。各部门要抢抓解封有利时机，对工作重新部署，调整时间，抓紧做好防汛、发电、机组大修、安全监测升级改造等工作，最大限度地减少疫情带来的不利影响，力促公司当前各项重点工作迅速开展。生产一线部门要加强与合作单位的沟通协调，在严格落实属地防疫要求的基础上，有序保障外来人员的工作和生活。三要确保安全生产。各部门要落实各自安全生产责任，加强措施，切实做好疫情防控和复产复工条件下的各项安全生产工作。要加强设备设施维修养护，确保运行安全。要做好汛前各项准备工作，不因来汛引发生产安全事故。车队接送员工返岗要确保行车安全。四要保稳定提士气。要充分发挥基层党组织战斗堡垒和广大党员干部先锋模范作用，部门负责同志要以上率下，带头坚守岗位。要关心关爱一线职工，按照地方政府规定，有序做好值班值守人员轮班调班。要加大思想工作，以宣传、谈心等方式，疏导心理，缓解压力，提振士气。

会议讨论了各部门存在的困难和问题，提出了解决措施。公司驻百色生产一线部门、党群部和清源公司负责人及疫情防控工作组有关人员参加会议。

## 【综合服务中心我为群众办实事】系列报道之三：全力做好后勤保障，众志成城抗击疫情

陆晓晴

百色疫情爆发以来，综合服务中心高度重视，时刻关注疫情、舆情、社情、民情，夯实各项疫情防控措施，全面筑牢安全防线，科学谋划、全面部署、精准防控，全力以赴打好打赢这场疫情防控阻击战歼灭战，确保百色水利枢纽工程安全稳定运行。

### 一、提高政治站位，增强底线思维

根据广西壮族自治区、珠江委、百色市及右江水利公司关于疫情防控工作的相关要求，综合服务中心于2022年2月7日迅速召开疫情防控工作布置会，明确责任分工，责任落实到人。

相关负责人深入百色水利枢纽主坝、副坝现场一线检查并详细了解疫情防控工作中的需求和困难，及时解决工作中存在的问题。

严格执行疫情防控信息报告制度，及时报告个人及同居人员行程情况。严格落实节后员工返岗要求，层层压实责任，看好自己的门、守好自己的楼、管好自己的人。

通过以上各项措施进一步增强底线思维，守好抗疫防线，为百色水利枢纽工程安全稳定运行提供有力的后勤服务保障。

### 二、统筹防疫物资，保障后勤服务

综合服务中心始终坚持以人民为中心，以优服务、强保障为工作重心，第一

时间给百色、南宁两地员工发放3千个口罩，补充采购3万个口罩，50公斤[①]消毒酒精，确保防疫物资充足，切实做好疫情期间员工防护措施。

由于百色市实行域内“不进不出”的防控措施，面对市场供应不足及交通管制等困难，综合服务中心在百色食堂紧急储备约2700斤[②]大米和150多桶食用油，在枢纽前方营地储备7头生猪、100多只鸡和各种蔬菜等生活物资，并加强与食材配送公司沟通，确保公司广大员工吃饱吃好。

加强对百色枢纽管理中心大楼、百色水利枢纽主坝区、南宁办公楼的巡查力度，确保办公区和公寓区正常用水用电。

## 三、加强防控措施，筑牢安保屏障

本次疫情防控的关键在于外防输入。综合服务中心提前预判，统筹谋划，第一时间增加百色综合楼、前方营地、南宁办公楼值班人员，加强各岗亭值班力量，严格体温检测和三码联查，确保红码人员、黄码人员和体温异常的人员一律不得进入办公区和主坝区。

为确保疫情防控期间南宁、百色办公楼和食堂卫生安全，综合服务中心从严把控食品采购安全，做好食堂消毒工作，工作人员加密核酸检测力度，加大办公区、楼梯、电梯等公共场所的消毒频次，加强南宁办公楼、百色综合楼租户管理，指定专人收集各租户人员流动身份信息并逐一做好登记。

为保障滞留外地一线员工顺利复工复产，提前在前方营地准备了6间房作为返岗隔离使用。

## 四、主动担当作为，确保安全生产

综合服务中心认真贯彻落实习近平总书记关于疫情防控工作的重要指示精神，统筹推进疫情防控和经济社会发展，按照百色市政府实施的“全城道路封堵、人员不进不出”总体部署，不折不扣落细落实各项疫情防控措施，严格遵守百色市疫情防控管制各项要求，全力以赴做好各项后勤服务保障，主动联系百色市防疫防控指挥部，及时办理“市区—工地”往返通行证，2月13日安排车辆采取拉力方式从南宁辗转接送滞留外地一线员工回到百色。主动靠前服务，补齐防控短板，加强后勤保障，助推公司发展，综合服务中心以实际行动诠释“功成不必在我，功成必定有我”的赤诚之心。

①1公斤＝1 000克，下同。
②1斤=500克，下同。

疫情就是命令，防控就是责任。在这场没有硝烟的战斗中，综合服务中心职责重大，既要做好后勤服务保障，又要做好自身防护安全。综合服务中心全体员工将凝聚众志成城抗击疫情的磅礴力量，尽职履职、担当作为，万众一心共渡难关。打赢疫情防控阻击战，我们有信心，我们在行动！

# 右江电厂党支部开展“永葆廉洁本色，牢记入党誓词”主题党日活动

黎景宇

2月22日，右江电厂党支部开展“永葆廉洁本色，牢记入党誓词”主题党日活动，支部党员和入党积极分子参加活动并作交流发言。

按照预备党员宣誓程序，在庄严的国际歌中，支部为林琪、黎景宇、刘尚霖三位同志举行宣誓仪式。“我志愿加入中国共产党，拥护党的纲领，遵守党的章程……”在领誓人领誓下，三位新党员面对党旗，举起右手，握右拳，进行了庄严的入党宣誓。宣誓完毕后，林琪同志代表新党员做表态发言：“面向党旗向党宣誓，意味着我们政治生命的开始，从此我们与在场的全体党员一样，成为了具有共产主义觉悟的中国工人阶级、中国人民和中华民族先锋队的一员，今天，是我们为人类最壮丽的共产主义事业奋斗终身的新的起点，我们将在今后的学习、工作和生活中，用实际行动践行自己庄严的誓言，并终身在经受各种考验中忠于自己的誓言，我们将积极投身于这一宏伟的事业，全心全意为人民服务，在工作中充分发挥先锋模范作用，以优异的成绩，为鲜红的党旗增光添彩。”

入党积极分子代表洪辉和罗羽健表示：“作为入党积极分子，参加预备党员宣誓仪式，心情非常激动，加入党组织也是我们梦寐以求的愿望，在今后的工作和生活中，我们将会以身边的这些优秀党员作为学习榜样，加强学习，努力工作，期待能够早日站在鲜艳的党旗下宣誓，成为伟大的中国共产党大家庭中的一员。”

最后，支部书记梁锋同志对新党员寄予希望并提出具体要求：一是要继续坚持理论学习，思想上保持先进性，行动上保持积极性。二是要永远保持党员的纯洁，品德优良、行为端正。三是在工作岗位中，要以身作则、忠于职守，充分发挥先锋模范作用，为公司高质量发展贡献力量。

# 右江水利公司召开百色水利枢纽水情遥测站网升级改造推进会

梁进计

3月5日，右江水利公司在百色组织召开推进完善百色水利枢纽水情遥测站网升级改造方案专题会。右江水利公司党委副书记、总经理袁文传主持会议并讲话，总工程师邓勋发视频参加会议、副总经理王伟出席会议。水利部珠江水利委员会水文局（简称珠江委水文局）钱燕副局长及相关部门负责人应邀参会。

会议对百色水利枢纽水情遥测站网升级改造方案审查中提出的网络安全攻防演练、护网行动期间数据交换安全性及地方水文部门机构改革后站点复建难度大等问题的解决措施进行了重点研讨。

珠江委水文局认为，一是珠江委现阶段整体网络安防技术和数据采集传输安全性能够满足百色水利枢纽水情遥测站网升级改造后的网络安全攻防演练及护网行动期间数据安全要求，建议右江水利公司做好自身水情遥测数据采集、传输安全保护；二是百色水利枢纽水情遥测站网升级改造方案在实施的过程中可运用现有合同到2022年8月的原有水情遥测网站点服务期作为过渡期，分析比对该方案实施水情遥测网站点运行稳定性和精准度，然后考虑取消广西库区范围内自建的水情遥测网站点。

在尊重珠江委水文局意见的基础上，袁文传强调，一是保持公司党委会议原决定不变，相关部门做好公司自身水情遥测站网升级改造后的数据采集及传输的安全防范。二是请珠江委水文局统筹现有的遥测站网资源，实现百色水利枢纽库区水文信息数据共享、水情遥测数据安全有效传输和网络运行安全。三是公司有关部门积极与珠江委水文局沟通协调，尽快完善百色水利枢纽水情遥测站网实施方案，推进后续合同签订和项目实施。

发展经营部、财务资产部、技术管理部（总工办）、枢纽管理中心（防汛办）负责人及相关人员参加会议。

# 数字赋能　提高合同结算信息化水平

祝秀平

3 月 1 日，右江水利公司办公自动化系统中增加了“合同结算”模块，功能采用数字赋能的方式对公司合同进行电子化结算。伴随这项功能的启用，公司合同二十年来合同结算纸质化办理的历史也彻底宣告结束，标志着合同管理全链条迈入电子化阶段。

百色水利枢纽从建设期至今，右江水利公司的合同结算工作一直以纸质化办理，虽安全稳妥，但存在跟踪不及时、查缺补漏不便、办理周期较长等问题。为进一步增强合同结算工作效能，提升合同管理信息化水平，发展经营部深入贯彻水利部关于“推进智慧水利建设”的决策部署，以“安全、实用、经济”为原则，在与系统开发单位以及公司相关部门的共同努力下，快速完成了办公自动化系统合同结算线上办理电子化模块的开发和运用。自“合同结算”模块上线启用以来，发展经营部密切跟踪各部门对模块的使用情况，收集整理反馈意见并第一时间进行优化，确保提升合同信息化管理的时效性和实效性，为公司经营管理信息化升级提供有力支撑。

下一步，以“需求牵引、应用至上、数字赋能、提升能力”总要求，发展经营部将继续总结合同管理经验，以点带面加强数字技术与经营管理业务深度融合，采取更有力措施，巩固提升工作成效，推动合同管理业务模式、管理模式、服务模式不断创新，助力推进公司“2+N”水利智能业务应用体系迈上新台阶。

# 纪委书记汤进为带队到块泽河公司和季连公司调研检查

张议予

3 月 10 日至 13 日，右江水利公司党委委员、纪委书记汤进为带队到块泽河公司和季连公司进行汛前检查，调研检查党建和党风廉政建设工作，并督导 2021 年度组织生活会开展情况。

检查组先后深入块泽河电站和不管河四级站，实地了解块泽河公司和季连公司汛前准备情况、设备设施运行情况，针对发现的问题提出整改建议。调研中，汤进为分别参加了块泽河公司和季连公司党支部2021年度组织生活会，围绕加强基层党组织建设、充分发挥党建引领作用、调动党员干部积极性、推动公司高质量发展等问题，与党员干部交流探讨。会后，还与两个公司“一把手”和员工代表开展“面对面”“一对一”谈心谈话，听取并征集干部职工对加强子公司监管以及对公司领导班子和党员干部在贯彻执行中央八项规定精神、落实民主集中制、改进工作作风、密切联系群众等方面的意见建议，了解基层员工在工作、学习中存在的困难。

检查组对块泽河公司和季连公司党的建设、党风廉政建设、防汛备汛等工作给予肯定，指出要坚持以习近平新时代中国特色社会主义思想为指导，进一步加强理论武装，以即将开展的公司内部巡察工作为契机，认真落实新时代党的建设总要求，扎实履行“一岗双责”，进一步夯实全面从严治党主体责任，推动公司各项工作迈上新台阶。

右江水利公司纪检监察审计部负责人及技术管理部（总工办）、枢纽管理中心（防汛办）相关人员参加检查。

# 警钟长鸣
## ——江河资产公司召开财务风险防范专题工作会

王　丽

2022年3月16日，江河资产公司在百色、南宁两地组织召开财务风险防范专题工作会，迅速传达落实右江水利公司财务风险防范学习教育会的部署和要求。

会议重点学习右江水利公司财务风险防范学习教育会有关警示案例及相关问题处理决定，对下一步工作提出具体安排部署。各部门负责人就近年来审计、专项检查和开展自查自纠中发现的重点、易发、频发问题，结合各自工作职责做相关交流发言，结合案例深入探讨存在的财务风险点，提出对应整改措施。

会议强调：一是要提高思想认识，增强责任意识，切实履行财务风险防范工作的主体责任、领导责任和监督责任；二是要恪守规矩，遵章守法，修订完善并严格执行各项相关规章制度；三是要认真开展自查自纠，及时整改，堵塞财务风险漏洞，举一反三有效防范财务廉政风险；四是要以身边事教育身边人，确保财务风险防范教育全覆盖。

本次会议的召开，对进一步提高全体员工财务风险防控意识起到重要的促进作用。与会人员纷纷表示深刻认识到依规办事的重要性，并表示在今后的工作中要严格遵守法律法规和规章制度，严于律己，真正做到警钟长鸣。

会议以视频会议形式召开，公司领导、各部门负责人和相关人员分别在主会场和分会场参加会议。

## 需求牵引　以 GNSS 监测手段<br>助力智慧百色水利枢纽建设

柳　滔

3 月 16 日，以北斗导航定位系统信号为主力应用卫星的百色水利枢纽全球导航卫星系统（Global Navigation Satellite System，GNSS）变形监测系统通过验收，实现对枢纽水电站边坡、副坝和汪甸防护工程变形数据的全天候、全周期、全自动智能感知，为智慧百色水利枢纽建设奠定坚实基础。

百色水利枢纽自建成投运以来，工程水电站边坡及副坝的变形监测长期采用人工方式，时效性、连续性均较差，自动化程度非常低，汪甸防护工程未布置变形监测设施，不满足现行规程规范要求。在遭遇地震、强降雨等特殊情况时，迫切需要快速准确获取监测数据，有效掌握枢纽工程各建筑物运行状况，但原有手段难以满足上述要求，成为制约百色水利枢纽安全监测工作高质量发展的关键因素，与新阶段水利高质量发展要求不相适应。

为突破发展瓶颈，枢纽管理中心（防汛办）采用“需求至上”的互联网思维模式，深入分析安全监测系统面临的问题，用“跳出水利看水利”的方式，以创新驱动发展，借鉴电力、交通等行业经验，确定了以建设“研发、制造、安装全周期国产化 GNSS 监测产品”为方向、以“安全、实用、经济”为原则，加快推进项目实施，采用在水电站边坡、副坝及汪甸防护工程建设 GNSS 监测点，利用边缘计算的方式获取测点变形数据，确保算力满足要求。通过公司专用数据链路将监测数据安全传输至百色水利枢纽数据中心机房，并对接输入至新建设的百色水利枢纽安全监测信息管理平台，实现数据统一管理。系统的建成，显著提升了包括汪甸防护工程在内的安全监测自动化、信息化水平。

下一步，枢纽管理中心（防汛办）将以数字化、网络化、智能化为主线，将百色水利枢纽 GNSS 变形监测系统数据接入百色水利建筑信息模型（Building Information Modeling,BIM），全面构建安全监测数据智能感知体系，开展智慧化模拟，支撑精准化决策，推动百色水利枢纽安全监测自动化水平向纵深发展，加快构建具有全面“四预”功能的智慧百色水利枢纽安全监测系统，全面助力智慧百色水利枢纽建设，为新阶段右江水利事业高质量发展贡献力量。

## 未雨绸缪抓防汛　厉兵秣马谋检修
## ——清源电力公司召开 2022 年防汛启动会议

黄奇俩

3 月 17 日，水利部宣布全国入汛。清源电力公司闻令而动，次日立即组织召开 2022 年防汛启动会议，认真贯彻落实上级有关防汛会议精神，锚定“人员不伤亡、水库不垮坝、重要堤防不决口、重要基础设施不受冲击”的防御目标，部署防汛各项工作，扎实做好 1# 机组大修工作，全力以赴完成防汛任务。

会议强调一要统一思想，提高政治站位，充分认清 2022 年防汛新形势，增强防汛工作的紧迫感和使命感，加强底线思维，增强忧患意识。二要充分认清瓦村电站蓄水对公司防汛工作影响的特殊性和重要性，厘清各级防汛职责，健全完善各项防汛责任制，熟练掌握水库调度运行方案，做到定岗定责，确保工作有人管、责任有人担、任务有人抓，使各项责任落到实处，同时统筹做好防汛和机组检修工作。三要突出重点，科学防控，扎实做好防汛“七个早”各项工作。始终坚持“防大汛、抗大灾、抢大险”的工作理念，提升应急处置能力，强化“四预”措施，贯通“四情”防御，加强隐患排查整治，提升风险防控水平，为实现安全度汛提供坚强保障。四要严明纪律，落实责任。严格遵守防汛 24 小时值班工作纪律，特别是党员领导干部要带好头，切实履职尽责，加强对值班情况监督检查，对发现的问题督促整改，跟踪问效，确保防汛各项规章制度落到实处、执行到位，用扎实的举措确保防汛安全，以优异的防汛成绩迎接党的二十大胜利召开。

会议还重点组织学习和观看了警示教育片。公司全体员工在百色、那比两地（视频）参加会议。

# 汛期将至，公司防汛办全力做好防汛物资储备工作

周少良　赵金堂

未雨绸缪方能有备无患。还有两个月的时间，百色水利枢纽就将进入汛期。作为右江上游的龙头水库，百色水利枢纽承担着下游南宁、百色及右江沿岸各县（市）的防洪保安任务，特别是 2022 年作为党的二十大召开之年，确保百色水利枢纽防洪安全责任重大、意义非凡。公司防汛办积极贯彻执行公司决策部署，紧锣密鼓展开各项备汛工作，立足于防大汛、抢大险，坚持早谋划、早安排、早行动的原则，下好防汛度汛"先手棋"、打好防洪度汛"主动仗"，扎实做好防汛物资储备和管理工作，保障汛期各项应急抢险工作的顺利开展。

作为汛期各项应急救援工作的保障，百色水利枢纽防汛物资采用分散配置的方式，放置于主坝、副坝、汪甸等各个工程现场。所有仓库均按照防汛物资定额管理的要求规范设置，各类防汛物资被分门别类储存在货架上，每类防汛物资前都立有相应指示牌，标明物资名称、用途、数量、规格、存储年限等详细信息。近期，公司防汛办重点对仓库储存的防汛物资开展汛前清查、检查、维护及保养工作，补充采购了移动式防爆灯、斧头等物资，对接政府应急部门，掌握政府储备物资清单，并核实各类社会抢险物资的库存及调用方式等，确保各类防汛物资不仅数量齐全而且质量可靠。

下一步，公司防汛办将进一步加强对防汛物资的日常维护管理，以确保各类防汛应急物资始终处于良好状态，做到关键时刻能"调得出、赶得到、用得上"，为防汛抢险提供可靠保障，为实现"工程不出问题，效益正常发挥"的工作目标保驾护航。

# 右江水利公司启动 2022 年防汛 24 小时值班

翟艳军

3 月 17 日，水利部宣布全国入汛，珠江委同步启动防汛 24 小时应急值守。右江水利公司迅速响应，要求公司各部门、各子公司进入防汛工作状态，做好汛期 24 小时应急值守。

据气象水文部门预测，2022 年郁江流域汛期水情态势总体属偏差年景，可能出现区域性大洪水、旱涝并存的局面，水情形势复杂严峻。郁江干流、右江、

左江可能发生 2 ~ 5 年一遇洪水；左江支流明江可能发生 5 ~ 10 年一遇洪水。右江水利公司将坚决贯彻落实水利部、珠江委水旱灾害防御工作会议精神，按公司 2022 年防汛工作会议部署，落实应急值守工作责任，扎实做好公司所属各水库水电站防洪度汛工作，确保安全度汛。

# 树牢拒腐防变防线　强化廉洁实干担当

## ——右江水利公司 4 名同志参加水利部新晋升司局级干部集体廉政谈话会

闭　洁

3 月 16 日，驻水利部纪检监察组在北京召开新晋升司局级干部集体廉政谈话工作会议，右江水利公司领导袁文传、马建新、汤进为、王伟作为 2021 年以来新晋升（含转正）司局级干部通过视频在右江水利公司南宁分会场参加会议。

会上，新晋升司局级干部观看了警示教育片，聆听了驻水利部纪检监察组 2021 年以来查办案件有关情况通报和驻水利部纪检监察组组长、水利部党组成员王新哲所作的集体廉政谈话。

参会人员表示通过集体廉政谈话，在理想信念、宗旨意识、党性锤炼、纪律作风等方面受到了深刻的教育和启发，将进一步学习贯彻好会议精神：一是不断加强学习，把学习贯彻习近平新时代中国特色社会主义思想摆在首位，深刻领会“两个确定”决定性意义，牢固树立“四个意识”，增强“四个自信”，坚决做到“两个维护”，胸怀“国之大者”，认真贯彻落实习近平总书记“节水优先、空间均衡、系统治理、两手发力”治水思路和关于治水重要讲话指示批示精神，把牢政治方向，提升工作成效，做到知行合一；二是时刻保持头脑清醒，坚守政治纪律和政治规矩，常怀敬畏之心，做到忠于职守，认真履职尽责，增强责任意识，敬畏岗位、敬畏责任、敬畏法纪，依法用权，廉洁用权；三是扎实履行“第一责任人”职责和“一岗双责”，增强管党治党意识、担当管党治党责任，把党建责任扛在肩上、抓在手上、落实在行动上，以永远在路上的精神激励前行；四是严格把民主集中制贯穿工作始终，不断增强党组织的凝聚力、战斗力，提升科学决策、民主决策、依法决策的能力水平，共同维护好坚持党性原则基础上的班子团结，有效形成工作合力，以良好的精神面貌和工作状态推动新阶段右江水利高质量发展，以实际行动迎接党的二十大胜利召开。

# 江河资产公司召开2022年工作会议

曾　超

3月18日，江河资产公司召开2022年工作会议，总结公司2021年工作，分析当前发展形势和任务，研究部署2022年工作。会议由公司总经理杨珺主持，右江水利公司党委委员、副总经理王伟，公司董事长黄鸿出席会议并讲话。

会议指出，一年来，江河资产公司深入贯彻落实党的十九大和十九届历次全会精神，在右江水利公司党委的坚强领导下，聚焦“抓安全、强发展、严管理、促改革、办实事”中心工作，始终坚持一手抓疫情防控，一手抓经营生产，较好地完成安全保卫、物业服务、食堂管理、车辆交通等后勤保障工作，在探索拓展经营业务方面迈出了坚实的一步，各项工作成效较为显著。

会议认真学习并传达了右江水利公司党委书记、董事长肖卫国所作的题为《踔厉奋发 笃行不怠 持续推进公司高质量发展》工作报告精神，全面分析了江河资产公司当前面临的形势和任务。会议指出，要坚持以人为本的发展理念，以加强基层党建工作为重点，以提升群众满意度为核心，围绕“提升治理能力、保障生产安全、提高服务水平、推动经营发展”的工作思路，全力推进公司高质量发展。一是坚定不移推动全面从严治党；二是全力保障安全生产工作；三是不断提升后勤服务保障能力水平；四是重点抓好经营管理和对外拓展；五是全面抓好公司自身建设。

黄鸿对江河资产公司做出的贡献和成绩给予了肯定，并提出，要不折不扣推进全面从严治党，持之以恒抓好安全生产，转变经营思路，创新发展方式。要求近期认真做好2022年珠江委资金资产安全检查工作，做好公司2022年“两会”召开相关工作。

王伟对江河资产公司2021年在各项工作中取得的进步给予了充分肯定。他指出，2022年是面临机遇和挑战的一年，也是提速发展的一年，江河资产公司一是要牢记初心使命，胸怀“国之大者”，全力做好行车安全、食堂服务、餐饮质量、安保措施、疫情防控、物业管理等后勤保障工作，为右江水利公司各项事业高质量发展提供强有力服务支撑。二是要提高思想认识，统筹好安全和发展的关系。要认清形势，补齐短板，强化弱项，正确处理好增量和存量、传统和创新、严格和紧密、大与小、远与近这五种关系。三是要强化能力建设，不断提升业务水平。进一步完善法人治理结构，健全内控管理制度，加强业务培训力度，拓展经营发展视野，发挥整体工作效能，不断提升企业治理体系和治理能力现代化水平。四是要深挖职工潜力，加快干部队伍建设。要抓重点、促发展，不断完善人才引进、培养、使用、流动、激励机制，丰富人才培养平台，构筑充满活力、富有效率、更加务实的人才发展环境，充分调动人才的积极性、主动性和创造性。五是要提高政治站位，坚持不懈抓好党风廉政建设。要狠抓作风建设，力戒“四风”变异反弹，筑牢意识形态根基，充分发挥基层党支部战斗堡垒和党员先锋模范作用，确保党建与业务工作有效融合，在右江水利公司党委的坚强领导下，立足主责主业，坚定理想信念，不断解放思想，主动担当作为，以优异的成绩迎接党的二十大胜利召开。

江河资产公司全体员工参会。

## 百尺竿头，更进一步
### ——那比水力发电厂连续安全生产天数突破 4000 天

吕　盟

截至 3 月 23 日，经历了近十一载岁月更迭，清源电力公司那比水力发电厂迎来一个历史性的时刻：连续安全生产天数达到 4000 天！长期以来，清源电力公司始终坚持“以人为本、安全第一、预防为主、综合治理”的安全生产思路，夯实安全基础、落实安全责任、强化安全引领，企业安全生产持续保持良好态势。

4000 天，每一天都是一份坚持。清源电力公司深入贯彻落实习近平总书记关于安全生产重要指示批示精神以及上级单位有关安全生产工作部署和要求，狠抓安全生产管理不放松，坚持“人民至上，生命至上”“三管三必须”等要求贯穿工作始终。不断健全安全管理制度，将各项安全管理要求内化于心、固化于制、外化于形、实化于行，实现从事后管控向提前预防转变，变“要我安全”为“我要安全”，树牢职工安全生产意识，全面强化安全基础管理，不断完善覆盖全员、全过程、全方位的安全生产责任体系。

4000 天，每一件事都是一种责任。严格执行“两票三制”和现场作业监督管理，保证生产现场关键环节凡事有人关注、凡事有人负责、凡事有人监督。与此同时，深化季节性和重要节日安全大检查、隐患排查治理，针对人身安全保障、防汛安全、外委项目安全、危险化学品、交通安全等重点领域开展查漏补缺、专项整治，针对存在隐患做到整改措施有力、责任落实到位，大大消除了影响安全生产的不利因素，筑牢红线意识，实现安全发展。

4000 天，每一步都是一个提升。那比水力发电厂完成了调速器、励磁系统、机组进水蝶阀及其液压控制系统、视频监控系统等重要设备改造，完成了 2#、3# 机组 A 级检修。同时，在今天这个重要的日子里，1# 机组大修，转子成功吊出，标志着检修工作首个重大关键节点任务顺利完成，取得了阶段性胜利，也为企业安全生产的延续打下了坚实基础。

四季虽有更替而无穷尽，安全生产之路也没有终点，4000 天是一个阶段性成果，也将是一个新的起点。征途上，我们将居安思危、继往开来、携手并进，共同构筑坚实的安全大堤，再创安全生产新局面，再谱安全生产新篇章！

# 右江水利公司召开子公司所属水电工程运行管理规范化建设工作推进会

周少良

3 月 24 日，右江水利公司召开子公司所属水电工程运行管理规范化建设工作推进会。枢纽管理中心（防汛办）主任王洋主持会议，珠江委建管处应邀到会指导。

会议指出，开展子公司所属水电工程运行管理规范化考核评价工作，是贯彻落实珠江委 2022 年工作会议和右江水利公司 2022 年工作会议精神的具体举措，是规范完善工程运行管理、保障工程安全和效益正常发挥的有力抓手。各子公司要高度重视，抓紧开展相关工作，确保各节点工作任务按时高质量完成。

会议强调，各子公司要坚持问题导向和目标导向，以《水库工程管理标准化评价标准》为蓝本，科学编制所属水电工程运行管理规范化评价指标；要聚焦工程状况、安全管理、运行管护和管理保障等方面，实事求是地选取符合工程实际的考核项目并相应调整赋分，制订差异化的考核评价标准。

会议要求，各子公司要尽快编制完成所属水电工程运行管理规范化评价指标，并按时报公司审核。枢纽管理中心（防汛办）要认真总结百色水利枢纽创建国家级水管单位的先进经验，对子公司编制考核指标实施全过程指导，充分发挥示范带动作用，确保考核指标编制成效。

公司工程运行管理规范化建设工作组成员参加会议。

# 右江水利公司党委中心组召开2022年度第三次集中学习（扩大）会议

卢兰静

3月25日，右江水利公司党委中心组召开2022年度第三次集中学习（扩大）会议，传达学习贯彻习近平总书记重要讲话精神、全国“两会”精神，专题学习习近平总书记关于防范风险挑战、应对突发事件的重要论述。公司党委书记、董事长肖卫国主持会议并讲话，党委中心组成员参加学习。

会议强调，要深入学习领会习近平总书记重要讲话精神、重要论述和全国“两会”精神，切实把思想和行动统一到总书记的重要讲话精神和党中央的决策部署上来。

一要及时传达，深入学习领会。公司各部门各党支部要结合学习党的十九届六中全会精神和中央纪委六次全会精神，迅速组织传达学习。深刻认识习近平总书记提出的“五个必由之路”和“五个有利条件”的重要论述，切实把学习成果转化为干事创业的强大动力，迎难而上、砥砺前行、奋发有为。

二要结合实际，抓好贯彻落实。各部门、各子公司要紧盯年度目标任务和党史学习教育民主生活会整改清单，明确责任和时限，以只争朝夕的紧迫感和时不我待的责任感，发扬钉钉子精神，强化责任担当，保质保量完成各项工作任务。

三要贯彻落实习近平总书记对疫情防控的最新指示精神，慎始如终从严抓实抓细公司疫情防控工作。要克服麻痹思想、厌战情绪、侥幸心理、松劲心态，发扬顽强的工作作风，统筹生产经营和疫情防控，两手抓、同推进，务必做到守土有责，守土尽责。

公司中层正职及以上领导，各部门、各子公司主要负责人参加学习。

# 右江水利公司召开百色水利枢纽坝区开发建设协调推进会议

黄　茵

3月23日，右江水利公司组织召开百色水利枢纽坝区开发建设协调推进第一次会议，标志着工程坝区建设迈进实质性步伐。公司党委副书记、总经理袁文传，党委委员、总工程师邓勋发出席会议并讲话，会议由公司党委委员、副总经理王伟主持，华蓝设计（集团）有限公司相关人员应邀参会。

会议指出，公司党委高度重视百色水利枢纽坝区规划建设，不忘初心使命，胸怀“国之大者”，坚持靠前指挥，筑牢安全防线，盘活闲置资源，始终把运行好、管理好百色水利枢纽工程作为捍卫“两个确立”、做到“两个维护”的践行。会议听取了发展经营部对项目开发建设的政府审批流程、项目前期工作的推进难点等情况的汇报，华蓝设计（集团）有限公司就项目开发工作中可能遇到的问题分享了经验，与会人员对项目开发建设的前期工作提出了相关建议。

袁文传对百色水利枢纽开发建设的前期推进给予充分肯定，并对下一步工作进行了部署：一是百色水利枢纽坝区综合开发是加强工程运行现场管理、提升企业形象面貌、发挥闲置资源价值的重要举措，公司各部门要深入贯彻以人民为中心的发展思想，提高政治站位，全力做好坝区的开发建设前期工作，有序推进各项建设任务；二是尽快成立百色水利枢纽坝区开发建设工作专班，明确各部门工作职责，定期召开建设推进碰头会，及时沟通、有效解决坝区建设推进过程中的各种问题；三是认真分析研究上级主管部门的相关政策要求，加强与百色市各级党委政府部门沟通，明确项目开发建设的定位；四是公司各部门要高度重视，互相配合，抓住重点、突破难点，齐心协力推进坝区开发建设工作，力争年底前完成工程设计，早日实现项目开工。

办公室（董事办）、发展经营部、技术管理部（总工办）、库区管理中心、枢纽管理中心、综合服务中心等部门负责人及相关人员参加会议。

## 强化“四预”措施　赋能工程安全运行管理

翟艳军

近年来，受全球气候变化和人类活动影响，全球气候变化加剧、极端天气增多，我国气候形势愈发复杂多变，水旱灾害的突发性、异常性、不确定性更为突出，局地突发强降雨、超强台风、区域性严重干旱等极端事件明显增多，我国水旱灾害多发重发态势日益增加。强化预报、预警、预演、预案措施是有效提升防范化解重大安全风险能力的有效措施，是统筹发展和安全，确保工程运行安全的具体体现。

右江水利公司坚持以人民为中心的安全发展理念，始终树牢风险意识、坚守底线思维，抓牢水利工程安全运行责任，为地方经济社会安全发展提供了强有力的水利支撑。为实现百色水利枢纽“工程不出问题，效益正常发挥”目标，枢纽管理中心（防汛办）在右江水利公司党委坚强领导下，主动担当作为，全面强化“四预”措施，不断推进百色水利枢纽工程防洪度汛、水库调度、安全监测、维修养护等信息化建设，赋能工程安全运行管理。

## 一、数字赋能，“预报”水平稳步提升

百色水利枢纽自建成投运以来，水电站边坡及副坝变形监测、水情预报等工作自动化程度低，不能满足工程运行管理标准化、信息化要求。枢纽管理中心（防汛办）坚持问题导向，补短板、强弱项，以“安全、实用、经济”为原则，以百色水利枢纽水调自动化、洪水预报、安全监测信息管理等标准化、信息化建设为主线，突出基础设施及信息系统升级改造，加强数字信息采集和数字技术应用，不断增强水雨情预报及工程安全监测数据感知能力与数字算法能力，枢纽日均来水预测准确率从以往80%左右提升到86.5%，位居广西电网统调龙头水电厂前列，水工建筑物安全监测信息采集及时性和准确度得到稳步提升，为工程安全运行提供了保障。

## 二、算据研判，“预警”机制全面形成

枢纽管理中心（防汛办）适时邀请防汛、电力调度、气象、水文等方面的专家召开水情分析会商会，利用水文气象部门全球最新气象、台风、水雨情大数据，分析百色水利枢纽工程区域水雨情形势和防洪风险形成造成的影响，研判枢纽可能遭遇的洪水情况，及时发布会商成果。针对遭遇不同重现期叠加副坝出险等不同场景数据编制洪水风险图，测算洪水到达时间及影响范围，做好与地方政府的洪水预报信息共享，确保预警信息及时传达到工程现场一线。组织开展“无死角、无漏洞”各阶段防汛专项检查，综合分析研判重点部位和关键环节问题数据，消除安全度汛风险隐患。结合及时采集的水工建筑物安全监测数据，重点分析安全监测数据异常情况，研判水工建筑物运行安全变化趋势，及时提供工程运行安全预警信息，为右江水利公司安全运行管理决策提供有效支撑。

## 三、算法优化，“预演”确保调度合理

枢纽管理中心（防汛办）汛期坚持每周会商，强降雨、台风影响期间加密会商，统筹分析水雨情形势和水工建筑物安全监测成果资料，结合建筑物运行工况，组织开展枢纽工程遭遇不同量级洪水应急调度桌面推演，“预演”不同来水情况下的水库多目标调度方案，结合水库水资源开发利用要求，动态优化调整。主汛

期来临之前，积极参加珠江委组织的流域防洪调度演练，研判流域多库联调时百色水库的防洪安全运行条件。及时分析后汛期来水形势，会商研判汛末蓄水方案，在满足百色水库安全运行条件下，发挥水资源配置“第三道防线”功能，满足枯水期多目标调度要求。

### 四、完善算力，“预案”修编做实做细

枢纽管理中心（防汛办）立足极端强降雨、区域集中强降雨、超标准洪水等最不利情况，结合以往防汛资料和演练成果，不断修订完善大坝安全管理、防洪抢险、超标准洪水等应急预案，组织编制枢纽工程防洪调度、兴利调度、汛末蓄水、安全监测等方案，持续提升预案、方案的针对性、实用性和可操作性，开展防洪度汛和应急抢险预案监督检查，督促问题整改到位，确保方案预案精细实用。

随着大数据、云计算、物联网、人工智能、5G、区块链等新技术的快速发展与深度应用，人类社会已经进入真正的“数字时代”。“十四五”时期，我国以提升国家治理体系和治理能力现代化为目标，数字化应用不断向更深层次、更宽领域拓展，数字社会化、社会数字化成为国家治理、经济社会发展和人们生活方式的常态。水利部也已全面启动数字孪生流域及数字孪生工程建设，右江水利公司正在积极推进百色水利枢纽数字孪生工程建设，枢纽管理中心（防汛办）将持续深入落实习近平总书记“节水优先、空间均衡、系统治理、两手发力”治水思路和新阶段水利高质量发展六条实施路径要求，按照右江水利公司党委要求，结合枢纽工程运行管理实际，扎实推进百色水利枢纽水调自动化、洪水预报、安全监测等数字孪生建设，强化“四预”措施，贯通“四情”防御，不断提升水情预报、水量调度、防洪度汛和安全监测的算据、算法、算力，支撑公司工程安全运行管理精准化决策，推动新阶段右江水利公司高质量发展。

## 右江水利公司组织开展2022年防汛值班培训

翟艳军

为做好2022年百色水利枢纽防洪度汛工作，明确各级防汛值班人员岗位职责及工作任务，切实提高值班人员履职能力，3月29日，右江水利公司防汛办组织开展防汛值班培训。

培训先对修订后的防汛值班制度进行宣贯，分别就防汛值班人员岗位职责、

工作任务、注意事项进行宣讲；随后对坐班人员收发文件、水情信息查询、突发事件报告等工作流程进行详细讲解；防汛办对与会人员提出的问题进行解答。

通过培训，进一步严肃了防汛值班工作纪律，明确了各自所肩负的职责，提高了实际操作能力，为保障汛期各类信息及防汛指令的顺畅传递奠定了基础。

2022 年，百色水利枢纽防汛值班长、坐班人员在南宁、百色参加培训。

# 右江水利公司组织召开<br>水利工程标准化管理建设视频工作会

周少良　李铭炜

3 月 29 日，右江水利公司在南宁、百色组织召开水利工程标准化管理建设视频工作会，强化 2021 年度水管单位考核复核问题整改，深入研究 2022 年度水利工程标准化管理建设相关工作。公司党委副书记、总经理袁文传出席会议并讲话，公司各部门负责人及相关人员参加会议。

会议学习了水利部印发的关于推进水利工程标准化管理的指导意见、水利工程标准化管理评价办法及大中型水库标准化管理评价标准，深入分析了 2021 年水管单位考核复核提出的整改问题，要求公司各部门负责人按问题分类和规定时限尽快整改到位，分组提出自检报告。

会议指出，水利工程标准化管理的指导意见和评价办法，是强化工程安全管理、消除重大安全隐患，落实管理责任、完善管理制度、提升管理能力、建立健全运行管理长效机制，全面推进水利工程标准化管理建设的指导性文件，公司各部门、子公司要认真学习领会研究，并以此为契机，查找自身不足，有针对性地改进工作，不断提升规范化管理水平，统筹推进公司水利工程标准化管理建设工作。

会议强调，公司各部门、各子公司要全面从严压实责任，勇于担当，狠抓落实，紧紧围绕推动水利工程标准化管理主题，强化底线思维、增强忧患意识，按照水利工程标准化管理的指导意见和评价办法，保质保量地完成各项任务，加快推进水利工程标准化管理建设各项工作，确保工程不出问题，效益正常发挥。一是要结合实际尽快研学推进水利工程标准化管理的指导意见、水利工程标准化管理评价办法等规定，以建立管理工程运行管理标准体系为主线，以落实管理工程状况、安全管理、运行管护、管理保障和信息化建设等方面事项为标准化管理任务，以明确标准化基本要求和水利部评价标准为目标，按照因地制宜、循序渐进的工作思路，组织制订本单位本部门切实可行的水利工程标准化管理工作实施方案。二是落实责任，积极推进。枢纽管理中心（防汛办）和各子公司要落实管理主体责任，相关部门要落实分管责任，责任落实到人，主动担当作为，严格执行水利工程运行管理现行制度和标准，充分利用信息平台和管理工具，规范管理行为，提高管理能力，从工程状况、安全管理、运行管护、管理保障和信息化建设等方面，实现所管水利工程全过程标准化管理。三是沟通协调，全面实施。公司各部门、各子公司要加强与水利部、珠江委的主管部门联系和沟通协调，学深弄懂悟透水利部水利工程标准化管理的指导意见和评价办法及工作要求，厘清工作步骤，制订工作方案，建设标准体系，按时保质保量全面推进水利工程标准化管理的实施和评价工作，不断提升公司管理水利工程安全高效稳定运行业务水平，推动公司新阶段高质量发展。

# 右江水利公司防汛办组织召开百色水利枢纽防汛相关预案研讨会

翟艳军

为进一步提升预案的针对性、实用性和可操作性，3 月 31 日，公司防汛办组织有关部门召开百色水利枢纽防汛相关预案研讨会。

会上，防汛办介绍了百色水利枢纽防洪抢险应急预案和超标准洪水应急修编的主要内容、修订依据等。与会人员围绕预案内容进行了深入讨论，本着将预案做实做细的原则，逐条逐句研究预案细节，特别是对工程险情上报流程、公司相关部门职责和应急响应启动条件等进行重点讨论，使其更加规范、合理、实用，满足防洪抢险应急需要。下一步，防汛办将进一步完善预案，及时报地方政府相关部门审查批复，为百色水利枢纽安全度汛保驾护航。

右江水利公司副总工程师，安全监督部、库区管理中心、右江水力发电厂、综合服务中心负责人及有关人员参加会议。

# 右江水利公司组织开展“壮族三月三”和清明节期间安全专项飞检

赵松鹏

4月2日至6日，右江水利公司党委委员、副总经理王伟组织安全监督部等有关部门开展“壮族三月三”和清明节期间安全专项飞检，以“四不两直”方式对百色水利枢纽及那比水电站的防汛准备、电力生产、机组检修、值班纪律、疫情防控措施、安保应急响应等进行“飞检”，重点核实3月水利部督查办飞检发现问题的整改落实情况。

检查组一行先后到百色水利枢纽香（银）屯副坝、主坝生活区、汪甸防护堤、主坝和电厂及那比水电站等地，现场对生产工作情况、设备运行状况、员工作业行为等进行细致检查，对水利部督查办检查发现问题的整改落实和举一反三情况进行逐一核实，并以“实战方式”现场检查百色水利枢纽工程安保人员反恐防暴应急响应措施。

王伟指出，公司在“壮族三月三”和清明节期间安全生产形势总体平稳，生产现场井然有序、现场值班纪律良好、疫情防控措施到位，水利部督查办检查发现的问题基本按要求进行整改。

王伟强调，各部门各子公司要深刻认识节假日期间防洪度汛任务艰巨、机组检修全面铺开、疫情呈现点多频发等多重因素交织的严峻性和复杂性，切实增强安全生产的责任感，严防触碰安全红线底线，时刻强化风险隐患防范意识，始终把风险隐患当事故对待，积极主动防范风险、发现风险、消除风险，一是要居安思危，越是节假日期间越要时刻提高警惕，杜绝麻痹思想、厌战情绪，主动把自己职责范围内的安全风险防控好。二是要压实责任，对照排查出的隐患清单，明确整改责任人、整改措施和整改期限，确保按期保质完成隐患整改。三是要举一反三，全面组织开展自查自纠，把隐患消除在萌芽状态，不断筑牢安全生产根基，塑造有利于公司高质量发展的安全环境。

# 防汛保平安、合力促发展
## ——清源电力公司开展2022年防汛联合应急演练活动

吕 盟

为贯彻落实水利部2022年水旱灾害防御工作视频会议精神，坚持“以人为本、安全第一、预防为主、综合治理”的方针，结合公司防汛工作部署安排，4月8日，清源电力公司联合洞巴电站、瓦村电站，并邀请县水利局、县防汛抗旱指挥部、那比乡人民政府在那比水电站厂区共同开展“清源电力公司2022年防汛联合应急演练活动”，以检验那比水电站防汛应急处置能力，提高与地方防汛部门及上下游电站的联调联防联控机制，确保沿岸群众生命财产安全。

随着一声急促的预警声响起，那比水电站联合防汛应急演练正式拉开序幕。此次演练模拟在瓦村电站高水位运行情况下，西洋江流域发生超标准洪水洪峰将超过1500立方米每秒、机组进水蝶阀旁通阀喷水、全厂失压、尾水壅高倒灌水淹厂房等多个环节。在演练现场，各应急小组各司其职，积极应对处置突发事件，经联系县防汛抗旱指挥部，统一协调调度，3座梯级电站密切联调自下而上依次泄洪，科学联控调度、合理削峰滞洪。本次活动还实战演练了在厂房发电机层垒筑挡水围堰；利用柴油发电机供电启闭弧门；紧急关闭尾水平台防洪门等重要防洪措施。整个演练过程有条不紊、整齐有序，全体参演人员思想统一，指挥人员沉着冷静，演练人员反应迅速，参与演练的各组工作人员配合密切，达到了演练预期目标。

通过本次演练，使大家熟悉并掌握了汛期突发事件的应急处置步骤，进一步提高了防洪度汛的快速反应能力、组织协调能力和应急处置能力，促进与地方防汛部门、上下游电站之间的密切协作，增强了防洪度汛的协同意识和团队协作精神，为那比水电站安全平稳度汛奠定了坚实的基础。

# 右江水利公司顺利通过<br>水利安全生产标准化一级单位延期换证

卢学良 甘 雨

近日，水利部印发文件公告，右江水利公司符合水利安全生产标准化一级单位延期换证条件，顺利通过审核。

为全面贯彻落实习近平总书记关于安全生产重要论述和指示批示精神，右江水利公司坚持以水利安全生产标准化持续改进和动态管理为抓手，紧紧围绕公司补短板、强弱项、防风险中心工作，扎实开展各项安全生产工作，不断健全安全生产标准化体系、加大安全生产投入、全面构建双重预防机制、规范生产现场管理、强化应急管理能力建设，持续夯实基础、筑牢防线，推动水利安全生产标准化持续改进。公司自 2016 年初次获评水利安全生产标准化一级单位以来，更加严格规范安全标准化管理，按照相关要求，进一步补充和完善公司安全生产管理制度、操作规程、风险分级管控、隐患排查治理、应急体系建设、现场管理等，在 2019 年首次通过延期换证审核后，2022 年再次顺利通过延期换证，这是巩固安全生产标准化成果、提升公司安全管理水平的最好见证。

安全生产工作永远在路上，右江水利公司将以此次水利安全生产标准化一级单位证书延期换证为契机，继续做好水利安全生产标准化持续改进和动态管理工作，不断提高安全生产管理水平，坚决防范遏制生产安全事故，为公司高质量发展提供有力的安全保障。

# 政治引领　提升能力<br>全力推进工程运行管理高质量发展

周少良　翟艳军

近日，枢纽管理中心（防汛办）召开部门会议，传达公司近期系列会议精神并部署部门近期重点工作，公司党委副书记、总经理袁文传出席会议并讲话，强调枢纽管理中心（防汛办）广大干部职工要突出政治引领、发挥党员先锋作用、提升部门职工履职能力，全力做好新阶段百色水利枢纽工程高质量运行管理各项工作。

## 一、党的干部“姓党”，突出政治引领

枢纽管理中心（防汛办）广大干部职工要从党的阶级性、先进性和群众性三个方面牢牢把握自身的政治地位，坚持党的干部“姓党”，牢记是党的事业的骨干，做到忠诚干净担当。要始终坚持以习近平新时代中国特色社会主义思想为指导，深刻领悟“两个确立”决定性意义，胸怀“国之大者”，不断提高政治站位，增强“四个意识”，坚定“四个自信”，做到“两个维护”。坚决贯彻落实党中

央、国务院决策部署，按照水利部党组、珠江委党组和公司党委要求，主动担当作为，干在实处走在前列。

## 二、落实决策部署，发挥先锋作用

枢纽管理中心（防汛办）广大干部职工要深刻学习贯彻“节水优先、空间均衡、系统治理、两手发力”治水思路，对表对标推动新阶段水利高质量发展的六条实施路径要求，落实公司2022年七项重点工作任务，扎实做好百色水利枢纽工程防洪度汛、水库调度、安全监测、维修养护等运行管理工作。科学精细调好每一方水，不断优化枢纽运行调度方案，抓好汛末蓄水工作，提高水库综合利用效率，坚持“一盘棋”思想，从空间上统筹考虑上下游、左右岸、干支流，提前考虑在百灌、百航工程建成后工程调度运用方式，充分利用地方政府部门的水文、气象等信息，推进遥测站网升级改造，满足发电、航运、供水、生态等多目标调度需求，发挥好郁江流域控制性工程及粤港澳大湾区枯水期供水保障的“第三道防线”关键作用。做好工程建筑物安全监测成果分析研判，加强工程运行管理，加快推进遥测地震台网修复、智能感知巡检系统建设、安全监测系统升级改造等项目实施，落实水工建筑物“四预”措施，提升现代化运行管理水平。

## 三、科学求实创新，提升履职能力

枢纽管理中心（防汛办）广大干部职工要不断提高学习力、工作力、创新力。学习力是基础能力，要适应新形势新任务新要求，注重自我修炼，学习最新马克思主义理论知识，学习最新政策法规标准，学习经济、财务、管理等社会科学知识，坚持终身学习，缺什么学什么，需要什么学什么，完善知识结构，增长实践才干，增强理想信念，修炼思想品德，全面提高干事兴业本领素质。工作力是生存能力。工作的前提就是始终把政治标准放在首位，培育良好专业品质，把管理责任扛在肩上，把企业发展的使命放在心上，以健康体魄承担党交给的各项工作任务，提高人、事、绩三方面的能力，在急难险重工作中发挥关键作用。创新力是发展能力。创新是事业发展的源动力，是推动事业发展进步的阶梯，是增长知识才干的基础。要有本领不够、才干不足的紧迫感，要有敢于探索的精神、敢于创新的魄力，敢于打破传统的桎梏，迎难而上、敢想敢做，努力让创新成为自觉，为公司高质量发展作出贡献。

枢纽管理中心（防汛办）广大党员干部职工一致表示，在公司党委领导下，自觉加强思想淬炼、政治历练、实践锻炼、专业训练，坚持“三严三实”，重实干、重实绩、重实效，落细落实，主动作为，真抓实干，有序有效推动部门年度督办事项和重点工作落实落地，全力做好新阶段水利工程高质量运行管理，为公司高质量发展贡献力量。

# 右江水利公司参加珠江委直管工程风险隐患排查整治视频工作会

甘　雨

近日，珠江委召开直管工程风险隐患排查整治视频工作会，右江水利公司党委委员、副总经理马建新在南宁分会场出席会议，公司安全监督部、枢纽管理中心和各子公司参加会议。随后，公司召开了风险隐患排查整治工作动员推进会议，对相关工作进行了安排部署。

会上，公司安全监督部向珠江委汇报了公司所属小水电站和水利设施运行安全风险隐患排查整治，水利部督查办飞检发现问题整改落实等情况。珠江委建管处、水保农水处和监督处在线查看并核对了各项排查整治工作落实的图文资料，并提出了整改意见和改进要求，要求右江水利公司认真推进排查整治工作，做到风险隐患闭环管理并及时反馈，加强对重要设备设施自查自纠，特别是金结、机电、电气、压力管道等设备设施，确保工程运行安全。

马建新表示，一是要在思想上高度重视，行动上狠抓落实，对没整改完成的问题，严格按照“五落实”的要求立即组织完成整改。二是各子公司小水电站的隐患排查与整改情况要按要求及时录入“小水电风险隐患排查整治系统”。三是围绕安全生产标准化主题，狠抓落实。严格规范安全标准化管理，推动水利安全生产标准化持续改进。

在随后的动员部署会上，马建新传达部署了水利部下一阶段安全生产工作的要求，与各相关部门、子公司研究了排查整治工作推进事项和存在困难。马建新强调，一是要加快推进公司水利工程标准化管理各项工作，要深入学习，吃透运行管理标准化有关文件精神、把握标准规范内涵，研究确定各电站运行管理标准化指标、方案。二是加强学习《水利监督检查办法问题清单》，对标对表水利部清单要求，注重学习成效，将成果转化为指导实践促进工作的强大动力。三是要落实“一岗双责”，加强隐患排查水平能力，提高发现隐患问题的数量与质量，并深入思考隐患产生的根本原因，消除隐患产生的根源，做到举一反三。四是整改力度上要提高，做到思想到位、责任到位，整改落实到位。五是强化主体责任落实，从严从实，责任到岗到人，在危险源辨识评价、隐患排查治理、应急体系建设、教育培训上多方面抓好主体责任落实。

# 右江水利公司深入学习贯彻习近平总书记“3·14”重要讲话精神

黄燕晓

4月18日，右江水利公司党委中心组召开2022年第4次集中学习（扩大）会议，对习近平总书记2014年3月14日在中央财经领导小组第五次会议上关于水安全的重要讲话精神和关于治水重要讲话指示批示进行再学习、再领会、再贯彻、再落实。公司党委书记、董事长肖卫国主持会议并讲话。公司党委中心组全体成员参加学习研讨。

会议指出，习近平总书记“节水优先、空间均衡、系统治理、两手发力”治水思路和关于治水重要讲话指示批示，是科学严谨、逻辑严密的治水理论体系，是新时代治水事业的强大思想武器和科学行动指南，是右江水利公司做好各项工作的根本遵循，必须对表对标、坚定不移、不折不扣抓好贯彻落实。

会议要求，公司各部门、各子公司要学懂弄通做实习近平总书记“节水优先、空间均衡、系统治理、两手发力”治水思路和关于治水重要讲话指示批示，力争实现更高质量、更有效率、更可持续、更为安全的发展。一要牢牢守住安全底线。以保障防洪安全为核心，以更高的标准、更严的要求、更实的作风压紧压实各项责任措施，全面做好公司安全生产管理工作。二要持续抓好防洪度汛。立足防大汛、抢大险，坚持防住为王、“预”字当先、“实”字托底，落实“四预”措施，持续做好各项防洪度汛工作。三要强化工程运管能力。围绕“工程不出问题，效益正常发挥”根本目标，大力推进工程运行标准化建设，利用信息化技术提升工程运管能力，推动水库调度向多目标精细化调度转变，实现枢纽工程综合效益最大化。四要全面加强库区管理。运用好河长制湖长制，管好“盆中的水”和“盛水的盆”，促进库区内“人的错误行为”得到有效管控，保护好库区的水生态水环境。五要加快智慧百色枢纽工程建设。以建设“智慧百色枢纽”为目标，加快推动百色数字孪生水利工程建设，赋能工程运管传统产业转型升级。六要强化公司经营管理。强化忧患意识，坚持勤俭办事，继续过“紧日子”，加强预算管理，积极谋划，提升公司效益，爬坡过坎滚石上山咬紧牙关谋求更大发展，以优异成绩迎接党的二十大胜利召开。

公司中层正职及以上领导、各部门和各子公司主要负责人参加学习。公司领导、库区管理中心、枢纽管理中心负责人作交流发言。

# 右江水利公司党政负责同志深入百色水利枢纽开展安全生产检查

吴晓华

4 月 19 日，右江水利公司党委书记、董事长肖卫国，党委副书记、总经理袁文传分别深入百色水利枢纽各一线开展安全生产检查，进一步加强水利设施安全管理，落实安全生产主体责任，全力保障防洪度汛生产安全。公司党委委员、副总经理马建新一同参加检查。

在右江水力发电厂和副坝，肖卫国详细了解电厂机组设备运行情况，认真听取 1# 机组大修作业流程、工作进度和现场安全管理情况汇报，着重查看了百色灌区现场施工进展。他要求，要加强与机组检修项目实施单位的协同配合，周密部署，加强机组检修现场安全管理，严格管控进度、规范作业，保质保量顺利完成 1# 机组检修任务。要统筹好机组检修与电厂保供电之间的关系，有力保障广西电网的安全运行。要强化特种设备、水工建筑物等设备设施维修养护，不断提升设备精细化管理水平。

肖卫国检查时指出，安全主体责任单位要全面贯彻习近平总书记关于东航“3・21”航空器飞行事故重要指示和全国安全生产电视电话会议精神，水利部办公厅关于开展水利安全生产大检查的通知要求，深入开展安全生产检查，采取有力措施清除各类风险隐患，坚决遏制重特大事故，确保工程安全、人员安全。要坚持党政同责、一岗双责、齐抓共管、失职追责，管行业必须管安全，管业务必须管安全，管生产经营必须管安全。要坚持以人民为中心的发展思想，坚持人民至上、生命至上，统筹发展和安全，始终保持如履薄冰的高度警觉，做好安全生产各项工作，决不能麻痹大意、掉以轻心。各级负责同志要亲力亲为、靠前协调，认真履行各自岗位的安全职责，层层落实到基层一线，坚决反对形式主义、官僚主义。

在百色水利枢纽主坝、副坝、汪甸防护堤，袁文传分别对现场消防设施安放设置、防汛物资储存储备、设施设备运行状况和管理情况、汛前检查问题整改情况及管理人员处突能力进行了检查，仔细查阅了现场巡查值守记录和设施设备运行记录等台本台账。他指出，要进一步提高政治站位，全面贯彻落实安全生产责任制，坚持“一岗双责”“三管三必须”的原则，夯实岗位责任，以不断完善安全生产管理体系建设、持续强化安全生产管理、建立评价标准及评价机构为抓手，全面筑牢安全防线，坚决遏制安全事故发生。

右江水利公司安全监督部、枢纽管理中心(防汛办)、右江水力发电厂、综合服务中心负责人及相关人员参加检查。

# 江河资产公司召开 2022 年第二季度安全生产工作会议

陆　勤

近日，江河资产公司分别在南宁、百色召开 2022 年第二季度安全生产工作会议。江河资产公司负责人及各部门相关人员参加会议。

会议传达学习习近平总书记关于安全生产的重要论述、全国安全生产电视电话会议精神，传达近期有关生产安全事故通报情况，总结 2022 年第一季度安全生产工作完成情况，部署 2022 年第二季度安全生产重点工作，对相关问题进行了研究讨论。

会议指出，要进一步提高政治站位，高度重视安全生产工作，牢固树立人民至上、生命至上的安全理念，坚决扛起安全生产责任重担，将以人民为中心的思想落实到具体行动中，严格按照年度安全生产工作要点落实各项工作任务。一是着重加强薄弱环节、重点部位和重要时段的安全生产监督管理，主动作为、主动担责；二是重点做好危险源辨识、风险管控和隐患排查治理，发现问题第一时间处理，全面排查整治各类安全隐患，坚决遏制各类生产安全事故；三是强化应急预案的修订、完善和实战演练，切实强化风险防范和事故灾害应急处置能力；四是加强安全教育培训，切实提升业务水平，加强安全技能培训，全面提升员工的整体安全素质；五是进一步完善制度体系建设，有效提升安全管理水平，建立健全各项安全管理制度和规章制度，约束、规范职工的不安全行为，从而达到控制和减少事故的目的。

# 办公室党支部开展主题党日活动　再学习、再领会、再贯彻、再落实习近平总书记“3·14”重要讲话精神

吴晓华

4月27日，右江水利公司办公室党支部召开主题党日活动，集体对习近平总书记2014年3月14日在中央财经领导小组第五次会议上关于水安全的重要讲话精神和关于治水重要讲话指示批示再学习、再领会、再贯彻、再落实。公司党委委员、副总经理马建新以普通党员身份参加学习。支部全体党员参加。

学习指出，习近平总书记提出的“节水优先、空间均衡、系统治理、两手发力”治水思路，为新阶段水利高质量发展提供了根本遵循。习近平总书记“3·14”重要讲话内涵丰富、指向明确，贯穿其中的一条主线就是治水要从改造自然、征服自然转向调整人的行为、纠正人的错误行为。水利部党组准确把握“节水优先、空间均衡、系统治理、两手发力”治水思路精髓和治水矛盾的变化，提出了新阶段水利高质量发展的六条实施路径，确立了水利工作的主攻方向。我们要牢牢把握水利工作转型升级的重大战略机遇，深化认识，坚定信心，扎实推进右江水利事业各方面落地落实。

学习指出，办公室、党群部和工会是办公室支部的重要组成单元，有着服务职工、服务公司的共性职能，各党员干部要认真贯彻落实习近平总书记“3·14”重要讲话精神，切实按照“四心”工作法，围绕公司中心工作，充分发挥职能作用，为公司高质量发展提供服务支撑。一要以提升服务工作精细化水平为着力点，围绕大局搞运转，想在前、谋在先，主动沟通、搞好联动。积极探索加强和改进服务质量的新途径，探索实现由被动服务向主动服务、由传统型服务向创新型服务转变。二要以高质量党建引领保障高质量发展为主题，把务实、结合、创新作为开展工作的出发点和落脚点，推动公司党建工作稳步推进向高质量发展。三要竭诚为职工群众服务，全心全意为广大职工群众服务，认真倾听职工群众呼声，维护好广大职工群众合法权益，扎扎实实为职工群众做好事、办实事、解难事，不断促进公司和谐的劳动关系。

会议还学习了习近平总书记关于防范风险挑战重要论述、中共中央办公厅印发《关于推动党史学习教育常态化长效化的意见》文件精神，传达公司党委书记肖卫国、纪委书记汤进为在2022年党建和党风廉政建设工作会议上的讲话。

# 右江水利公司举办企业讲解员礼仪培训

李冬悦

为提高右江水利公司宣传讲解员的综合业务水平,进一步提升企业良好形象。近日，公司在南宁开展企业宣传与形象塑造专题培训，特邀国家高级礼仪培训师杨珩现场授课。公司专职及兼职讲解员参加培训。

培训现场。

培训中，杨珩以形体训练、表达训练、展厅演练等为重点，针对讲解员工作内容、仪容仪表、口头表达等要素进行了一对一教学。同时，杨珩加强现场互动，她以风趣幽默的教学语言激发和带动现场气氛，全身心投入和模拟多种情景，并从专业角度分析了不同场合所采用的不同礼仪礼节。最后环节，杨珩以轻快的节奏，辅以朗朗上口的礼仪操口诀带领大家进行了形体训练。

参加培训人员纷纷表示，通过此次培训，加深了对讲解员形象与礼仪接待的了解，对提升服务质量起到了重要作用，为促进右江水利公司文化提升工程建设奠定了基础。

# 完整准确全面理解，深入学习贯彻落实
## ——枢纽管理中心党支部开展深入学习贯彻落实习近平总书记“3·14”重要讲话精神主题党日活动

翟艳军

4月27日，枢纽管理中心党支部开展主题党日活动，对习近平总书记“3·14”等治水重要论述讲话精神和李国英部长在深入贯彻落实习近平总书记“3·14”重要讲话精神会议上的讲话进行学习研讨。公司党委副书记、总经理袁文传以普通党员身份参加活动。

活动开始，支部全体党员为4月入党的同志过了政治生日，支部委员以中央经济领导小组发展史为题讲了微党课，支部全体党员集中观看广西壮族自治区党委摄制的专题片《紧跟伟大复兴领航人踔厉笃行》第一集“牢记嘱托担使命”，随后支部书记随机指定两名党员作交流发言，谈学习心得体会，最后，袁文传同志结合习近平总书记“3·14”重要讲话精神学习体会，作了重点发言。

活动认为，习近平总书记“3·14”重要讲话及关于治水系列重要讲话批示指示，始终贯穿了“节水优先、空间均衡、系统治理、两手发力”治水思路这条主线，形成了科学严谨、逻辑严密的治水理论体系，开辟了中华民族治水思想的崭新境界，让我们站在中华民族伟大复兴和永续发展的高度，深刻认识治水的战略地位和支撑保障作用的重大意义，为我们推动新阶段水利企业高质量发展指明了方向，提供了原动力。

活动指出，支部全体党员要心怀“国之大者”，坚持以人民为中心，统筹发展与安全，遵循客观规律，切实提高政治站位、政治能力和业务水平，通过逐字逐句学、系统联系学、结合推动水利企业高质量发展实际需要学，学通弄懂做实“节水优先、空间均衡、系统治理、两手发力”治水思路丰富内涵、精神实质和实践要求，以实际行动捍卫“两个确立”，践行“两个维护”，从中找到推动水利企业高质量发展的对接点、突破点和增长点。

活动要求，枢纽管理中心（防汛办）和库区管理中心要对表对标、坚定不移、不折不扣地抓好贯彻落实，紧扣主责主业，坚持问题导向，学思践悟，用学习成果指导实践、推动工作、解决问题，在贯彻落实水利高质量发展中推动水利企业高质量发展。一是守牢水旱灾害防御底线。要坚持人民至上、生命至上，深入贯彻落实“两坚持、三转变”防灾减灾救灾理念，锚定人员不伤亡、水库不垮坝、重要堤防不决口、重要基础设施不受冲击的目标，加快完善“四预”措施，贯通“四情”防御，科学细致调度，严格执行指令和防汛工作纪律，逐项目、逐环节开展防汛安全风险隐患全覆盖、全过程排查治理，筑牢抵御水旱灾害安全防线，全面提升洪涝灾害防御能力，全力保障工程沿线人民群众生命财产安全。二是统筹调配系统治理。要统筹协调百色水利枢纽工程上下游、左右岸、干支流关系，要坚持上下游水库联防联调系统管理，不断提升水资源统筹调配、安全保障和战略储备能力，实现安全可靠、绿色智能、调度科学、蓄泄有序的目标，确保工程不出问题、效益正常发挥。三是强化体制机制法治管理。要坚持依法治理，充分运用河（湖）长制工作机制，持续推动清理整治库区“四乱”问题，保障河道行洪畅通，维护库区生态空间完整。抓好库区日常监督管理，全力做好水库岸线保护和生态环境监测，维护库区正常水事秩序。四是以党建引领水利企业深度融合发展。党员干部特别是年轻干部要站在全面建设社会主义现代化国家新征程上，坚持以习近平新时代中国特色社会主义思想为指导，深入贯彻落实“节水优先、空间均衡、系统治理、两手发力”治水思路，在水利部党组、珠江委党组和公司党委的正确领导下，大力弘扬伟大建党精神，充分发挥党员先锋模范带头作用和支部战斗堡垒作用，全力推动党建工作与水利企业高质量发展深度融合，加强学习、抓住机遇研究新问题，凝心聚力、真抓实干解决新问题，踔厉笃行、担当作为，建功新时代。

枢纽管理中心党支部全体党员、入党积极分子参加。

## 右江水利公司工会第五届三次职工代表暨会员代表大会顺利召开

吴晓华、李　俊

4 月 27 日，右江水利公司第五届三次职工代表暨会员代表大会（简称“双代会”）顺利召开。公司党委委员、副总经理马建新出席会议，向大会致辞并作题为《围绕中心　服务群众　主动作为　共同建设右江水利职工美好生活》的讲话，强调公司工会要紧密团结广大职工群众，做好党委的参谋和助手，开拓创新，团结拼搏，真抓实干，攻坚克难，不断开创公司工会工作新局面。30 名大会代表参加会议，会议由公司工会主席刘春主持。

大会宣读了关于 2020 年至 2021 年优秀工会干部和积极分子的表彰决定，

听取并审议了“公司 2022 年工作会议报告”“公司 2021 年财务工作报告”“公司 2021 年工会工作报告”“公司 2021 年工会财务工作报告”和“公司 2021 年工会经审工作报告”，补选和选举产生了公司工会经费审查委员会委员以及公司第五届董事会职工董事和监事会职工监事，通报了职代会闭会期间联席会议召开情况。

马建新指出，2021 年右江水利公司深入贯彻落实习近平总书记“节水优先、空间均衡、系统治理、两手发力”治水思路，在水利部、珠江委和两省（区）党委政府的领导下，全体干部职工勇于担当、克难奋进，圆满完成安全生产、防洪度汛、运行管理和经营发展等工作，成功对债务结构再优化，推动上网电价上调、云南库区用地确权；开展了汛末蓄水，积极参与电力调频辅助交易；百色水利枢纽荣获第十八届中国土木工程詹天佑奖，各项工作取得了长足进展。

马建新充分肯定工会在公司发展中发挥的重要作用。公司工会过去的一年里紧密围绕中心工作，组织职工参与公司重大决策，集中职工智慧，凝聚职工力量，推进高质量发展；深入了解职工情况，积极服务群众，维护职工利益，回应职工关切，解决职工实际问题；认真组织开展扶贫帮困和丰富多彩的文体活动，不断增强公司凝聚力和职工归属感。

马建新强调，职工对美好生活的向往要靠公司高质量发展来实现。2022 年是公司实施“十四五”规划的关键一年，工会要在主动作为中体现使命和担当。要把促进公司高质量发展摆在工会工作的首要位置，让职工与公司共同成长；要切实依法维护好职工的合法权益，做好“贴心人”；要密切联系职工群众，多做“送上门的服务”，帮助职工解决“急难愁盼”问题；要切实发挥职工代表的重要作用，如实全面地表达和反映职工的意见和要求，做好群众监督工作。

马建新要求，工会要抓好自身建设，配齐配硬专职和兼职干部人员，加强对分工会的指导；加强规范化、制度化建设，遵守各项纪法规定；加强工会干部思想作风建设，让工会干部努力成为组织动员职工的能手、协调劳动关系的专家、关心服务职工的模范，在公司生产和职工生活中发挥更大的能量，做出更加突出的贡献。

大会号召，广大职工要在公司党委的领导下，以习近平新时代中国特色社会主义思想为指导，深刻领会“两个确立”的决定性意义，增强“四个意识”，坚定“四个自信”，做到“两个维护”，深入贯彻落实习近平总书记“节水优先、空间均衡、系统治理、两手发力”治水思路，大力弘扬劳模精神、劳动精神、工匠精神，全面落实“公司 2022 年工作会议报告”提出的目标任务，积极参与公司民主管理工作，自觉投身于公司高质量发展洪流中，以优异成绩迎接党的二十大胜利召开。

右江水利公司工会经费审查委员会委员、女职工委员会委员及公司有关部门负责人和人员参加会议。大会在圆满完成各项议程后，在雄壮嘹亮的国际歌中胜利闭幕。

# 展新时代青年风采　促水利航运新发展

周少良

为拓宽青年职工视野，激发青年员工干事创业热情，营造学业务、强本领、促提升的浓厚氛围，4 月 28 日，在五四青年节即将到来之际，右江水利公司团总支联合南宁航道养护中心百色分中心开展“展新时代青年风采　促水利航运新发展”青年联谊共建活动，共有来自两家单位的 26 名青年员工代表参加。

春风拂绿，万象更新。上午 9 时许，大家从百色水利枢纽管理中心大楼出发，驱车前往香屯副坝，沿途参观了百色水利枢纽通航工程的施工现场，对这项连通云桂的标志性工程有了更为直观的了解。到达香屯副坝后，大家纷纷拿起铁锹、锄头等工具投入到热火朝天的植树活动中，搬运树苗、挖坑、培土、浇水，种下青年友谊之林，用实际行动践行“绿水青山就是金山银山”理念。

随后，在公司青年员工的陪同下，航道青年员工代表参观了作为国家实施西部大开发战略重要标志性工程的百色水利枢纽工程，详细了解枢纽工程及其在防洪、发电、灌溉、航运、供水等方面发挥的巨大效益，切身感受“一江润泽万顷田、一坝守护百万人”的宏伟和壮阔，充分感悟党和国家对增进西部人民福祉的高度重视。

下午，青年员工乘船从下游云桂铁路大桥巡航至右江拉域大桥，沿途南宁航道养护中心百色分中心谷攀亮主任向公司青年代表们介绍了航道航标基础知识、百色枢纽通航设施工程、右江航道整治工程、西部陆海新通道——平陆运河工程以及水运事业的发展前景等内容。大家全神贯注听讲，积极踊跃提问，在热烈的探讨声中进一步加深了了解，增进了友谊。

本次共建活动拓展了青年学习交流平台，激发了青年员工的干事创业热情和奋斗激情。公司青年员工纷纷表示，要抓住时代机遇，勇立时代潮头，奏响青春旋律，不负时代，不负韶华，在奋斗中释放青春，在拼搏中追逐理想，以青春之我、奋斗之我，为公司高质量发展贡献青春力量。

# 百色水利枢纽开展2022年反恐、水上救援演练

陆　勤

4月27日上午，右江水利公司在百色水利枢纽坝区组织开展2022年反恐、水上救援演练。右江水利公司党委委员、副总经理马建新、王伟现场观摩并对演练进行指导。

反恐、水上救援演练均设置了贴近实战的演练科目。其中，反恐演练为盲演，以百色水利枢纽右坝头遭受恐怖袭击为背景，分两个演练科目，一个科目是反恐应急分队制服试图进入右坝头进行破坏的恐怖分子；另一个科目是反恐应急分队进行队列操练。水上救援演练先后进行了冲锋舟驾驶技术、水上打捞漂浮物、群众孤岛被困救援、落水人员救援等科目的演练。本次实战演练按照演练方案配备了防弹衣、盾牌、钢叉、警棍、对讲机、消防演练专用烟雾弹、救生衣、冲锋舟、急救药箱等设备器材。演练后分别进行了现场点评和会议评价。

马建新强调，要清醒认识反恐等应急工作的严峻性复杂性，关键时要敢于亮剑。一是讲究战略性和战术性，加强与政府相关部门沟通，必要时寻求外部支援。二是注重平战结合，加强对薄弱环节监督管理，并采取针对性的方案和措施。三是增强单兵作战能力及组织协调保障能力，配备必要的警械器械，增强各部门间的协作配合。四是进一步改进细节，更贴近实战，更注重实效，更好保障公司平稳高质量发展。

王伟指出，2022年下半年将召开党的二十大，这是党今年政治生活中的一件大事，对国内安全形势提出了更高要求。百色水利枢纽作为珠江流域的防洪控制性骨干工程，是确保百色右江下游沿岸安全的重要工程，安全生产保障工作极为重要。江河资产公司必须坚持统筹发展和安全，认清当前形势，提高思想意识，抓好应急预判、应急预案和应急体系建设，组织开展重要应急预案实战演练。党员干部要充分发挥先锋模范作用，用心用情用力做好本职工作，提升防范应对重大风险的能力和水平。

通过本次演练，进一步完善了反恐应急预案，提高了应急指挥和事故处置能力，增强了反恐应急分队队员的反恐、防恐意识。同时也检验了防汛应急预案的可行性及可操作性，强化了应急抢险流程，对今后汛期中的应急指挥、协调及处置都起到了较好的促进作用。

阳圩派出所、右江水利公司安全监督部、库区管理中心有关人员现场观摩演练，江河资产公司保安队25名队员参加演练。

# 右江水利公司党委第一巡察组向清源电力公司反馈巡察情况

吕 盟

5月5日，右江水利公司党委第一巡察组在百色召开巡察清源电力公司党组织情况反馈会。公司党委委员、纪委书记、党委巡察工作领导小组副组长汤进为出席会议并讲话，第一巡察组组长何志慧代表巡察组向清源电力公司反馈巡察意见。清源电力公司党支部书记秦志辉主持会议并作表态发言。

巡察反馈指出，党的十九大以来，清源电力公司党支部坚持以习近平新时代中国特色社会主义思想为指导，统筹推进疫情防控和改革发展，扎实做好了电力生产、防洪度汛等工作。巡察也发现了一些问题和不足，主要是学习贯彻习近平新时代中国特色社会主义思想不够深入、党建工作和业务工作融合不够、党员发挥先锋模范带头作用不充分、思想政治工作不够深入细致、防范化解重大风险需持续加力、落实党风廉政建设工作责任制有差距、纪律和警示教育力度不够、整治形式主义官僚主义问题不够有力、内部管理存在薄弱环节、人才队伍建设统筹谋划不足等。并提出了四点整改意见和建议：一是坚持以党的政治建设为统领，以高质量党建引领企业高质量发展；二是夯实管党治党“两个责任”，推动全面从严治党向纵深发展；三是深入贯彻落实新时代党的组织路线，全面提升基层党组织的政治功能和组织力；四是建立健全整改长效机制，扎实做好巡察“后半篇文章”。

汤进为强调，清源电力公司要深刻学习领会习近平总书记关于巡视工作重要论述，认真落实《关于加强巡视整改和成果运用》有关要求，切实提高政治站位，坚决扛起政治责任，制订整改方案，不折不扣完成巡察整改。党支部要认真落实巡察整改主体责任，党支部书记要认真落实整改“第一责任人”责任，班子成员要认真落实“一岗双责”。要深化标本兼治，实现以巡促改、促建、促治。

秦志辉表示，对巡察组反馈的问题诚恳接受、照单全收。要深入学习贯彻习近平新时代中国特色社会主义思想，坚持问题导向，强化工作举措，以抓铁有痕、求真务实的作风逐项抓好整改落实，不断推动清源电力公司工作再上新台阶。

右江水利公司党委第一巡察组成员、清源电力公司全体干部职工参加会议。

# 右江水利公司再部署　再强调公司疫情防控工作

覃　悦

5 月 7 日，右江水利公司召开疫情防控工作第三次部署会议，分析研究疫情防控形势，安排部署近期疫情防控工作。公司党委书记、董事长、公司疫情防控工作领导小组组长肖卫国出席会议并讲话。会议由公司党委委员、副总经理、公司疫情防控工作领导小组副组长马建新主持，公司领导袁文传、邓勋发、汤进为、王伟参加会议。

会议深入学习习近平总书记 5 月 5 日在中共中央政治局常务委员会会议上的讲话精神，传达落实水利部、珠江委和属地疫情防控要求，分析研判驻地及周围疫情形势的最新发展变化。

会议强调，当前全球疫情仍处于高位，国内本土疫情呈零星散发和局部聚集性疫情交织叠加的态势。公司各部门各子公司要深刻认识当前疫情防控的复杂性、艰巨性、反复性，树牢“四个意识”，做到“两个维护”，坚决落实“疫情要防住、经济要稳住、发展要安全”的明确要求，切实做好守土有责、守土负责、守土尽责，从严从紧、从细从实抓好疫情防控工作，坚决维护好公司来之不易的疫情防控成果。

会议要求，一是要统一思想认识，压实单位主体责任。要压实“属地、单位、个人责任”，把疫情防控作为当前最重要的任务来抓。公司各部门各子公司要做好传达贯彻上级及公司疫情防控工作会议精神工作，动员全体职工切实把各项防控措施落细落实落到位。二是要科学防疫。要强化重点区域管理，坚持人、物、环境同防，切实加强对出入办公区的管理，严格落实食堂、保洁、保安、物业等后勤管理岗位的防控措施，储备必要的防疫物资，全面提高公司面对突发疫情应战能力。三是要统筹抓好疫情防控和年度重点工作。采取有力有序措施，履职尽责，担当作为，努力把疫情对安全生产、防汛等重点工作的影响降到最低，做到疫情防控和生产经营“两手抓、两不误、两促进”，确保公司年度重点工作顺利完成。

会议以视频形式召开。公司各部门各子公司负责人及疫情防控工作组有关人员参加会议。

# 右江水利公司召开 2022 年度信息化工作暨数字孪生工程建设推进会议

杨佳兰

5 月 7 日，右江水利公司召开 2022 年度信息化工作暨数字孪生工程建设推进会议。会议由公司党委委员、总工程师、网信办领导小组副组长邓勋发主持，公司党委书记、董事长、网信办领导小组组长肖卫国及公司领导袁文传、马建新、汤进为、王伟出席会议。

会议学习贯彻习近平总书记关于网络强国的重要思想，落实水利部、珠江委关于智慧水利和数字孪生流域建设的部署，传达水利部、珠江委网络安全有关会议精神。公司网信办汇报了 2021 年信息化工作情况及 2022 年信息化和数字孪生水利工程建设计划，枢纽管理中心、右江水力发电厂、综合服务中心和办公室作交流发言。

肖卫国对公司信息化工作提出了要求，一要提高政治站位，正确认识信息化工作、数字孪生工程建设的重要性。加强信息化工作推进数字孪生工程建设是贯彻网络强国重要思想的迫切需要，是落实国家“十四五”规划纲要的必然要求，是保障枢纽工程高质量运管的内在需要，也是推进公司高质量发展的必然途径。二要准确把握水利部党组加强智慧水利推进数字孪生流域、数字孪生工程建设的要求。要统筹工程安全和效益，构建数字孪生百色水利枢纽工程。当前，要加快智能巡检系统、数据中心等建设步伐，夯实数字孪生百色水利枢纽工程建设基础。三要稳步推进公司信息化、数字孪生工程建设工作。要加强组织领导，明确数字孪生百色水利枢纽工程建设的目标和任务，构建技术管理部门牵头、业务部门相互协作推进的长效机制，层层落实责任，明确任务分工。要坚持需求牵引，强化工作保障，技术部门要围绕公司生产和管理需要，统筹做好数字孪生百色水利枢纽的建设管理工作。各业务部门各负其责，要指定专人负责，做好需求、应用分析配合工作，提高数字孪生工程建设的能效。要坚守安全底线，加强公司网络值班工作，强化网络安全检测工作，着力构建安全可靠的网络安全体系，为公司营造安全稳定的网络环境。

右江水利公司各部门负责人及技术管理部（总工办）全体人员参加会议。

# 右江水利公司积极参加水利安全生产管理提升暨标准化建设实务培训

甘 雨

近日，中国水利企业协会举办水利安全生产管理提升暨标准化建设实务培训班。右江水利公司积极组织有关部门和子公司安全管理人员参加培训。

水利部监督司副司长钱宜伟、中国水利企业协会秘书长曾令文出席开班仪式并分别讲话，学习贯彻落实习近平总书记关于安全生产的系列重要指示批示精神，分析新时代水利安全生产形势，指出水利安全生产工作面临的挑战，并从“坚持统筹发展，切实加强安全生产工作”的政治自觉，进一步深入开展水利安全生产标准化建设，全面提升水安全保障能力，推动新阶段水利高质量发展等方面提出了明确要求。

中国水利企业协会业务咨询部主任郜娜介绍了水利安全生产标准化评审工作的流程，重点对达标申报材料中的注意事项进行了详细说明。

水利部安全生产专家钟卫领教授深入细致地讲解了全员安全生产责任制、双重预防机制建设、水利工程生产安全重大事故隐患清单指南（2021 年版）、生产安全事故典型案例、水利安全生产标准化体系建设要点等大家普遍关注的重要内容，解答了水利生产经营单位安全生产标准化建设和达标后运行过程中的常见问题。

本次培训以网络直播的形式开展。培训时间为两天，时间虽短，但培训课程安排科学合理，培训内容丰富，师资力量雄厚。公司安全监督部和有关部门、子公司的安全管理人员认真参加了全过程培训，收获颇丰。大家认为通过培训，进一步明确了单位和岗位安全生产职责，加深了对水利安全生产标准化工作的认识，提高了个人安全生产管理履职尽责的能力。

本次培训对推动公司水利安全生产标准化持续改进，促进公司安全生产管理工作进一步规范化、标准化具有积极意义。

# 右江水利公司组织收看<br>庆祝中国共产主义青年团成立 100 周年大会直播

何广钊

5 月 10 日，庆祝中国共产主义青年团成立 100 周年大会在北京人民大会堂隆重举行，中共中央总书记、国家主席、中央军委主席习近平出席大会并发表重要讲话。右江水利公司组织团员、团干部和广大青年员工在南宁、百色两地收看大会直播。公司党委副书记、总经理袁文传，党委委员、副总经理马建新、王伟及相关部门负责人一同观看直播。

在中国共产党开拓奋进、不断夺取伟大胜利的征程中，从烽火岁月中的冲锋陷阵到建设时期的苦干实干，从改革开放时的奋勇争先到新时代的笃行不怠，中国共青团始终紧紧跟随，团结带领一代代中国青年前赴后继、勇当先锋，坚持党有号召、团有行动，党旗所指就是团旗所向，塑造了共青团坚持党的领导的立身之本，坚守理想信念的政治之魂，投身民族复兴的奋进之力，扎根广大青年的活力之源，在党的事业和民族复兴征程中书写了激昂的青春荣光。

庆祝大会结束后，公司团总支迅速召开会议，第一时间组织学习贯彻落实习近平总书记在大会上的讲话精神。大家表示，共青团作为实现中华民族伟大复兴征程上的突击队，要始终坚定理想信念、自觉担当尽责、紧扣服务青年、勇于自我革命，在党的坚强领导下，做好党的可靠助手，为右江水利事业高质量发展贡献青春力量。要联合公司各青年理论学习小组学习习近平总书记在庆祝大会上的重要讲话精神，掀起学习宣传贯彻大会精神的热潮，传承弘扬中国青年的光荣传统，赓续相传百年的青春力量。要团结带领公司广大团员、青年员工，牢记肩头的使命担当。要忠实践行“请党放心，强国有我”的青春誓言，踔厉奋发、笃行不怠，不断增强做中国人的志气、骨气、底气，激发青年员工立足本职工作，勇立时代潮头，争做复兴栋梁、强国先锋，在青春的赛道上奋力奔跑，争取跑出当代青年最好的成绩。

# 珠江委安全检查组组长覃锡武一行到那比水电站开展安全生产大检查

张瑞华

5月11日至12日，水利部珠江水利委员会西江局局长、安全检查组组长覃锡武一行到那比水电站开展安全生产大检查。右江水利公司党委委员、纪委书记汤进为，安全监督部负责人及清源电力公司相关人员陪同检查。

检查组查看了大坝、发电厂房及中控室等重点生产区域设备设施，查阅安全管理制度、应急预案及责任制落实等材料；重点核查了3月水利部督查组检查问题和大坝安全鉴定有关问题的整改；听取了清源电力公司安全生产等方面的汇报。

检查组强调，一要坚决压实责任，始终坚持“三管三必须”原则，从严落实安全生产责任制；二要做好“查弱项、补短板”，持续巩固安全生产专项整治三年行动，扎实有序开展各项安全生产工作；三要高度重视大坝安全，加强大坝监测、数据分析以及问题整改，确保大坝安全；四要扎实做好防洪度汛工作，严格落实责任，严肃值班纪律，加强巡查维护，落实超标准洪水预案，确保安全度汛。

检查组指出，清源电力公司认真贯彻落实水利部、珠江委及上级单位关于加强安全生产工作决策部署和要求，认识到位、措施有力，安全生产工作取得成效。强调要继续绷紧安全生产这根弦，牢牢守住安全生产这条红线，抓好安全生产各项工作，为党的二十大胜利召开营造良好的安全环境。

# 青春心向党　建功新时代
## ——右江水利公司青年理论学习小组百色二组开展学习研讨活动

周少良

5月17日，右江水利公司青年理论学习小组百色二组开展2022年第2次主题学习研讨活动，公司党委委员、副总经理王伟出席活动并讲话。

本次活动以“青春心向党 建功新时代”为主题，重点研讨学习习近平总书记在庆祝中国共产主义青年团成立100周年大会上的重要讲话精神和在考察中国人民大学时的重要讲话精神，全体参会人员结合自身工作及青年发展实际交流心得体会。

研讨指出，习近平总书记在庆祝中国共产主义青年团成立100周年大会上、在中国人民大学考察时以及给中国航天青年的回信中，多次就青年成长问题发表重要讲话、作出指示批示。一百年来，在党的坚强领导下，一代又一代的中国青年，坚定信念，紧跟党走，为争取民族独立、人民解放和实现国家富强、人民幸福而贡献力量，谱写了中华民族伟大复兴进程中激昂的青春乐章。进入新时代，总书记对当代青年寄予殷切期望，提出了殷殷嘱托。广大青年要主动加强学习，坚决做好贯彻落实，将自身成长融入到国家发展大局中，努力成为堪当时代大任的栋梁之材，为第二个百年目标努力奋斗，为实现中华民族伟大复兴贡献力量。

王伟指出，公司党委历来重视青年工作，一直以来对公司青年干部成长倾注了大量心血、给予了莫大的支持和关怀，公司团组织和青年理论学习小组要积极发挥联系青年的桥梁纽带作用，团结凝聚全体青年员工跟党一起奋斗，用思想引领照亮青春航程，用拼搏奋斗谱写青春赞歌，用阳光温暖浇灌青春之花，用改革创新永葆青春活力。

王伟要求，公司广大青年要牢记习近平总书记在庆祝中国共产主义青年团成立100周年大会上提出的“五个模范”要求，争做理想远大、信念坚定的模范；争做刻苦学习、锐意创新的模范；争做敢于斗争、善于斗争的模范；争做艰苦奋斗、无私奉献的模范；争做崇德向善、严守纪律的模范，努力成为有理想、敢担当、能吃苦、肯奋斗的新时代好青年，坚定践行“请党放心，强国有我”的青春誓言，用青春奋斗创造出不负韶华、不负时代的骄人业绩，跑出当代中国青年的最好成绩，为公司新阶段高质量发展贡献青春力量，以实际行动迎接党的二十大胜利召开。

活动还共同观看了共青团团中央近期发布的《奋斗者！正青春》《有为·无畏》《峥嵘百年史，砥砺少年行！》视频，以及公司参加珠江委“我学我讲新思想”宣讲活动的《完整准确全面贯彻新发展理念，推动水利企业高质量发展》视频。

右江水利公司青年理论学习小组百色二组全体成员参加学习。

# 右江水利公司党委中心组学习习近平总书记关于网络强国的重要思想

卢兰静

5月19日，右江水利公司党委中心组召开2022年第五次集中学习（扩大）会议，以《习近平关于网络强国论述摘编》为权威读本，集中学习研讨习近平总书记关于网络强国的重要思想。公司党委书记、董事长肖卫国讲话，党委副书记、总经理袁文传主持会议，公司党委委员、工程师邓勋发作重点交流发言，党委中心组成员参加学习。

会议强调，要深刻领会网络强国的重要意义。网络安全是国家安全的重要组成部分，网信事业代表着新的生产力和新的发展方向，加快信息化建设是推动新阶段水利高质量发展的必然要求，是推进公司高质量发展的必然选择。要坚持和加强党的全面领导，以习近平总书记关于网络强国的重要思想为引领，全面贯彻落实水利部和珠江委智慧水利建设要求，科学谋划"十四五"时期公司信息化建设发展蓝图，以系统观念谋划推动数字孪生百色水利枢纽工程建设，提升百色水利枢纽防洪、发电、供水、灌溉等综合效益，推进公司高质量发展。

会议要求，一要坚持党对信息化建设的领导。毫不动摇坚持党管互联网，加强党对公司网络信息化建设各项工作的集中统一领导，坚决维护习近平总书记党中央的核心、全党的核心地位，坚决维护党中央权威和集中统一领导。二要牢固树立正确的网络安全观。切实提高政治站位，落实网络安全工作责任制，增强网络安全意识和风险防范意识，做好日常网络安全自查自纠、自管自控工作。三要坚持正确舆论导向抓好网络意识形态安全。始终坚持正确政治方向、舆论导向、价值取向，把学习宣传习近平新时代中国特色社会主义思想摆在首要位置，严防网上意识形态渗透，以实际行动维护"指尖上的安全"。四要加快推进数字孪生百色水利枢纽工程等信息化项目建设。运用互联网新技术新应用对工程全方位全链条改造升级，积极推进数字孪生百色水利枢纽工程建设，尽快实现预报、预警、预演、预案"四预"功能。

技术管理部（信息中心）、右江水力发电厂作交流发言，公司中层正职及以上领导，各部门、各子公司主要负责人参加学习。

# 聚焦四个"好"、两个"服务"目标任务 全面贯彻落实珠江委2022年档案工作座谈会议精神

覃　悦

5月19日，珠江委召开2022年档案工作座谈会，学习传达贯彻习近平总书记关于档案工作重要论述和批示精神，落实全国档案局长馆长会议文件精神，总结2019—2021年珠江委档案工作，分析当前面临的形势和挑战，研究部署下一步工作重点任务。右江水利公司党委委员、副总经理、公司档案工作领导小组组长马建新参加会议，并在会后迅速召开落实会议，贯彻珠江委会议精神，部署公司2022年档案工作。

马建新强调，要深入贯彻落实习近平总书记对档案工作的重要论述和批示精神，按照珠江委2022年档案工作座谈会议精神，聚焦保管好、利用好、记录好、留存好四个"好"，服务党和国家工作大局、服务人民群众两个"服务"的目标任务，围绕公司中心工作，扎实做好基础性工作，为公司高质量发展提供保障。

马建新要求，进一步提高思想认识，深刻认识档案工作的重要性，切实增强档案工作的使命感、责任感，加强档案管理知识学习，提高档案管理业务水平和工作能力；履职尽责，切实做好各类档案资料的收集整理，各专（兼）职档案员要严格对照《右江水利公司档案管理办法》，确保各类档案"应收尽收、应归尽归、应交尽交"，努力构建资源丰富、门类齐全、结构合理的档案资源体系；提质增效，把档案信息安全工作摆在一切档案工作的首位，加强档案的规范化管理，积极推动公司档案信息化建设，实现档案管理工作整体上的升级换代。

马建新明确，切实落实珠江委领导部署，把习近平总书记对档案工作的重要论述和批示精神、档案法纳入公司党委理论中心组学习计划；按照统一安排，认真组织开展档案法学习；及时做好档案安全大检查和水利档案工作规范化管理二级单位复核评估等有关工作。

公司档案领导小组办公室成员、专（兼）职档案管理员参加了会议。

# 压实疫情防控“两个责任” 筑牢疫情防控纪律屏障

覃 悦

5 月 19 日，右江水利公司召开疫情防控工作第 4 次部署会议，严明疫情防控工作纪律，对抓好下一步防控工作进行再研判、再部署。公司党委书记、董事长、公司疫情防控工作领导小组组长肖卫国主持会议，公司领导袁文传、邓勋发、马建新、汤进为、王伟参加会议。

会议深入学习驻水利部纪检监察组关于加强疫情防控监督的有关文件精神，传达落实水利部、珠江委和属地疫情防控要求，分析研判驻地及周围疫情形势的最新发展变化。

会议强调，疫情防控工作正处于“逆水行舟、不进则退”的关键时期和吃紧阶段，各部门、各子公司要牢固树立疫情防控“一盘棋”思想，要严格按照“谁主管谁负责、谁分管谁负责”的原则和要求，全面落实各方责任，全力做好当前疫情防控各项工作。

会议要求，一是压实疫情防控“两个责任”。要深刻认识当前疫情防控的复杂性、艰巨性和反复性，牢固树立大局意识和全局观念，扛牢疫情防控工作的主体责任和监督责任，从严执行各项疫情防控工作措施，紧盯疫情防控措施执行的各个环节，强化监督检查，确保疫情防控各项措施全面落实。二是聚焦重点区域和重点人员管理。坚持人、物、环境同防，按照全覆盖、无死角、无盲区的要求，切实加强对出入办公区的管理；持续落实出差人员和后勤人员防控措施，加强对同居人员的健康管理。三是强化执纪问责。坚持把纪律挺在疫情防控第一线，以严明纪律和过硬作风推动疫情防控各项工作措施落实落细，依法依规查处在疫情防控工作中不担当、不作为、失职渎职、弄虚作假等导致疫情失控的人员。四是加快制订公司封（管）控运转保障应急预案。要做好前瞻性的预判和准备工作，积极妥善应对因疫情变化引起办公区封控管理，进一步健全疫情防控应急体系，最大程度地控制、减轻和消除封控影响，保障疫情防控和生产经营“两手抓、两不误、两促进”。

会议以视频形式召开。公司各部门各子公司负责人及疫情防控工作组有关人员参加会议。

# 右江电厂 1# 机组大修项目提前完工

梁文滔

5 月 18 日 9 时 30 分，电厂 1# 机组大修圆满完成，并网一次成功，机组各主辅系统状态、参数等各项指标优良。在右江水利公司党委的正确领导下，电厂全体人员勠力同心，经过 85 天的攻坚克难，电厂 1# 机组 A 级检修提前原计划工期 5 天完工。

精准防控促生产。面对百色市疫情异常严峻的形势，右江电厂在有效保障防控措施的同时，全力推进复工复产。本次检修工程除承包单位广西工程局外，还涉及衡阳变压器厂、杭州博力士乐等多个外委单位，存在外来人员多、作业面广、情况复杂、风险点多等防控压力。为确保检修过程中疫情防控万无一失，电厂严格按照百色市及公司发布的疫情防控政策，严肃责任落实、合理优化工序、灵活调整方案，最大限度地降低人员聚集风险。全体参修人员以“功成不必在我，功成必定有我”的责任和担当，迎着重重困难向“安全、优质、高效”的检修工程目标奋勇前行。

攻坚克难显担当。在党员干部的率先垂范下，一大批职工坚守岗位，不畏艰难，团结拼搏，将初心写在行动上，把使命落在岗位上；用奋勇当先的韧劲，迎难而上的闯劲，孜孜不倦的钻劲，啃下来检修过程中的一个个“拦路虎”“硬骨头”。全体参修人员以咬定青山不放松的工作作风，以千磨万击还坚劲的工作态度，狠抓现场管理，坚持每日召开检修协调会，及时通报问题，迅速采取措施，确保“应修必修，修必修好”。实现了发电机转子吊装、机组盘车、充水调试、机组并网等重大节点按进度完成，消除了水导摆度超标、定子绝缘漆鼓包等重大隐患，完成了主变内检、推力轴承静电除油污改造等多个非常规项目。

交叉监督保安全。抓小防大，安不忘危。在检修现场，随处可见“严、细、实”的安全管理痕迹。随着检修经验的积累，检修现场逐步促成了“分片监督、驻点对接”的现场管控做法，养成了“交叉检查、互助互补”的协同工作习惯，形成了“人人顾安全、处处立标杆”的安全施工景象，很好地营造了安全生产氛围。

“少年负壮气，奋烈自有时”，电厂将以党建为引领，以安全为基础，以质量为抓手，紧紧围绕公司中心工作，敢担当、勇争先，奋力推动公司高质量发展。

# 南宁青年理论学习小组学习贯彻习近平总书记在庆祝中国共产主义青年团成立100周年大会上的重要讲话精神

黄燕晓

5月25日，右江水利公司南宁青年理论学习小组召开专题会议深入学习贯彻习近平总书记在庆祝中国共产主义青年团成立100周年大会上的重要讲话精神。公司党委委员、纪委书记、小组导师汤进为参加会议。

与会人员紧紧围绕学习贯彻习近平总书记重要讲话精神，结合自身思想及工作实际开展深入交流研讨。

大家纷纷表示，在新征程上，要牢记习近平总书记嘱托，永远跟党走、奋发有为、不负韶华，在青春的赛道上跑出最好的成绩，为公司的高质量发展贡献青春力量。

会议强调，年轻干部要加强政治历练，提高政治能力；要在基层一线建功立业，成长成才；要学用结合，提高工作本领；要培养严细深实工作作风，做遵纪守法的表率。

与会人员还集体观看了庆祝中国共青团成立100周年主题宣传片《共青春》和廉政教育视频《廉政映青云》。

# 右江水利公司党委第二巡察组向块泽河公司反馈巡察情况

杨丽君

5月25日，右江水利公司党委第二巡察组组织召开巡察意见反馈会。右江水利公司党委委员、纪委书记、党委巡察工作领导小组副组长汤进为出席会议并讲话，第二巡察组组长何志慧代表巡察组向块泽河公司反馈巡察意见，块泽河公司党支部书记陈奕主持会议并作表态发言。

巡察反馈指出，党的十九大以来，块泽河公司党支部认真学习贯彻习近平新时代中国特色社会主义思想和党的十九大、十九届历次全会精神，统筹推进疫情防控和改革发展，扎实做好了安全生产、防洪度汛、发电运行、设备检修、内控管理、筹资还贷等工作。但仍存在一些问题和不足，主要是推动理论学习走深走实有差距、防范化解重大风险需持续加力、干部监督不到位、内部管理和党风廉政建设制度不规范、党建基础工作不够扎实等。并提出了四点整改意见和建议：一是强化政治领导、提高政治能力，把党的政治建设摆在首位；二是认真履行全面从严治党主体责任和监督责任，把管党治党要求落到实处；三是深入贯彻落实新时代党的组织路线，全面提升基层党组织的政治功能和组织力；四是建立健全整改长效机制，扎实做好巡察整改“后半篇文章”。

汤进为强调，块泽河公司党支部、经营班子要提高政治站位，高度重视巡察反馈的问题，把巡察整改工作抓好抓深抓实；要坚持问题导向、基层导向、目标导向，认真研究并尽快制订整改方案，确保整改工作取得实效；要举一反三、触类旁通，认真落实全面从严治党工作部署要求，进一步加强公司内部管理、财务管理，以巡察整改工作的扎实成效推动公司高质量发展。

陈奕表示，块泽河公司将认真对照巡察反馈意见和整改要求，深挖细究，做到源头治理、标本兼治，并以巡察整改为契机，以巡促改、以巡促建，进一步提升领导能力和执行能力，广泛征求职工意见，完善管理体制、运行机制、制度建设和监督手段，坚持不懈推进全面从严治党向纵深发展。

右江水利公司党委第二巡察组成员、块泽河公司全体职工参加会议。

# 右江水利公司组织开展百色市汪甸防护堤管涌应急抢险演练

何广钊

为贯彻落实“安全第一，常备不懈，以防为主，全力抢险”的防汛应急抢险方针，锚定“人员不伤亡、水库不垮坝、重要堤防不决口、重要基础设施不受冲击”目标，紧紧围绕“工程不出问题、效益正常发挥”的要求，检验在突发险情时的应急反应、组织协调和贯彻执行能力，5月31日，右江水利公司在百色市汪甸防护堤组织开展汛期堤防工程出现管涌实战应急抢险演练。

本次采用汛期实战演练方式，模拟百色水库水位达到227米时，汪甸现场巡检发现防护堤抬填区某处发生管涌险情。演练期间，按照既定方案，车辆、物资、人员迅速到位，在现场指挥长的统一安排下，参演人员分工明确、反应迅速、紧张有序、措施果断、配合到位，圆满完成了全部演练任务，充分显示出在工程遭遇突发险情时临危不乱、井然有序开展防洪抢险工作的能力。

此次应急抢险演练，检验了汛期堤防工程管涌险情处置、部门配合、物资供应、现场处置等多个环节，通过对演练情况的科学评估，为进一步优化应急抢险处置方案提供了实战经验，确保及时高效有序处置突发险情，不断提高百色水利枢纽工程应急抢险决策指挥水平和防范应对能力，不断提升防汛应急保障水平。

枢纽管理中心（防汛办）及百色水利枢纽防汛应急抢险突击队参加演练，安全监督部、库区管理中心、综合服务中心相关人员到现场观摩。

# 右江水利公司开展库区移民安置点周边安全检查工作

罗　丹

受近日连续降雨影响，百色水利枢纽库区水位持续上涨。为进一步落实上级关于强化库区安全管理的要求，6月1日，右江水利公司党委委员、总工程师邓勋发带队前往香屯、银屯、汪甸等地的库区移民安置点开展节前现场检查工作。就检查情况来看，库区总体态势良好。

在检查过程中，邓勋发要求，库区管理中心人员要在近期对旧阳圩、百康、汪甸等地已开展的库区巡查工作基础上，进一步提高防汛意识，继续围绕库区移民安置点周边的库岸稳定，认真梳理库区可能存在库岸失稳的区域，加强库区日常巡查，仔细排查安全隐患。一旦发现安全隐患要及时上报，并及时加以处置，确保库区移民安置点周边度汛安全。

# 右江水利公司组织召开巡察组工作座谈会

张议予

6月6日，右江水利公司党委巡察办组织召开巡察组工作座谈会，总结公司党委首轮巡察第一、第二巡察组工作情况，交流巡察工作经验，进一步统一思想、凝聚共识、明确方向。会议由巡察办主任何志慧主持，公司党委委员、纪委书记汤进为出席并讲话。

座谈会上，第一、第二巡察组组长将巡察工作分解为13个步骤，从巡察流程、工作安排、人员分工、问题发现、报告撰写等方面介绍了经验，8名参与公司巡察的同志分别结合巡察工作谈方法、谈经验、谈感受、谈收获、谈体会，与会人员围绕如何高效开展巡察工作、如何发现真问题和真发现问题、如何灵活运用谈心谈话方法等畅所欲言，积极为深化政治巡察工作建言献策。

汤进为指出，第一、第二巡察组准备足、工作实、效果好，为第三、第四巡察组更好地开展巡察工作打下了良好的基础。下一步要立足“两个维护”，继续坚持问题导向、效果导向，认真总结、积累经验，强化政治担当，扎实推进第三、第四巡察组巡察工作，同时深化整改、实化落实，推动党中央重大决策部署和水利部、珠江委及公司党委工作安排落实落地，以高质量的巡察监督质效助推公司高质量发展。

与会人员表示，通过本次“面对面”的经验交流，达到了相互学习借鉴、帮助提高的目的，增强了做好巡察工作、圆满完成公司党委首轮巡察任务的信心和决心。

公司党委首轮巡察4个巡察组11名巡察干部参加了交流座谈。

# 右江水利公司部署开展 2022 年“安全生产月”活动

卢学良

2022 年 6 月是第 21 个全国“安全生产月”。6 月 1 日，右江水利公司印发了《右江水利公司关于开展 2022 年水利“安全生产月”活动的通知》，精心部署组织开展以“遵守安全生产法，当好第一责任人”为主题的“安全生产月”活动。

活动期间，公司将按要求组织深入学习贯彻习近平总书记关于安全生产重要论述精神，组织开展“一把手”谈贯彻实施安全生产法、“安全宣传咨询日”、全员实战应急演练、“安全生产万里行”、安全生产法网络答题等活动，广泛宣传安全知识，推动树牢安全发展理念。

为确保“安全生产月”活动落到实处、取得实效，扎实提升安全生产管理能力和水平，公司结合实际，多点发力，多措并举：一是从 6 月开始启动为期一年的全员安全教育培训，通过全员安全知识网络答题、专家现场授课和线上课程等方式，开展水利水电行业安全风险分级管控、隐患排查治理和应急管理方面的全员教育，提升员工安全生产专业技能；二是持续推进安全生产大检查和风险隐患排查整治巩固年行动，根据《水利工程运行监督管理办法（试行）问题清单》等标准规范继续全面深入开展安全生产检查，消除风险隐患排查治理的盲点和死区；三是全方位全覆盖进行安全生产宣传，通过在公司各生产办公区域及作业场所张贴安全宣传挂图、悬挂主题横幅、出版“安全生产月”活动展板、应用电子显示屏滚动播报安全生产标语及安全宣传短视频等方式广泛宣传，促使安全意识进一步深入人心；四是组织开展全员安全生产问卷调查活动，促使公司员工进一步梳理明确各自工作岗位的安全生产职责、存在的安全风险和应承担的安全生产法律责任等，并为公司安全生产建言献策。

活动部署开展得到了公司党委的高度重视，强调要把思想和行动统一到习近平总书记关于安全生产重要论述精神上来，牢固树立“人民至上、生命至上”理念，认真贯彻落实安全生产法，紧紧围绕活动主题，把“安全生产月”各项宣教活动与解决当前安全生产突出问题相结合，与精准落实常态化疫情防控、推动落实各方安全生产责任相结合，突出重点领域，推动向基层延伸，防止简单化部署和形式主义，因地制宜地开展好各项活动，切实达到以活动促工作、以活动保安全的目的，推动解决公司安全生产深层次本质性问题，有效遏制重特大事故，保持国泰民安的社会环境，以实际行动迎接党的二十大的召开。

# 右江水利公司终止百色水利枢纽防汛Ⅳ级应急响应

吴晓华

截至6月7日14时，百色水利枢纽入库流量较前期明显减少，库水位已降至汛限水位214米以下。根据气象部门预测，近期百色水利枢纽库区无明显降雨过程，水情形势趋于平稳。

根据《百色水利枢纽防洪抢险应急预案》，经公司防洪度汛领导小组会商决定，于6月7日15时终止百色水利枢纽防汛Ⅳ级应急响应。

# 珠江委副主任李春贤带队到右江水利公司开展安全运行飞检

卢学良

6月5日至8日，珠江委党组成员、副主任李春贤一行以“四不两直”方式到右江水利公司开展安全运行飞检。右江水利公司党委副书记、总经理袁文传，党委委员、总工程师邓勋发，党委委员、副总经理马建新参加检查。

检查组一行先后来到百色水利枢纽主坝监测室和闸门控制室、地下厂房、银屯副坝、香屯副坝、百色灌渠取水口和那比水电站主坝、发电厂房、尾水出口等处，现场详细检查了水工建筑物、机电金结及相关设备设施安全运行情况，仔细查阅安全管理台账资料和设备设施日常巡查记录，重点检查大坝安全监测系统、泄洪闸门控制系统及发电机组等关键设备的安全运行情况，并就检查发现的问题与公司进行了反馈，提出了相关的问题整改意见和建议。

李春贤副主任充分肯定了右江水利公司近年来在安全管理方面取得的成绩。他强调，安全生产永远在路上，没有最好、只有更好，一是要强化安全责任意识，时刻绷紧安全生产这根弦，抓细抓实安全管理各项工作。二是要重点做好“水、电、气、燃”的安全管理工作，加强监测仪器仪表和特种设备设施按期检测；加强自动化程度高的机械设备运行的定期人工巡检，减少对自动化的依赖性；加强对易燃易爆物品的分类分仓管理，完善预警预报系统；强化历次检查发现共性问题彻底整改到位，减少惰性、惯性和顽固性，增强安全管理专业水平和工作素养。三是要提升公司管理工程安全综合管理水平，加强对水工建筑物、泄洪闸门、机电设备、特种设备设施及库区坝区等全资产安全管理，确保运行管护到位。四是要加强全员职工安全教育培训，全面提升员工的专业水平和能力素养，强化应急实战演练，增强现场应急处置能力。五是要严守值班值守纪律，履职尽责，加强现场运行安全责任管理的监督检查，明确安全生产奖惩分明的底线红线，加大安全责任处罚力度，切实保障公司管理工程全资产安全稳定运行。

袁文传对珠江委党组长期以来重视支持右江水利公司安全生产工作表示感谢。他表示对本次检查发现的问题代表右江水利公司将全盘接收，公司安全监督部牵头迅速组织落实，立行立改，举一反三，逐项细化本次检查发现的问题，明确整改措施、完成期限、任务责任和责任人，全面整改到位，并以水利工程标准化管理为抓手，完善公司安全生产规章制度和生产部门操作规程，落实全员安全生产责任制，全面强化公司管理工程综合安全管理，不断提高全资产安全运行管理水平。

珠江委建管处、监督处负责人，检查组专家，公司安全监督部、枢纽管理中心、右江水力发电厂和清源电力公司负责人及相关人员参加检查。

# 右江水利公司党委委员、总工程师邓勋发在清源电力公司讲专题党课

莫凤严

6月9日下午，右江水利公司党委委员、总工程师邓勋发同志以《筑牢理想信念根基树立践行正确政绩观，在新时代新征程上留下无悔的奋斗足迹》为题，紧扣习近平总书记在中央党校中青年干部培训班开班式上的讲话精神和业务工作实际，为清源电力公司全体党员和干部职工讲了一堂专题党课。

邓勋发主要从筑牢理想信念根基、练就过硬本领、守住拒腐防变防线、发扬担当和斗争精神、树立和践行正确政绩观、贯彻党的群众路线六个方面进行了阐述，重点强调党员干部要过好“六关”，守住拒腐防变的防线。此次党课主题鲜明、重点突出、内涵丰富、条理清晰、分析透彻，具有很强的针对性和指导性，使广大党员干部对加强党的建设及廉洁自律有了更深刻、更系统的了解。

邓勋发强调，一要慎终如始、如履薄冰地抓好安全生产。二要讲廉洁，必须牢记清廉是福、贪欲是祸的道理，算好人生这笔账。三要统筹抓好疫情防控，坚决克服懈怠厌战情绪。四要苦练业务本领，提高履职能力。五要不断创新企业文

化建设，使员工真正能以公司为家，公司以员工为本，员工和公司共同成长。

清源电力公司党支部书记主持专题党课，表示青年干部要坚定理想信念、淬炼党性修养、厚植为民情怀、强化实干担当，坚定共产党人的信仰、信念和信心，增强干事创业的作风，守住廉洁自律的底线，提高政治意识和政治站位，统筹抓好安全生产、防洪度汛和疫情防控工作，做到守土有责、守土尽责。

清源电力公司全体党员干部职工在百色、那比通过视频会议形式参加。

## 抢抓数字经济新机遇　推进水利行业新基建

### ——右江水利公司党委副书记、总经理袁文传讲专题党课

翟艳军

为深入贯彻落实新时代国有企业党的建设总要求，学习贯彻中央财经委员会第十一次会议精神及关于加快建设全国统一大市场的意见，6月8日，公司党委副书记、总经理袁文传围绕“抢抓数字经济新机遇　推进水利行业新基建”为分管部门、所在及联系党支部讲专题党课。公司党委委员、副总经理王伟以普通党员身份参加。

袁文传首先对新型基础设施建设（新基建）的内涵进行了阐释，介绍了新基建的历史发展脉络，从狭义、中义、广义三个维度分别强调了应该如何准确理解把握新基建的深刻内涵和时代意义；随后从新基建对水利行业的影响出发，结合新阶段水利高质量发展要求，探索了推动水利行业新基建的方法和举措。

袁文传指出，随着大数据、云计算、物联网、人工智能、5G、区块链等新技术的快速发展与深度应用，人类社会已经进入真正的“数字时代”，以消费互联网为主要增长点的数字经济上半场蓬勃发展，以产业互联网为主要增长点的下半场势头强劲，数字经济大有可为。水利作为经济社会发展的重要基础设施，新基建相关技术的发展及普及，必将促进水利传统基础设施网络化、智能化转型，建设新型基础设施与完善水利传统基础设施密切相关、相辅相成、相互促进，对进一步加快水利建设与改革发展提供了新的发展机遇。

袁文传强调，新基建是以实物型网络化基础设施为基础的，统筹现代化和智慧型基础设施发展与安全，构建基础设施建设新发展格局，推动新时代高质量发展。水利新型基础设施建设，一是全面贯彻落实“节水优先、空间均衡、系统治理、两手发力”治水思路，按照新阶段水利高质量发展的目标、任务、路径要求，

构建现代化新型水利基础设施体系；二是加强网络型水利基础设施建设，加强中国水网骨干工程和大动脉建设，尽快推进水利数字孪生工程和智慧水利建设，推进水利新基建与其他行业新基建的联网、铸链；三是加强产业升级水利基础设施建设，在水安全、水生态、水环境、水治理等方面催生水利新基建产业，成为推进新阶段水利高质量发展的有力支撑；四是统筹推进水利新基建发展与安全跨越式提升；五是加强市场预期和政策导向推动新阶段水利高质量发展。

袁文传要求与会的党员干部尤其是青年职工，一要加强新理论和新技术学习，不断增强水利新基建的新思维和新理念，促进公司党建与业务工作深度融合，提高公司运营管理标准化、信息化、智能化水平；二要统筹公司新阶段高质量发展和安全要求，深入研究公司发展史，按照水利新基建要求，对接中国水网建设，加快构建公司产业发展和安全管理的新格局；三要积极推进智慧水利建设，加快推进百色水利枢纽数字孪生工程建设的顶层设计，构建百色水利枢纽基础数据库、多个管理系统一体化和安全运行管理运用可视化平台；四要坚持完整准确全面贯彻新发展理念，促进水利行业运行管理业务信息互联互通、共享共用、创新发展，推动新阶段水利高质量发展。

公司财务资产部、枢纽管理中心（防汛办）全体人员，库区管理中心、江河资产公司全体党员在南宁、百色通过视频会议形式参加。

## 袁文传与分管部门联系支部开展集体谈心谈话

翟艳军

6 月 8 日，根据右江水利公司党委落实全面从严治党主体责任 2022 年度任务安排，公司党委副书记、总经理袁文传与分管部门全体人员、所在及联系党支部党员干部从学习、能力、态度及人品四个方面开展了集体谈心谈话。

袁文传认为，学习是基础，能力是根本，态度是关键，人品是原则。他在谈心谈话中要求党员干部一是要以“用”致学、以“增”致学、以“结”致学。要向实践、工作、问题、周边人学习，要学习政治理论、历史知识、专业知识和文学知识，要在总结的过程中学习。通过学习不断坚定理想信念，提高政治站位，增强志气、骨气、底气，增强为人民服务的本领。二是要增强为人处世能力和综合工作能力。在工作中要正确处理好人际交往及单位之间沟通协调关系，提高干事创业、成长成才的效率。在人际交往中要做到对上尊重不谄媚、对下爱护关照、对左右平等支持，注重团结合作，完善知识结构。与其他单位沟通协调时要尊重规章制度，坚持工作原则，干净担当作为，讲究干事效率，全面提高干事兴业本领素质，努力让处事方式方法创新成为自觉，增强解决复杂问题的能力。三是要坚持德要配位，对父母要有孝心，对领导对同事要尊重帮助，对家人和朋友要诚心诚意，坚持与人为善、光明正大、言行一致、坦坦荡荡。办事情既讲原则性也要讲灵活性，要坚持底线思维，保持良好积极心态，正确对待周围人的进步与成长，不断取长补短，修炼自身意志，努力增长本领才干，靠自己的实力去赢得别人的尊重。

袁文传的谈心谈话深入浅出、真心实意、开诚布公，既积极向上，催人奋进，又入情入理，鞭策有力，达到了凝聚发展合力、激发干事热情、促进担当作为、推进团结协作的目的，与会党员干部感触良深，很受鼓舞。

财务资产部、枢纽管理中心（防汛办）全体人员，库区管理中心、江河资产公司全体党员在南宁、百色通过视频会议形式参加。

## 右江水利公司 2022 年职工乒乓球比赛圆满结束

梁安焕

6 月 8 日，右江水利公司 2022 年职工乒乓球比赛在百色职工活动室拉开帷幕。公司党委委员、副总经理马建新，公司党委委员、纪委书记汤进为出席颁奖仪式，并代表公司党委为获奖人员颁奖。

本次比赛吸引了公司 41 名职工报名参加比赛，参赛选手个个精神饱满，发挥出了较高的竞技水平。经过激烈角逐，马建新、周志华和李果佳分别荣获男子单打冠军、亚军和季军。胡万玲、苏汉瑛、韦慧分别荣获女子单打冠军、亚军和季军。马建新、周志华，王洋、杨珺分别荣获男子双打冠军和亚军。

右江水利公司职工将以此次职工乒乓球比赛为契机，发扬团结拼搏、迎难而上的精神，以饱满的精神状态、昂扬的斗志，助力公司持续高质量发展，以优异的成绩迎接党的二十大胜利召开。

# 珠江委专项检查组到右江水利公司开展档案安全专项检查

覃　悦

为切实加强档案安全体系建设，预防档案安全事故发生，近期，珠江委档案馆馆长张宇明率检查组到右江水利公司开展档案安全专项检查。右江水利公司副总经理、档案工作领导小组组长马建新陪同检查。

检查组分别从档案基础设施建设情况、档案实体及信息安全情况、档案安全应急管理制度及应急预案建设情况进行逐项检查，并对照档案安全工作专项检查表，对档案库房设施及环境改进提出了意见和建议。

检查组对公司档案安全工作给予肯定，并结合公司工作实际，对档案安全工作提出了更高要求：要及时对照国家、水利部及珠江委档案安全管理等方面的行业标准和制度规范，结合公司实际完善档案应急管理预案并定期进行应急演练；要积极推动档案库房智能监控系统建设，采取环境智能化管理模式，自动收集汇总库房温湿度数据，实现与档案库房“八防”联动，提高实体档案与库房安全管理水平。

对检查组此次检查指出的不足和提出的要求，马建新表示，右江水利公司将以本次专项检查为契机，立行立改，把档案安全作为档案管理工作的重中之重，切实筑牢档案安全防线，全面提高档案安全风险防控水平，以保管好、利用好、记录好、留存好四个“好”，服务党和国家工作大局、服务人民群众两个“服务”的目标任务为职责使命，持续做好公司新时期档案工作，为党的二十大胜利召开营造良好环境。

# 右江水利公司开展安全生产月宣传咨询日活动

卢学良

2022 年 6 月是第 21 个全国安全生产月，为进一步提升公司员工安全意识和安全素质，6 月 16 日，右江水利公司围绕“遵守安全生产法、当好第一责任人”主题组织开展安全生产月宣传咨询日活动。

在活动现场，通过发放“安全文化手册”、悬挂宣传横幅和现场咨询等方式，以新修订的安全生产法为主线，着力宣传安全生产领域法律法规、安全生产十五条硬措施和安全生产责任落实举措；同时结合日常生产生活实际，为员工讲解生活用电、燃气使用、火灾逃生等各方面的安全知识。此次活动受到了公司员工的广泛好评，现场咨询人员络绎不绝。

通过开展活动，达到了宣传安全法规、普及安全知识的目的。公司下一步还将继续开展全员教育培训、实战应急演练等活动推动“安全生产月”活动走深走实，持续增强安全责任意识、共同筑牢安全防线。

# 右江水利公司纪委安排部署近期重点工作

张议予

2022 年 6 月 16 日，右江水利公司纪委召开 2022 年第二季度纪委（扩大）工作例会，学习贯彻有关文件精神，安排部署近期重点工作。公司党委委员、纪委书记汤进为出席会议并讲话。公司纪委委员，各党支部纪检委员，各部门、各子公司纪检联络员，各子公司主要负责人和承担纪检监察工作的内设机构人员，纪检监察审计部全体人员参加会议。

会议传达了珠江委纪检组近期工作部署要求，宣传贯彻解读了珠江委纪检组近期印发的《关于加强政治监督的实施意见》和《处理信访举报工作办法》，组织观看了全面从严治党警示教育片《政商之鉴》，公司党委首轮巡察第一、第二巡察组组长和 1 名参与公司巡察的同志结合巡察工作分享巡察经验，各子公司交流党风廉政建设工作进展以及巡察、审计发现问题的整改情况。

会议指出，要深入学习贯彻珠江委关于开展垂管单位纪检监察体制改革试点工作部署，落实新时代强化政治监督的目标要求，聚焦主责主业，压紧压实主体责任，做实做细监督责任，确保党中央和水利部党组重大决策及珠江委党组、公司党委工作安排落地落实。

会议要求，一要统一思想，提高认识，强化责任，以扎实的工作、良好的作风配合做好迎接珠江委党组巡察的相关工作，确保巡察顺利进行，并认真落实巡察反馈意见的整改。二要紧盯疫情防控、安全生产、防汛调度、舆情管控等开展监督，深入推进政治监督具体化常态化。三要绷紧纪律规矩这根弦，持续落实中央八项规定精神，坚决查处违规吃喝问题，切实抓紧抓实作风建设。四要睁大眼睛、拉长耳朵，增强敢于善于发现真问题、真发现问题的能力和水平，切实发挥公司纪检监督体系的作用，走好全面从严治党“最后一公里”。

会上，各支部纪检委员、各部门各子公司纪检联络员围绕巡察、审计整改工作难点及对纪检监督工作的意见建议展开交流讨论。

# 清源电力公司开展“一把手谈安全”活动

黄奇俩

6月15日，清源电力公司在那比营地开展“一把手谈安全”活动，以实际行动贯彻落实右江水利公司2022年“安全生产月”及“安全生产万里行”活动要求，切实提高全员安全意识，筑牢思想防线。

清源电力公司主要负责人以《落实“一岗双责”，力保安全生产》为题，紧扣“遵守安全生产法，当好第一责任人”主题，结合近期国内接连发生的典型事故案例，通过趣味问答形式，深入分析了当前公司安全生产工作面临的形势，并从思想认识、风险辨识、隐患排查、项目管理、现场管控及如何贯彻落实“安全生产十五条措施”等方面进行了分析解读，同时分享了自己多年从事安全生产工作的经验和体会。

会议强调，全体员工要真抓实干、久久为功，全力以赴抓好安全生产工作：一是要深入学习贯彻习近平总书记关于安全生产的重要论述，要从政治和全局的高度深刻认识安全生产的重要性，树牢安全发展理念，以最坚决的态度担当作为，抓紧抓实抓细，守牢安全生产红线底线。二是要强化责任制考核，逐级落实安全生产责任，通过考核奖惩与教育引导相结合，变结果考核为过程考核，建立动态考核评价机制。三是要加强安全技能培训，提高员工整体素质，通过多渠道、多形式开展学习和宣传教育，贯彻落实新安全生产法等有关安全生产法律法规实施。四是要突出重点领域，狠抓隐患排治。要努力构建常态化、制度化、规范化的安全生产隐患排查治理长效机制，切实加大隐患排查整治力度。

会上，大家纷纷表示：要以“安全生产月”活动为契机，进一步深入学习领会安全生产工作的内涵和意义，以更加严格、更加细致、更加扎实的作风抓好各项工作落实，确保公司安全局面持续稳定，为公司高质量发展打下坚实基础。

清源电力公司全体职工、劳务派遣人员参加了会议。

# 百色市市长葛国科检查百色水利枢纽防汛工作

潘 倩

6月16日，百色市人民政府市长、百色水利枢纽防汛行政责任人、百色水利枢纽防洪抢险指挥部指挥长葛国科率队到百色水利枢纽检查防汛工作。右江水利公司党委委员、总工程师邓勋发陪同检查。

在百色水利枢纽主坝坝顶，邓勋发详细介绍了前期来水情况、防洪度汛形势、防洪度汛工作安排、目前已开展的工作以及百色水利枢纽在防汛工作中发挥的作用。

葛国科充分肯定了百色水利枢纽近年来为保障下游沿岸人民群众生命财产安全作出的贡献。他强调，防洪安全永远放在首位，一是要强化安全责任意识，时刻绷紧防洪治水这根弦，保障好下游沿岸人民群众生命财产安全；二是要重点做好水库调度工作，强化预报、预警、预演、预案“四预”措施；三是要加强上下游水电站的沟通协调和信息共享、防洪调度联动，确保右江河段行洪安全。

邓勋发感谢百色市人民政府长期以来对右江水利公司防洪调度工作的指导和支持。他代表右江水利公司表示，将认真落实检查要求，做好应急值守和巡查排险工作，坚持人民至上、生命至上，始终把保障人民群众生命财产安全放在第一位，为百色及下游右江沿岸各市（县）人民生命财产和区域经济社会高质量发展提供了强有力的防洪安全保障。

百色市人民政府秘书长陶国铭、副秘书长黄彩玲，百色市水利局副局长许大林，右江水利公司相关人员参加检查。

# 枢纽管理中心（防汛办）组织开展防汛抢险知识技能培训

李铭炜

为统筹做好防洪度汛应急抢险工作，提高员工防汛抢险应急处置能力，结合2022年“安全生产月”活动计划，6月21日，枢纽管理中心（防汛办）组织开展防汛抢险知识技能培训，公司党委副书记、总经理袁文传参加培训。

本次培训采用理论教学与实际操作相结合的方式，授课方式新颖，内容通俗易懂，操作贴近实际。在理论教学阶段，重点对管涌险情抢护进行讲解，采用图文动画的形式，详细讲解了管涌的概念、危害，管涌险情的判别、报告及处置要求，加深大家对防洪度汛相关工作的认识和理解。在实际操作阶段，以玻璃钢式围井使用为背景，全程实地模拟汪甸防护工程管涌抢险应急处置，达到锻炼人员、熟悉设备、提高处置能力的目的。

袁文传在培训总结时指出，培训切实提高了现场管理人员及抢险人员的管涌应急处置能力。枢纽管理中心（防汛办）要进一步做好工程建筑物安全监测、巡视检查、维修养护、值班值守等运行管理工作，确保水工建筑物安全稳定运行，功能正常发挥，为工程安全度汛奠定坚实基础。现场管理人员及抢险突击队要苦练内功，扎实掌握防汛抢险专业知识、防汛设施设备使用方法和防汛抢险技能，做到“召之即来、来之能战、战之能胜”，为工程安全度汛保驾护航。

右江水利公司安全监督部、枢纽管理中心（防汛办）、抢险突击队负责人及相关人员参加培训。

## 右江水利公司召开第二季度安全生产领导小组会议　部署工作压实责任

卢学良

6 月 17 日，右江水利公司召开 2022 年第二季度安全生产领导小组会议暨安全生产工作会，总结 2022 年以来公司安全生产工作情况，分析当前形势，安排部署下一阶段重点工作。公司党委书记、董事长、安全生产领导小组组长肖卫国出席会议并讲话。公司领导袁文传、邓勋发、马建新、汤进为、王伟出席会议，会议由马建新主持。

肖卫国强调，要进一步提高政治站位，持续深入学习贯彻习近平总书记关于安全生产重要论述和党中央“疫情要防住，经济要稳住、发展要安全”的明确要求，推动“安全生产十五条硬措施”贯彻实施。要坚决树牢安全发展理念，压紧压实责任；严格实施安全生产奖惩，强化安全监督；全面排查整治风险隐患，提升本质安全；全面掌握设备设施状况，提升预警能力。要以高度的使命感和责任感，从严从实、标本兼治，确保百色水利枢纽及各子公司水电站稳定运行。

会议要求，要坚持“三管三必须”和“一岗双责”，进一步健全安全生产责任体系，将责任压实到人、压实到岗，尤其是各部门各子公司主要负责人，要切实把安全生产重大政治责任扛在肩上。要健全完善安全风险查找、研判、预警、防范、处置、责任“六项机制”，坚持全链条全过程管控安全风险。要精准把控设备升级改造、检修维护及新建项目和外委工作等验收标准，严格执行验收程序，确保设备设施的可靠性和安全性。强化安全生产监督检查，落实安全生产责任，推进改进水利安全生产标准化工作，巩固提升安全专项整治三年行动成果。要把安全生产工作作为政治监督的重点，堵塞漏洞，举一反三，坚决维护重点水利基础设施安全。

右江水利公司安全生产领导小组成员及相关人员参加会议。

# 新疆塔里木河流域管理局雷俊荣一行到右江水利公司考察调研

戴传诠

6 月 21 日至 22 日，新疆塔里木河流域管理局党委委员、副局长雷俊荣带队到右江水利公司开展调研。其间，在南宁与公司党委书记、董事长肖卫国会谈，双方就新阶段水利高质量发展等问题进行了探讨和交流。公司领导邓勋发、马建新、王伟在百色出席调研座谈会。

结束在南宁的行程，雷俊荣一行于 22 日上午紧接奔赴百色，现场实地参观百色水利枢纽主坝液压启闭闸门等设备设施，认真听取右江水利公司关于工程运行管理情况的介绍，详细了解枢纽防汛调度、安全生产、库区管理等有关工作开展成效和经验。随后，在百色水利枢纽管理中心与公司相关部门人员进行座谈。

座谈会上，双方介绍了本单位基本情况，就如何推进智慧水利、数字孪生流域、工程建设等进行深入细致交流，相互间提出了意见和建议。邓勋发代表右江水利公司对雷俊荣一行的到来表示欢迎。他表示，希望彼此间能进一步加强沟通联系，取长补短，互通共享信息化建设经验，有力有效推进智慧水利建设，为水利事业高质量发展提供支撑。

右江水利公司办公室、技术管理部（总工办）负责人及相关人员参加调研和座谈。

# 右江水利公司党委副书记、总经理袁文传到百色水利枢纽检查工程安全度汛情况

周少良

鉴于库区水雨情形势，百色水利枢纽于6月19日14时启动防汛Ⅳ级应急响应，6月21日至23日，右江水利公司党委副书记、总经理袁文传到百色水利枢纽工程现场检查工程安全度汛情况。

袁文传先后检查了汪甸防护工程、剥隘滑坡治理工程、枢纽大坝廊道、大坝集水井泵房、坝顶监控楼、银屯副坝及香屯副坝，查阅了工程巡查记录，了解了各水工建筑物的运行工况，对巡查维护、防汛薄弱环节提出了要求。

袁文传强调，要进一步加强主坝、副坝、汪甸防护工程、剥隘滑坡治理工程的安全监测、巡视检查、现场值守工作；要做好工程安全管理，强化风险排查治理，对发现的问题要立即整改；要加密对工程的巡视检查频次，特别是强降雨之后的巡视检查；要强化责任意识，严守防汛纪律和工作纪律，做好水雨情分析会商，做好值班值守和科学调度，准确报送信息，及时预报预警，做到守土有责、守土负责、守土尽责，确保工程不出问题。

公司安全监督部、枢纽管理中心（防汛办）负责人及有关人员陪同检查。

# 右江水利公司青年职工开展“喜迎二十大　奋进新征程　青春建功行”活动

杨佳兰

为推动青年职工党史学习教育常态化长效化，教育引导广大青年职工进一步坚定理想信念，砥砺革命意志，以实际行动践行初心使命，以优异成绩迎接党的二十大胜利召开，6月24日，右江水利公司青年职工联合办公室党支部和生产管理党支部前往南宁市“红色传奇”沉浸式党课体验中心开展党史学习教育活动。公司党委副书记、总经理袁文传，党委委员、纪委书记汤进为，党委委员、副总经理王伟参加活动。

在展馆中，大家分别参观了“星火初照”“热血征程”“雷声惊天”“千里来龙”“人间正道”等多个红色革命主题展，深入了解韦拔群、黄日葵、龙启炎

等老一辈革命家用生命捍卫信仰，救民救国于危难的传奇故事，以及从1925年广西第一个党支部建立到1949年广西全境解放的24年间，广西儿女前赴后继投身革命的艰苦岁月。在分享交流区，大家围绕此次参观学习活动书写“红色”信件并分享心得体会。

参观结束后，大家纷纷表示，要弘扬伟大建党精神，传承和发扬老一辈革命家不畏艰难、坚守初心的优良传统，从党的百年奋斗史中鼓舞斗志、从党的光荣传统和优良作风中汲取营养，坚守初心、凝心聚力、立足岗位、担当实干，为推动公司高质量发展贡献青春力量。

## 右江水利公司举办安全生产管理知识取证培训及考试

卢学良

6月22日至25日，右江水利公司以视频会议形式开展安全生产管理知识取证培训及考试。公司党委书记、董事长肖卫国，公司领导袁文传、邓勋发、马建新、汤进为、王伟参加培训。

本次培训是2022年安全生产月的一项重要活动，公司领导全体带头参加，充分体现了公司领导对安全生产工作的高度重视，起到了很好的示范引领作用。

公司及各子公司安全管理参考人员共120人完成培训考试。

## 强化风险意识　树牢底线思维
## ——枢纽管理中心（防汛办）开展“一把手谈安全”“大家谈”“班组会”等系列活动

李铭炜

为贯彻落实公司2022年“安全生产月”活动要求，提高部门全体职工安全意识，强化安全发展理念，弘扬“生命至上，安全第一”的思想，6月27日，枢纽管理中心（防汛办）开展“一把手谈安全”“大家谈”“班组会”等系列活动。

会议首先传达右江水利公司第二季度安全生产领导小组会暨安全生产工作会议精神，学习习近平总书记关于安全生产重要论述、党和国家领导同志关于近期生产安全事故的指示批示精神以及全国安全生产电视电话会议精神，然后观看《生命重于泰山》专题片，最后针对“如何做好部门安全生产工作”开展了“一把手谈安全”“大家谈”“班组会”活动。

会议指出，要切实把做好安全生产工作体现在增强“四个意识”、坚定“四个自信”、做到“两个维护”的实际行动中，努力提高政治站位，认真执行安全生产主体责任和“一岗双责”要求，始终绷紧安全生产和防洪度汛这根弦，按照“全覆盖、零容忍、严执法、重实效”的要求，紧盯重点领域和关键环节，毫不松懈地推动安全生产和防洪度汛工作做深做细做实。

会议要求，一是要加强对主坝、副坝、汪甸防护工程、剥隘滑坡治理工程等水工建筑物及其附属设备设施的巡检和安全监测分析，时时掌握主坝、副坝等运行工况，同时做好水雨情预测预报、水库调度和防洪度汛等工作。二是加大法律法规学习力度，加强岗位培训教育，提高员工安全意识和业务水平。三是要认真履行安全生产职责，树立安全底线意识，牢记安全生产使命，严格遵守安全生产规章制度，全力做好公司安全生产工作，确保工程安全运行。

# 珠江委到右江水利公司指导推进库区立法及法治宣传工作

罗　丹

6 月 28 日，珠江委政策法规处组织调研组到右江水利公司开展百色水利枢纽库区立法及法治宣传作开展交流座谈。公司党委委员、总工程师邓勋发出席座谈。

会上，调研组听取了公司关于库区管理与保护情况、相关制度建立及法治宣传教育基地建设等工作情况的介绍，参会人员进行了充分讨论，提出了意见和建议。

调研组对公司在库区管理与保护及法治宣传开展的工作和取得的成效表示肯定。强调百色水库库区管理范围涉及云南、广西两省（区），是珠江流域治理的重要一环，公司要进一步加强联系与交流，深入分析和研究库区立法的必要性及可行性，共同做好库区立法前期基础性工作。要有序推进公司法治宣传教育基地建设，探索多路径推进解决库区存在的问题，推动流域水环境质量持续改善。

此次座谈，对公司下一步推动库区立法及法治宣传工作起到了良好的指导作用。为推进库区管理与保护，开展好法治宣传，更好地保障工程安全稳定运行，充分发挥工程效益奠定了坚实的基础。

右江水利公司库区管理中心、办公室、党群部负责人及有关人员参加座谈。

# 右江水利公司组织召开子公司水电站工程标准化管理评价指标及标准审查会

吴晓华

6月27日，右江水利公司组织召开会议，对公司管理的子公司水电站工程标准化管理评价指标及标准进行评审。公司党委副书记、总经理袁文传主持会议，公司领导邓勋发、马建新、王伟出席会议。

会上，清源电力公司、季连公司、块泽河公司三家子公司分别围绕工程状况、安全管理、运行管护、管理保障和信息化建设等五个方面考核项目进行汇报，对评价内容及要求、考核赋扣分依据逐条进行解析和说明。

袁文传指出，右江水利公司切实落实水利工程管理单位主体责任，参照《水利工程标准化管理评价办法》和水利部农村水电站安全生产标准化要求，在珠江委的指导下，结合各子公司水电站实际，实行一站一清单，组织三家子公司开展水电站工程运行管理标准化建设工作，编制完成了各子公司水电站工程标准化管理评价指标及标准，为推进水利工程标准化管理工作奠定了坚实的基础。

袁文传强调，要深入贯彻落实党中央、国务院决策部署，落实新阶段水利高质量发展目标任务，积极推进流域水利工程标准化管理工作。要切实按照水利部关于强化工程安全管理，消除重大安全隐患，落实管理责任，完善管理制度，提升管理能力，建立健全运行管理长效机制的总要求，加快推进水利工程标准化管理工作，确保百色水利枢纽及各子公司水电站工程安全稳定运行。要继续加强组织领导，加大指导帮扶，因地制宜、循序渐进、分类施策，确保右江水利公司管理的子公司水电站工程年底顺利通过首次评价。

右江水利公司枢纽管理中心（防汛办）、技术管理部（总工办）、右江水力发电厂、安全监督部、办公室，清源电力公司、季连公司、块泽河公司负责人及有关人员参加审查会。

# 右江水利公司在南宁开展防患于“未燃”消防应急实战演练

卢学良

为贯彻落实“安全第一、预防为主、消防结合”的消防工作方针，进一步加强公司消防安全管理，提高员工火灾应急处置能力和紧急逃生能力，推进公司“安全生产月”活动走深走实，6月27日，右江水利公司在南宁开展防患于“未燃”消防应急实战演练。公司党委书记、董事长肖卫国，公司领导袁文传、邓勋发、马建新、汤进为、王伟参加。

8时30分，南宁办公楼消防控制室火灾报警铃声响起，控制室值班人员立即通知巡查人员赶赴现场检查。在确认火势情况后第一时间开展扑救，迅速启动应急响应程序，拉响消防疏散广播，组织人员沿安全疏散通道有序撤离，及时向消防应急领导小组汇报并拨打119火警报警电话。从火灾报警响起到人员全部被疏散到安全地带，前后历时不超过3分钟，过程迅速紧凑，现场报告、灭火处置、应急疏散、人员清点等各项演练流程响应及时，规范有序。

8时45分，公司现场组织开展消防安全培训，普及消防安全知识，重点讲解灭火器、正压式空气呼吸器、火灾逃生面具等常用消防器材使用步骤和注意事项，公司领导及现场人员逐一进行体验和实操演练。演练结束后，公司安全监督部门对演练进行总结评估，指出存在问题和不足，并逐一落实整改责任人、措施及期限。

此次演练是公司“安全生产月”的一项重要活动，准备充分、组织严密、贴近实战、寓教于练，增强了消防意识，提升了消防技能，达到了“落实消防责任，防范安全风险”，防患于“未燃”的良好效果。

右江水利公司南宁办公大楼全体职工，保安、保洁、食堂及大楼租户共80人参加演练。

# 右江水利公司开展安全宣传进校园活动

卢学良

6月30日上午，右江水利公司安全监督部及团委有关人员在百色市滨江小学组织开展了主题为“安全用电及节能知识”的安全宣传进校园活动。

宣传活动采取观看视频、发放宣传资料、现场授课及面对面解答疑问等方式进行。安全宣讲员为同学们讲解了电的简单认识、电的危险、安全用电注意事项、节约用电等日常用电安全知识和节能常识，使同学们对电有了初步认识，了解了生活安全用电和节约用电的知识。安全宣讲员还积极与同学们开展互动，并为他们发放学习用具，现场气氛热烈。

同学们纷纷表示：“今后会向家人和同学们宣传安全用电常识，保护自己和他人的生命安全，安全用电、节约用电，从我做起，从身边做起”。

此次安全宣传进校园活动，融知识性和趣味性于一体，让同学们在轻松愉快的氛围中学习掌握了安全用电知识，既增强了同学们的安全用电防范意识，又提高了其安全用电防护能力，起到了“宣传一个学生，带动一个家庭，影响一个学校，安全一片区域”的良好效果。

# 水利部三峡工程管理司司长罗元华一行到右江水利公司调研

吴晓华

6 月 29 日至 30 日，水利部三峡工程管理司司长罗元华一行到右江水利公司开展调研指导。其间，在南宁与公司党委副书记、总经理袁文传进行会谈，党委委员、副总经理马建新陪同调研。

罗元华认真听取了右江水利公司关于推进数字孪生百色水利枢纽工程建设进展、安全运行管理和防汛调度等方面的情况汇报，对公司近年来在工程安全运行管理、企业改革发展方面取得的成效表示肯定。他指出，右江水利公司要继续按照水利部党组新阶段水利高质量发展的意见和要求，统筹安全与发展，不断加强工程安全运行管理、科学防洪调度、数字孪生工程建设，推动右江水利公司高质量发展。

袁文传对罗元华司长一行到右江水利公司调研指导表示欢迎和感谢。他指出，水利部三峡工程管理司在大型水利工程运行管理政策建设、调度规程规范编制、水库防洪调度和蓄退水安全管理等方面经验丰富，希望为右江水利公司做好百色水利枢纽工程运行管理工作给予大力指导和帮助，进一步发挥百色水利枢纽工程防洪、发电、供水、灌溉等综合效益，为粤港澳大湾区、珠江—西江经济带、北部湾经济区、泛珠三角区域合作等国家区域战略实施提供有力水安全支撑。

右江水利公司办公室、技术管理部（总工办）、安全监督部、枢纽管理中心（防汛办）等部门负责人及相关人员参加。

# 落实安全责任，创建安全企业

## ——块泽河公司开展“一把手谈安全”活动

何文飞

安全生产是企业生存发展的永恒主题。党的十八大以来，习近平总书记对安全生产工作多次发表重要讲话、作出重要指示批示，深刻论述安全生产红线、安全发展战略、安全生产责任制等重大理论和实践问题，让安全发展理念入脑入心。

2022 年 6 月 30 日，块泽河公司在电厂二楼会议室及公司四楼会议室视频召开“一把手谈安全”会议，会议就新安全生产法、习近平总书记系列讲话精神、构建公司安全生产管理新格局等方面进行阐述，全面分析研判块泽河在安全生产管理面临的新形势和新挑战。

会议要求，一是要深入贯彻落实习近平总书记提出的“节水优先、空间均衡、系统治理、两手发力”治水思路和系列重要讲话精神，准确把握新发展阶段、深入贯彻新发展理念，加快构建新发展格局，心怀“国之大者”，不断提高政治判断力、政治领悟力、政治执行力，自觉立足全面建设社会主义现代化国家全局，准确把握公司安全生产工作面临的形势与任务；二是要强化全员安全生产责任制的落实，以崇尚实干、狠抓落实的精神，探索安全工作的新途径、新方法，认真落实事故防范措施，及时消除安全隐患，不断提高设备健康运行水平，稳步提升安全生产局面；三是公司全体员工要秉持认真负责的工作态度，发扬更加严谨的工作作风，立足本职，提高站位，以“抓铁留痕，踏石有印”啃硬骨头的精神，持续推进安全管理、量化考核指标、精准隐患排查、落细措施整改，勠力同心，共创块泽河公司安全、和谐大家庭，为党的二十大胜利召开营造安全稳定工作环境！

# 块泽河电厂上半年发电量创历史新高

严　芳

截至 6 月 30 日，块泽河电厂年发电量 5065 万千瓦·时，同比去年上半年增长 228%，创投产以来同期最高纪录。

受益于 2022 年雨水情较好，块泽河公司抓住时机，锚定年度督办、重点工作目标，重点抓好机组检修、运行维护、电力销售、防洪度汛等工作：一是严控自主检修工作质量，确保机组安全稳定运行；二是落实安全生产双重预防机制，为电力生产提供可靠保障；三是汛前按要求开展防汛安全检查和整改；四是 3 月 17 日根据水利部要求同步提前进入防汛 24 小时值班状态；五是主动加强与上游电站沟通交流，准确掌握水雨情信息，多次提前发电腾库，充分利用入库冗余流量；六是分析研判电力市场形势，在 6 月来水量超出预计水平时找准时机，提前 20 天开展日前电力交易，实现发电收益最大化。

下一步，块泽河公司继续在右江水利公司的正确领导下，团结一致，不断夯实安全生产管理基础，统筹做好防洪度汛及电力生产、销售工作，作好下半年文章。

# 右江水利公司“双重预防机制建设”专题培训引发热烈反响

卢学良

7 月 6 日，右江水利公司邀请水利行业安全生产专家戴孟烈在百色进行“双重预防机制建设”专题现场授课。公司各级安全管理人员共 100 余人参加。

培训会上，戴孟烈详细解读了习近平总书记和党中央、国务院领导同志关于双重预防机制建设的指示精神及水利部的相关部署要求，并结合多年的安全生产工作实践从双重预防机制建设的背景、主要任务、基本概念、具体方法和注意事项，水库和水电站运行管理危险源辨识、风险评估和隐患排查治理，安全生产元素化管理在水利工程管理中的应用等方面对双重预防机制进行了深入浅出、生动具体的讲解，既有理论高度，又有实践深度。参加培训人员反响热烈，纷纷表示受益匪浅。

“此次培训具有非常强的针对性和实效性，老师的授课提纲挈领，入木三分，是一场提升公司双重预防机制建设能力的‘及时雨’，既增强了我们对安全生产工作的认识与理解，也解答了实际工作中双重预防机制建设为何做、做什么、怎么做、谁来做、何时做的问题。”右江水力发电厂崔海军说道。

本次专题培训是年度安全生产教育培训工作的一项重要内容，对公司进一步强化双重预防机制建设，全面提升危险源辨识、评价、管控和隐患排查治理能力，具有很好的指导意义和促进作用。

## 水利部监督司司长王松春在右江水利公司调研时强调：要以时时放心不下的态度对待安全生产

吴晓华

7月7日至9日，水利部监督司王松春司长一行在广西考察调研。其间，前往右江水利公司调研指导工作。珠江委党组成员、副主任苏训，广西壮族自治区水利厅党组成员、副厅长何棠，右江水利公司党委书记、董事长肖卫国，公司领导袁文传、马建新、王伟陪同调研。

王松春先后来到百色水利枢纽主坝、183平台、地下发电厂房等地，现场实地查看水工建筑物、泄洪闸门和发电设备等设备设施，认真听取安全监测、水库调度、发电运行、水土保持等方面情况汇报，并不时向现场工作人员询问有关情况。王松春对右江水利公司近年来在安全生产管理、企业改革发展等方面工作取得的成效以及对地方社会经济发展做出的贡献给予充分肯定。

王松春指出，2021年汛期前后，水利部对部直管项目开展“四不两直”安全飞检，右江水利公司上下高度重视，对检查发现的问题逐项落实整改，同时举一反三，加大自查自纠力度，牢牢守住了安全底线，充分体现出公司党委领导班子政治站位高、大局意识强、战斗能力强。

王松春强调，要深入贯彻落实习近平总书记关于安全生产重要论述和指示批示精神，落实好水利部党组要求。安全生产重于泰山，下一步，水利部将对直管项目的安全生产工作管理更加严格。他要求右江水利公司要切实做好公司各部门、各子公司运行管理领域的安全生产工作，牢牢守住安全底线。他强调，在不断提升百色水利枢纽工程运行管理水平的过程中，一要进一步做到安全生产的规范化标准化。按照规范化要求，厘清规程规范，履职尽责，执行到位，做到心中有数。要通过固化流程、步骤、程序，严格安全生产标准，提升运行管理效益。二要以时时放心不下的态度，防范水利安全“黑天鹅”事件的发生。深刻吸取西沟水库漫坝和郑州“7・20”特大暴雨事件教训，充分考虑到右江水利公司每一个安全生产区域的风险因素，时刻做好应对超标洪水的防御预案和思想准备，要考虑百色水利枢纽最不利工况，超前制订应对方案和措施，为当地政府应急决策提供科学可靠依据。三要勇于探索，总结经验，为安全生产管理工作提供借鉴。在充分发挥信息自动化作用的同时，强化人的能动性和责任心，认真履行好值班值守职责。要从安全风险的角度，按照水利部六项机制二十四条措施要求出台相应的措施和办法，在安全生产状况分析、安全生产信息系统应用、数字孪生建设等方面总结出好的经验和做法，为行业、其他部直管项目提供“百色经验”。

肖卫国对王松春司长一行到右江水利公司调研指导表示欢迎和感谢，他简要介绍公司近年来主要工作开展情况，重点汇报公司在安全生产管理体制机制建设方面的做法和不足，就更好开展下一步工作提出意见建议。肖卫国表示，右江水利公司将继续按照水利部党组新阶段水利高质量发展的意见和要求，在珠江委党组坚强领导和自治区水利厅大力支持下，统筹发展和安全，牢记百色水利枢纽防洪保安澜初心使命，夯实安全生产基础，牢牢守住安全底线，为珠江流域和地方经济高质量发展提供水安全支撑。

水利部监督司监督一处、三处，珠江委监督处，自治区水利厅监督处，右江水利公司有关部门负责同志和相关人员陪同调研。

# 右江水利公司纪委加强纪检监督<br>助推防汛责任制落实

张议予

“有没有编制防洪抢险应急预案？防汛物资都落实了吗？大坝有没有进行定期安全监测？闸门启闭机是不是正常维护保养了？”自2022年3月以来，为落实好水利部、珠江委和右江水利公司对防汛工作的安排部署，右江水利公司纪委坚持把监督防汛责任制落实情况作为政治监督的重要内容之一，立足主责主业，按照“汛期不过、检查不停、整改不止”的原则，闻“汛”而动，深入百色水利枢纽主坝区、副坝区、汪甸工程、块泽河水电站和不管河四级水电站开展防汛备汛、防洪调度、风险隐患排查治理、值班值守等情况监督检查，扎实履行监督责任，为安全度汛提供坚强纪律保障。

公司纪委紧盯关键环节、重点部位，通过实地检查、现场询问、查阅资料等方式，对公司及子公司的应急处置、物资储备、设备维保、隐患排查、值班值守等情况开展全方位监督检查。针对监督检查中发现的问题，公司纪委提出安装大坝卫星电话、及时清理防汛道路塌落物、规范防汛物资台账、尽早开展防洪抢险应急演练等意见建议并督促整改，推动公司各部门及子公司切实做到带着问题抓落实、围绕问题抓整改，补齐短板弱项，将防汛措施落到实处，确保安全度汛有备无患。

2022年珠江流域遭遇近15年来最强“龙舟水”，尤其是5月份以来，百色水利枢纽库区共出现6次强降雨过程，降雨量为运行以来同期的2.4倍，来水量为历史同期的4倍。面对前所未有的来水量，为确保安全度汛，公司纪委立足职能职责，主动担当作为，强化着眼防范、跟进监督、一线监督，采取“四不两直”方式持续开展监督检查，以高频次监督倒逼防汛责任落实、措施落地。通过实地勘察枢纽主坝、副坝和汪甸防护堤，督促枢纽管理中心发挥巡查“前哨”作用，及时做好安全隐患排查、信息收集上报、应急抢险处置等工作；检查值班值守情况，督促有关部门和人员进一步增强防汛责任意识，以严明的纪律和扎实的作风做好防汛工作。

目前，公司纪委已实地开展防汛监督检查3次，发现问题12个，提出整改建议12条，推动完成问题整改127项，切实推动防汛工作抓实、落细、做到位。

“防汛是公司天大的事，事关公司安全发展大局，事关人民生命财产安全，扎实做好防汛工作责任重大。纪检干部既是防汛工作的监督员，也是战斗员，我们将进一步强化监督检查，督促有关部门和单位坚决贯彻党中央决策部署，切实履行防汛责任制，落细落实各项防汛措施。”公司纪委书记汤进为如是说。

# 右江水利公司与剥隘镇人民政府召开滑坡治理工程运行管理工作推进会

李铭炜

为完善剥隘滑坡治理工程治理长效机制，确保工程不出问题，保障百色水利枢纽效益正常发挥，7月15日，右江水利公司党委副书记、总经理袁文传带队赴文山州富宁县剥隘镇人民政府重点就剥隘滑坡治理工程排水系统清理工作召开推进会。

参会人员现场检查了剥隘滑坡治理工程排水系统，听取了工程管理及安全监测情况汇报，并就汛期排水系统运行维护问题提出了要求和说明。

会议指出，剥隘镇人民政府一直以来大力支持百色水利枢纽工程管理工作，双方在剥隘滑坡治理工程管理中紧密合作，充分发挥了政企联动工作机制作用，确保了百色水利枢纽工程功能正常发挥，保障了剥隘镇人民群众生命财产安全。

会议强调，目前剥隘滑坡治理工程运行管理情况总体良好，但仍存在政府管辖区域局部排水沟堵塞的问题，存在防汛安全风险。目前已进入主汛期，局部强降雨带来的地质灾害风险很大，剥隘镇人民政府要及时做好市政的排水沟清理工作非常重要。

会议要求，剥隘镇人民政府要按照共同促进剥隘滑坡治理工程治理长效机制的各项要求，持续加强交流合作，树立“一盘棋”思想，增强“公转”意识、克服“自转”倾向，实现政府、企业之间优势互补、资源共享，尽快清理市政管辖的排水沟，确保滑坡体排水系统运行安全，服务剥隘镇经济社会发展，保障人民群众生命财产安全。

剥隘镇人民政府、右江水利公司枢纽管理中心（防汛办）、库区管理中心负责人及相关人员参加座谈。

# 右江水利公司 2022 年第三届职工男子三人篮球比赛圆满落幕

陆开裕

七月骄阳，热情似火。为丰富公司企业文化建设，7 月 12 日，右江水利公司 2022 年第三届职工男子三人篮球比赛在百色拉开序幕。各部门及子公司积极响应，纷纷组织球队参赛。

参赛队奋勇拼搏，团结协作，奋发向上，为大家奉献了一场一场精彩的比赛。各参赛队员尊重裁判、尊重对手，发扬了“友谊第一，比赛第二”的体育道德风范，赛出了风格，赛出了水平。历经 3 个晚上的奋力拼搏，右江电厂一队、江河资产公司、清源电力公司分获冠军、亚军和季军。

公司工会将持续提升组织活力，从促进职工身心健康角度出发，组织丰富多彩的文体活动，强健体魄，扎实工作，团结协作，推动右江水利公司持续高质量发展，以优异成绩迎接党的二十大胜利召开。

# 季连公司党支部开展“严明政治纪律，赓续优良家风家教”主题党日活动暨2022年纪律教育学习月动员会

陈　艳

7月19日下午，季连公司党支部开展“严明政治纪律，赓续优良家风家教”主题党日活动暨2022年纪律教育学习月动员会，全体党员参加会议。

会议集中学习了党内反腐败文件，传达右江水利公司纪律教育学习月动员会相关内容和精神，部署安排纪律教育学习月期间相关工作，并通过观看家风家教警示教育片对全体党员开展家庭家教家风教育。

会议指出，反腐败斗争关系民心，党风廉政建设和反腐败斗争永远在路上，一刻也不能放松，要以抓铁有痕、踏石留印的坚韧和执着，继续打好党风廉政建设和反腐败斗争这场攻坚战持久战。全体党员要明大德、守公德、严私德，清清白白做人、干干净净做事，做到克己奉公、以俭修身，永葆清正廉洁的政治本色。

会议强调，要准确把握纪律教育学习月活动“勇于自我革命，永葆先进纯洁”这一主题，深刻认识自我革命的内在要求，认清全面从严治党的形势任务，发扬彻底的自我革命精神，增强拒腐防变和抵御风险能力。要全面把握纪律教育的目标要求，全面推进落实各项工作部署。要切实把住纪律教育的关键环节，确保纪律教育学习月活动取得实效。

会议要求，全体党员要进一步提高思想认识，结合自身实际认真开展纪律教育学习月各项活动，确保活动取得实效。要通过典型案例举一反三，针对存在问题进行自省自查、开展立行立改。要重视家风家教，通过严于律己、以身作则、言传身教，为子女营造良好的家庭氛围，树立先进榜样。

# 右江水利公司党委中心组学习贯彻习近平总书记重要讲话精神

卢兰静

7月19日，右江水利公司党委中心组召开2022年第八次集中学习（扩大）会议，

以“提高一体推进‘三不腐’能力和水平，推进全面从严治党向基层延伸”为主题，深入学习贯彻习近平总书记在中央政治局第四十次集体学习时的重要讲话精神。公司党委书记、董事长肖卫国主持会议并讲话。党委中心组成员参加学习，袁文传、马建新、汤进为、王伟同志分别作交流发言。珠江委党组第二巡察组、直属机关党委派员列席指导。

会议强调，习近平总书记在中央政治局第四十次集体学习时的重要讲话，系统总结新时代反腐败斗争取得的显著成效和重要经验，就加深新形势下党风廉政建设和反腐败斗争的认识，提高一体推进不敢腐、不能腐、不想腐能力和水平作出进一步部署，为全面打赢反腐败斗争攻坚战、持久战和新形势下推进全面从严治党向纵深发展提供了思想指引和行动指南。要认真学习领会习近平总书记重要讲话精神，深刻领悟习近平总书记关于党的自我革命战略思想，准确把握党的十八大以来反腐败斗争重要经验，持续深化对党风廉政建设和反腐败斗争形势认识，准确把握精神实质，提高一体推进“三不腐”能力和水平，以优异成绩迎接党的二十大胜利召开。

会议要求，要坚定不移推进全面从严治党向纵深发展。一是坚决扛牢管党治党政治责任，压紧压实责任落实；二是坚持严的主基调，持续正风肃纪反腐；三是加强党风廉政制度建设，不断完善廉政风险防控体系；四是加强理想信念教育，持续推进廉洁文化建设；五是党员领导干部要以身作则，充分发挥“头雁效应”；六是加强作风建设，锲而不舍治“四风”树新风；七是推动形成监督合力，提升监督效能。

党群部、纪检监察审计部作交流发言，公司中层正职及以上领导，各部门、各子公司主要负责人参加学习。

# 田林县县长韦建明一行到那比水电站开展汛中安全检查

吕　盟

7 月 20 日，田林县县长韦建明到那比水电站检查防洪度汛工作开展情况。县应急局、水利局，那比乡政府等单位负责同志及有关人员陪同。

韦建明县长一行来到那比水电站大坝现场，详细了解那比水电站建设、运行管理、安全生产等方面情况，并听取了清源电力公司就那比水电站建设运行管理及各项防汛工作开展情况的汇报。

韦建明对那比水电站水库调度、安全度汛所做的工作给予了充分肯定。他指出，电站大坝的安全度汛工作事关企业、职工和周边群众生命财产安全，决不能有丝毫松懈和疏忽。2022 年入汛早，气候十分异常，降水较往年多，特别是西洋江流域出现集中性、区域性强降雨过程明显增多。

韦建明强调，要密切关注天气变化、雨情、水情，严格控制水库水位在汛限水位以下运行。要加强水工建筑物和设备设施的巡视检查、维修养护力度，加密风险隐患排查频次，及时消除安全隐患。要提高应急保障能力，加强值班值守，切实抓细抓实防汛各项工作。要加强与上下游电站的联合调度，科学研判，精准施策，坚持人民至上，生命至上，确保下游沿岸人民群众的生命财产安全。

清源电力公司防汛带班领导及相关部门负责人陪同检查。

# 右江水利公司开展<br>“关爱山川河流·守护国之重器”志愿服务活动

卢兰静

近日，根据水利部文明办“关爱山川河流·守护国之重器”志愿服务活动部署安排，右江水利公司先后开展以“右江水利人在守护”和“水法宣传进校园”为主题的志愿活动，旨在引导公司干部职工和社会公众增强关爱山川河流意识，共同维护百色水库水清岸绿水生态水环境。

在“右江水利人在守护”志愿活动中，公司志愿服务队分别深入到大坝库区、副坝、厂房开展管护、巡检、监测等活动，广泛宣传库区管理保护规定。在“水法宣传进校园”志愿活动中，公司志愿服务队深入库区周边部分学校，向中小学生宣讲、发放宣传资料和用品，普及水法律法规、水生态水环境保护知识。

通过以上活动，有效推动解决库岸侵占、倾倒、拦网养殖等违法违规现象，当好“百色水库代言人”，保护好库区的水生态水环境。增强广大民众“惜水、爱水、节水、护水”意识，关爱山川河流，推动形成亲水、护水、节水的良好风尚。

# 右江水利公司纪委书记汤进为率检查组深入那比水电站开展汛中防汛专项检查

张瑞华

8月1日至2日，右江水利公司党委委员、纪委书记汤进为率检查组到那比水电站开展汛中防汛专项检查。

检查组一行深入电站厂房、大坝及廊道等生产现场，逐一检查卫星电话、蓄电池组、柴油发电机等设备设施运行状况和防汛物资管理维护情况，重点检查大坝廊道内部分坝段渗水处理情况，复查了汛前检查和汛中自查发现问题的整改情况。

检查组认为，上半年清源电力公司精准研判流域性洪水，积极与调度部门沟通联系，有效应对了上游电站泄洪和下游瓦村电站高水位运行叠加影响，做到了科学调度、安全度汛。

汤进为强调，要深入学习贯彻习近平总书记关于防汛救灾工作重要指示精神。当前已进入“七下八上”主汛期和防汛关键期，要时刻绷紧防汛安全这根弦，坚决克服麻痹思想、侥幸心理、松劲心态，始终保持战时状态，全力以赴做好安全度汛工作。

汤进为要求，一是提高政治站位，要落实“四预”措施，贯通“四情”防御，锚定“四不”目标，坚决守住水旱灾害防御底线。二是强化责任担当，履行防汛“天职”，加强组织领导，形成工作合力，确保防汛工作落地见效。三是严肃防汛值班纪律，层层传导工作压力、压实防汛责任，把防汛工作落实落细。四是加强重点区域隐患排查，做到纵向到底、横向到边、不留死角，及时消除安全隐患，确保度汛安全。

右江水利公司纪检监察审计部、安全监督部、枢纽管理中心（防汛办）、右江水力发电厂及清源电力公司相关人员参加检查。

## “注重细节　降本增效”
## ——记块泽河公司低压无功补偿设备成功投运

胡登林

近日，块泽河公司低压无功补偿设备成功投运，空载态时计量点关口功率因数仍能从 0.082 提高到 0.8，降低块泽河厂用电力调电费超过五成，每年节支约 13 万元。另外，块泽河公司还将以此为业绩，拓展云南小水电无功补偿安装业务。

据悉，自 2016 年云南电力市场化改革以来，云南省中小水电普遍存在因功率因素偏低而导致厂用电费支出较高的情况，为有效降低公司运行成本和发电业务外营收，有关技术人员团结协作、主动作为，迎难而上，从计量点设备、送出输电线路到用电设备全环节调查研究，不放过任何一个细节，同时邀请专业厂家到电厂试验，经过反复论证和试验，完成项目立项、补偿方案敲定和设备选型，经经营班子讨论通过后采购设备、自行安装调试，最终获得成功。

克勤于邦，克俭于家。下一步，块泽河公司将以资产负债率约束为主线，继续坚持可持续发展理念，加强内部管理，在稳住发电业务的基础上拓宽经营渠道、进一步降低生产成本，从而全方面提升效益。

## 右江水利公司青年理论学习小组
## 百色一组开展学习研讨活动

刘尚霖

8 月 2 日，右江水利公司青年理论学习小组百色一组在百色综合楼 908 会议室开展 2022 年第 2 次学习研讨活动。

本次活动重点学习《习近平经济思想学习纲要》部分章节、习近平总书记在庆祝中国共产主义青年团成立 100 周年大会上的重要讲话精神、习近平总书记在 2021 年秋季学期中央党校（国家行政学院）中青年干部培训班开班式上重要讲话精神，全体参会人员结合自身工作实际交流心得体会。

研讨认为，党的十八大以来，习近平总书记以马克思主义政治家、思想家、战略家的深刻洞察力、敏锐判断力、理论创造力，深刻总结并充分运用我国经济发展的成功经验，直面新时代的新目标新问题，提出一系列新理念新思想新战略，形成了习近平经济思想，为做好新时代经济工作指明了正确方向、提供了科学指引，公司广大青年要主动加强学习，不断提高把握新发展阶段、贯彻新发展理念、构建新发展格局的能力和水平，切实把学习成效转化为推动公司高质量发展的生动实践。

与会成员一致表示，我们广大青年生逢伟大时代，是党和国家事业发展的生力军，一定牢记习近平总书记在庆祝中国共产主义青年团成立100周年大会上讲话中对广大青年的嘱托，练好内功、提升修养、增强本领，不走偏、不落伍、不掉队，努力成为可堪大用、能担重任的栋梁之材，为实现第二个百年奋斗目标而努力工作，为公司新阶段高质量发展贡献青春力量，以实际行动迎接党的二十大胜利召开。

# 珠江委监督处党支部与季连公司党支部开展“党建＋安全生产”联学联做活动

薛　梅

为进一步发挥党建引领作用，筑牢安全生产防线，8月9日，珠江委监督处党支部与季连公司党支部开展“党建＋安全生产”联学联做活动。右江水利公司党委委员、副总经理马建新参加活动并讲党课。

珠江委监督处会同右江水利公司汛中安全检查组检查了季连公司不管河水电站挡水坝、导流室、压力前池和电站厂房等重点部位，查阅安全生产管理资料，并对前一阶段安全生产大检查发现的20个问题整改完成情况进行“回头看”。检查完成后，马建新传达了习近平总书记关于“国之大者”的重要讲话精神和水利部、珠江委相关部署，并以“心怀国之大者，走好第一方阵，以安全稳定的环境迎接党的二十大胜利召开”为题，给大家讲了一堂生动的党课。

马建新指出，要坚持政治建设与安全生产相结合、思想建设与安全生产相结合、作风建设与安全生产相结合，防范化解重大安全风险，知责明责夯实安全生产思想根基，履责尽责做好安全生产各项工作。要把思想统一起来、把精神提振起来、把力量凝聚起来，走好第一方阵，统筹安全和发展两件大事，守住安全底线，提升发展上限，拓宽发展的宽度和厚度，用实际行动迎接党的二十大胜利召开。

马建新强调，季连公司要进一步深化安全风险分级管控和隐患排查治理双重预防机制，落实安全生产风险查找、研判、预警、防范、处置、责任“六项机制”，从本质上提升风险防范能力。

两个党支部还围绕推动党建与安全生产工作深度融合，坚决防范安全风险，全力化解安全隐患，“举一反三”落实整改等内容展开座谈交流。大家一致认为，此次联学联做活动促进了委机关部门党支部与基层单位党支部之间的互学互鉴、共同提升，进一步增强了党建活动的创新性和实效性。

珠江委监督处，右江水利公司安全监督部、枢纽管理中心（防汛办）相关人员，季连公司全体员工参加活动。

## 右江水利公司副总经理王伟率检查组到块泽河电站开展 2022 年汛中安全大检查

何文飞

8 月 8 日至 10 日，右江水利公司党委委员、副总经理王伟率检查组到块泽河电站开展 2022 年汛中安全大检查。右江水利公司办公室（董事办）、枢纽管理中心（防汛办）、右江水力发电厂相关人员参加检查。

检查组现场查看块泽河电站厂房、大坝、启闭机室、闸门操作室、变压器控制室和富盛铅锌矿河岸井口等防汛重点区域设备设施运行情况，查阅公司防洪度汛方案、汛期值班记录、抗洪抢险应急预案等文件，重点检查右江水利公司汛前安全大检查及水利部等上级单位飞检发现问题整改落实情况。

检查组指出，要进一步提高政治站位，充分认识安全生产工作的极端重要性和紧迫性，层层压实安全责任，抓紧抓实危险源辨识及隐患排查治理工作。要认真汲取水利行业事故教训，坚持“防住为王”，锚定“四不”目标，贯通“四情”防御，强化“四预”措施，确保各项安全措施及安全投入到位。要加强与上下游电站、矿企的沟通协调，确保防汛机制高效顺畅。要增强底线意识，警惕“黑天鹅”，防范“灰犀牛”，严格防汛值班值守纪律，做好水工建筑物、上坝公路等巡查维护。

王伟对块泽河公司上半年各项工作成效给予充分肯定。他强调，要持续抓好党的建设，以高质量党建工作引领高质量发展，以实际行动迎接党的二十大胜利召开。一是统筹发展和安全两件大事，加快推进工程运行管理规范化建设并通过右江水利公司首次评价。二是以水利部数字孪生工程建设为契机，锻长板、补短板，优化公司运营管理模式，提升信息化管理水平。三要立足本职工作，做好设备维护及消缺工作，配齐备足备品备件，确保电站安全稳定运行。

公司主要负责人及有关部门人员陪同检查。

## 右江水利公司开展“饮水思源”支部联学活动

张铭一

8月12日，右江水利公司办公室党支部、生产管理党支部、枢纽管理中心党支部与块泽河公司党支部在曲靖市珠江源开展“饮水思源”支部联学活动。公司党委副书记、总经理袁文传，公司党委委员、副总经理马建新、王伟以普通党员身份参加活动。

三百多年前，明代旅行家徐霞客曾两次到珠江上游探源。1985年，中华人民共和国水电部珠江水利委员会专家正式确定曲靖市马雄山东麓出水洞处为珠江正源。今天，联学支部党员们沿着山道逐步前行，深入马雄山，领略“一水滴三江，一脉隔双盘”的奇异景观；在珠江正源了解确源历史；在珠源洞口驻足品读《珠江源碑记》，重温华夏水利历史，感受文字版的珠江流域风情，亲身领会中华民族优秀传统文化底蕴。

大家一致认为，“饮水要思源、为人不忘本”。作为新时代的共产党员，在全面建设社会主义现代化国家新征程上，不能忘了我们的革命前辈、革命先烈，不能忘了我们的理想信念、宗旨意识，不能忘了我们党的初心和使命，必须坚定不移以习近平新时代中国特色社会主义思想为指导，树牢“四个意识”、坚定“四个自信”，深刻领悟“两个确立”决定性意义，坚决做到“两个维护”，切实把常态化长效化学习党史的过程作为增强政治意识、强化党性锻炼和不断提高政治判断力、政治领悟力、政治执行力的过程，持续巩固党史学习取得的成果，学史明理、学史增信、学史崇德、学史力行，赓续红色血脉，传承优良传统，弘扬革命精神，完整、准确、全面贯彻新发展理念，脚踏实地走好新时代赶考之路，努力在新征程上不断谱写水利高质量发展新篇章，以实际行动迎接党的二十大胜利召开。

# 招商交科总经理杨国峰一行到右江水利公司调研

张铭一

8月16日，招商局重庆交通科研设计院有限公司（简称招商交科）党委副书记、总经理杨国峰一行到右江水利公司调研，并与公司党委委员、副总经理马建新座谈。招商交科副总经理、总工程师吴梦军，公司副总工程师、技术管理部（总工办）主任黄承泉参加座谈。

招商交科介绍了公司基本情况、业务范围、重要科研平台以及近年来取得的主要业绩。双方观看了右江水利公司宣传片，并就百色水利枢纽坝区规划、枢纽安全监测等方面进行深入交流和探讨。

杨国峰表示，右江水利公司作为水利部直属国有企业，始终胸怀"国之大者"，不忘初心使命，严格落实水利部"加强工程现场管理、保障工程安全运行"要求，强化靠前指挥，筑牢安全防线，盘活闲置资源。他希望，双方加密互动往来、加深了解，以招商交科科研技术优势助力右江水利公司高质量发展。

马建新代表公司对杨国峰一行的到来表示欢迎和感谢。他指出，招商交科拥有多个国家级、省部级重点科研平台，业务覆盖科研开发、勘察设计、试验检测、生态环保等多个领域，在复杂艰险山区公路建设、交旅融合景观营造、内河港航工程建设等方面技术领先、经验丰富、业绩突出。他希望，双方持续加深交流沟通，充分发挥招商交科科研技术优势和右江水利公司资源优势，探索在资源开发利用、安全监测技术提升、枢纽功能发挥等方面的深入合作，共同构建高质量发展新格局。

招商交科战略客户部、武汉长规院、智翔公司、广西分公司，右江水利公司办公室（董事办）、发展经营部、枢纽管理中心（防汛办）主要负责人及相关人员参加座谈。

# 南方电网调峰调频公司南宁蓄能业主项目部总经理朱泽宽一行到百色水利枢纽考察

岳　源

8月18日，中国南方电网有限责任公司调峰调频发电公司（简称南方电网调峰调频公司）工程建设管理分公司南宁蓄能业主项目部总经理朱泽宽一行到百色水利枢纽考察。公司党委委员、副总经理王伟参加考察。

考察组察看了百色水利枢纽主坝、地下发电厂房等重要区域，现场听取工程建设管理、运营管理等方面介绍，重点了解枢纽坝区水土资源开发、抽水蓄能项目规划等情况。

朱泽宽充分肯定了百色水利枢纽工程建设和运行管理取得的显著成效，表示将在电力安全保障、水电资源开发利用等方面加大与公司沟通交流，深入探索推进双方务实合作，实现互惠互助共赢，共同开创多元化发展新格局，助推双方企业高质量发展。

王伟对朱泽宽一行的到来表示欢迎。他指出，抽水蓄能项目是深入贯彻落实习近平总书记“节水优先、空间均衡、系统治理、两手发力”治水思路的具体实践，是对标对表水利高质量发展“六条实施路径”的有效抓手，项目实施建设对推动区域经济高质量发展，促进流域水资源综合利用，加快水利产业融合发展，改善生态环境和周边群众生产生活条件，加快乡村振兴步伐等都具有十分重要的意义。右江水利公司将持续以新阶段水利高质量发展为引领，与南方电网调峰调频公司深入沟通，找准合作切入点和落脚点，共同为广西水电事业高质量发展贡献新力量。

右江水利公司办公室（董事办）、发展经营部、枢纽管理中心（防汛办）、右江水力发电厂相关人员参加考察。

# 右江水利公司与中国能建广西院<br>共同开展百色水利枢纽抽水蓄能项目实地调研

覃　就

8 月 19 日，右江水利公司党委副书记、总经理袁文传，党委委员、副总经理王伟率队与中国能源建设集团广西电力设计研究院有限公司（简称中国能建广西院）党委委员、副总经理田明俊一行组成调研组，对百色水利枢纽抽水蓄能项目开展实地调研。

调研组现场查勘百色水利枢纽抽水蓄能项目选址区域地形地貌、工程条件、环境条件等情况，研讨交流成库条件、工程布局、装机规模、距高比等技术指标，并深入百色水利枢纽大坝和地下厂房详细了解工程特点、调度运行方式和电力生产情况。

袁文传对田明俊一行的到来表示欢迎和感谢。他指出，右江水利公司高度重视推动抽水蓄能电站项目建设，在国家加快推进能源绿色低碳转型的机遇下，建设抽水蓄能项目是积极推动生态文明建设的重要发展方向，是完整、准确、全面贯彻新发展理念，推进新阶段水利高质量发展六条实施路径的具体举措，是推动右江水利公司高质量发展的关键布局。中国能建广西院在抽水蓄能产业发展规划、技术咨询方面具有显著优势，双方达成战略合作后，中国能建广西院充分发挥技术资源优势，投入大量精力，短时间内完成百色水利枢纽范围内项目选址普查工作，拟选入项目各项指标优越，具有较强的竞争优势和纳规前景。

袁文传强调，此次活动彰显了双方高度重视推进百色水利枢纽抽水蓄能项目前期各项工作，希望双方继续加强沟通协调，在前一阶段合作基础上，进一步深化工作方案、优化阶段成果，加快推进百色水利枢纽抽水蓄能电站纳入广西中小型抽水蓄能示范性项目，为中小型抽水蓄能总体规划单列项目示范性建设创造更加有力条件。

右江水利公司发展经营部、财务资产部、库区管理中心、枢纽管理中心（防汛办），中国能建广西院水能水文部、勘测公司，中水北方中南公司主要负责人及相关人员参加调研。

# 右江水利公司党委学习贯彻中央《关于加强巡视整改和成果运用的意见》

黄燕晓

8月22日，右江水利公司党委书记、董事长肖卫国主持召开党委中心组学习会，深入学习贯彻中央《关于加强巡视整改和成果运用的意见》（以下简称《意见》）。

肖卫国领学了《意见》及水利部党组关于加强巡视巡察整改和成果运用的部署要求。他强调，要坚决抓好《意见》贯彻落实，严格落实好全面从严治党主体责任，扎实做好公司巡察整改及成果运用“后半篇文章”，推动公司高质量发展。

肖卫国要求，一是提高政治站位，深刻认识《意见》是贯彻落实以习近平同志为核心的党中央关于巡视工作决策部署的重要体现，是全面贯彻中央巡视工作方针、深化政治巡视的内在要求，也是加强巡视工作制度化、规范化建设的具体举措，要切实增强学习贯彻《意见》的政治自觉，坚定捍卫“两个确立”、坚决做到“两个维护”。二是压紧压实责任，深入学习《意见》及水利部党组关于加强巡视巡察整改和成果运用的要求，全面理清和掌握《意见》明确的整改责任体系及具体要求，明确各相关部门责任任务，建立健全工作机制，形成监督合力，确保公司巡察整改及成果运用取得实效、成果持续深化。三是认真抓好巡察整改和成果运用，完整、准确、全面把握《意见》及水利部党组要求，在持续整改上下功夫、在成果运用上作文章，坚定不移做好珠江委党组对公司巡察整改工作以及公司党委对四个子公司的巡察整改，推动巡察整改和成果运用不断走深走实。

公司党委中心组全体成员，办公室、人力资源部、党群部、纪检监察审计部、财务资产部主要负责人参加学习。

# “泳”往直前

## ——右江水利公司成功举办第二届职工游泳比赛

梁安焕

8月24日，右江水利公司成功举办第二届职工游泳比赛。公司党委委员、副总经理马建新出席闭幕式并为获奖选手颁奖。

一池碧水中，30多名游泳健儿劈波斩浪，奋勇争先，完美展现了参赛选手的风采和游泳运动的魅力。经过两个小时的激烈角逐，韦宁、杜文浩、韦慧分别获青年组100米蛙泳、100米自由泳和400米混合泳、女子组50米蛙泳第一名，吴建华、黄忠相、王洋分别获中年组100米蛙泳、100米自由泳、400米混合泳第一名。

此次游泳比赛丰富了职工业余文化生活，进一步增强了群众体育活力，营造了健康向上的企业氛围，大家愉快地交流运动心得，结识新泳友。大家表示，平时工作比较紧张，参加职工游泳比赛是一次很好的交流机会，让大家聚在一起，分享日常锻炼方法、交流游泳技巧、提高救人与自救能力，以强健的体魄和饱满的精神状态推动公司高质量发展，为党的二十大胜利召开献礼。

# 扎实练好十八般本领，助力公司高质量发展
## ——右江水利公司党委委员、副总经理王伟讲专题党课暨谈心谈话

曾　超

近日，为深入贯彻落实全国国有企业党的建设工作会议总体要求，右江水利公司党委委员、副总经理王伟围绕“扎实练好十八般本领，助力公司高质量发展”为分管部门、所在及联系党支部讲专题党课。

王伟指出，党的十八大以来，习近平总书记就国有企业改革发展和党的建设发表了一系列重要讲话，特别是在出席全国国有企业党的建设工作会议上对国有企业坚持党的领导、加强党的建设作出重大部署，在国资国企改革发展史上具有划时代和里程碑的意义。

王伟要求，与会的全体党员尤其是党员领导干部要完整、准确、全面贯彻新发展理念，坚定理想信念，胸怀“国之大者”，筑牢理论根基，注重形势研判，加强实践调研，学好用好党的创新理论知识，守好守牢拒腐防变防线，常怀“功成不必在我、功成必定有我”的胸襟，紧盯时代目标，立足职责使命，强化执行落实，争当模范表率，提升文化内涵，创新宣传报道，积极献计献策，多做打基础、利长远的事情，努力展现新时代党员领导干部的新气象新作为，助力公司高质量发展。

王伟强调，新时代新征程，党员领导干部必须坚持“两个一以贯之”和“三个有利于”，以实际行动拥护“两个确立”，以实绩实效做到“两个维护”。要以高质量党建引领保障企业高质量发展，发扬斗争精神，提升斗争本领，抓紧苦练“内功”，练就十八般本领。对标“对党忠诚、勇于创新、治企有方、兴企有为、清正廉洁”国有企业好干部标准，肩负起时代赋予的重任，在做强做优右江水利事业的新征程中，创造更优业绩，作出更大贡献。

公司发展经营部、库区管理中心、综合服务中心全体人员，江河资产公司党支部全体党员、中层及以上干部，清源电力公司主要负责人参加党课学习。

# 工行南宁民族支行到右江水利公司调研

薛丹华

8 月 30 日，工商银行（简称工行）南宁民族支行副行长朱玉琴一行到右江水利公司开展融资交流调研，公司财务资产部、发展经营部负责人及相关人员参加调研。

调研组详细了解了公司抽水蓄能、光伏发电新能源、生态养殖等项目前期工作进展情况及中长期融资需求，并就金融创新合作、降低融资成本、拓宽融资渠道等方面深入交流。调研组表示，将充分发挥金融服务方优势，依托国家优惠政策，助力右江水利公司高质量发展。

下一步，双方将持续探索集团化融资平台搭建、新能源项目等方面务实合作方式，形成“优势互补、相互融合”的新合力，构建投融资新格局，实现互利共赢。

# 右江水利公司水利档案工作规范化管理二级单位顺利通过复查

员嘉溢

近日，右江水利公司水利档案工作规范化管理二级单位顺利通过珠江委办公室组织的复查。公司党委委员、副总经理马建新参加复查会议。

复查组现场听取公司档案工作规范化管理情况汇报，重点抽查档案收集整理、档案信息化建设及综合评估存在问题的整改等情况，经综合评议形成评估意见。

复查组认为，右江水利公司认真贯彻落实习近平总书记关于档案工作的重要指示批示精神，持续推进档案治理、档案资源、档案利用和档案安全体系建设，健全档案制度保障，落实重点事项档案收集归档，开展档案信息化、数字化建设，档案工作规范化管理水平得到有效提升，一致同意右江水利公司水利档案工作规范化管理二级单位通过复查。

马建新对珠江委长期以来支持公司档案事业的发展表示感谢。他指出，公司将继续坚持档案工作守正创新，切实落实四个“好”、两个“服务”目标任务，以本次复查发现问题整改为契机，扎实、有序推动档案工作走深走实，持续提升公司档案工作规范化管理水平。

# 右江水利公司总经理袁文传带队赴清源电力公司调研及督导检查

吕　盟

9月6日至7日，右江水利公司党委副书记、总经理袁文传，党委委员、副总经理王伟赴清源电力公司开展调研及督导检查。

调研组听取了清源电力公司就那比库区生态养殖、库区划界、工程运行管理标准化管理建设及财务制度自查自纠等方面情况汇报，同时围绕国有资产监督管理、工程运行管理标准化建设、库区确权划界及资源开发利用等方面进行了全面调研检查。调研组充分肯定清源电力公司各项工作开展情况，并提出了指导性意见和建议。

王伟指出，清源电力公司要聚焦“主责主业”，紧盯目标任务，科学制订发展规划，结合自身实际与资源禀赋，变资源为资产，为走向市场化不断增强“造血”能力，注入新动力。一是要深耕细作，夯实国企领航的基础，找准发展定位，创新发展理念，盘活现有资产。二是强化管理，完善体制机制和人才队伍的规划建设，不断充实专业技术人才，把那比水电站工程运行好、管理好。三是加强党风廉政建设，要把纪检监察工作贯穿于日常经营管理行为当中，保证合法合规，依法办事，提升对公司经营管理的监管能力。

袁文传强调，一是坚定信念，奋发作为，要紧紧围绕“迎接党的二十大胜利召开”这条主线，以“党建促业务”为统揽，探索右江水利公司对子公司管理的新思维、新模式，高质、高效推进子公司经营管理各项工作取得新突破。二是心存敬畏，守牢底线，要以深入落实右江水利公司党委第一巡察组巡察整改要求为契机，进一步优化政治生态、加强党性锻炼、改进工作作风，持之以恒加强党风廉政建设，知敬畏、守底线，不断提高企业治理体系和治理能力现代化水平。三是精细管理，强化监督，加强内控制度建设和内部监督工作，在监督检查的基础上，创新工作思路和方法，推进工程运行管理标准化建设，进一步加强库区、坝区管理。四是敢于亮剑，勇于担当，全体职工特别是中层领导干部要在其位、谋其事，履其职、担其责，善作为、抓落实，积极营造干事创业的良好氛围，以全新的面貌凝心聚力谋发展，不负右江水利公司党委的重托。

右江水利公司财务资产部、枢纽管理中心、库区管理中心、江河资产公司、清源电力公司负责人相关人员参加调研。

# 右江水利公司召开数字孪生百色水利工程建设方案及数据中心建设设计方案推进协调会

冯东昊

为加快推进数字孪生百色水利工程和公司数据中心的建设工作，9月7日、9日，右江水利公司以视频形式召开数字孪生百色水利工程建设方案及数据中心建设设计方案推进协调会。会议由公司党委委员、副总经理马建新主持。

会议分别听取两个项目承担单位关于项目总体思路及进展情况汇报，与会人员对各项目开发建设的前期工作重点及推进难点进行深入研讨交流。

马建新强调，一是要按照“安全、实用、经济”的要求，以建设“智慧百色水利枢纽”为目标，加快推进数字孪生百色水利工程建设方案及公司数据中心建设设计方案的编制，进一步促进信息技术与公司传统业务深度融合。二是要构建业主牵头、项目编制单位相互协作的机制，公司数据中心是数字孪生百色水利工程的一部分，其设计要满足数字孪生百色水利工程的要求，因此两个项目编制单位在方案编制和设计中要加强沟通，做到相互配合，深度协调。三是要统筹工程安全和效益，坚持需求牵引，强化工作保障，要围绕公司生产和管理需要，统筹做好数字孪生百色水利工程和公司数据中心的建设需求及应用分析工作，提高数字孪生百色水利工程建设能效。四是两个项目承担单位要尽快开展现场调研，与公司进行三方面对面协调，共同推进项目高效开展。

右江水利公司信息中心、项目承担单位相关人员参加会议。

# 右江水利公司举办“健康中国　广西在行动”职业健康知识专题讲座

黎景宇

近日，为提高职工健康意识，树立健康理念，倡导健康生活方式，右江水利公司举办“健康中国　广西在行动”职业健康知识专题讲座。

来自安全健康教育网广西站的资深讲师详细为大家讲解了突发公共卫生安全事故急救常识、中医穴位和养生保健健康生活方式、常见职业病预防与改善、心脑血管疾病预防等知识。

大家纷纷表示，通过参加本次讲座，有效提升了应急救护知识和技能水平，加深了对职业病、慢性病、养生保健的理解，在今后的工作生活中要做自身健康的第一责任人，为家庭创造幸福，为公司贡献力量。

# 右江水利公司党委第三巡察组向季连公司反馈巡察情况

薛　梅

2022 年 9 月 20 日，右江水利公司党委第三巡察组向季连公司反馈巡察意见，并对巡察整改程序和时限提出具体要求。右江水利公司党委委员、副总经理马建新出席会议并讲话。

巡察组认为，党的十九大以来，季连公司认真学习贯彻习近平新时代中国特色社会主义思想，认真落实全面从严治党要求，坚决贯彻落实中央八项规定精神，严守党的政治纪律，扎实做好安全生产、防汛、发电运行、设备检修等各项工作，领导班子担当作为，廉洁自律。同时，指出了巡察发现的主要问题。

马建新要求，一是深刻认识公司巡察工作的重要意义，政治巡察是公司党委加强全面从严治党、强化对子公司监督管理的重要举措，巡察组认真细致工作，对季连公司开展了一次“全面体检”，并“诊疗送药”，巡察达到了目的。二是季连公司领导班子既要以职工群众广泛认可为荣，又要不断自警自励，主动克服困难，把为群众服务、保稳定安全始终如一坚持下去。三是抓好巡察发现问题的整改工作，要建立问题清单，逐一整改落实到位，进一步加强制度建设、能力建设和标准化建设，举一反三，避免类似问题再次发生。四是坚持党建和业务工作相融合，进一步加强政治建设、思想建设、作风建设和纪律建设，充分发挥党支部战斗堡垒作用和党员先锋模范带头作用，整体提升季连公司党支部建设和业务管理水平。

季连公司表示，将进一步提高政治站位，不断加强党支部和公司领导班子建设，对巡察发现的问题深刻剖析，建立整改台账、逐条进行整改，不断提高公司管理水平，确保安全稳定发展。

右江水利公司党委第三巡察组成员、季连公司全体干部职工参加会议。

# 右江水利公司组织员工参加消防设施操作培训

唐　力

为进一步提升重点岗位员工消防理论知识和消防设施操作方法，9 月 14 日至 18 日，右江水利公司组织右江水力发电厂值班工程师参加“消防设施操作员”职业技能培训班。

参训人员系统地学习各类火灾发生的原因、特点和规律，重点学习消防值班值守注意事项，电气火灾防范和扑救，如何报警、逃生、自救等技能知识，并根据自身工作实际积极向授课老师请教。在最后的培训考核中，全体参训人员均取得了较好成绩。

通过此次培训，参训人员消防安全意识和理论水平得到提高，进一步掌握了消防设施操作方法，有效提升了消防应急处置能力。大家纷纷表示，要将此次学习所得融入到实际工作中去，切实为公司安全生产贡献积极力量。

# 防风险　保稳定　右江水利公司迅速贯彻落实水利部、珠江委安全生产工作部署

甘　雨

9 月 23 日，右江水利公司召开安全生产领导小组会议，公司党委书记、董事长肖卫国就贯彻落实水利部安全生产领导小组全体会议精神作出安排部署。公司领导袁文传、马建新、王伟参加会议。

会议要求，切实把思想和行动统一到党中央国务院、水利部党组和珠江委党组关于安全生产工作的决策部署上来，一定要确保国庆期间及党的二十大前后公司安全生产形势稳定。

会议强调，一要迅速传达落实水利部会议精神，把“防风险、保稳定”作为严肃重大的政治任务，以时时放心不下的责任感，扎实做好当前安全生产各项工作。二要结合各部门、子公司实际，把安全生产风险管控“六项机制”建设任务落到实处。三要立刻开展以“防风险、保稳定”为主题的安全生产专项行动，自查和抽查要做到严、实、细，狠抓问题整改。四要严格值班值守，实行领导带班、重要岗位 24 小时值班制，加强应对自然灾害能力，严格管控风险高发区域。五

要强化应急管理，在国庆前组织开展一次生产安全事故应急演练，提升应急组织、协调、指挥能力，防患于未然。

公司安全生产领导小组成员与安全监督部全体人员参加会议。

## 迟到的活动，不迟到的快乐
### ——右江水利公司组织女职工开展妇女节活动

李　俊

近日，右江水利公司在严格遵守防疫政策的前提下，分别在南宁、百色两地组织开展“迟到的”妇女节活动，旨在进一步提高女职工健身意识，丰富业余文化生活。

活动期间，阳光灿烂，秋高气爽，女职工们走到户外，行走在山边小道上，一边呼吸新鲜空气，一边欣赏着美景，一路谈笑风生。大家三五成群，不时停下脚步，或拍摄美景，或与好友们合影留念，留下美好瞬间。活动现场欢声笑语，到处洋溢着快乐的气氛。

习近平总书记指出，妇女是推动社会发展和进步的重要力量。此次活动，是公司党委贯彻落实习近平总书记关于妇女工作指示批示精神的具体措施，充分体现了公司党委对女职工工作一贯的关心和支持。大家纷纷表示，在忙碌的工作之余得到了一次放松的机会，在今后的工作生活中，仍要坚持绿色出行，多参加户外运动，提高身体素质，以饱满的热情和旺盛的精力投入到工作中，积极发挥“半边天”作用，立足本职岗位作贡献，为新阶段推动公司高质量发展作出新贡献，以实际行动迎接党的二十大胜利召开！

## 珠江委检查组到块泽河水电站开展水库安全运行大检查

何文飞

9 月 22 日至 23 日，珠江委二级巡视员李亮新率检查组到块泽河水电站开展水库安全运行大检查。右江水利公司党委委员、副总经理马建新参加检查。

检查组现场察看块泽河水电站大坝、启闭机室、闸门操作室、柴油发电机室、变压器控制室、生态流量监测点以及厂房等重点区域安全运行情况，查阅公司水工建筑物及设备设施巡检记录，防洪度汛方案、抗洪抢险应急预案、水库汛期运行调度、超标准洪水应急预案及批复等文件，重点监督检查水利部督查组及右江水利公司历次安全大检查发现问题整改情况。

检查组认为，块泽河公司从上到下安全意识较强，思想高度重视，行动迅速果断，措施精准有力，整改成效显著，截至7月6日，水利部督查组检查发现问题已全部整改闭环，右江水利公司历次安全大检查发现问题也按期整改到位。

检查组指出，国庆节及党的二十大临近，块泽河公司要进一步提高政治站位，充分认识安全生产工作的重要性，层层压实安全责任，抓紧抓实抓细危险源辨识及隐患排查治理工作。要攻坚克难，拟订安全生产经费使用计划，并做好经费投入保障工作。要进一步完善水雨情监测，不断提升水雨情监测自动化程度，为水库防洪调度提供科学依据。要加大上坝防汛道路的巡查养护力度，建立巡查养护台账，及时发现和消除道路隐患，确保防汛道路安全通畅。

马建新对委检查组认真检查、悉心指导表示感谢，并要求，块泽河公司一要提高政治站位，全面履责，以时时放心不下的精神持续做好安全生产工作。二要加快整改，对检查组发现的隐患立查立改，争取绝大部分在党的二十大召开之前做完，不能马上完成的要做好应急措施，确保安全。三要举一反三，建立安全生产长效机制，加强投入和宣教工作，不断提高安全生产管理能力和水平。

右江水利公司安全监督部、块泽河公司主要负责人及有关部门人员陪同检查。

# 块泽河公司认真贯彻水利部安全生产专题会议精神严密部署近期安全生产工作

何文飞

9月23日，水利部组织召开“防风险保稳定、为党的二十大胜利召开营造良好氛围”安全生产专题会议。随后，珠江委、右江水利公司陆续就贯彻落实会议精神作具体安排部署。

会后，块泽河公司迅速按照会议要求及珠江委、右江水利公司要求，严密部署近期安全生产工作。一是持续推进全面贯彻实施安全风险查找、研判、预警、防范、处置、责任全链条机制，以15方面任务34条举措，推动“十五条硬措施”落实见效。二是进一步加大重大危险源和重点区域巡查防范力度，制订有针对性的管理举措，确保风险隐患防在前、发现早、处置快，以实际行动捍卫“两个确立”，做到“两个维护”，确保工程安全、生产安全，以实际行动迎接党的二十大胜利召开。

## 心怀国之大者，走好第一方阵，以实际行动迎接党的二十大召开
### ——右江水利公司副总经理马建新讲党课

杨丽君

9月24日，右江水利公司党委委员、副总经理马建新以“心怀国之大者，走好第一方阵，以实际行动迎接党的二十大召开”为题为块泽河公司全体员工讲党课。

马建新领学了习近平总书记关于“国之大者”的历次重要讲话精神，并从历史、空间等维度引经论典详细论述“国之大者”的深刻内涵，提出块泽河公司的“国之大者”就是确保块泽河水电站工程安全、生产安全。

马建新指出，对“国之大者”要了然于胸，准确理解和把握其时代意蕴，不断提高政治判断力、政治领悟力、政治执行力，把党建和业务相结合。一是要坚持政治建设与安全生产相结合，坚持“人民至上，生命至上”理念，深刻意识到安全生产的重要性，筑牢安全防线，守住安全底线，把安全生产各项工作抓紧抓实抓细。二是要坚持思想建设与安全生产相结合，树牢安全生产意识，善于总结归纳安全生产经验教训，构建安全风险分级管控和隐患排查治理双重预防机制，落实安全生产风险查找、研判、预警、防范、处置、责任“六项机制”，从本质上提升风险防范能力。三是要坚持作风建设与安全生产相结合，杜绝形式主义、官僚主义，深入学习理解习近平总书记关于安全生产重要论述，落实全员安全生产责任制，坚持党政同责、一岗双责、齐抓共管、失职追责，进一步夯实“三管三必须”责任。

马建新要求，块泽河公司全体员工要深刻认识安全生产工作的极端重要性，深刻认识党建工作在指导业务工作方面的重要意义，履责尽责做好安全生产各项工作，团结一致，心怀“国之大者”，走好第一方阵，以安全稳定的局面促进块泽河公司高质量发展，为党的二十大胜利召开营造良好氛围。

# 牢记使命艰苦奋斗十六载
# 不忘初心砥砺前行新征程
## ——右江水利公司召开百色水利枢纽连续安全运行6000天专题座谈会

张铭一

在党的二十大即将胜利召开之际，恰逢西部大开发标志性工程百色水利枢纽连续安全运行突破6000天。9月26日，右江水利公司召开专题座谈会，回望过去艰苦奋斗十六载，展望未来砥砺奋进新征程。珠江委党组成员、副主任苏训出席会议并致辞。右江水利公司党委书记、董事长肖卫国出席会议并讲话。公司领导袁文传、马建新、王伟参加会议并答记者问。中国新闻社、中国经济导报社、中国水利报社等多家主流媒体参加座谈。

百色水利枢纽工程于2006年4月20日正式进入运行管理期，于2022年9月23日连续安全运行突破6000天，右江水力发电厂累计发电量超224亿千瓦·时！从2006年到2022年，右江水利公司始终牢记党和国家领导人的殷切嘱托，按照水利部党组、广西壮族自治区党委、珠江委党组要求，坚守初心保安澜，安全第一促发展，坚守底线思维和红线意识，以时时放心不下的高度责任感，以如临深渊如履薄冰的高度警觉性，不断完善安全生产管理机制体制，坚持全过程安全监管、全覆盖排查隐患、全方位防范风险、全链条落实责任，推动安全生产工作持续稳中有进，为工程防洪、发电、灌溉、航运、供水等综合效益充分发挥奠定坚实基础，切实承担起“促一方发展、保一方平安”的政治责任。

苏训指出，国家领导人视察百色水利枢纽工程提出“安全生产记录要保持下去”的殷切期望时，百色水利枢纽安全运行天数是600多天，而今已连续安全运行6000天，从600多天到6000天，这是右江水利公司全体职工履职尽责的结晶、精心呵护的心血、忠诚担当的写照。他强调，一是继续把安全生产记录保持下去，锚定远大目标，立足当下、行稳致远，以更高、更标准的要求，抓好生产安全、设备安全、网络安全和防恐安保工作，向着连续安全运行7000天、8000天，以至无穷迈进。二是严格落实“三管三必须”要求，切实处理好专业监管责任和综合监管责任的关系，强化安全生产考核，抓好“举一反三”落实，促进全员安全生产责任制落实。三是全力构建风险管控“六项机制”，准确把握公司安全生产的特点和规律，源头管理、关口前移，推进双重预防机制和安全生产标准化建设，并按照水利部安全生产工作会议要求，国庆节前组织一次安全演练。四是按照公司制订的15方面任务、34条举措，深入贯彻落实“安全生产十五条硬措施”和水利部、珠江委相关部署要求。

肖卫国表示，右江水利公司将以“归零心态”，把6000天作为新长征路的起点，坚持以习近平新时代中国特色社会主义思想为指导，深入学习贯彻习近平总书记关于安全生产重要论述和指示批示精神，全面贯彻落实党中央、国务院、水利部和珠江委关于安全生产工作的决策部署，以永不懈怠的精神状态和一往无前的奋斗姿态，坚持人民至上、生命至上，坚决树牢安全发展理念、压紧压实责任，严格落实安全生产奖惩、强化安全监督，全面排查整治风险隐患、提升预警能力，加快智慧百色水利枢纽建设、赋能安全生产，全力确保百色水利枢纽及各子公司工程安全运行，为党的二十大胜利召开营造安全稳定的良好环境。

与会记者就右江水利公司如何实现百色水利枢纽连续安全运行6000天、防御流域水旱灾害精细化调度方式、强化库区保护治理做法以及公司高质量发展规划等问题进行现场提问。各业务分管领导及相关部门负责人作详细解答。

珠江委有关人员、相关媒体记者、右江水利公司相关部门负责人参加座谈。

# 块泽河电厂年度发电量突破一亿千瓦·时

贺龙胜

截至9月24日，块泽河电厂年度发电量1.01亿千瓦·时，较去年同期增加近一倍，多年同比增加两成，7年来年度发电量首次破亿，为公司2022年安全发展提供更强动力。

2022年以来，块泽河公司一是克服人手紧张困难，于汛前高质量自主完成1#、2#机组C级检修，做好汛前各项工作，与上级主管单位同步启动防汛值班值守。二是在面对5月至7月的三次区域集中强降雨带来的极大挑战时，紧紧围绕“稳发、满发、多发”的思路，多次在洪峰到来之前预先加大机组出力预留调节库容，做到预判准确，调度有方。三是持续开展隐患排查治理，坚持“保安全、优调度、倾重点、梳交点”，先后完成大坝交通洞、泄洪闸门、柴油发电机排烟管道等多项隐患整改工作，为发电生产保驾护航。

在面对压力与挑战的同时，块泽河公司全体职工将上下一心、团结协作，凝心聚力、共克时艰，防风险、保稳定，以实际行动迎接党的二十大胜利召开。

# 右江水利公司党委首轮巡察工作圆满收官

张议予

9月26日，右江水利公司党委第四巡察组向江河资产公司作巡察意见反馈，标志着公司党委首轮巡察工作圆满收官，在党的二十大召开之前如期完成对4个子公司的巡察“全覆盖”，切实发挥了巡察发现问题、形成震慑、推动改革、促进发展的作用，有力促进了全面从严治党向基层延伸。

高位推进巡察工作。公司党委高度重视巡察工作，2022年年初结合公司实际制订出台《巡察工作实施办法》《首轮政治巡察工作实施方案》，为开展巡察工作提供制度遵循；成立公司党委巡察工作领导小组和巡察工作领导小组办公室，完善巡察工作组织机构；从公司党群、人事、纪检、财务部门和有关子公司抽调10人计22人次，组成4个巡察组，为巡察工作的开展提供人才保障。

持续强化业务培训。巡察前召开动员会，安排部署巡察工作；开展巡察业务培训，以学习巡察业务知识为主线，3名同志讲课辅导，为巡察工作顺利开展奠定坚实基础；巡察中组织召开巡察组工作座谈会，总结前期巡察工作情况，8名组员交流分享经验，相互借鉴、共同提高。

稳步落实巡察任务。从2022年4月11日至2022年8月24日，4个巡察组先后对4个子公司开展巡察。各巡察组坚持政治巡察定位，坚持问题导向，坚持实事求是，聚焦“四个落实”，通过听取汇报、列席支委会及支部党员大会、发放调查问卷、开展谈心谈话、走访调研、查阅文件资料等形式，深入了解各子公司基本情况，全面剖析其在党的领导、党的建设、全面从严治党等方面存在的突出问题并督促整改。巡察共发现问题52个，提出意见建议86条。

探索创新工作方式。整合监督资源，与巡察同步开展对子公司的年度财务收支和领导干部离任经济责任审计，共享监督成果，不搞重复监督，切实为基层减负；召开公司党委会审议巡察报告，促进党委委员对照检视问题、分析研判、把脉问诊，更好地落实“一岗双责”。巡察期间，公司党委会听取巡察综合情况汇报4次，召开5次专题会议研究内部巡察工作。

有效推动巡察整改。巡察组针对巡察中发现的突出问题，精准分析原因，提出书面巡察整改工作建议4份，推动立行立改事项5个，“手把手”教各子公司如何抓整改的同时，推动巡察领导小组各成员部门积极认领问题，落实好职能监督和日常监督，扎实做好巡察整改“后半篇文章”。目前，巡察组已推动4个子公司建立健全规章制度 8 项，完成整改 21 项，需长期整改但已取得阶段性成效的 27 项，整改完成率 92.31%。

下一步，公司党委将持续加强巡察整改和成果运用，紧盯问题易发多发及廉政风险较高的重点领域和关键环节，召开巡察整改工作培训答疑会，指导各子公司落实巡察整改工作，提升整改的指导性、针对性和实效性，进一步督促巡察整改落地落实。

# 水利人的风采，运动中的青春
## ——右江水利公司举办第四届企业文化展示会暨大众体育运动会

岳　源

为热烈庆祝祖国母亲 73 周年华诞、喜迎二十大胜利召开，共贺百色水利枢纽连续安全运行突破 6000 天，9 月 27 日，右江水利公司在百色举办第四届企业文化展示会暨大众体育运动会，公司党委成员出席开幕式。

右江水利公司党委副书记、总经理袁文传在开幕式上致辞："一个人要有活力，离不开体育运动，一个企业要有活力，离不开集体活动，新征程呼唤新动力，高质量发展需要新成就，让我们把体育健身同企业文化精神结合起来，展现出右江水利人蓬勃向上的精神风貌。"

"加油，加油！"随着哨声响起，南宁百色云南联队、枢纽管理中心、右江水力发电厂、江河资产公司、清源电力公司 5 个参赛代表队，开始了一场场惊心动魄的比赛。拔河比赛中，各队员扎稳马步、手握绳索、身体后倾，伴随着"一二！一二！"的呐喊声拼尽全身力气将绳子拉向自己队伍。中华大地拼图赛、团团圆圆呼啦圈、旱地龙舟冲冲冲的参赛队员们纷纷出谋划策，一遍又一遍地精心排练，拼图中图案先后摆放顺序、呼啦圈传递中摆臂动作、旱地龙舟行进口号都是他们的制胜法宝。而在压轴的十万火急接力赛上，各参赛队伍你追我赶，运动员们像离弦的箭射向目标，接力棒在他们手中传递出信任、演绎出拼搏，冲刺的呐喊声将整个比赛推向高潮。个人纪录刷新赛中，摸高、跳远、踢毽子等项目参赛者在运动场上尽情展示，不断突破自我，围观职工们也鼓足了劲儿为选手加油，四射的活力覆盖了整个运动场。

经过激烈角逐，枢纽中心代表队荣获团体赛冠军，江河资产公司、右江水力发电厂代表队分获亚军和季军。

这场企业文化展示会是激烈竞争的演绎，是生命活力的体现，是团队合作的实践，也是右江水利公司职工展现顽强拼搏精神的舞台。参赛队员挥洒的汗水和胜利的喜悦是为党的二十大胜利召开献上的青春贺礼！

# 喜迎二十大　奋进新征程
## ——右江水利公司举办2022年职工健步走活动

周振波

金风送爽，秋色宜人，9月28日，为喜迎党的二十大胜利召开，在右江水利公司党委的大力支持下，工会及团总支在百色水利枢纽大坝管理区举办以“喜迎二十大　奋进新征程”为主题的健步走活动，公司党委成员与百余名干部职工共同参加此项活动。

活动初始，公司党委书记、董事长肖卫国为开幕式致辞，他热情洋溢地说道：“健步走活动是右江水利公司的传统体育项目，我们要坚持与发扬，只有拥有健康的体魄、饱满的热情和一往无前的奋斗姿态，才能更好地谱写右江水利事业高质量发展新篇章，为实现中华民族伟大复兴的中国梦贡献智慧和力量，以实际行动迎接党的二十大胜利召开！”

一声哨响，活动正式开始，声势浩大的队伍兴致勃勃地迈步向前，争先恐后地登上坝顶，欣赏美丽库区风貌，秋风习习，水库泛起层层涟漪，大家呼吸着清新空气，感受着自然阳光，相互鼓励、相互加油，汗水浸湿了衣裳，却都乐此不疲，一路在轻松温馨的气氛中，按着既定路线顺利抵达终点。

通过本次活动，广大干部职工在领略百色水利枢纽大坝雄姿之时，感悟众多右江水利公司职工建设和发展右江水利事业攻坚克难、艰苦奋斗的精神，为奋进新征程、创造新辉煌注入强大精神动力。大家纷纷表示，将继续攻坚克难，勇毅前行，不断开创工作新局面，以实际行动和实际成效迎接党的二十大胜利召开。

# 右江电厂党支部开展“缅怀革命先烈，赓续红色血脉”主题党日活动

颜　卓

为深切缅怀革命先烈的丰功伟绩，弘扬革命精神，坚定革命信念，9月29日，右江水力发电厂党支部开展“缅怀革命先烈，赓续红色血脉”主题党日活动。

青山静默，松柏凝翠。巍然矗立的百色起义革命烈士纪念碑在苍松翠柏的映衬下，显得格外庄严肃穆。上午8时，右江电厂党支部全体党员及入党积极分子在百色起义革命烈士纪念碑广场排着整齐庄重的队伍，向百色起义纪念碑敬献花圈，深切缅怀和纪念在百色起义中英勇牺牲的革命先烈。随后，支部党员面向党旗、举起右拳，在纪念碑前重温入党誓词，铿锵的誓词久久回荡在纪念碑上空，铭刻在每一个人的心头。最后，支部全体党员及入党积极分子怀着无比崇敬的心情，绕行纪念碑座一周，瞻仰革命先烈的丰功伟绩，重温那段波澜壮阔的辉煌历史。

通过此次活动，右江电厂党支部全体党员及入党积极分子深切感受到革命先烈们视死如归、向死而生、一往无前、勇于牺牲的崇高革命精神，并从“百色起义精神”中汲取养分和力量。大家纷纷表示，将牢记使命，接续奋进，把传承革命精神与推动实际工作结合起来，担当作为、履职尽责、踔厉奋发，以实际行动迎接党的二十大胜利召开。

# 右江水利公司组织开展管涌险情应急抢险实战演练

李铭炜

为全面落实9月23日水利部安全生产领导小组全体会议以及珠江委安全生产视频会议精神，9月28日下午，右江水利公司组织开展管涌险情应急抢险实战演练。公司党委副书记、总经理袁文传出席演练并讲话。公司党委委员、副总经理王伟参加演练。

桂西北治旱百色水库灌区工程是国家172项节水供水重大水利工程之一，其进水口围堰位于百色水利枢纽银屯副坝上游，围堰的安全稳定直接关系银屯副坝的运行安全和下游人民群众生命财产安全。为切实做到“防风险，保稳定”，公司会同百色市人民政府相关部门、围堰参建单位编制演练方案，模拟围堰可能出

现的管涌险情并开展应急实战演练。

本次演练在银屯副坝上游百色水库灌区施工围堰坡脚处开展，演练达到了方案预设目的，贴近出现管涌险情抢险实战，具有极强的针对性，有效检验了各参演单位发现险情、报告险情、临时处理、应急抢险组织分工、专家组紧急会商、现场应急处置、排除险情等各个环节的协作配合水平，进一步提高了各参演单位的应急反应、指挥协调、信息沟通、现场处理和人员、设备、物资保障等应急应对能力。

袁文传对本次应急抢险实战演练成效给予充分肯定。他强调，一是各管理单位和参建单位要切实履行安全生产主体责任，充分认识到应急抢险实战演练的特殊性和重要性。二是目前正值百色水库蓄水阶段，各责任单位要加强施工围堰渗漏水量、水质变化及安全稳定情况的现场巡查和安全监测，发现异常情况要及时报告、及时处理，确保施工围堰和副坝安全运行，以实际行动为党的二十大胜利召开营造安全稳定环境。

右江水利公司枢纽管理中心（防汛办）、综合服务中心，百色市应急管理局、水利局、防汛抗旱服务中心，百色水库灌区管理中心等单位或部门负责人及相关人员参加演练。

# 右江水利公司检查<br>百色水利枢纽防护工程运行管理工作

何广钊

10月11日，右江水利公司党委副书记、总经理袁文传深入汪甸防护堤、遥测地震台网等工程现场，实地检查百色水利枢纽防护工程运行管理工作。公司党委委员、副总经理王伟参加检查。

在汪甸防护堤工程、遥测地震台网六赖子台和平架子台现场，袁文传听取了枢纽管理中心（防汛办）关于汪甸防护堤管理禁区边界防护、地震台网修复工程的运行防护情况汇报，重点检查了汪甸防护堤管理禁区边界防护工程、管理区视频监控覆盖范围、防护堤堤身运行安全、安全运行监测、地震台网子台等建设情况，对汪甸防护工程运行管理薄弱环节、地震台网修复和运行管理提出了要求。

袁文传指出，百色水利枢纽工程建筑物子项分布散，运行维护管理难度大，枢纽管理中心（防汛办）的运行防护管理工作卓有成效，管理水平和防护工程面貌较以往有了大幅度的提升，但也要清醒地认识到，随着工程运行防护管理要求的不断提高，管理工作仍存在短板和不相适应的方面。

袁文传强调，党的二十大召开在即，必须坚决扛起政治责任，牢牢守住工程安全稳定运行底线，不能有任何闪失。他要求，要以高度的政治自觉，落实工作职责，履行社会责任，确保百色水利枢纽工程安全稳定运行，展现新时代国有企业的新担当、新作为。一要严格汪甸防护工程禁区管理，扩大视频监控覆盖范围，完善安全防护措施，加强值班值守和巡视巡查，确保高水位时防护堤安全运行。二要协调完善地震台网修复项目相关内容，及时组织合同项目完工验收，全面做好完工后的运行调试，尽快修定地震台网及子台运行管理制度，做好工程地震监测和安全监测，为百色水利枢纽工程长期安全稳定运行提供科技支撑。

枢纽管理中心（防汛办）主要负责人及相关人员参加检查。

## 右江水利公司党委迅速启动珠江委党组巡察反馈意见整改工作

卢兰静

2022 年 10 月 14 日，珠江委党组第二巡察组向右江水利公司党委反馈了巡察意见。当天下午，公司党委书记、董事长肖卫国迅即主持召开巡察整改专题工作会，部署启动巡察整改工作，研究制订巡察反馈意见整改清单，逐条对照认领任务，明确了责任领导、牵头部门、配合部门，要求严格按照“可量化、可检查、可考核”的“三可”标准，认真研究制订整改措施。同时，进一步明确了巡察整改办公室人员，负责巡察整改具体工作，为全面落实巡察整改工作提供可靠的组织保障。

## 右江水利公司党委召开巡察整改动员部署会

卢兰静

10 月 17 日，右江水利公司党委召开巡察整改动员部署会，公司党委书记、董事长肖卫国作动员部署讲话。公司党委副书记袁文传，党委委员马建新、汤进为、王伟、梁锋参加会议。

会议指出，要提高政治站位，切实增强巡察整改的政治自觉、思想自觉、行动自觉。抓好巡察整改，是自觉做到“两个维护”的具体行动，要深刻认识抓好整改工作的重要性、紧迫性，切实担负起巡察整改政治任务，以实际行动体现对党的忠诚；抓好巡察整改，是落实全面从严治党战略部署的有力抓手，要落实管党治党政治责任，以整改成效纵深推进全面从严治党，把公司党组织建设得更加坚强有力；抓好巡察整改，是促进公司高质量发展的重要举措，要按照珠江委党组对巡察整改的要求，将整改落实与贯彻落实党的二十大会议精神结合起来，与服务好珠江—西江经济带、环北部湾经济区和粤港澳大湾区等国家战略结合起来，促进公司高质量发展。

会议强调，坚持问题导向，以钉钉子精神从严从实抓好巡察整改。要持续强化理论武装，坚持用党的创新理论武装头脑、指导实践、推动工作，进一步提高“政治三力”，确保党中央、水利部党组和珠江委党组各项决策部署在公司落地生根开花结果；要统筹发展和安全，树牢红线意识和底线思维，着力防范化解生产和经营等风险；要“以上促下”压实责任，“下借上势”破解难题，一体推进整改落实，推动全面从严治党向基层延伸；要加强人才队伍统筹谋划，严格把好选人用人程序关，加强对党支部的督促指导，全面落实党的组织路线。

会议要求，强化责任担当，以最有力措施确保巡察整改取得实效。要主动担当、压实责任，加强巡察整改工作的组织领导，各个领导、各责任部门主要负责人要切实扛起责任，带头落实整改，确保守土有责、守土尽责；要分类施策、动态管理，坚持“当下改”和“长久立”有机结合，精准施策、分类推进，举一反三，建立长效机制，防止边改边犯、屡改屡犯；要统筹推进、全面落实，深刻领会习近平总书记以巡促改、以巡促建、以巡促治的整改要求，按照“四个融入”要求，把问题整改与公司发展各项工作结合起来，以发展成果检验巡察整改成效；要强化监督、确保实效，公司领导班子和各部门主要负责人要切实履行“一岗双责”，加强对分管、联系领域整改工作的督导和检查，及时协调解决整改中碰到的困难和问题。

公司中层干部、职工代表及巡察整改办公室人员等在南宁、百色两地及各子公司视频会议室参加会议。

# 右江水利公司党委中心组深入学习宣传贯彻党的二十大精神

卢兰静

10 月 18 日，右江水利公司党委中心组召开 2022 年第十二次集中学习研讨会，以“深入学习宣传贯彻党的二十大精神”为主题，集中学习研讨党的二十大报告。公司党委书记、董事长肖卫国主持会议。党委中心组全体成员参加学习研讨并交流发言。

会议指出，习近平总书记的报告主题鲜明、气势磅礴、催人奋进。报告总结了过去 5 年的工作和新时代 10 年的伟大变革，阐述了开辟马克思主义中国化时代化新境界、中国式现代化的中国特色和本质要求等重大问题，对全面建设社会主义现代化国家、全面推进中华民族伟大复兴进行了战略部署，进一步指明了党和国家事业的前进方向，是我们党团结带领全国各族人民在新时代新征程坚持和发展中国特色社会主义的政治宣言和行动纲领。

会议强调，深入学习宣传贯彻党的二十大精神是当前和今后一个时期的重大政治任务。公司各级党组织、青年理论学习小组要迅速学习党的二十大精神，牢牢把握过去 5 年工作和新时代 10 年伟大变革的重大意义，牢牢把握习近平新时代中国特色社会主义思想的世界观和方法论，牢牢把握以中国式现代化推进中华民族伟大复兴的使命任务，牢牢把握以伟大自我革命引领伟大社会革命的重要要求，牢牢把握团结奋斗的时代要求，结合实际，形成即时学、跟进学、深入学、全程学的生动局面，推动学习贯彻不断走深走实。进一步激励广大党员干部职工感党恩、听党话、跟党走，引领带动广大党员干部把党的二十大精神转化为推动公司高质量发展的强大合力和自觉行动。要更加紧密地团结在以习近平同志为核心的党中央周围，高举中国特色社会主义伟大旗帜，全面贯彻习近平新时代中国特色社会主义思想，深刻领悟“两个确立”的决定性意义，增强“四个意识”，坚定“四个自信”，做到“两个维护”，在新的“赶考之路”上推进公司高质量发展。

# 公司领导深入右江水力发电厂调研检查工作

甘　雨

10月19日，为认真贯彻落实习近平总书记关于安全生产重要指示批示精神，进一步加强党的二十大期间安全防范工作，结合近期公司工作安排部署，公司党委委员、副总经理马建新到右江水力发电厂（简称右江电厂）开展调研检查。

在右江电厂ON-CALL早会上，马建新听取了一周以来电厂缺陷处理情况，在随后召开的检修会上听取了4#机组检修工作开展情况，对下一步工作提出了指导性意见。他先后到中控室内检查了生产现场值守情况，察看了右江电厂安装间、右江电厂进水塔等生产区域及设备设施运行状况，重点检查了右江电厂计算机室、通信室等重要机房设备以及右江电厂各关键部位视频监控工作状况、4#机组检修现场、进水塔门机回转吊动火作业隐患整改情况。

马建新代表公司党委对职工坚守岗位、辛勤工作表示感谢和问候，叮嘱大家注意身体、天凉加衣。他指出，党的二十大报告鼓舞人心，催人奋进，要求全体职工一要认真学习贯彻落实党的二十大报告精神，以时时放心不下的精神，提高警惕，严格履责，以实际行动确保二十大期间安全稳定局面。二要抓紧整改珠江委巡察组发现问题，特别是安全生产问题。目前电厂及主坝机电设备已投运十余年，安全风险凸显，要把缺陷当作隐患，把隐患当作事故，关口前移，防微杜渐。要加强安全信息采集和安全状况分析，做到“一叶知秋”，有针对性地采取防范措施。三要认真整改落实部督查办发现问题和公司飞检发现问题。在整改问题的基础上，举一反三，建立长效机制，并对比上级检查发现问题的数量和质量，努力提升职工发现问题的能力。四要加强消防工作。对近期右江区消防支队现场调研时指出的好的方面要继续发扬，对提出的问题要立即整改，清理行车阻碍，加强培训演练，提高应急处置水平。五要强化防疫工作。加强防疫措施，认真做好检码、测温、消杀、外来人员检测等工作。

马建新还部署了水情数据传输、表孔闸门检修等工作。

安全监督部有关人员陪同调研。

# 强化思想政治引领
# 提升入党积极分子教育培养实效

吕　盟

为全面贯彻落实党的二十大精神，进一步抓好党员队伍建设，筑牢基层党建根基，严把发展党员“入口关”和“质量关”，抓实入党积极分子培养教育和引导工作，10月17日，清源电力公司党支部以视频方式组织开展了预备党员和入党积极分子集中教育培训。

培训以“扶一把、系一扣、助一力，端正入党动机”为题，详细讲解入党基本流程、党的基本理论、基本路线、基本纲领和基本经验等方面内容，引导参训人员从是否“在政治上等同于一般群众的表现、在思想上等同于一般群众的态度、在工作上等同于一般群众的作为、在学习上等同于一般群众的功夫”四个方面，反省自己在党性锻炼上的差距与不足并及时纠正。

通过培训，大家进一步明确了党员的义务和权利、职责和使命，进一步端正了入党动机。一是增强了党性修养，促使大家做到思想上旗帜鲜明、学习上守正创新、工作上模范带头、生活上严于律己。二是夯实了理想信念，提高了党性觉悟和政治素养，时刻坚持用习近平新时代中国特色社会主义思想和党的理论武装、指导实践。三是真正从实际行动上对预备党员、入党积极分子再“扶一把、系一扣、助一力”，引导他们在日常工作中充分发挥先锋模范带头作用，为公司高质量发展贡献自己的力量。

清源电力公司党支部委员、全体预备党员和入党积极分子参加培训。

# 右江水利公司青年理论学习小组百色一组
# 集中学习研讨党的二十大报告

杜兆龙

10月20日，右江水利公司青年理论学习小组百色一组集中学习党的二十大报告，以“青年强，则国家强”为主题展开研讨。公司党委委员、副总经理、青年理论学习小组百色一组导师马建新出席会议并讲话。

会上，右江水力发电厂18位同志先后发言，谈认识、谈体会、谈打算。大家一致认为，党的二十大报告站在民族复兴和百年变局的制高点，提出一系列新思路、新战略、新举措，是指导我们全面建设社会主义现代化国家、向第二个百年奋斗目标进军的纲领性文献。报告指出，“全党要把青年工作作为战略性工作来抓”，令人倍受鼓舞，对广大青年提出的号召，催人奋进。大家纷纷表示，要深入学习贯彻党的二十大精神，坚定不移听党话、跟党走，怀抱梦想又脚踏实地，敢想敢为又善作善成，立志做有理想、敢担当、能吃苦、肯奋斗的新时代好青年，撸起袖子加油干，风雨无阻向前行。

马建新对大家的发言进行了点评并针对如何实现“青年强”提出建议。一是学习贯彻党的二十大精神，了解使命、勇于担当，明确“国之大者”，积极投身工作，掌握马克思主义立场、观点和方法，努力提升分析问题和解决问题的能力。二是学习贯彻习近平总书记在庆祝中国共产主义青年团成立 100 周年大会上的重要讲话精神，明确定位、紧跟党走，了解历史、激发斗志，继承作风、弘扬精神。三是结合工作实际，回忆征途、增强自信，明确方向、坚定意志，加强学习、提升本领。

马建新要求，要把学习好、贯彻好、落实好党的二十大精神作为最重大的政治任务，学深弄懂悟透报告精神，用以统一思想、统一意志、统一行动。要胸怀“国之大者”，服务发展大局，继承前辈革命光荣传统，发挥好青年精力充沛、思维活跃、接受力强、敢试敢冲的优势，自觉将自身价值的实现与公司高质量发展相结合，努力在构建新发展格局中实现更大作为。要着重抓好理论学习，学好用好马克思主义理论这个“看家本领”，始终牢记公司初心使命，确保重要水利设施运行安全、蓄泄有序，打牢国家水网“结”点，以清洁能源助力绿色发展，努力推动水利事业高质量发展，让青春在全面建设社会主义现代化国家的火热实践中绽放绚丽光彩。

右江水利公司青年理论学习小组百色一组全体成员参加研讨学习。

# 右江水利公司经营发展学习研究小组开展集中学习研讨活动

覃　就

2022 年 10 月 28 日，按照公司学习研究小组的倡议，经营发展学习研究小组组织开展集中学习研讨活动，来自办公室（董事办）、人力资源部、党群部等 7 个部门的 12 名小组成员参加研讨。

研讨会由李冲组长分享公司近年来特别是近三年来的发展成果和经验，以及公司近期发展布局、远期发展规划，小组成员结合公司发展现状以及工作职责，畅谈推进公司高质量发展的思路和建议。

研讨指出，党的二十大报告强调将高质量发展作为全面建设社会主义现代化国家的首要任务，要求加快构建新发展格局，着力推动高质量发展，是公司未来发展的基本遵循和行动指南。按照“守住安全底线，提升发展上限”的要求，立足资源优势，紧抓政策机遇，在公司党委的统一部署下，正积极谋划实施枢纽现场管理区建设、抽水蓄能电站、风电光伏、生态农业、主题文旅等绿色产业布局，着力推进生态优先、节约集约、低碳发展，全力构建公司多元化发展格局。

小组成员在交流中表示，通过本次集中学习研讨，对公司的发展蓝图有了更加清晰的认识和感悟，对公司高质量发展充满信心，增强了大家作为右江水利人的荣誉感和使命感。下一步，将紧紧围绕党的二十大提出的使命任务和奋斗目标，按照新阶段水利高质量发展六条实施路径要求，坚决贯彻落实公司党委的决策部署，增强凝聚力，聚焦职责使命，强化责任担当，自觉融入公司发展进程，为推进公司“做强、做优、做精”做出更大贡献。

# 右江水利公司组织开展消防器材使用专项培训

卢学良

为了提高右江水利公司广大职工的消防安全意识和自防自救技能，确保在突发火灾事故时，能够规范高效地使用各类消防设备设施扑救和逃生，2022 年 11 月 3 日，公司邀请百色市右江区红城消防救援站到百色水利枢纽管理中心综合楼开展消防器材使用专项培训。公司党委委员、副总经理马建新，安全监督部、综合服务中心等相关部门共 50 余人参加。

百色市右江区红城消防救援站是百色市右江区应急救援的“主力军、国家队”，曾成功处置 2019 年“5・20”百色建筑结构坍塌救援、2020 年洪涝救援、2021 年山地（绳索）救援和疫情防控工作等各类急难险重任务。2021 年 11 月，右江区红城消防救援站获得全国应急管理系统先进集体。2022 年 9 月 20 日，百色市委、市政府决定给予百色市右江区红城消防救援站记集体二等功。

红城消防救援站消防救援人员先向全体参训人员讲解各类消防器材的构造、原理和日常维护检查等内容，随后现场手把手讲授了灭火器、消防水带、正压式空气呼吸器、防毒面具等消防器材的正确使用方法和操作注意事项，并着重讲解了自救与逃生的“三懂、三会”。为确保培训效果，各部门参训人员轮流体验了各类消防器材的使用。消防救援人员对现场人员提出的问题进行了耐心详细解答，并及时纠正错误的使用方法，员工踊跃参与，培训现场气氛热烈。

通过开展此次消防器材使用专项培训，参训人员对消防安全常识有了更深入、直观的认识和了解，提高了处置火灾事故的应急能力。参训人员纷纷表示，此次培训非常及时、切合实际、内容丰富、适用性强，提升了大家应对火灾的自防自救能力，大家均感到受益匪浅。

# 块泽河公司顺利完成大坝自主安全监测

郭武林

11月3日至4日，块泽河公司自主完成大坝安全监测数据采集工作，这也是块泽河水电站工程投入运行以来由员工首次完成的安全监测。

自2012年起，块泽河公司因缺乏水工和监测专业技术人员，大坝安全监测业务长期以来承包给其他单位，为补短板、强弱项，降低生产成本，加强大坝监测人员业务技能，在右江水利公司的大力支持下，8月底，公司组织员工两批次6人到百色水利枢纽学习水工安全监测理论和设备实操。11月2日，右江水利公司骨干技术人员携带专用设备到块泽河电厂进行现场指导。通过学习，块泽河公司监测人员初步掌握安全监测基本技能，系统地提升了大坝监测的操作水平和专业基础知识。

块泽河公司积极克服自主监测人员培训时间短、检测仪器设备不足、监测任务重等困难，通过沟通协调，实现自主大坝安全监测。下一步，块泽河公司将稳步推进大坝安全监测工作，持续加大人员培训和能力提升力度，为水库安全稳定运行奠定良好基础。

# 右江水利公司迅速组织开展2022年“全国消防宣传月”活动

卢学良

2022年11月9日是第31个全国消防日，右江水利公司迅速落实国务院安委办（安全生产委员会办公室的简称）、水利部及珠江委有关2022年消防宣传月活动的工作要求，印发了《右江水利公司关于印发2022年消防宣传月活动方案的通知》，精心组织开展以“抓消防安全，保高质量发展”为主题的消防宣传月活动。

为确保消防宣传月活动落到实处、取得实效，切实提升公司广大职工的消防安全意识，公司结合实际，多点发力、多措并举、创新形式开展各项活动。一是全面开展消防安全现场检查，对公司南宁百色办公区、地下厂房、坝区等处开展消防安全检查，紧盯重点区域、人员密集场所和薄弱环节，重点检查食堂、仓库、外委施工现场和机房等区域的用火用电用气情况，确保风险管控和隐患排查治理不留死角、不留空档。二是积极开展消防安全教育培训，邀请消防救援专业人员到现场开展消防器材使用和消防安全知识培训，并组织全员开展消防安全知识网络答题活动，进一步提高公司广大职工的消防安全意识和自防自救技能。三是全方位全覆盖开展多种形式的消防安全宣传活动，利用大屏、展板、公司网站、微信公众号等载体，向职工普及消防安全、防灾减灾知识等，提醒广大职工保持警惕，做好防范措施，促使消防安全意识进一步深入人心。四是组织消防演练，督促各生产部门、子公司组织开展火灾事故专项预案应急演练，提高公司在发生火灾事故时的应急处突能力。

公司党委委员、副总经理马建新强调，做好此次消防宣传月工作，是公司深入学习贯彻党的二十大精神，认真落实党中央、国务院重大决策部署，坚持总体国家安全观的重要任务和具体行动。要深入推进水利安全生产风险管控“六项机制”建设，自觉履行法定消防职责和义务，充分把握好消防宣传月活动的契机，主动作为、密切协作，压紧压实消防管理责任，广泛普及消防安全知识，深入排查消防风险隐患，全面提升公司消防安全“四个能力”，坚决防范遏制火灾事故的发生，为公司高质量发展夯实安全基础。

# 互学互鉴　推动巡察整改走深走实

## ——右江水利公司赴大藤峡公司交流调研巡察整改工作

张议予

巡察的关键在整改。为进一步推动巡察整改全面落实，扎实做好巡察“后半篇文章”，近日，公司副总经理马建新、纪委书记汤进为赴大藤峡公司开展调研，围绕全面从严治党、做好巡察整改和成果运用，与大藤峡公司开展交流座谈，分享经验成果、共解工作难题、互促整改质效。

座谈会上，大藤峡公司党群部负责人介绍了大藤峡公司巡察整改工作开展情况，双方从组织领导、机构设置、责任担当、措施制订、推动落实、督导检查等方面进行了深入交流。与会人员一致表示，双方在巡察整改方面各有亮点和特色，应加强沟通交流，相互学习、相互借鉴、相互启发，取长补短、共同提高，进一步强化巡察成果运用，共同推动巡察整改走深走实。

# 右江水利公司开展项目预算管理制度执行情况调研检查

廖维胜

11 月 9 日，为落实珠江委党组对右江水利公司巡察反馈意见整改工作和右江水利公司项目预算季度执行情况监督检查，公司党委副书记、总经理袁文传带队对部门季度项目预算的执行进度、成果质量和资金结算等内容开展专项检查，在百色主持召开项目预算制度管理调研座谈会，公司党委委员、副总经理马建新、王伟参加。

座谈会上，财务资产部结合 2022 年前三季度项目预算执行检查情况，汇报了枢纽管理中心（防汛办）、右江水力发电厂、库区管理中心、综合服务中心四个部门预算项目主要可控成本支出情况。项目预算执行部门分别就部门负责的季度项目执行进度、资金结算以及存在的困难进行了说明，并就完善《右江水利公司项目预算管理办法（试行）》提出了修订建议。公司办公室（董事办）、人力资源部、发展经营部、纪检监察审计部结合督办事项和重点工作序时进度完成情况分别对项目预算执行存在的问题提出了明确的监督检查意见。

会议充分肯定了 2022 年前三季度项目预算执行在督办事项和重点工作方面取得的成绩。会议要求，各部门要按质按量完成年度下达的各项工作考核目标，进度滞后部门要迎头赶上，监管部门在上年度制度试运行基础上要强化考核监督并督促完成 2022 年考核目标任务，财务资产部负责收集各执行部门书面意见并完善项目预算管理制度，各项目预算执行部门要加强项目预算管理制度宣贯执行，提高制度执行力和项目预算管理水平，加大预算项目、督办事项和重点工作实施力度，力争完成全年预定目标。

公司办公室（董事办）、人力资源部、发展经营部、纪检监察审计部、财务资产部、枢纽管理中心（防汛办）、右江水力发电厂、库区管理中心、综合服务中心主要负责人和相关人员参加了调研检查。